U0870161

大鱼

有爱的青春陪伴者

恋爱正在侦查中

我是落落——著

百花洲文艺出版社
BAIHUAZHOU LITERATURE AND ART PRESS

图书在版编目（CIP）数据

恋爱正在侦查中 / 我是落落著. — 南昌 : 百花洲文艺出版社, 2019.8
ISBN 978-7-5500-3303-0

Ⅰ. ①恋… Ⅱ. ①我… Ⅲ. ①言情小说 - 中国 - 当代
Ⅳ. ①I247.5

中国版本图书馆CIP数据核字(2019)第139551号

恋爱正在侦查中
我是落落 著

责任编辑　余丽丽　辛蔚萍
特约编辑　蒋彩霞
封面设计　刘　艳
内页设计　cain酱
封面绘制　summer
出 版 者　百花洲文艺出版社
社　　址　江西省南昌市红谷滩世贸路898号博能中心A座20楼 邮编：330038
电　　话　0791-86895108（发行热线） 0791-86894790（编辑热线）
网　　址　http://www.bhzwy.com
E-mail　bhzwy0791@163.com
经　　销　全国新华书店
印　　刷　湖南凌宇纸品有限公司
开　　本　880mm×1230mm　1/32
印　　张　10.5
字　　数　310千字
版　　次　2019年9月第1版
印　　次　2019年9月第1次印刷
书　　号　ISBN 978-7-5500-3303-0
定　　价　38.00元

赣版权登字：05-2019-154

目录

· · · 目录 · · ·

第一卷

边缘者的悲歌

Lianai Zhengzai Zhencha Zhong

（1）

“姓名？”

“许瞳。”

“和许国邦的关系？”

“父女。”

“许国邦在12月24号晚上交代过你什么？”

询问室的灯亮得刺眼，雪白的墙，没有窗，一组桌椅摆在那里。她坐在一侧，双腿都有些麻木。

除了桌椅，唯一的物品就是角落里的监视器，她的一举一动，一览无余。

12月24号……她闭上眼，总是清澈透亮的眼睛周围是连续熬夜的红肿。

她舔了舔发干的嘴角：“我爸说，祝瞳瞳平安夜快乐。”

瞳瞳，平安夜快乐。爸爸对不起你，没法挽着你的手，看着你出嫁。

争吵声从远方飘来，许瞳睁开眼，才发现自己竟然在地铁上睡过去了，不仅睡得很沉，头还靠着一个陌生却坚实的肩膀。

她愣住，甚至有些无言的窘迫，耳朵里嗡嗡作响，两个大妈的争执声渐行渐远。对方深灰色的衣料上明显有一团更深的印记。眼角的泪痕尚未干涸，意识到那是什么后，许瞳脸颊浮现两抹红晕。

“抱歉。”许瞳不太擅长处理这种情况，正垂眼搜寻词汇的时候，对方却递来一张纸巾。

白皙柔软，散发着干净的气息。

“没有什么悲伤是过不去的。”男人的声音低沉浑厚，在地铁的行驶声中撩动了她心底的弦。

恰逢到站，许瞳抬头，对方却已经走到了门口，高大的背影、品位不俗的衣着，在人群中格外惹眼。他没回头，她也没有追上去纠缠道谢，在地铁缓缓启动的瞬间，她看见对方转身上扶梯的侧面。纸巾隐约带着极淡的烟草味道，耐人寻味。如同他的人、他的声，以及让她无法挪开目光的修长手指。

下一个站口，她出车门的时候犹豫了下，最终把纸巾叠好放进口袋里。

早上七点半，许瞳从单位回到合租房。正在洗漱的盛浅予看见她跟见了鬼似的，含着牙刷瞪眼：“你昨晚通宵了？”

“嗯。”她淡淡地应了声，把鞋换好后拿了毛巾也走进浴室里。

空间不大，盛浅予几乎占了一大半，许瞳犹豫了下，拿了盆接了水出去。

“你也太拼了吧，咱实习期什么忙也帮不上。再说了，霍队不是说让走的嘛！”

盛浅予说完竖起耳朵，却只听见轻微的水声。她撇了撇嘴，对这样的反应见怪不怪。许瞳要是哪天对你热情起来，那才是太阳从西边出来了。她从小被人捧着长大，还从没热脸贴过一个人的冷屁股，不搭理就不搭理。

盛浅予洗漱完就见许瞳换了身衣服，头发半湿地散在耳后，已经站在门口换鞋了。

“你还要去单位？”

“嗯。”

“不是吧？也不带这么拼的啊，你才刚熬了一个通宵呢！”盛浅予语气酸溜溜的，“许瞳，是不是霍队也在啊？”

许瞳愣了愣：“他在负责这个案子，肯定在的。”

盛浅予若有所思，许瞳没在意，两人一同挤地铁，一路零交流。可走进单位前，盛浅予却凑过来挽着她的手，笑盈盈地冲路过的人一一打招呼。

许瞳下意识地往后缩，看见对方转头睁大眼睛疑惑的样子，只得默默地跟着走。

“霍队早啊！”看到霍廷琛，盛浅予整个人生动起来，眼里透着光亮，她把许瞳往前推了把，“昨儿把我家瞳瞳用到什么时候啊？看把人累的，脸都白了！”

许瞳挺尴尬的，倒是霍廷琛原本冷厉的眼在这会儿看了过来，他总结道：“天生的。”

这话一出盛浅予就不淡定了，她缠着一路走：“那我呢？我呢？”

许瞳趁机抽出胳膊，往科室里走，可刚走到门口电话就跟炸了似的响个不停。尖锐的铃声让人神经绷紧，直觉告诉她可能有事发生了。

果不其然，霍廷琛接了电话后神色严肃地拎起外套：“走。”

许瞳没想到自己在实习的头一个月就遇到恶性案件。

到达现场的时候警戒线已经拉上，有两个人蹲在公路右侧下方的位置，其余的都站在外边。报警人这会儿明显有些呆滞，他不住地搓着手，在警车外配合着做笔录。霍廷琛上去跟报警人聊了几句，随后单手撩开那条警戒线，示意她们先进去。

“来了？哟，还带了俩。”打招呼的人个子突破一米九，穿着便服，能看出上半身健硕的肌肉轮廓。

许瞳记得他，邢峰，本地人，传说中的近身格斗专家。

霍廷琛点头算打过招呼，准备进去的时候又回头问两个姑娘：“见过尸体吗？”

许瞳收回视线，盛浅予倒是有些犹豫：“解剖室里的见过。”

“现场的情况会比干净的解剖室恶劣很多，你们要有个心理准备，如果不行的话就在这儿等。”

霍廷琛说完，发现两个女孩都没有退缩的意思，也就没再说什么。

“小妹妹胆子挺大啊。”邢峰跟在后边笑，“哪个学校毕业的？不会是学法医鉴定的吧？”

盛浅予其实是有些害怕的，但见霍队在前面走，心里怎么也不想给他留下胆小怕事的印象。她再看许瞳，对方似乎一直在关注那两个法医，像是没听见邢峰的话一样，便冲邢峰甜甜地笑：“我是学公安管理学的。”

“小心。”盛浅予还在出神，许瞳却一把拉着她的胳膊。顺着往下看，盛浅予的脸色瞬间变得很难看，转过身推开邢峰就去一边吐了。

霍廷琛皱了下眉，吩咐拍完照的江源去照顾，回头见许瞳依旧淡定如昔，只是脸色略微发白，便转过头继续看尸体。许瞳慢慢地往外吐气。

就在距离她不到一米远的地方，躺着一具女尸，双手双脚都有捆绑过的痕迹，头发被剪到露出头皮。

许瞳穿着简单的雨衣，尚未干透的头发丝里不断地钻着风，直入脑门儿。

霍廷琛看了一圈后蹲在死者右侧方向，风瞬间小了很多。

“有什么发现？”

鉴定科的陈叔跟他一一说明：

“气温很低，目前没法推断出具体的死亡时间。死者的面部被毁，颧骨和鼻骨都呈现不同程度的骨折，但致命伤应该在这里。”

陈叔指着死者后脑勺的位置：“这一处。”

霍廷琛听后看了眼许瞳，而后才问：“有没有被强暴过？”

“现在还不能确定，具体情况要等回去查清楚了，再给你们一份全面的报告。还有，身份恐怕一时半会儿确认不了。”

“为什么？”

陈叔捏着死者的双手，说道：“看到了吗？聪明人，指尖做过处理，没有指纹。”

盛浅予一把推开人群冲了出去。

“哎，你没事吧？”邢峰环抱着胳膊问了一句，可对方只顾着吐。

“第一次都这样。”他摇头笑了下，转头好奇另一个小姑娘的反应，却发现许瞳一直盯着死者出神。

“想说什么？”霍廷琛见许瞳这样，破天荒地主动问话，“有问题就说。”

“我在想……”许瞳顿了顿，忽然觉得与其自己揣摩，还不如说出来。

“对方这么做，明显是想隐藏她的身份。”

“可是……”她眉心微蹙，指着不远的下方，“既然费了那么大劲儿隐藏，为什么把尸体丢在这里？”

霍廷琛看着她点头，眼带赞许。

确实，矛盾就从这里开始。既然已经毁得这么彻底，为什么抛尸地点是在车辆来往的国道边上？

除非……这是凶手向世人的展示。

（2）

这俨然是挑衅，可又绝不像一个过激杀人者的表现。当然，他们手里的线索太少了。

许瞳仔仔细细地搜寻尸体周围，没有血迹，死者头部被砸，可目所能及处都没有血迹，这地方应该不是第一现场，而只是一个抛尸地。那么，凶器呢？

泥土在低温下冻得紧实，枯草上混着雪化的泥水，地面非常滑。霍廷琛走得挺快，许瞳小心翼翼地跟着他的步伐，生怕给现场再增加几个脚印，或者摔倒破坏了什么证据。

见她走得那么认真，带头的男人不自觉放慢脚步：“待会儿你跟我去调监控和近期的失踪人口记录。”

许瞳自然没意见，回头看了眼正在往这边望的盛浅予：“她呢？”

仿佛才意识到还有一个实习生，霍廷琛在周围看了一圈后才开始考虑，最后把邢峰叫来。

“你带着那谁。”他对邢峰说。

“喂喂，”邢峰摊手，“明明小眼睛才是我徒儿，你横刀夺爱也就罢了，还把你徒弟塞给我。”

“小眼睛”是警队里给许瞳取的外号。其实她的眼睛一点儿也不小，黑白分明，清透水润，是成年人很少有的干净和纯粹。

“要不，我跟……邢前辈吧。”许瞳下意识地后退半步，往邢峰那边站，“浅予对看尸体有障碍，去看监控正好。”

“对啊对啊，霍队，”盛浅予在那边喊，眼巴巴地看着霍廷琛，“别忘了我可是您真徒儿啊。”那个“真”字却让人听着刺耳。

风更大了，把警戒线吹得猎猎作响。太阳被乌云遮盖，隐隐有下雪的趋势。

霍廷琛眼神转冷，转过身去，雾气在唇边聚拢又如烟散：“那好，你跟我继续留在现场，许瞳和邢峰去调监控。”

“哎？”盛浅予傻眼。

邢峰乐呵呵地载着许瞳上路，一路上自然少不了问些问题。

“家是这里的吧？”

“是，也不是。”

邢峰觉得奇怪：“怎么说呢？”

许瞳抿嘴，淡淡一笑算回答。

“为什么想做警察啊？还是刑警？还来一线？你说你一个水灵灵的小姑娘，做点文职挺好，怎么想着来凶案现场啊？”

许瞳看着窗外：“我材料也写不好。”

邢峰闻言转头。身边的女孩不过大学刚毕业，面容清丽干净，五官不是让人惊艳的美，凑一堆却挑不出什么毛病，很舒服很耐看。她总是很安静，可连他这种五大三粗的人都能看出，她心底藏着事。

邢峰想说什么，转念又放下了，继续插科打诨，兜兜转转说到这起案子上，许瞳的话才多了几句。

“嘿，到了。”

现场附近的监控并没有什么异常，两人在发布了寻人启事后，又不死心地搜罗本市失踪人口记录，几乎都是老人和小孩。

上午基本就这么过去了，看到寻人启事来电话的也有，可能和死者对上号的，一个也没有，算是一无所获。等回到单位已经快下午两点，科室里盒饭飘香，推开门的时候许瞳按了下肚子。

“哎呀，”邢峰一拍脑门儿，“都怪我，都忘了午饭没吃这件事了。来，许瞳你也选一份，饿死我了。”

何止午饭，许瞳早饭都没吃，快 11 点那会儿确实饿得厉害，连喝了两大杯热水才缓过来，这会儿闻到饭菜香味，肚子又开始翻江倒海，饿得胃痛。许瞳刚端起饭盒，一份冒着热气的饭菜就被递了过来。

刚进来的霍廷琛抬了抬手里的饭盒：“放在暖气片上，热的。”

“谢谢。”

霍廷琛自然地接过许瞳手里毫无温度的那一盒，坐在凳子上吃得斯文。

“有什么发现没？”

“应该不会有。”说正事的时候，邢峰再没插科打诨，他把情况条理清晰地说了。

霍廷琛听后沉默片刻：“现在现场也并非第一案发现场，昨天下过雨，很多东西已经搜集不到了，具体情况也只有等老赵的报告。”

大伙儿闷头吃饭，不约而同加快速度，好挤出更多的奔走时间。

S 市人口混杂、贫富悬殊大、夜生活丰富，导致城市的犯罪率向来居高不下。面对这样一起凶杀案件，刑警队各司其职，配合默契，在证据搜集中很快等到了尸检报告。面部恢复图拿到了，邢峰和江源齐刷刷叹了一口气。

“唉，这么漂亮的一个小姑娘，可惜了。”

死者年龄在 18 岁到 23 岁之间，图片看着很死板，但是也掩不住挺拔的眉目轮廓，致命伤果然是后脑勺那一处，查出上边夹杂微量的金属碎片。大家都在低头看报告，盛浅予却欲言又止。

霍廷琛合上文件：“有什么看法可以说。”

“我看了以前的案件趋势，我们这一片在某些红灯区工作的女性，受到攻击的比例超过了其他职业的女性。”盛浅予扬高音调，好让声音听起来更加清冽。

“我忽然在想这起案件的受害者会不会也是这个职业？在接客中被过度……嗯……致死，客人害怕后毁尸灭迹？”她说完就看向霍廷琛，希望从他口中得到一丝肯定。

可是对方却点了点桌子，然后吩咐江源：“将死者面部修复图发布出去，看有没有人来认。”

吩咐完后，霍廷琛转头问许瞳：“你的看法呢？”

盛浅予微笑的嘴角僵在那里。许瞳心底暗叹了口气，缓缓道：“我……觉得，不，我肯定，死者不是这个职业。”

“为什么？”盛浅予不服气。

“报告写得很清楚，死者在死前没有过性行为。”

盛浅予张嘴，尸检报告她刚看到一半就没继续往下看了，脸瞬间就红了，可也不甘心：“那也不能肯定啊……”

“而且这些伤，都是死后造成的。”这是许瞳第一次看这样的尸检报告。无论是手法还是性质，都属于过激杀戮，能达到致死项的，还不止一处，“还有，在现场的时候我发现死者的右手中指第二指骨处有一层薄茧，这是长期写字磨出来的。文字工作者现在基本用电脑，长期书写的话，我只能想到学生……”

许瞳也觉得矛盾，如果是学生的话，一个学生三天没去上学并失踪，怎么会没有报案记录？

盛浅予估计也想到了，嘴角一勾：“学生？怎么可能！”

“去学校。”霍廷琛拎起外套，“先确定死者身份。”

邢峰点头：“分两批吧，快些。这个年龄段，高中、技校、大学的可能都有，如果是大四到处去实习的学生，难度就大了。”

“你和她去城东学区，我跟许瞳去城北。”

许瞳被安排惯了，上车的时候忍不住问：“霍队，为什么你也肯定对方是学生？”

霍廷琛似乎在专心开车，隔了会儿才回：“现在就我们两个人，你还喊我霍队？”

许瞳垂眼：“该怎么就怎么。”

霍廷琛笑了下，脸上的冷毅融化了很多：“听你叫了那么多年的哥，忽然叫霍队我倒是不大习惯。”

许瞳捏了下安全带，眼神有些发飘：“什么事都是从不习惯到习惯的。”

霍廷琛沉默了，点点头，话却模棱两可："也是，没有什么是过不去的。"

——没有什么悲伤是过不去的。

地铁上的声音重合响起，沉寂的心弦再度被拨动。

见她双眸放空，霍廷琛也沉默了。

"你的分析没有错，而让我肯定她是学生的，除了手，还有死者的肩膀。"隔了会儿，霍廷琛才打破了车里的寂静，"现在走向社会的女性甚至大学生都很少有背双肩包的，单肩包背得久了，会出现些微的高低肩。而她没有。我仔细观察过也看过报告，她不仅没有，而且背部有些微弯曲。"

许瞳没想到他会看得这么仔细，但转而想到他是霍廷琛，一切也就顺理成章了。

男人利落转动方向盘，言语肯定："所以，我们先把目标锁定为高中生。"

（3）

霍廷琛把车停在一高外边，正好是上课时间，有两个班在操场上进行体育达标测试。气温虽然低，但运动少年们已经脱掉了外套，青春朝气扑面而来。

"嘿！警察叔叔帮个忙！"

篮球从操场中跳出，霍廷琛眼皮都没眨一下单手快准狠地接住，赢得一片口哨声。他示意一个男生过来，给许瞳使眼色。

她默契地拿出照片："见过这个人吗？"

男生抹了把汗水，盯着看了会儿摇头："没见过。"

霍廷琛点点头："多谢。"

许瞳收起照片跟着走。像是知道她的想法，男人说："死者还算漂亮，应该是男生多少会留意的类型。"

"这个男生在我们刚进学校时就在注意你，我想，他应该属于喜欢暗中看女孩的类型，就想碰运气看能不能走便捷渠道。"

许瞳哑然。

因为不能确定死者是否是一高的，两人也不好随便说。当在教务处简要说明来意后，副校长孔仁东惊讶之余表示会全力配合。

“这些年扩招，高一到高三一共有七十多个班，现在全校共有学生3740人，我确实不能全对上号。”孔仁东一边把他们往教师办公室带，一边忍不住问，“照片上的姑娘怎么了啊？是犯事了还是出事了？”

霍廷琛回答得模棱两可：“刑警队出面的事，差不了。”

孔仁东的步伐更快了，一路上说个不停，许瞳听了都觉得他有几分逮着人倒苦水的嫌疑，可惜倒错了对象。

“唉，我就说迟早要出事！现在有几个学校还让学生走读？走读风险多大啊？上下学路上稍微有个什么问题家长一闹还不是学校的错？”

许瞳不由得看过去，却只能看见男人轮廓挺拔的背影。原来选择“一高”调查，并非盲目为之，走读学校学生出事的风险的确比寄宿学校高。

看来她要学的，还有很多。

“我们也只是来问问，并不一定就是你们的学生。”霍廷琛说。

孔仁东的脸皱成一团：“我负责学生安全，天天就担心这些事。我们有个校园通讯平台，这照片我马上让人放上去。”

孔仁东的动作很快，照片发出后没多久就收到回复，结果全是“没见过，不是本班学生”。

孔仁东松了口气，可对于霍廷琛他们而言，一切又重回起点了。

“陈老师，找我？”

正当他们准备离开时，一个男生出现在门口。都是高中生，他却有些不一样，眼底是熬夜的黑黄，校服穿得很不规范，拉链只拉到胸口以下部分。

“你看看你这一身什么名堂！你看看你这次的作业写的什么鬼！”

蓦然的一声近乎爆叱的语气让霍廷琛都侧目了，孔仁东解释：“唉，每个学校都有让人头痛的班级和学生，这个陈兴安是高三（29）班的班主任，他们班啊……唉！”

对于陈兴安，许瞳印象挺深。从他们进门到现在，他都默不作声，对提供的照片只是粗粗扫了一眼就说没见过，神色总是苦大仇深。

霍廷琛走过去的时候，陈兴安还在训斥，而那个学生双手揣裤兜，一脸不耐烦。

“不想来就不要来！停课反省还不够吗？”

霍廷琛打断他的话：“你们班有没有学生最近几天没来上课？”

陈兴安没顾上答，倒是那个男生嗤笑：“把人不当人看，谁天天按时来才怪了。”

“自己堕落还狂得很是不？”陈兴安猛地一拍桌子。

许瞳皱眉。孔仁东尴尬，低咳了一下后解释：“别看老陈这样，他脾气一向很好的，管理也很有一套，所以才把最难教的班交给他。这群孩子最近也是过分，你说这老师管得严也是为了他们好！他们倒好，去网上给老陈做了一个追悼会，黑底白花的，花圈上全是骂人的话！师者父母心，全心全意地付出却换来诅咒，你说说这些孩子还怎么教？”

霍廷琛听了后没附和什么，反问：“那几个学生现在呢？”

“让回家反省去了。”

敏感的时刻，敏感的空当期。

“反省了几天？”

“大概三四天？计划是一周的。怎么，不会怀疑是这几个学生的其中一个吧？”孔仁东肯定地回答，“这几个学生我都约谈过，是有几个女学生，可没有和照片吻合的，不信把照片调出来给你看看？”

陈兴安不太高兴了：“不是就不是，有什么看的？我做这个班班主任这么久，是不是我学生还看不出来吗？班里的女生一个个脸上画得跟鬼似的，头发乌七八糟，哪有这么清秀的女娃？”

化妆……染发？许瞳抬眼：“也就是你没见过你们班女学生的素颜了？”

“那得她们露给我看啊！”陈兴安嗤了下，“说什么宁死不卸妆的都有好几个。”

陈兴安还想抱怨，却被霍廷琛打断：“那几个女生的照片，请提供一下。”

“我哪有？”

“我有。”一旁的男生拽拽地靠着办公桌，从包里摸出手机，翻出照片。

“这是我们前阵子出去爬山的时候拍的。”他调出一张放大，“喏，从左到右，顾小飞、刘蓓丽、周萌萌、袁月。其中刘蓓丽和袁月都被停课了。”男生表示她们就是参与网页制作的两个人。

听名字都是斯文秀气的小女生，图片里却不是。五颜六色的染发，很浓很摇滚范儿的妆容，与时下流行的裸妆完全不同。

许瞳把他们手里的图片拿出来仔细对比，最终目光停留在一个发色染成灰白色的女生的脸上。左二，刘蓓丽。

“咦，刘蓓丽？”

许瞳触电般转头，那男生却是看着他们的面部恢复图：“像刘蓓丽，但又不像。”

“刘蓓丽？”和她看的是同一个，小巧玲珑型，夹在一堆人里却很显眼。

难怪没人能认出。现实中的刘蓓丽一头所谓的奶奶灰，浓眉红唇，而最鲜明的特点就是右眉中间有一颗很大的痣。而他们手里的面部修复图并没有做到这么细致，不止肤色上有很大的出入，表情也很呆板，没有画眉也没有夸张的美瞳，更没有那颗让人过目不忘的眉中痣，差距自然就大了。

她把两张图拿给霍廷琛看，男人仔细对比：“刘蓓丽和她家人的联系方式有吗？”

霍廷琛这么一问许瞳就很清楚了，在他心底，死者就是刘蓓丽，八九不离十。

“有……有，等下。”

当说恢复图上的女生就是刘蓓丽时，原本觉得不太像的眉眼越看越像。这下连陈兴安都有些紧张，翻找电话号码的时候动作笨拙不少。

孔仁东性子急，因为涉及他所负责的安全范畴，心底不是不慌：“警察同志啊，刘蓓丽究竟犯了什么错？难道是犯罪？是在校外还是校内？能不能告诉我们，至少也得让校方有个准备才是啊！”

听到这番话，许瞳心底忽然有点淡淡的悲哀。

电话号码拿到手，霍廷琛继续问：“刘蓓丽为人如何？学校表现呢？”

许瞳没有继续听下去，找了个安静的地方拨通号码，然而，打过去已经关机了。

（4）

照片上妆容靓丽的少女，被凶手昭然摆在国道边的赤裸尸体，截然不同的样子在许瞳的脑袋里碰撞，甚至清晰到每个细节。许瞳果断再拨刘蓓丽的家庭电话，很快接通，可聊了两句之后她沉默地挂掉。

霍廷琛读出她眼里的信息："怎么了？"

"对方是个三轮车夫，"许瞳有些头疼，"说刘蓓丽每次给他 20 块钱，从高一开始就假装'父亲'的角色来开家长会。而且……"

她扫过脸色越来越差的陈兴安："似乎这已经成了你们班上的'产业链'，陈老师，你了解吗？"

那男生顿时有些不自在，陈兴安听后猛地拍桌指向许瞳，仿佛她的话是对他莫大的侮辱。

"你在质疑我管教不严？"

许瞳不惹事，并不代表她怕事。面对陈兴安的爆叱，她回应得很清冷："如果声音大能加速破案，我会努力比你更暴躁。"

"有你这种办案态度吗？有你这种人民警察吗？"陈兴安转而向霍廷琛控诉。孔仁东抬手想做和事佬，生怕冲突大了场面收不住。

霍廷琛没说话。虽然没说话，但表情和气场明显是站在自己人那边的。

"好，好，那又怎样？"陈兴安烦躁地抓了把所剩无几的头发，"她爸妈都不管，我管！可我能 24 小时把她关着吗？平时上课不来，到学校就拎人打架！对她我已经是仁至义尽！"

看来真是个问题学生。

"那刘蓓丽最近有没有反常的表现？"

"拽得二五八万似的，能有什么反常？"说起刘蓓丽，班主任陈兴安像是憋了一肚子话。可不知怎么说到这儿他顿了半秒，然后才再开口，眼睛瞥向窗外，"一如既往的混！学校里的大姐大，心眼儿小嫉妒心强，前几天还去火箭班闹事。"

霍廷琛眼神锐利，将录音笔往桌上一撂，拉开一张凳子："确定？"

若说之前的询问都是口头上的往来，当录音笔出现，每个证人都要对自己的证词负责，陈兴安不会不清楚这一点。

恰逢上课铃响，他匆匆站起来收拾东西："我去上课，具体情况你们问孔校长，关于刘蓓丽的事情他多多少少也知道。"

说完，他头也不抬地想往外走，却被霍廷琛抬手拦下："我想上课的事可以往后推。"

"是啊，"孔仁东纳闷，"课不着急，我让人帮你替了就是，我们先配合着把事情理清楚，看看究竟是不是在学校出的事！"

陈兴安不得不坐下，却闷不吭声。

"哎呀，瞧我疏忽！警察同志您坐，坐下说！"孔仁东这会儿显得格外配合。

霍廷琛抬手却把许瞳往凳边带："坐下记。"

"啊，谢谢。"许瞳翻开刚合上的笔录本，安静地听。

像是在配合许瞳记录的速度，霍廷琛的语速也不快："都因为什么而闹事？"

"我哪知道，这也不是一两次的事。但凡我们当面逮着的时候都盘问过，她都用看不顺眼来应付。"

许瞳问道："打架对象是男的还是女的？"

"女的，被她打的都是女的。"陈兴安瓮声瓮气地答，"成绩好、长得好的那种！"

霍廷琛顿了顿："被打的人都是同一个？"

"不是，我们知道的就没重复过。"这会儿倒是孔副校长来补充，"这女娃也奇怪，打人没原则，不重复打一个人倒是挺有原则……"

这句话却没能让人笑出来。高个男生低咳："没我的事我先走了。"

"你等等。"霍廷琛叫住他，"你和刘蓓丽关系如何？"

"一般。"男生回答的时候却不敢看向他的眼睛。

"看来关系不错，"霍廷琛却不放过一丝一毫的可能性，拉开凳子，"坐，对了，你叫什么名字？"

“那你先告诉我刘蓓丽怎么了。”男生坐着跟瘫着一样，二郎腿跷得老高。

霍廷琛看向他的眼睛：“你叫什么名字？”

对方很强势，男生不由得坐正了几分：“邓义涛。”

“具体情况我不能多说，但是如果死者真的是刘蓓丽，你的话，说不定是我们案件破获的关键。”

“刘蓓丽死了？”

齐刷刷的惊呼之后，是一室的沉寂。原本一脸怒气的陈兴安震惊得后退半步，椅子摩擦地面，发出尖锐的吱呀声；副校长孔仁东的脸直接就白了；而男生邓义涛眼神发空，嘴巴大张，难以接受的样子。

霍廷琛把几人的神色收入眼底后才开口问邓义涛：“你最后一次见到刘蓓丽是什么时候？”

“这……这周二，晚上。”痞气全然消失，邓义涛乖乖坐在凳子上，问什么答什么，嘴巴还有些不利索。

“具体情况？”

“上周五的时候他们几个被停课反省，我怕他们郁闷，就约出来一起吃饭，然后去网吧打了 LOL。”

“你把那晚来的人名字都写下来。”

“哦……好……好的。”邓义涛在写字，拿笔的手却一直在颤抖。他写了之后看了眼霍廷琛，像是忍了很久，“她怎么死的？你们都来了，难道她是被……被……”

霍廷琛没再回答他，却是无声的默认。

“刘蓓丽平时在校内外有和谁结仇吗？”

“讨厌她的很多，但都是些只会哭不会闹的乖乖女，不至于想杀她。校外刘蓓丽吃得很开，那几个都是她的好哥们儿，也不会结仇。”

“校外的都是谁？”

这话一出，邓义涛像是有些害怕：“这个不太清楚，不过我们学校外经常混的就那几个，你们晚上能在门口看见。不过看见了千万别说是我说的！”

找到了大致的方向，下一步身份确定按理说应该快得多，在和当地派出所户籍处取得联系后，他们很快拿到了刘蓓丽家的电话号码。

电话响了好几声才被接通，那边的人像是在工地上，特别嘈杂。

许瞳擅长和尸体打交道，却不擅长与活人沟通，尤其对方可能是死者的亲属。她索性开门见山：“我是S市刑警队的许瞳，今天早上7点18分，我们在G81国道处发现一具尸体，目前怀疑是您的女儿刘蓓丽，请问您有没有时间来配合——”

一声叫骂，紧接着就是挂断后的嘟嘟声。

正让那几人在笔录上签字的霍廷琛抬头，便看到许瞳拿着电话，眉心微蹙。他走过来抽出手机：“和亲属沟通也是一名刑警必须掌握的技能，这方面你确实需要加强。”

霍廷琛接过电话拨通：“我是S市刑警队的霍廷琛，刚才我们的——”

“滚！”

挂了。

许瞳看向霍廷琛，对方沉默。都挺无奈，但确实没办法，谁让这是现阶段确定死者身份的最佳方式？

许瞳干脆和电话杠上，挂了又打，打了又被挂，终于对方不耐烦：“我说你究竟要闹哪样？信不信我报警啊？”

许瞳苦笑：“刘先生，我就是警察。”

“你是警察你查就行了，你问我干吗？死的是不是刘蓓丽难道你们不知道吗？”

她想过很多种情况，悲伤的、愤怒的、难以接受的，可从来没遇到过这种。死者有可能是自己的女儿，放哪个家庭得知这消息都不可能是这种态度吧？

许瞳尽量让自己的声音听起来没带主观情绪：“如果我们能直接判定死者身份，也不会花时间来和你周旋。我之所以没有放弃，是因为案子的谜题需要解开，才能给死者一个交代。”

电话那端的人沉默了好一会儿，最后闷闷地回道：“她两年没和家里联系了，没回来，甚至一个电话也没有，我们早就当她死了。如果真的是她，麻烦你们把她埋了吧。”

这……如果亲属真的不来，他们也不是没有别的渠道来证明，只是不知道又会错过什么。还有，刘蓓丽离家两年，她哪儿来的钱在外租房和支付学费？

如果身上没钱……许瞳把“劫财害命”四个字从笔记本上画掉，剩下“见色起意”和“仇杀”。谜团越来越大，却让她沉寂的心变得亢奋起来。

几小时过去，询问笔录已经有厚厚的一沓，许瞳揉了下发酸的手腕，霍廷琛开口：“先到这里。”

“不问了？”这还只问了老师、部分同学，还有……收拾东西的时候她有些犹豫，“被她打过的那几个女生，还有校外的混混都还没见过呢。”

“光我们两个，效率太低。”男人低头看着腕表，侧颜在窗前透着让人睁不开眼的光晕，“我让刑峰带人来，分组。”

“刑前辈那边有进展吗？”

“没法确认身份，调查取证都有些麻烦。不过我们今天算是有大进展，至少死者可能是刘蓓丽。”

许瞳看着去了三分之二墨水的签字笔，想想也是。

也不知过了多久，盛浅予走路带风地从门口进来。许瞳见她后边只跟着拿照相机的江源，问：“刑前辈呢？”

“峰哥找混混去了，刘哥在刘蓓丽宿舍，让我留这儿帮忙。快说快说，你们这边进展到哪一步了？”

霍廷琛皱眉，索性招来江源：“你带那谁去网吧看看，就他们打LOL那家，看当天她的反应和身边人有没有异常。”

盛浅予忙捂嘴，可怜兮兮的：“霍队你别这样啊，我不是那谁，我名字很好记的！求你了，带我一下吧，你都带了瞳瞳好久了！不指导我，我怎么跟我叔叔说啊？”

霍廷琛双眸发沉，盯着她。

盛浅予没说话，却有些得意地勾起嘴角，下巴微挑。

“威胁我？”

空气中弥漫着一股火药味，许瞳的动作一顿。

（5）

许瞳不明白盛浅予那句尚未说完的话里的意思，自然也不清楚霍廷琛口中的“威胁”指的是什么。唯一清楚的是，盛浅予肯定有点背景，才会让这个向来不苟言笑的男人表露出不悦。

“好，你留下。”

许瞳睁大眼睛，盛浅予顿时喜滋滋的。一路上，她又挽着许瞳的胳膊，像是没感受到霍廷琛的怒意，语气轻快地说个不停：“明晚你有空吗？”

明晚？许瞳想了想：“案子破了就有空。”

一旦有突发情况，他们的上班时间也不再固定，除非凶手集体选择工作日作案。

盛浅予噘嘴：“瞳瞳啊，我又不是S市的，跑来跑去真的很麻烦。明晚我家有个重要的饭局，我爸妈非让我去。”她把声音压得很低，“明晚我学校有一门很关键的课也不能落，你能不能帮我去点个到啊？”

“你还有课？”许瞳惊讶。

盛浅予神神秘秘：“大学时候有门课遇到四大名捕，班里挂了一半儿，连补考都抓！今年得重修，我爸跟学校和单位沟通过了，今年把课修满就拿证，这边实习不影响。”

她说这话的口气，好像对没毕业并没多少气愤之情，反而说起爸爸和学校、单位沟通时有些小得意。

“我没空。”许瞳拒绝得很干脆。

“哎呀！”盛浅予跺脚，刚想说什么就见一个脑袋从窗外飘过，在阳光下熠熠生辉。

副校长孔仁东出现在门口，说明那些被打的女生都找齐了。许瞳不禁松了一口气，大步往前时“不经意”甩掉那只挂在自己胳膊上的手。

吩咐完事情的霍廷琛却把手搭门把上：“你连续加班两晚，明晚就早点回去休息，我不希望我的人还没抓到凶手就已经倒在办公桌上。”

许瞳抿嘴。

“不过，有案子24小时都是上班时间，盛浅予，对于明晚你的缺席，请给我一张书面的假条。”

正往这边走的盛浅予愣在原地，这下就真的很尴尬了。

许瞳最不想见到的，就是霍廷琛对自己过度的维护，如果有别的选择，她去任何地方也不会来这边的刑警队。可是三方协议和报到信全在他手里，她没有周旋的资本和余地。

盛浅予深呼吸后咧嘴：“霍队，你偏袒得也太明显了吧？”

“偏袒？”男人按下车锁大步往前，“你什么时候把放在打点人际关系上的心思挪点在工作上，我也会袒护。”

盛浅予这会儿连笑都笑不出来了，自幼养尊处优的她哪被人这么说过，更何况那个人还是自己仰慕和暗中喜欢很久的。如果不是霍廷琛，她犯什么病不待在父母安排好的地方工作，跑来基层刑警队吃苦？眼泪在眼眶打转，这一刻她很想什么都不管，什么都不顾，可是她不傻。忍忍吧，盛浅予深吸一口气，她想要的，从来不会得不到。

三人行一人哭，组合太尴尬了。许瞳下意识地从包里摸出纸巾。她虽然直觉没法和这个女孩成为朋友，可毕竟同租一个宿舍。再者，她心底还是有些霍廷琛偏私自己的心虚。

盛浅予吸了吸鼻子，伸手：“给我吧，我没带。”

一通糊过扔进垃圾桶，许瞳“啊”了一声，引得前方的霍廷琛都停下脚步看她。

那张纸，地铁上触动的记忆……现在已经躺在垃圾桶里，皱巴巴的一团。失落感席卷全身，有种丢了心爱物品的怅然。许瞳盯着看了会儿，摇头：“没事，走吧。你别哭了，我帮你去点名。”

盛浅予没说话。人际关系最让人头疼，霍廷琛不是个中高手，许瞳更不是，只有通过办案来缓解那阵尴尬。

这起“一·一二”案件虽然手段残忍，但因为并没有造成大范围的恶性影响，也没发展成连环案件，所以出动的人手也就霍廷琛负责的队伍，全员成立专案组。而专案组里加他也就六个人，除开两个还没资格考执法证的实习生，真正够资格的也就四个。

时间紧，任务重，工作量很大，霍廷琛动用了一切关系强化与技侦、网监的配合，减少大家奔波的次数，但是调查到的蛛丝马迹，得他们几个一项一项地理。

会议室里坐了整整两排的人，许瞳粗略扫了一眼，确实如同陈兴安他们所说，全都是看起来很乖巧的女生，在之后的询问过程中也表现得彬彬有礼。

“荣佳。”问到第五个，许瞳的嗓子都有些哑。坐在中间的女学生冲她友好地笑了下，坐的时候还轻声说了声“谢谢”。

“你和刘蓓丽之间有什么过节？”

荣佳长得很白净，说话声音也是柔柔细细的，被问起这个的时候眼里明显起了一层雾。许瞳忍不住放柔声音安抚：“没事，想到什么说什么。”

“我也不知道，应该大家都不知道吧。”荣佳摊手，“那天我放学准备回家，恰好路过刘蓓丽身边，但她应该是心情不太好，可能就因为这个狠狠地撞了我一下。”

“心情不好？”

“嗯。”荣佳眉心微蹙，认真地回忆，“具体我有点记不得了。当时我在楼梯上，她撞了我之后就走了，我却没站稳，就从楼梯上滚了下来。”

许瞳点点头：“后来呢？”

荣佳苦笑着摇头：“老实说我也很气很委屈，但是看清楚是刘蓓丽后，也不敢再说什么。我的右手骨折了，后来还是同学们把我送医院去的。”

荣佳抬手，右手手腕处还有一圈淡淡的瘀青。许瞳不经意问了句：“会有后遗症吗？”

“应该不会。”荣佳淡淡地笑，“听医生的话，半点也不敢马虎。”

“佳佳，你也不说下你为了这个吃了多少苦！”早望向这边的圆脸女孩愤愤不平地冲过来，“刘蓓丽那天真的很过分！大家都放学了，佳佳被撞倒一个人躺在楼梯口，躺了整整十来分钟才被我们发现！”

“你是？”

“周露！一个班的！”圆脸女孩越说越气，“因为这个伤，你错过了那么多，而刘蓓丽却一点事儿也没有！凭什么她吵架回头就冲你撒气！”

“什么时候？和谁吵架？”许瞳抓住关键词点了点。

荣佳说：“也就两周前，具体和谁我也不认识，不是我们学校的。”

“肯定不是学生。”周露捏紧拳头，“吊儿郎当的，脖子上还有刺青，一看就知道跟她是一路货色！”

这倒是个关键的信息点，之前邓义涛也提过校外的几个混混，许瞳觉得他们是时候去查一查那个脖子上带着刺青的校外人士了。

“9 号晚上到 10 号晚上，你在做什么？”

荣佳瞪大眼睛。全场那么多人，可她却是第一个被问起这个问题的。很明显，眼前这位年轻的女警是在请她出示不在场证明，是在怀疑她？

周露奓了毛：“怀疑谁都可以，怀疑佳佳？她胳膊还在复健呢，这两晚我们都陪着她行了吧！”

荣佳垂眼点头，声音轻软：“我胳膊还使不上力，作业什么都做不了，都是露露……帮忙的。”

“你也不要多想。”许瞳记好之后安慰，“因为你是近期唯一和她有过冲突的在校女生，如果你没参与，那么这份不在场证明就是法律保护你的证据。”

女孩们松了一口气。问完最后一个，已经是下午三点。许瞳给自己灌了一大杯温水，嘶哑的嗓子总算恢复了不少。离开学校的时候又是下课时间，校园里的读书声变成喧哗声。许瞳忍不住回头，忽然觉得生命就是这样。

无论走了谁，缺了谁，该下课还是下课，该玩的还在玩，地球依旧在转。

三人刚上车，邢峰那边来了消息，霍廷琛把电话按了免提。

“头儿，跟刘蓓丽联系最多的人外号‘阿毛’，姓毛名明亮，22 岁，初中毕业，现在在宝来车行给人修车。

“刘蓓丽的手机通话记录最后一条也是打给他的，不过今天我们去车行，人已经不在了。”

“不在？”

“车行的人说他也旷工两天了，还听到他和刘蓓丽在9号晚上有过争吵。车行的反馈阿毛对刘蓓丽一直有点意思，但是那女孩傲，不肯答应。而且这个毛明亮是个惯犯，有两次蹲监狱的记录，喝多了就爱打架伤人。头儿，抓吗？”

霍廷琛点了点方向盘：“抓。”

“肯定是阿毛错不了。”盛浅予松了一口气，仿佛卸下身上所有的担子，“好多人都知道他们吵架，而恰恰又在很敏感的时间段走了，也不说去哪儿。我看啊，这个案子快结了。”

结了，真的吗？许瞳看着天边明晃晃的白日，白桦树成排屹立在路口，向上的枯枝嶙峋似剑。毛明亮确实很可疑，但她总觉得哪里不对。今天取证的所有口供里，肯定有人掌握了某条关键信息，却守口如瓶。

（6）

时间在流逝，而案子的进展全部集中到毛明亮那边。但是许瞳总觉得哪里不对，却又对不上号。她躺在床上，眼睛很久都不眨一下，望着窗外出神。

许瞳的睡眠质量向来都不是很好，晚睡，多梦，早醒，其实一切都是心病。

也不知过了多久才熬不住沉沉睡去，再度醒来的时候才凌晨4点，却怎么都睡不着了。她仰在床上叹了口气，起身放轻动作洗漱后，留了字条出门。

零下的温度让地面带着薄冰，她没有戴耳机听歌跑的习惯，这会让自己丧失警惕。她围着小区外围跑了整整一圈后，才发现路灯下透着细软的雪花。

下雪了，她抬手接了一大片在手里，瞬间在掌心化作一团水。

“嘀——”短促的一声喇叭音，许瞳喘着气往路边让，车轮滚动的声音却在靠近。她回头就看见霍廷琛的车，男人摇下车窗，脸部轮廓隐匿在阴影里。

“我还以为看错了人。”

“怎么会在这儿？”许瞳跑过去的时候看了下表，“还不到6点。”

“睡不着，开着开着就来了。”男人点了下车窗，“上来。”

许瞳犹豫了下，只得钻进去。车里暖气开得很足，难怪他只穿着一件单薄的毛衣，勾勒出轮廓挺拔的身形。

“我想起一件事，就去现场走了圈。”

“你去了现场？”

“嗯。”霍廷琛点头，忽然想起什么，“来，再走一圈。”

这个点路上基本没有车。霍廷琛说去现场，真的就把许瞳拉到最初发现尸体的地方。他下车的时候把外套递给她，转身去了后备厢：“搭把手。”

许瞳揽着衣服过去，才发现后备厢里放着一个胀鼓鼓的尼龙袋。

“87 斤，和死者一样重，你扛着往下扔试试。”

许瞳二话不说伸手，他却拦住：“等等。”

霍廷琛把衣服抽出搭在她肩膀上，再示意：“来。”

“我不冷。”

对方却依旧往下走了一段距离，偏了下头：“扔。”

许瞳不得不拎起尼龙袋。入手的时候确实有些沉，可并不是抬不起。她把袋子扛在肩膀上，然后站在公路边缘往下用力。尼龙袋翻滚了几次，在泥巴地里变得脏兮兮的。许瞳盯着看，猛然“啊”了一声。

“看出来了？”霍廷琛沉下声，“你的力气刚好把袋子扔到这儿，和发现死者的地方几乎吻合。”

他走过去拎起袋子往上，然后像许瞳刚刚做的那样扔向国道外。这一次袋子翻滚了一段距离，径直翻过一个坡，往更下边的地方滚动了几下。

“我没有用大力气，”车灯照亮他，霍廷琛的肩膀上落了一层薄雪，“抛物是不自觉的行为，刻意掩饰的几率能有多大？”

许瞳盯着尼龙袋出神。

两人到单位重新整理思路，许瞳刚在白纸上写了几个人名，正准备画网络图，霍廷琛就被人给叫走了。

她埋头继续整理，没过多久手机却振动不停，她接起。

“会议室，来。”

等她进去的时候，里边已经坐满了人。江源冲她招手，拉开了身边的座位，当有人开始说话，她才知道自己已经参与进了行动讨论组里。

“刘蓓丽的出租房不在学园区，共同合租的还有 6 个人。我们已经在宿舍采集了 DNA，正在和死者做匹配。”

“那 6 人都在工作，2 人夜班 4 人白班，生活交集少。而她单独住一间，和大家的来往更少，目前没找到合租人的作案动机。”

“刘蓓丽靠带人打排位升级赚取代练费，银行流水显示收入足以支付她的学费和房租。”

听到这里，许曈把刘蓓丽背后的问号给画掉。

第一现场在哪儿？凶器是什么？动机是什么？凶手是谁？那么多疑团摆在面前，时间却不等人。

到了下午 13 点 23 分，刑峰终于来电话：“毛明亮找到了。”

毛明亮找到了，在省北的某个村落里。他连夜赶回是因为亲妹毛明明被车撞了，现在还在医院里不省人事。这个消息像是一盆冷水，泼在了每个人的头上。

但经过早上的“试扔”，许曈已经有了心理准备，在确定不是毛明亮之后，她的关注点已经转到了另一处。

刑峰问：“头儿，怎么办？”

是啊，怎么办？每个人都在看霍廷琛，男人给自己点了一根烟：“换个思路。”

换个思路，这条路不通，那就从头再来。

“凶手不排除是女性……”大家正等着分析，却被一阵吵闹声打断思路。

疑似刘蓓丽被杀的消息让毛明亮直接跳上了刑峰他们的车，怎么也不肯下去。到了门口车刚停稳他就冲了出来，直奔办案室，让小碰头会不得不暂时中止。

“我不信！我要去见人！她不可能死了！”毛明亮坚持要看看尸体，几个人劝都劝不住，最后刘哥带着他去了。

许曈在纸上又画了一个问号，笔尖点来点去。

“我先走啦！”盛浅予轻轻碰了下她的胳膊，背着包神神秘秘的，“若有人问起我，你就说我出去办事了。”

许瞳无语。

“还有，今晚 7 点 30 的课，要是再被记一次旷课我又得重修啦！”盛浅予拍拍她的手，“好瞳瞳，别迟到哦！”

盛浅予刚走，带去确认死者身份的毛明亮就面色灰白地从正门进来了。男人最初的戾气没了，整个人仿佛丢了魂魄，又像是受到了重度的惊吓。

“是她吧？”

“是……”毛明亮说完这句走到墙边，“哇”的一声就吐了，隔了好久才坐下，腿都在抖，“她胳膊上有一颗红痣，是她。”

没过多久，鉴定科的陈叔也来了电话，刘蓓丽住所床铺上的 DNA，跟死者完全吻合。

当知道刘蓓丽是在和他争吵之后遇害的，毛明亮失去了所有的言语。他双眼放空，手不住抹着脸，从上到下，可湿的痕迹却越抹越多。见眼泪掩饰不住，毛明亮索性蹲下，瘦高个子的男人肩膀颤抖不止，猛然爆发的哭声虽然听着滑稽，却没有人笑得出来。

“节哀。”队里年纪最大的刘哥听不下去了，蹲下安抚，“把事情经过都说一遍，我们好找到更多的线索。”

“说什么？”毛明亮嗓音哑了几个度。霍廷琛递给他一根烟，他愣是接了好几次才叼稳在嘴里。

“争吵。我和她经常吵架，”大约过了半根烟的工夫，毛明亮才缓缓开口，“她虽然才 18 岁，但做事和思考问题简直不像个学生。她很独立，也很有主见，说白了就是倔，所以我们经常因为这个吵，但是每次吵过也就算了。”

“那最后一次吵架是因为什么？”

“我让她跟我过，她又拒绝。我问她是不是心里有人，她终于说是，我忍不住就又吵了。”

许瞳隐约抓到了什么，忙问：“那个人是谁？”

毛明亮摇头，眼睛红得厉害：“她从来都不说。”

这一点倒真的挺关键，可刘蓓丽在意的那个人究竟是谁？

“麻烦你回忆刘蓓丽所有形容‘他’的话，越多越好。”霍廷琛拉开凳子，很慎重地在毛明亮面前坐下。

“怎么？”毛明亮的眼越睁越大，“是那个人杀了她？”

“是不是还不能确定。”霍廷琛单刀直入，“但他应该是这个案件里，最关键的人物之一。”

（7）

男人吗？许瞳撑着下巴，若有所思。如果凶手是男性，外表和身材都很标致的死者被性侵的可能性也很大，可是并没有。从早上的试扔，到现在排除最大嫌疑人毛明亮之后，凶手很有可能是女性的想法在许瞳心底萌芽。

蓄谋已久，精心策划，嫉妒仇恨，过程中利落干脆不留半点痕迹。而在这个年龄阶段，什么最容易引发仇恨？许瞳思考的时候不自觉咬笔杆，一圈又一圈。

爱情？哦，这样一来，刘蓓丽心底的那个“他”确实是破案的关键人物。

“刘蓓丽叛逆，厌恶学习，但为什么还是会坚持去学校？去的频率还不低，原因很显然。”

霍廷琛把线索点出来，刑峰直接接过话：“那个他应该就在学校里。”

“现在最快捷的方式就是把他找出来。”江源有种柳暗花明又一村的明媚感。

“对了，你们女生暗恋一个人又不敢对外表达的时候，通常做些什么？”

当刘哥开口时，许瞳这才意识到“你们女生”指的就是她。

“我？”许瞳摇摇头，“没试过，不过以前读书的时候，有同学把人名字写在笔记本上，刻在书桌上的，还有一些奶茶店的墙壁上……”

刑峰一拍脑门儿：“对哦，小姑娘不都爱这些！”

“我去找。”许瞳刚起身就被制止。

“你的时间不够。”霍廷琛走到她面前，“7 点 30 的课，从这里到城东堵车的话要一小时。”

被提醒后，许瞳才想起要给盛浅予点到，破天荒地，她后悔得毫无内疚感。

“对了，小盛呢？”后知后觉的刘哥看了一圈，“怎么下午就没见到她了？”

“她有事……忙。”在霍廷琛的眼皮下，最后那个字许瞳咬得很弱。

“你去，顺便帮我带个材料。”知道许瞳不想走，男人临时抽了页纸写了些什么，塞信封后说了个地址，“放门卫就行，正好离学校不远。”

许瞳只得走一步回一下头：“那案子？”

“有进展会通知你，现在各个部门都在配合，人手不缺。”

她再低头看表，抗拒去学校的心理指数飙升至200%。

许瞳一路小跑进校门，沿着路标往3号教学楼去。

程野低头拨弄相机，屈腿靠在阳台边，感受校园里的风和雪景。

大衣上落了一层雪，被体温化作了水，他也毫不在意。等调试得差不多，他斜靠在栏杆边，对着不远的林荫道和昏黄路灯取景，视线却凝在了长镜头里。

程野抬头又低头，食指轻点，清脆的咔嚓声后，留下一道奔跑的风景。

“我说，你打算在我这里混吃混喝混穿到什么时候？”

准备再追拍一张的男人保持动作，嘴角却勾起好看的弧度。

他在拍别人，楼下有几个眼尖的女孩却忍不住摸出手机拍他。简墨阳对这一幕见怪不怪，只感叹女人之于皮囊似乎比男人更执着。

“混一下不会少你二两肉……”男人笑着开口，在镜头里看见那道奔跑的身影快速进了某间教室，而后抬头，“你今晚的课在几教？”

简墨阳没回过神：“啊？”

“课。”

“3教102。”

程野脸上的笑容越来越大，甚至破天荒地用力搂了他一下：“谢了，兄弟。”然后二话不说扒了他的外套。简墨阳一路追着往下：“喂，你去哪儿？”

“上课。”程野一路走一路顺，动作麻利，若不是相识数十载，简墨阳简直觉得这家伙就是个惯犯。

等到了门口，对方回头已是穿着他的呢大衣，手中拿着他的车钥匙，鼻梁上戴着他的平光镜。黑框眼镜掩去了程野深邃的双眸，以及时刻如同蓄势待发豹类的锋锐视线，再伴随弧度恰好的一笑，简墨阳当场点评：“斯文败类！”

“承蒙夸奖。”

“等等，”简墨阳后知后觉，“你去上什么课？”

程败类转着手里的钥匙，笑得邪气：“你的课。”

“那我做什么？”他瞪圆眼睛。

“做饭。”一件围裙飘了过来，紧接着就是车子出库的马达声。

简墨阳抓过围裙捏了又捏：“一个单子赚六位数，打秋风还上瘾了。”

程野把车停在教室外，推门下车，气势拿捏得很足。他在外面等了会儿，直到上课铃响，里边的声音终于小了点，才在众目睽睽下进去。

一下子，教室安静得只剩下抽气声。

程野将笔记本放桌上，眼皮一抬，轻松地在最后排的角落里找到了她。穿着黑色短款上衣，扎着马尾，表情清冷中透着不愿与人往来的疏离。程野想，他之所以会在人群密集的地铁上注意到她，大概就是因为那双眼睛吧。

眸色偏淡，凝视谁的时候都像一汪水，撩动他心的清透。

程野靠着讲台露出招牌笑容：“大家好啊，简教授今天身体不舒服，委托我来代一堂课。”

下面开始窃窃私语，哪怕声音再小，说的人多了，整个教室都充斥着嗡嗡声。不过他也不在意，反正他的目的也不在教书育人上。

自来熟地敲开电脑，他是来上什么课来着？

许瞳的眼却在他进门的瞬间微微睁大，她下意识地拽紧包带。

讲台上站着的男人面带笑容对着第一排的学生低声询问，似乎走到哪里，就把光带到了哪里。许瞳微微坐直了身子，目光扫过不少举着手机偷拍他的年轻小姑娘们，顿了顿，悄悄背上包起身。

“哎，你，就是你。”低沉的声音微扬，整个教室忽然安静。许瞳站定后转身，发现所有人的目光都投向自己。

程野看着她笑得和蔼：“同学，如果后边没有位置，你可以坐到前边来。”

许瞳准备迈出的脚不得不收了回去，默默地转身回到了原位。

“简教授教了你们很久，但我却是头一次，这堂课我们来一场自我介绍怎样？来了的相识是一种缘分，没来的你们也别电话通知了，扣点分就算是弥补这种缘分。”程野露着白牙，挽起一截袖子，露出麦色利落的手臂线条。

学生们哄堂大笑。

“那就……从你，就是你开始。”

许瞳指向自己的鼻尖，讲台上的那家伙头点得很肯定。

“许……盛浅予。”许瞳站起来，如实替盛浅予答到。

程野听了后若有所思：“四个字的名字啊。”

许瞳垂眼。

“好了，自我介绍就到这儿，咱们上课。”

正站起来准备接着介绍的小姑娘愣愣的：“老师，我们呢？”

程野不在意地一挥：“班长点名就行。”

这堂课要上什么，许瞳已经不在意了。点名之后，她就从后门悄悄退出，却在出去的瞬间忍不住再回头。那个男人低头在讲台上捣鼓课件，平光镜上映出电脑屏幕的荧光。他明明没什么动作，却不由自主地吸引着所有人的目光，包括她自己。或许忘了吧，地铁上的那一瞬，或许那只是他突来的怜悯，随口的一句安慰，却被她藏在心底，记忆犹新。

后门被轻轻关上，讲台上的男人同时合上了笔记本，当着瞪圆眼睛的上百学生，走得干脆利落。

许瞳站在S大的门口，小雪变成小雨。风斜斜刮过，她不得不抱紧手里的包来取暖。霍廷琛给的地址离这儿不远，然而步行过去也差不多要20分钟的时间。

下雨天是出租车生意最好的时候，许瞳伸手，每一辆亮着空车灯的出租都坐了人。有车在身后按喇叭，她往后挪了半步。对方却又按了一下，一辆黑色的轿车停在右手边。

“四个字同学。”车窗里的男人冲她低低地笑，眼里缀满星辰，“去哪儿？带你。”

许瞳声音很小：“不是四个字。”

程野探了点头出来：“什么？外面冷，进来说，你去哪儿？看顺不顺路。”

反正无论说哪里，他都顺。

“北街。”许瞳脑袋有些木，嘴皮木木地问他，“这么快就下课了？”

“简教授要求带病上岗，我也就成全他蜡炬成灰的心。”程野露出雪白的牙齿，撒谎不眨眼，“正巧，我也去那边，上来吧。”

车里很干净，甚至是带着学术气息的干净，和他健硕运动的模样不是很搭。或许张狂的越野，甚至是迷彩类军用越野，才符合这个男人的气质。

在雨刮器的来回动作中，车里的气氛有些小尴尬。许瞳意识到了，却不知道要找什么话来说，忽然就有些后悔。

“对这一片熟吗？”程野倒是挺自然，手搭在方向盘上，开车像是一种享受。

“不太熟。”许瞳的活动范围还没有到这一片。

“那我开导航，老实说我也不太熟。”程野单手摸手机，自言自语，“不然抓拍吃了违章那小子得一哭二闹了。”

不太熟，吃违章。许瞳慢慢直起身子，脑袋像是被什么给击中了，高速运转起来。

凶手之所以能完美避开所有的监控，能猖狂地将死者摆在那里而没留下任何痕迹，不熟悉那一片的人是不可能注意到这些细节的。所以……许瞳捏紧了手机，凶手应该在事前去过那里，不止一次！又或者……凶手会不会就住在那附近？

见许瞳眼神放空，程野微不可察地笑了下，闷头打开收音机，刻意压低的女声在里边呢喃。

“如果，你还记得我，如果，你已经忘了我，在熟悉的城市里的陌生人，彼此擦肩而过，却是站在离你最远的天涯。接下来请聆听ID吃吃点播的这首《我拿走了什么》，献给已经陌生的你。”

许瞳听完这一句，把手放在门把手上，声音有些哑：“停车。”

男人侧头：“嗯？”

“停车，我有很要紧的事要处理。”

(8)

简墨阳给程野打电话，连着两次都被挂断，第三次的铃声却在门庭外响起。

淅沥的小雨中，程某人对自己衣衫半湿的样子丝毫不在意，手插衣兜。

“车里不是有伞吗？”

地暖热得恰到好处，程野刚进来，身上的水汽化成了雾，一缕一缕往上空飘。

“送了。”

简墨阳默默看了他一眼：“限量版的SAB，你就这么送了？对方识货吗？”

识不识货不重要，程野脱掉大衣，脑海里浮现起她举着伞时的挺拔站姿，像是随时随地准备冲锋陷阵的人民勇士，宛如一道标杆，戳中了他心底的萌点。

衣服被雨水打湿，黏在身上怪不舒服。程野径直上楼，麦色健硕的腰腹一点点展露，T恤被胡乱扔在一边，紧接着是裤子。水声响起也盖不过简墨阳追上来的絮絮叨叨。

“你什么时候买房？”

“明天。”

“你什么时候买车？”

“明天。”

“你想什么时候搬出去？”

拉长声调的“明天”像极了胡乱的应付，简教授抓狂了：“程野，你都在这社会上飘了三十年了，什么时候才想着好好安家过日子？”

“明天——”

花洒的水从上喷洒而下，水珠从遒劲的背部肌肉蜿蜒而下。程野抹开玻璃上的雾，带着水汽的肌肤张狂入夜，镜子里的男人双眸深邃，如同蓄势待发的豹类。

好好安家过日子，并不是上下嘴皮一开一合就能搞定的事。程野撑在盥洗台边，却很快勾起一抹笑。等洗漱完毕，T恤外套着黑色冲锋衣，战术裤腿口微收，紧紧系好鞋带后，程野将深绿色仿军用背包往背后一甩。

简墨阳皱眉：“又要出去？”

“放心，”程野勾唇，拍拍他的肩膀笑得神秘，“我只是去跟进下别的案子。”

许瞳把下车时程野给的伞放在大门边，匆匆跑了进去。整个二楼灯火通明，还在办案室的大门就能清楚地听见刘哥的说话声。

“我活了四十多年，还头一次遇见这样的死者家属。你说这两人是来挟尸要价还是怎么着啊？”

刘哥算是他们队里年龄最大的，42 岁，常年留着光头，脸颊上还有一道在抓捕嫌犯时被划伤的疤。因为那道疤和光头，刘哥凶起来甚至能吓哭小朋友，但所有认识他的人都知道，这家伙从来都是刀子嘴豆腐心，而他留光头也是迫不得已——遗传性秃顶。

“小眼睛回来了？”江源见着她，笑眯眯打着招呼。

霍廷琛抬头：“东西送到了？”

“啊！”许瞳这才想起包里的信封。

男人见状没再追究：“不用内疚，又不是什么重要文件，给我吧。”

“明天我会再去一趟，”许瞳捂着包，“到时候再带过去。”

“还过去做什么？”

许瞳想起那把伞，东西借了总是要还的。

“对了，那个人找到了吗？”

一直在翻旧资料的刑峰捏着太阳穴：“没有，正在查刘蓓丽资料的时候她父母来闹了好一阵，被强行带到隔壁宾馆去‘休息’了。你不知道那两口子有多熊，刘蓓丽的私人物品被他们撕了不少，好像生怕我们破了案似的。”

许瞳愣住：“为什么？”

“赔偿呗，要是官方认定不在学校遇的难，他们就拿不到 100 万赔偿。”

“刘蓓丽生在离异家庭，爸是亲爸，亲妈十年前耐不住家里穷，跑了。现在男人二婚，生了个传递香火的儿子，对女儿早就不管不顾。”

见许瞳听得认真，江源继续给她介绍情况。

“刘蓓丽高一的时候家里多了个弟弟，长期住工棚的老两口为了小儿子起了他心，想把才 16 岁的刘蓓丽塞给他们包工头，收嫁妆付首付，却没想到刘蓓丽自己卷了30万的嫁妆跑了。她原来名字叫刘娟，跑到这里来改名刘蓓丽。她爸妈没读过什么书，也不想惊动公安闹笑话，只得继续住工棚还债。”

30万？刘蓓丽的资金动向里边并没有这30万啊。

“流水账查不出，估计她从头到尾都拿的现金，只是现在出租房里没有，时隔快三年了，早用了吧。”江源不经意地说。

卖女求首付，许瞳忽然觉得很悲哀，为刘蓓丽。

霍廷琛看向许瞳：“你之前电话里说有重要的事，是什么？”

对了，许瞳振作精神，之前在别人车上，很多话她不能明说。许瞳把左侧的白板推到正中央。所有人都放下手里的事探头，她把照片全部挪到右侧，腾出一块空间写字。

“我怀疑凶手日常活动区域就在G81附近。”她在地图的案发点那里，画了一个圆。

“我们没在监控里捕捉到凶手，所以觉得这个人很擅长伪装，这导致我们进入了一个误区。”许瞳在白板前冷静分析，自己都不知道自己此刻眉眼间散发的淡淡光晕，有多吸引人的目光。

“凶手应该是对这一片相当熟悉，或许压根都没有从监控附近走过，而是直接选了一条没有监控的道路来抛尸。”

“没有监控的路那只有上下山了？”江源顺着思考，“这条山路我走过两次，枯枝败叶很多，加之案发前后都是下雨天，路真的很滑。凶手既要保证不留痕迹，又得把几十斤的人扛上来，很难做到啊！”

“难不难，得看身上有没有什么道具。”霍廷琛站起来补充，“是狐狸总会露出点尾巴，何况，是人。”他接着吩咐，“江源，你去查和刘蓓丽打过交道，并且活动范围和现场有交集的人。”

“是。”

“刑峰，这个点学校还没下晚自习，再去找陈兴安，我怀疑他还有话没有说干净。”

刑峰玩味地捏着拳头：“那我带小眼睛去？”

霍廷琛扫过许瞳：“你呢？想跟哪一组？”

“我……”许瞳不自觉咬着下唇，松开后是血液涌动的粉泽，“电台。”

“嗯？”

所有人抬眼，许瞳有些拿捏不准：“我在回来的路上听到一个电台节目，回程的20分钟里，打电话倾诉和为暗恋对象点歌的学生占总量的75%，我想对感情藏得深的刘蓓丽，会不会也是通过这种方式来宣泄的？”

“电台？”之前负责刘蓓丽通话及社交软件调查的江源想起什么，忙在一沓文件中左翻右翻，“我有印象，我有印象！”

他眼睛都在放光：“刘蓓丽的微信关注过一个叫‘遇见最好的你’的电台公众号，是不是这个？”

许瞳忙小跑过去。

“你等等，等等！”江源长相斯文，论格斗和体力远远比不上刑峰和刘哥，但在技术处理方面透着一股子机灵劲。他在系统中输入刘蓓丽的微信号，很快各种聊天信息分对象、分时间地罗列出来。

“这是近三个月的聊天记录。”

江源把电脑屏幕朝外转了几度，标红上边三条信息：“我一直在查和刘蓓丽有聊天记录的人，对公众号之间的互动确实只是扫了一眼就过了。刘蓓丽近三个月每个月20号都会发送信息。”

一堆人凑了过去，霍廷琛问：“记录调出来。”

“稍等。”江源的打字速度飞快，十指在键盘上舞成了一道影，最后得意地说，“看。”

10月20日：爱一个人就是在不通电话时不知道想要说什么，但在听见声音的那一刻，才清楚原来只是想听见你的声音，帮我点首歌给他吧。

11月20日：总有一天，你会站在最亮的地方，活成你想要的模样。总有一天，我会卑微到泥土里，静静看着你绽放。一首歌，给他。

12月20日：明明那么近，我却站在离你最远的天涯。一首歌，给他。

“没有歌名？”江源抓了把头发，“也没有人名啊。”

“歌都是电台根据大家的来信内容随机定的，因为每次都恰到好处，所以这档节目很受欢迎。”许瞳一字一句重复着那个男人的话，思绪却有些飘。

“20 号会不会是对她而言很特别的日子？”

“20 号发送的稿件都是 21 号晚上抽取，”许瞳按着江源的肩膀，“查下学校里的男生的生日，谁是 21 号？”

霍廷琛勾起嘴角：“聪明。”

“这范围有点大吧。”

“不大。”他凝目，“出生日期是 21 号，但是在火箭班就读的‘一高’学生。”

老大放话，江源自然不敢怠慢。联合作战的优势就在于获取信息特别畅快，没过多久，系统锁定了 11 个男生。

许瞳飞快扫过一行行的数据：“照片能调出来吗？”

“马上。”11 张照片被放大，人的眼睛自然第一时间被美好的外相所吸引。十七八岁的少年，散发出淡淡温和的书卷气，看起来就很安静，如同他的名字。

第二排，倒数第三个，温宇。

（9）

许瞳盯着照片，一些零碎的画面在脑海里飞速闪现。她好像见过他，这样恬淡、眉眼如画的少年确实让人瞄一眼就记忆深刻。但是学校里人来人往，是在走廊上，还是在操场边？许瞳咬着大拇指，眉心皱成一团。

晚上 9 点 32 分，这个时间段的校园里灯火通明，晚自习尚未结束，在升学压力和父母期盼的驱动下，孩子们伏案奋笔疾书。

就像是一台台超速运转的机器，机械的、麻木的，甚至表情都有些空洞。不过见几个警察路过门口，部分教室的学生开始窃窃私语。

周露拿笔头戳了戳身边的女孩，往外努下巴：“又来了。”

安安静静写英语作文的荣佳眼皮都没抬，“嗯”了一声做回应，书写的字迹却越来越工整。

“为什么老来学校啊？难道凶手……”周露眼珠转了好几圈，露出个后怕的表情，“就在我们学校？”

荣佳合上英语报，取出数学练习册，淡淡地扫了眼她文具盒里的剪刀：“那又怎样？”

“那肯定有怎样啊！”周露对荣佳的淡定一百个不解，“杀人犯啊，不是小偷小摸，杀人啊！咔嚓！”她比了个抹脖子的动作，越想越觉得恐怖，“佳佳，我忽然觉得我们学校很邪门啊，尤其是女生。”

荣佳停下动作，抬眼询问：“嗯？”

周露前后看了下，确定老师不会忽然从哪个门口钻出来，凑过去神神秘秘地说：“还记得咱学校高一的时候有个女生吗，就是后来疯了的那个？”

“你们在说何玥？”前排的声音飘过来，似乎提起这个人，大家都挺有兴趣的样子。

张云可拿书挡着脸往后靠着说：“她还在省医院治疗呢，听说前阵子没办法做了手术，情况竟然比以前好多了呢！”

“真的假的？”周露身体前倾，眼里放光，“我一直觉得奇怪呢。何玥长得漂亮，追她的男生又很多，家里条件好，人美又是学霸，好端端怎么会受刺激呢？”

“露露。”一直没吭声的荣佳提醒，“你声音太大了。”

周露一下捂着嘴，黑溜溜的眼珠子转个不停。

教室安静了那么几秒，性子好动的周露忍不住又开口：“这么说我好像又想起一个人！”

“石晓菲，高二的时候莫名其妙就转学的石晓菲呢！”

“石晓菲那是她活该！”张云可冷哼，“谁让她做人太差劲。”

“可她看起来不像啊。”周露想到什么说什么，脑海里回忆跟石晓菲所有的交集，“人斯斯文文的，胆子小说话声音也小，我还是不太相信她是那种人。”

张云可不停地给周露使眼色，周露才后知后觉：“啊，佳佳，我不是那个意思。”

石晓菲那件事里，佳佳才是受伤最深的那个。石晓菲不知为什么一个劲地抹黑荣佳，最后还在大庭广众之下给了荣佳一个巴掌，荣佳为此哭了好几次。

周露很愧疚，瞄过去发现荣佳依旧在冲自己温柔地笑，顿时松了口气。

“我也没有别的意思，只是想提醒下你，下节课英语老师要互评试卷，你的做好了吗？”

“啊……啊！”望着有一大半空白的英语试卷，周露欲哭无泪。

许瞳再次面对温宇，确定自己在哪儿见过他。少年对这件事似乎很茫然，被问起刘蓓丽，更加迷惑了。

“刘蓓丽？”他的神情不像是作假，“谁？”

不认识？许瞳耐心地把照片递出去：“她，有印象吗？”

温宇看着照片才露出恍然之色：“原来是她。”

“刘蓓丽和你们班上女生过节不少，在全校通报批评的次数也很多，怎么会没印象？”

温宇皱眉：“这个啊，我一般不怎么留心这些。不过你们把照片拿出来我才想起，这个人老爱在我们班附近晃悠，看见人也只是怪笑，所以我有点印象，不过跟名字对不上号。”

“那这个女孩有没有对你有过特别的表达？”

温宇仔细思考后摇头：“我很少关注这方面，对不起。”

校方对他们找温宇问话这件事很抵触，怕影响到好苗子读书的状态，所以前后只问了五分钟，就找了个借口想把人带走。

许瞳揉了下脖子，快下自习了，浮躁的情绪在学校每个角落里涌动。在铃声响起之前，霍廷琛推门而入。

许瞳起身：“问出来了吗？”

男人神色凝重，看起来应该有些进展。许瞳让温宇先回去，关上门后仔细听。

“陈兴安松口了，说在10号凌晨2点多的时候，收到了一通莫名其妙的电话。”

“什么电话？”

霍廷琛放下记录本，抬眸：“算是求救。”

刘蓓丽问过他，老师，我这种人在这个世界上，真的没活路吗？陈兴安却回答，大半夜发什么疯？

“求救？”许瞳微微瞪大眼睛，“刘蓓丽？”

“9号晚上有一名学生家长宴请陈兴安，他喝多了酒后被送回去的。凌晨接到电话的时候酒还没醒，听对方说是刘蓓丽后再想起之前的网页追悼会的事，以为又是恶作剧，反骂了过去。”

没有人问陈兴安为什么隐瞒。学校里明文禁止教师接受学生财物，或者参与有利益关系的宴请聚会，被发现一次，取消一个季度的绩效和课时费。像陈兴安这种注重名声的人，肯定更不愿提起。

“电话查到了吗？”

霍廷琛点头：“查了，不是刘蓓丽的号码，是个无实名的陌生手机号。源头是S大的，是一个想要尝试创业的大二学生，托人购了一批电信、移动的手机号，卖给别人从中赚取差价。”

“江源调取到通话内容，你们听下，我已经让他去追查有关联的买家。”

霍廷琛把录音调大，在一阵窸窣的电流声中，有气无力的呻吟传出。

“老师——”接下来的通话内容，大家越听脸色越沉。陈兴安喝了酒，话里全是骂咧和指责，像是一根刺，伤得人体无完肤。

许瞳想，刘蓓丽在有求生机会、打给班主任陈兴安时，却换来一顿骂，该有多绝望。难怪到最后发出了认命苍凉的咯咯笑声。

放第二遍的时候，许瞳突然道：“等等！”

“怎么？”

“你听。”她再靠近了些，侧着头，“好像有别的声音夹杂在里边。”

很模糊，和她的喘息声混在一起，几乎听不见。

霍廷琛点头：“已经让人去分析了。”

“现在能确定的是，刘蓓丽在10号凌晨2点左右遇害，最后联系的人是陈兴安，但是我有个疑问。”邢峰说道。

“说。”

邢峰摊手：“有机会打电话，为什么不打110，反而找老师？”

“很简单，她被控制了，还只能打这个电话。”霍廷琛回答得简洁，“死者的双手双腿都有被捆绑的痕迹，并且是生前造成的。”

凶手囚禁了死者，在准备谋杀前却让她打电话。究竟是想放了她，还是想给她致命一击？

目前看来是后者。对方想让她从身体到心理，溃不成军。但无论怎样，许瞳算是看出来了，这个人的心理素质绝非一般的强。

晚上10点20分，最后一节自习课已经结束，荣佳路过26班门口，脚步微顿后继续往前走。教室里的某个男生将包往肩膀上甩，嘴角含着笑往外走。等出校门走了好长一段路，才一前一后地遇上，荣佳捏紧书包带，脚步变得轻快，男生推着车在后边走得不急不慢。

好巧不巧，许瞳、霍廷琛他们的车恰好经过，近光灯扫到相互依偎的背影，她才恍然想起自己什么时候见过温宇了，在询问荣佳之时，他从窗前“不经意”地路过。

（10）

车子路过两人，里边的气氛明显凝重了些。

“学校里喜欢他的不在少数，但敢明目张胆追他的不多。有同学说过两个人，何玥和石晓菲，好像之前给温宇写过情书，但结果很耐人寻味。”霍廷琛说。

“什么结果？”许瞳问。

“一个疯了，一个转学。”

“疯了？”

“嗯，精神刺激。”

在学校是品学兼优的佼佼者，然而飞向未来的隐形翅膀尚未长出，却先行衍生出黑暗的羽翼。刑警队见过太多身负命案的犯罪分子，被逼的，失手的，却没有哪一个像这样是有预谋的，在残忍杀害一个人后，依旧云淡风轻地上课、下课。

想到什么，邢峰苦笑：“被一个小孩玩得团团转的感觉，真是窝火。”

“看出来了？”霍廷琛侧头，轮廓分明的脸颊被路灯的光影典藏。

“看出来了。”

"现在缺的，是证据。"

"不会久的。"证据的搜集不会太久，天网恢恢，终究是疏而不漏。

今晚注定是个不眠夜，越野车冒雨开回单位，许瞳下车之后目光扫过门庭角落，忍不住快步绕了一圈。

"怎么了？"

许瞳喃喃："我的伞……"

公共放伞的区域里只剩下两把悬挂在那里，而她借的那一把却不见了。

许瞳想起那把伞的质感，以及木质把手的细腻纹路，东西若是自己的倒也无所谓，可是……

"今天没有外人进来，可能是有人拿错了。"门卫探头，"下班的时候不少人拿来拿去的，你的那把是什么颜色？"

"黑的，木头柄。"

"明儿如果有人还回来，我给你打电话。"

现在确实不是纠结这个的时候，许瞳点了点头。退一万步讲，如果真的找不回来了，她也记下了伞的样式和牌子，到时候再买一把，当面道歉和道谢吧。

黑的，木头柄，不是她曾经用的类型，却是男人的款式。霍廷琛看向许瞳的背影，双眸闪烁。

几人一进去就闻到浓浓的咖啡味，江源支着头，黑框眼镜反射着密密麻麻的数据倒影。几台电脑摆在桌上，台式和笔记本交叉使用，俨然忙得不可开交。

"头儿，两件事，痕迹处理那边已经把音轨剥离了，还有之前交代的活动区域筛查，名单在这里。"

霍廷琛端起杯子，单手拿着材料靠在桌子边："投影吧。"

小办公室被改造成了专案组的临时办公点，各种材料、档案在桌上堆得到处都是，前阵子去信息中心借了投影，挂在前边节省了不少事。许瞳盯着大屏幕上的名单和地址。

"现在筛选出来 7 人可能在抛尸点 5 公里范围内活动，3 人与刘蓓丽在社会上有交集，4 人和她是一个学校的。”

霍廷琛单刀直入：“看学校。”

“学校的 4 人中，家庭住址在那里的 1 人，直系亲属住址在那儿的有 2 人，还有一个是父母经营的门店在那儿。”江源边说边把表格打开。

许瞳看了一眼名单，全然陌生。

霍廷琛敲了下桌面：“查下里边有没有与荣佳走得近的。”

“没问题。”江源闷头敲键盘，不忘把音频放给大家听。

“分离出来有两道音轨，人声和物体声，我挨着放给你们听下。”

处理后的音频果然清晰很多，许瞳听见哗啦啦的声响，像是什么在滚动的声音，伴随着撞击。听声音东西不大，像是碎石类发出的响声。第二道，人声很弱，但中间能清晰听见一个字。

“碰。”

碎石，碰？刘哥猛地跳起来，一摸光头：“这不是麻将嘛！”

只有这个作为业余爱好的刘哥双眼放光：“两道合起来听听？”

哗啦啦的声响，“碰”之后有明显干净利落的一声。

麻将，茶馆。许瞳指着地域上东部的那个定位点：“刚才的那一户店面是不是叫‘龙道’？”

江源忙把卫星定位图调出。

龙道，确实是一个提供棋牌娱乐的茶馆！所有的线索都对上了！

“茶馆的地址在城河路 178 号，法人是杨文珍，她的女儿顾梦婷曾经在 S 小和 S 中读书。”江源说话的速度越来越快，“S 小和 S 中，你们猜猜谁也在那儿？”

大家异口同声：“荣佳。”

“对，荣佳和顾梦婷在 S 中是同班同学。”

霍廷琛拿起外套：“去龙道。”

警笛声划破夜空，急促旋转的顶灯像在一圈圈收紧放长的鱼线。

夜晚正是茶馆里生意好的时候，车子尚未停稳，就听见里边关不住的麻将声一阵阵往外飘。见一队神色严肃的警察入内，收银台边嗑瓜子的女人慌忙站起来：“警察同志，我们这里是正当娱乐场所，没有赌博的！”

紧接着，屋里凌乱响起抽屉开关的声音，麻将声、棋牌声在那一瞬戛然而止。几人出示了证件后，邢峰挥了挥手里的搜查令，使了个眼色让杨文珍跟他出去。

没见过这种阵仗的女人明显有些慌，好在很快强自镇定：“究竟怎么了？”

“我们是S市刑警队的专案人员，有证据显示您这里与一起凶案有关，现在按规定进行搜索，请您配合。”

“凶案？”四十多岁的女人脸色瞬间变白，“怎么可能！”

“搜查期间会影响到你的生意，很抱歉。”

杨文珍明显还在震惊中，压根没听见霍廷琛后边说的什么。也是，如果有一天警察忽然推门而入，说你家和一起凶案有关，没有几个人能淡定得了。

许瞳跟着进去，在里边娱乐的人陆续起身往外走。

杨文珍顾不上收钱，回过神后追上来：“什么凶案？我这里进进出出的人都没缺胳膊少腿的，怎么会有凶案？”

“9号到10号，荣佳有没有到你们茶馆来？”许瞳放慢脚步。

杨文珍停下脚步：“佳佳啊？”

“是来过，我家婷婷的英语太差了，150分的满分，50分都难上去。佳佳是个好孩子，这半学期都来我家帮着婷婷补习，有时候补晚了我就留她在这里住，不能让一个女娃娃走夜路回家是不？”

“那9号晚上到10号早上，荣佳都在这里吗？”

杨文珍刚想说什么，眉心一皱：“怎么开口闭口都是佳佳，佳佳怎么了？难道她出事了？天杀的，那么好的孩子！”

许瞳打断她：“阿姨，荣佳很好。”

看来杨文珍是真的很喜欢荣佳，她听到这里松了一口气：“是在这里……啊，不。”

许瞳停下脚步：“嗯？”

“小江那晚上丢了，佳佳这孩子怕惊醒我们，自己去找了一晚上，白天才哭着回来。”

“小江？”

“她帮人养的大金毛，看着很大，性子很温顺，聪明得很，让做啥都会！”杨文珍遗憾得很，“这几天寻狗启事还贴门上呢，我还想着谁找到了帮着给一笔感谢金，可是到现在一点儿消息也没有。”

堪称完美的脱身计划。

所有的房间都被仔细搜查，并没有异常。霍廷琛没有摘下手套，走过来问杨文珍：“上下楼是什么地方？”

“楼上是租给别人的，楼下我们自己住。”

“都是住房？”

杨文珍摇头：“有一间空着的，里边放着坏了的麻将桌，上一批机器是五年前买的了，基本淘汰在里头，乱得很，大半年没进去了。”

甚至不需要眼神的交流，邢峰直接道：“带路吧。”

说是楼下，实则是私人未经许可擅自朝下挖的地下室。光线很暗，沿着铁楼梯往下走，空气也变得混浊，隐约夹杂着一股霉臭的味道。

“下边排气前阵子坏了，一直没来得及修。我们都是生意人，粗人，也没讲究那么多。”

里边有三个房间，霍廷琛问：“哪一个？”

杨文珍指向最尽头，隐匿在黑暗里的那扇门。

“哦，对了，钥匙。”女人看起来有些慌，摸着口袋面色不好，“这个门一直没开过，钥匙都不知放哪儿去了——”

邢峰走近，发现还是那种老旧的挂锁，使了个眼色示意大家后退。男人抬脚一用力，门仿佛纸糊的一般应声而开。

许瞳后知后觉地补充：“不介意吧？”

杨文珍除了呆呆点头，没别的反应了。

室内一片凌乱，的确如同女人所言，堆满了报废的麻将桌和凳子，一层叠一层，几乎只有很小的一块落脚点。这里是第一现场的可能性很高，大家都走得很小心，生怕破坏了任何痕迹。

然而与现场都蒙了厚厚一层灰的桌椅相比，地面却显得格外干净，像是被人仔细地清理过。霍廷琛走到正中间，目测了下周围的距离，然后让跟来的鉴定科同事帮忙。

“看看这一块，是否有血迹。”

所有的灯都关了，门也被合上，室内伸手不见五指。几道交错的紫色光成了唯一的光源。许瞳眼尖地发现有地方略带阴影，照在地面，阴影范围更大。几人蹲在阴影处喷洒发光氨，刺鼻的气体不住往周围挥发。

等了一会儿，喷射状的阴影显露出来，许瞳深吸一口气。

“是血迹。”斩钉截铁的一声，确定了茶馆地下室的杂物间，就是他们寻觅已久的凶案现场。

(11)

紫色光下，越来越多的血迹显现。

“头儿，看这儿。”邢峰小心翼翼地从最里边搬出一把凳子。在试剂反应下，这把凳子上显现的大片血迹与周围明显不同。不出意外的话，刘蓓丽当时应该是被捆在这把椅子上。

“仔细找，看看上边有没有留下指纹。”

队里将这个不足20平方米的地方仔细搜寻完，依旧没有找到疑似凶器的物件。

“鉴定报告写明死者的头部伤口混杂着微量金属碎屑，与这里的桌椅并不吻合，看来凶手行凶后，将凶器转移到别的地方处理了。”

许瞳看见有人小心翼翼地用镊子夹起半颗米粒大小的东西，蹲下问：“这是什么？”

对方把东西仔细塞进透明袋后封好，才说：“具体情况验证后才知道，但我肯定，这是很关键的证据。”

仓库被封锁，现场在进行调查取证。许瞳俯身看向麻将桌附近的绒面，绿色的底纹上带着几根浅色的毛。她小心地用镊子夹起，放入袋子里。

强光很容易毁灭证据，在取证的过程中，唯一的光源就是手电筒和紫外线灯。在交错的光束中，周围密集的人影仿佛都消失了，仅剩下她一个人站在斑驳的暗黑室内，脑袋飞快转动。

怎么做到的？凶手是怎么做到的？如果她是凶手，怎么才能把一个活生生的人带进人来人往的茶馆里，再在行凶后处理掉所有的血迹，堂而皇之地离开？为什么没有人注意？为什么没有人听见动静？凶手是先将人困在这里，让她求救无果后实施的暴行吗？

“跟我来。”清冷短促的一声将她拉回现实，霍廷琛正往外走。许瞳知道自己在取证方面不如专业人士，转身跟着出门。

离开小黑屋的瞬间，空气都纯净了许多。霍廷琛关了走廊的灯，一边走一边往地面喷洒反应试剂。紫色灯扫过，从这边到尽头，一个个脚印暴露在眼前。

“你的脚，比一下？”

许瞳把脚放过去，36 码的鞋底竟然还比脚印大了一点。

“唔……”男人没再说话。

许瞳回头，这串脚印从杂物室出来，转向前面的小房间里。她的心跳加速，两人沿着脚印方向，到了一间少女气息十足的房间，从布置和书柜的书来看，应该是顾梦婷的卧室，血脚印消失在厕所间。

霍廷琛问已经六神无主的杨文珍：“这是谁的房间？”

“我女儿的。”

“顾梦婷现在在哪儿？”

杨文珍看了下时间：“这个点还没下自习呢，估计也快回来了。”

霍廷琛笑了下：“杨女士，我们才从学校回来，据我所知，一般的学校最后一节自习是晚上 10 点 20 分。现在 10 点 51 分，怎么会没下自习？”

“不……不会吧？”杨文珍的声音都变得干瘪和机械，“婷婷说马上要高考了，学校晚自习变成 5 节课，从晚上 7 点到 11 点，每天坐最后一班公交车回家差不多都要 11 点 30 分了。”

“你就没怀疑过？”

杨文珍都快哭了：“我是生意人，晚上又忙得很，哪有时间顾孩子读书呢？只觉得她在学校待的时间越长，对她越有好处，省得回家听麻将声音作业也做不进去，睡也睡不好。还有，我之所以没怀疑，是因为……”她说到这里，明显地呆了那么一下。

“因为有一个你很信任的人，让你毫不怀疑。”

杨文珍看向霍廷琛，一语中的快准狠让她开始害怕。

“确实，”她点头，“佳佳也是这么说的。”

霍廷琛说：“杨女士，恐怕我们要和你的女儿谈谈了。”

“我家婷婷肯定是无辜的！”杨文珍一听就激动了，“她虽然读书不上进，但是人很老实本分！我们一家都是老实人，不可能犯罪的！而且那晚上我清楚地听见两人在房间读课文，绝对没有别的动静！”

许瞳皱眉：“读课文？”

“是啊,”杨文珍声音沙哑,“俩孩子都在屋里读书,怎么可能有别的情况。”

“但现实你也看见了，”霍廷琛淡淡道，“谈一下，才知道你女儿是不是没有参与其中。”

杨文珍立刻给女儿打电话，按照霍廷琛的要求，并没有说明原因，只是称身体有些不舒服，让她早点回来。

20 分钟后，顾梦婷到了。

“妈？这是怎么了？怎么这么多警察？”才进茶馆的女孩看见这场面吓了一跳。

霍廷琛抬手：“坐。”

“什么事儿？”顾梦婷一头雾水，“来我们这儿做啥？”

“梦婷是吧？别紧张，我们现在遇到一个问题，需要你的帮忙。”

一听是帮忙，顾梦婷和杨文珍都松了口气。

“是这样的，你和荣佳关系怎么样？”

“佳佳？”顾梦婷有些惊讶，但也老实回答，“挺好的。”

“她为人如何？”

顾梦婷低头：“很好。”却明显底气不足。

“真的？”

“其实是这样。”她深吸一口气，“荣佳长得漂亮，成绩也好，初中时老师安排她做我同桌，我就挺羡慕她的……很想跟她做朋友那种。但可能是我太笨了，总跟不上她的脚步，一直关系都很淡。”

“现在呢？”

“高中她成绩好，去了‘一高’，我成绩差，就在本校，以为不会有来往了。但高二开始，她忽然在QQ上联系我，约我玩，还给我补课，渐渐就成了好朋友。”

高二开始？她们现在高三……也就是荣佳蓄谋了这么久？

“那这个月9号晚上你在哪儿？”

顾梦婷愣了愣：“我……我在这里学习啊，佳佳还在辅导我呢，不信你们问她。”她说这话的时候，眼神明显在闪躲。

“学什么？”霍廷琛看起来很闲适，问她的时候随手翻开了英语书。

“补……英语。”

“哦，32课？我看你笔记做得挺认真。”

顾梦婷愣住，回答的时候吞吞吐吐，脸颊也在发红：“是……是。”

霍廷琛把书翻过来，女孩的脸一下就白了。32课空白一片，她压根碰都没碰过这里。

顾梦婷一下就被吓哭了，杨文珍急得没办法：“婷婷，警察都到这里了！这个当口你开不得玩笑啊！9号晚上你是不是在学习？你骗我上5节晚自习究竟要做什么？妈妈让你说清楚不是害你，你是我的女儿，我肯定相信你，你得让警察也相信你啊！”

“我……我……”

“你是不是谈恋爱了？”霍廷琛话音一落，顾梦婷的哭声就停了。

她张了张嘴：“你……你怎么知道？”

这下一切的说不通，全都通了。

顾梦婷9号晚上溜出去谈恋爱，留在这里的荣佳确实有足够的空间和时间来行凶。她明里帮着顾梦婷在家长面前打掩护，而顾梦婷又何尝不是被利用来“掩护”？

“9号下午本来不该补习，学校老师开会，自习课没人管，好多人都逃了。

然后佳佳找到我说马上要考试，想多帮我辅导一下。可那天我男友早就约了我去看电影……也早就告诉过她，但她说她忘记了……”顾梦婷边抽噎边解释，“我又不好拒绝，就一起回来玩了会儿，当时露露也在，不过后来她坐了会儿就走了。我就跟佳佳坦白，她二话没说就说帮我打掩护。”

恐怕不是“忘记”这么简单的事儿。

“你是什么时候走的？”

“我走的时候挺早，晚上7点多吧。”

“那荣佳呢？”

“她说怕我妈怀疑，就在我房间里读书，反正我平时学习的时候……爱反锁门。”

杨文珍点头：“我中途有下来一次，听见里边有读书声，我以为她俩还在里边刻苦学习，就没想过来打扰。”

霍廷琛抬眼：“你下楼的时候是几点？”

“快8点吧。”杨文珍说，然后瞪圆眼睛，“那时候你出去了？”

顾梦婷又害怕又内疚：“出去了……怕你发现，佳佳让我读了一段课文录手机里呢。”

原来是这种“读书”。

“你这里有监控吗？我看一下。”

“啊，”杨文珍摇头，“有倒是有，就前几天忽然坏了，还没来得及修呢。”

许瞳顿了顿：“究竟是哪天？”

“大概周三？对，就是周三，上午还好好的，下午不知怎么就黑了，怎么调都连不上。”

周三，也就是8号下午。看来刘蓓丽是8号下午之后被荣佳带到这里来的。

一切水落石出。

1月15日晚上23点42分，所有采集的证据送往单位加速处理。在结论还没出来的当口，他们不能无证据行动，但是也不会放任不管。刘哥开车前往荣佳的住所，对她的一举一动密切监控。

她的电话、社交软件都被江源盯得死死的，凡有风吹草动，行动就是一瞬间的事。然而这个女孩却毫无反应，在犯下罪行的第五个夜晚里，安然入眠。

“困就睡一会儿。”霍廷琛说。

许瞳捏着钢笔，将笔帽拔开又塞进去，听见声音后动作才停下，摇了摇头：“不困。”

刘哥在一边笑：“我年轻的时候也像你这样，遇见大案子能亢奋得几天几夜不合眼。这次案子能破，小眼睛确实也有不小的功劳。”

一个尚处实习阶段的新人，能在一起线索有限的案件中提供帮助破案的关键信息，这种敏锐性和逻辑性，确实很少人能做到。

许瞳摇头，神色不卑不亢：“前辈过奖了。”

“老实说，咱队里是缺人，但是一开始听见要来女的，我是头一个抵触。”刘哥嘿嘿笑，“现在看来，你们女娃娃的心思确实比我们这些大老爷们儿细得多，我向你道歉，到时候转正啊就留在咱队里吧，绝对当宝贝一样捧着！”

“我说刘哥，”邢峰举着不知哪来的哑铃上下练着臂力，“咱队里必须来人，而且必须来女人，不然都是一群大老爷们儿，办起案件来多没劲，是不？”

江源嘿嘿笑。

“哎，小眼睛，”邢峰自来熟地问她，“有男朋友吗？咱队里除了刘哥都单身，你有没有意愿从咱中间挑一个发展发展？如果都看不上，你看咱老大怎样？沉稳踏实又有责任感，长相更不用说。”

霍廷琛破天荒地没打断他。

许瞳起身：“我去洗手间。”

因为有些证据的验证需要一段时间的反应期，大伙儿窝在小会议室里边聊边等。暖气开得很足，从上边吹下来的阵阵热风带着催眠的功效。刘哥想抽烟提神，刚摸出来瞧见正对着警务系统看得仔细的许瞳，悻悻地把打火机放回包里，噘嘴将烟放在鼻子下，企图闻味提神。

凌晨 3 点，电话铃声划破混沌的局面，差点睡着的邢峰一下就从凳子上弹了起来，抓起电话含糊道：“喂？”

他越听眼神越清明，第一时间按了免提。

“现场的 DNA 与死者吻合，许瞳取证到的那份 0.2 乘 0.1 厘米组织证实属于死者。”

“指纹呢？”霍廷琛问。

“现场被清理过，指纹没有留下，但是有不少关键信息。”陈叔在那头低笑，“凶手踩在血迹上的脚印，35 码，这个尺寸应该不属于男性。还有，在桌面发现的那根细毛属于犬类毛发，应该是金毛类的大型犬。不过最后有一点最关键。所谓百密一疏，凶手虽然抹掉了现场所有的血迹和指纹，但在浴室留下了不可磨灭的证据。”

水落石出，霍廷琛下达命令：“行动！”

（12）

车子在夜路上奔驰，早晚拥堵的市中心路上，零零星星地只遇上了几辆空出租车。

“待会儿到了荣佳那里，我们耐心点，等到天亮她出门。”霍廷琛单手穿戴黑色短款手套，吩咐，“尽量避免冲突，还有她的过激行为。”

现在时间 4 点 12 分，室外温度 -8℃，纷纷扬扬的小雪在车玻璃外渐渐堆厚。暖气让玻璃很快起雾，又被风吹干。

刑峰一身出外勤的装备，经常出入健身房的他配上这一身黑色装束，显得格外健硕。他例行检查了配枪，然后瞄了眼许瞳：“拿过枪吗？”

“拿过。”依旧是淡淡的回应。

“学校里？也是，现在学校军训都碰枪了。”

许瞳没有反驳却也没附和，望着窗外往后飞驰的路灯，也不知在想些什么。

车里很安静，时间一分一秒过去，终于等到了早起的人。

“荣佳出门了。”

尚不知已经被跟踪的女孩似乎很悠闲，沿着小区林荫路走得很慢，像在雨中漫步。粉色的伞、淑女的大衣、漂亮的脸蛋，如果许瞳不知道她的所作所为，恐怕会觉得这个小女孩拥有不少人羡慕的资本。可是，她清楚。所以现在荣佳脸上的每一寸笑容，每一次轻松的脚步，都像是一根锥人理智的刺。

霍廷琛眯起眼睛，在荣佳停下准备左转的瞬间，淡淡喊了一声：“荣佳。”

女孩迈出的脚悬在那里，仿佛动作都慢了半拍。

无声无息出现在荣佳背后的邢峰笑了下，他穿着一身警服，伸手撑墙的动作甚至带着几分浪漫，说出的话却不是——

“想跑吗？我劝你不要。”

荣佳停了片刻，歪过头双眸清澈。

那眼神许瞳很久都没忘掉，没有惧怕，没有悔恨，只有莹莹的光，带着毫无感情却又故作的天真。

“警察叔叔，你弄错了吧？”

“是吗，谢谢你提醒啊，我是弄错了。”邢峰握住荣佳的肩膀，不容拒绝地把人带向走廊，“我不应该对你这么客气。”

荣佳依旧不温不火，怯生生地忽然转头看向刚进来的许瞳：“姐姐，这就是你所谓的保护我？”

许瞳看着她，眼神不带丝毫情绪：“谢谢你完美的回答，让我们铁证如山。”

荣佳闭了嘴。

“恐怕你今儿没法去上学了，跟我们走一趟？”邢峰把询问的话说得不容反驳。刘哥往后边一站，加上霍廷琛，三人的闭合三角，彻底堵住了她逃跑的方向。

可许瞳发现，荣佳并不想跑。她安安静静站着，眼底没有一丝惊慌，然后淡淡地道：“哦？是吗？那让我给我父母打个电话，还给学校老师请个假。”

“这个不需要你担心，父母、学校，我们来讲，毕竟你还没满十八岁，得有个监护人在场。”

邢峰伸手指向警车：“请吧。”

女孩垂眼，乖乖跟着回了局里。

与此同时，风风火火赶来的荣佳父母一脸焦急：“是不是哪里搞错了？我们闺女怎么可能是凶手？”

刘哥摊手：“错没错，待会儿就知道。”

荣母很强势，一把推开他：“我要见我女儿！佳佳！”

荣佳见到母亲，一直沉默的她仿佛受了天大的委屈：“妈妈！”

荣父指着霍廷琛的鼻子：“我倒要看看，你们要怎么问我的女儿，要是她没问题，我会把你们几个告到失业为止！”

“哦，”霍廷琛拿下他的手，“尽量不麻烦你去一趟。”

“你们抓了我女儿，证据呢？没有证据我说什么都不让你带她进去问！”荣佳妈妈歇斯底里。

霍廷琛直接开了询问室的灯：“谁先来？”

荣母还死死拉着孩子：“你们说我孩子是凶手，她杀谁了？”

“同学，刘蓓丽。”

“那个打我家孩子的？”荣母披头散发，眼睛通红，“哼，这种人死了，死得好！学校少个祸害，社会也少一个，清净！”

荣父听了后直皱眉，尚且理智：“毕竟一条人命，你怎么说话的？还当着孩子的面！”

“如果想这件事早点收场，麻烦你们配合一下。监护人有一个在场就够，咱们早点开始，早点结束，如果真的不是荣佳，她也赶得上早课。”

荣母不服气：“什么如果，肯定不是！”

“那我进去——”荣父开口。

“你去什么？我去！谁要是逼我女儿，我第一个不放过！”荣母推开丈夫，气势汹汹。

霍廷琛看了眼面前的女人，最后示意荣父：“你来。”

询问室的灯再度亮起，大家伙儿都松了一口气。许瞳给荣母倒了杯茶，对方直接当着她的面倒进了盆栽里。

霍廷琛进了询问室，头儿亲自出马，一群人围在监控旁。

监控下，荣佳双手贴在小腹处，低头似乎在闭目养神。霍廷琛拉开凳子，直接开门见山：“35码的鞋？”

女孩没有动。荣父点头道：“是，我女儿脚小。”

“这个码数确实小。”霍廷琛又对荣佳说，“你可以不说话，不过还是那句，你说或者不说，处于劣势的依旧是你自己。”

荣父低声劝：“佳佳，没事，有什么爸爸给你撑着。你把事情说清楚，才能还你清白啊！”

荣佳食指微不可察地动了动。

“我们先不说案发时候怎样，说说你之前。”霍廷琛翻开资料，“学校对你的评价，好学生，有前途。”

荣父有些骄傲：“那是自然。”

霍廷琛看了他一眼，男人不自觉闭了嘴。

“班上的女生呢？似乎有些人对你敢怒不敢言。荣佳，你没有做班委并不是你不想，而是你清楚，自己压根得不到有力的支持。因为有些亲和的伪装做得再好，也压不住隐藏在内心的天性。你自以为是、争强好胜，但你最致命的，是嫉妒心。”

荣佳开始咬下唇，表情隐忍。

“嫉妒到了极致，就成了偏激。荣佳，温宇是你不能触碰的底线，一遇上他，你的理智都化作了偏激，但凡任何一个跟温宇有过交流的女性，都会成为你幻想出的强大敌人。”

霍廷琛身体前倾，眼神锐利：“你手里，可能不止一个命案那么简单。”

荣佳猛地抬眼，语气委屈：“我没有！”

“你没有什么？”霍廷琛步步紧逼。

“我要找律师，你这是在逼供！”荣佳爸爸站了起来。

霍廷琛笑了下，笑意却并没到达眼底：“哦，你要是知道真正的逼供是什么滋味，或许就不会这么说了。”

逼供……许瞳慢慢捏紧拳头。

“你和温宇在一起多久了？”霍廷琛又问。

荣佳沉默。

“那个男生已经确定要出国，你自然也不想停下脚步，还有，离开这个你讳莫如深的学校，何尝不是你一心向往的？但是有个人打乱了你的计划。”霍廷琛点点桌子，“这个人就是刘蓓丽。”

仿佛点中了什么，荣佳的指头动了下。霍廷琛观察到这个，继续道：“然而刘蓓丽并不像之前那些女生一样好对付，她比你能打，也不在乎名誉和成绩，更可恨的是，她爱上了你在乎的人，还对你造成了威胁。”

“她那天撞你，并不是故意，我猜你挑衅过吧？那时候一个计划已经在你脑海里成型。”霍廷琛俯身，居高临下地看着她，“荣佳，你知道吗，越是看似‘完美’的案件，留下的线索就越多？”

霍廷琛挑眉：“引起我们怀疑的第一点，就是这次的冲突。你说你只伤了手，为何要在那里躺十来分钟？你应该是想在人少的午后等一个证人。恰好周露来了，她听了你的所有说辞，绘声绘色地在警方面前给你做了最完美的证明。荣佳，你敢把你的手腕亮出来？”

荣佳看着霍廷琛，慢慢地，眼里蓄满了泪水。

“乱说，我是受害者啊警察叔叔！刘蓓丽骂我，推我摔下楼，我躺在地上是因为脑袋晕，我怕自己摔出了脑震荡所以我不敢动！她让我失去考试的机会，让我没法出国，为什么你们不追究她，反而来说我不对？就因为她死了我却还活着？”

荣父皱眉：“这些都是真的，我可以做证，那件事发生后我还去了学校，找了刘蓓丽理论，所以对她有印象。那孩子真的是……可以说是冥顽不灵，一点儿悔过的意思都没有！”

刘哥低语：“要不是我全程参与破案，差点就被这‘小白花’的表情给骗过去了。女人啊女人，可怕！”

“荣先生，没有把握的事情，我不会乱问。”霍廷琛继续，“当初你压根没有受伤，可是你没考上，就把所有的过失归结到了刘蓓丽的身上。恨，偏执，让你更坚定了杀心。”

荣佳下意识地按着手肘：“我没有。”

“你最后一次见刘蓓丽是什么时候？”

“记不得。”

霍廷琛把凶案现场照片一张张地递出去：“这个地方有印象吗？”

荣佳垂眼：“没有。”

“你有没有在9号晚上见刘蓓丽？”

“没有。”

“我再问你一次，那天晚上，龙道茶馆，你有没有见过刘蓓丽？”

荣佳脸色发白，再次下意识地握着手腕：“没有！”

霍廷琛把她下意识的小动作收入眼底，心底冷笑：“说了这么多，你的手腕若没有问题，怎么不敢放出来？”

荣父一巴掌拍在桌上：“你问够了没有！哪有你这样步步紧逼的？你想让我的孩子认她没犯下的错吗？”

霍廷琛却紧盯荣佳：“你的胳膊，敢当着我和你父亲的面，放出来吗？”

女孩咬牙，迟疑片刻后慢慢撸起袖子，上边一圈瘀青：“这又有什么关系！”

“上次的伤？”

“没错，反反复复，一直没好。”

青紫交加的瘀痕，还有抓痕，在白皙的胳膊上十分惹眼。

难怪，刘蓓丽死的时候，右手像是握着什么。而刘蓓丽十指会被处理，一是破坏指纹，二是，小小年纪却心思缜密的荣佳怕刘蓓丽的指缝里，会有她的皮屑。

然而，这道伤口，就是最好的铁证。霍廷琛笑：“谢谢你的配合，又给我们提供了一项证据。”

荣佳定在那里：“什么意思？”

霍廷琛盯着她：“小妹妹，我遇到过的案件成千上万，各类伤痕鉴定闭着眼睛都能识别，摔和捏的痕迹不会一样。”

荣佳双手和双腿不住地往后缩，眼底的神色和才进来的时候完全不同，伪装的面具在皲裂。

“我再给你一次机会，荣佳。9号晚上，你在哪儿？”

“卧室学习。”

“跟谁？”

“顾梦婷。”

“可顾梦婷那晚上并没有在家，你用手机复读学习？”

女孩嘴巴微张。如果说刚才的举动宛如当头棒喝，摧毁了她最坚硬的外部防备，那么这一次毫不留情的揭露，已经戳到了她的肉里。

“要我把你删了的录音恢复吗？”

荣佳喉头滚动：“我教朋友英语，录音很正常。这伤我也想起来了，是刘蓓丽抓的我。”

“什么时候？”

“7号，不，6号晚上，她又想来打我来着。”荣佳放下袖子，“警察叔叔，那里没有监控的，刘蓓丽想打我肯定不会让人看见，你让我怎么拿证据？要不，请学校老师来帮你讲讲过程？毕竟他们最清楚这种差生的作为了。”

霍廷琛挑眉，监控外的许瞳不禁捏紧了拳头。

“这家伙。”刘哥咬牙，“心理素质真是强，这下指尖有皮屑都不能证明什么了！”

“告诉霍队，厕所下水道里，发现了刘蓓丽的几根毛发。”

霍廷琛很快接到消息，比之前更沉静。

“我给过你很多次机会，荣佳。”霍廷琛站直，冷下声，“可你不珍惜。是，你没满18岁，但你已经到了自己承担后果的年纪。狡辩、谎报、提供虚假信息，等待你的只能是更残酷的现实。而比牢狱更残酷的，是人心。你是自己说，还是让我们说？还是，你准备对着刘蓓丽的尸体去忏悔？”

最后一张照片放在那一沓证据上，是刘蓓丽被发现时候的样子。荣父的眼角不住抽动。

荣佳转头：“爸爸！”

荣父震惊地盯着照片，而后拉着自己闺女的手：“不……我的佳佳不会做这件事。”

荣佳的瞳孔瞬间紧缩。

“下水道尚有未腐蚀掉的发丝证明属于刘蓓丽，最关键的是，你那把用来刺伤和剪掉荣佳头发的剪刀，一直被你放在课桌上。胆子够大，小姑娘，之后的话，你自己在法庭上说吧。”

到这里，许瞳感觉已经差不多了。大概等了快半个小时，陈叔那边采样结果出来，证实了一切的猜想。伴随印证到来的，还有一个少年。

温宇来了。男孩脸色发白，似乎极度不可置信。许瞳看向监控，原来霍廷琛早就安排好了这一步。怎么瓦解荣佳，以其人之道，还治其人之身。

荣佳猛地站起来，脸色比他还惨白：“你怎么来的？你怎么在这里？”

温宇先看她，再看向桌子上的照片，忍不住后退两步。

面对警察神色一直淡定的荣佳，这会儿眼眶却红了：“你别这样看我！”

“你为什么要这么做？”温宇不敢相信。

荣佳眼神闪了闪。

“你真让我恶心！”

荣母站起来：“你说什么，你——”

却没想到一阵诡异的笑声，打断了争执。女孩慢慢低下头，披散的头发盖住了她的脸。隔了几秒，诡异的笑声从喉咙深处发出，“咯咯咯”，让人毛骨悚然。

“因为我喜欢你啊！”荣佳定定看向面前的男孩，眼神痴迷，“我喜欢你啊温宇，这个世界上没有人比我更喜欢你。可是，我让你恶心了？我让你恶心了吗？我为你付出了那么多，就换来一句恶心？你为什么忽然这种态度？因为她？”

荣佳指着身后，也不知道是指谁。

“因为她对你笑，因为她老缠着你，因为她每周都给你放一本你最爱的杂志，因为她给你点歌她用电脑程序遥控说她爱你？”

许瞳明白了，那个“她”，竟然是刘蓓丽。

温宇猛然捂嘴后退：“这些不是你做的？”

荣佳抱着脑袋疯狂大笑：“我？我除了读书我还会什么？我不会那么高端的电脑，你感兴趣的东西那么深奥，我能懂吗？我只有说是我做的，你才能看我一眼啊！”

荣佳的父母听了这话，直接呆愣在了那里。荣父仿佛一下老了十来岁，慢慢滑坐在凳子上：“佳佳……”

可荣佳似乎没有听见：“你又是那么优秀，那么惹人注意，我当初怎么没想到，如果死的是你该多好，这样，你就永远是我的了，咯咯咯咯——”

荣佳的眼神和表情是那么绝望，用刻意压低放柔的语气说出这句话。温宇后退几步，转身夺门而出。

这并不是他们想要的结果，许瞳叹了一口气。

荣佳认罪，真相大白。她指认了现场，同时交代了犯罪过程。

荣佳说，她从小到大受到的家庭教育就是争强，做最好，只要成绩好了，父母什么都给，哪怕是她放纵自己的脾气，父母都对她没有任何意见。所以直到今日，她依旧没认为自己有多大的错。

这起案件在 24 小时内完美破获，大功告成后，人来人往的会议室瞬间空旷了下来。许瞳在一张张地清理桌子上的文件。

邢峰笑说："哎，今儿大家就爱咋咋地吧，回去好好休息一下，咱们再整装待发！"

天光破晓，案子破了，疲惫席卷而来。

"这真是！"

江源忽然一声大吼，刘哥摸脑袋："怎么了？一惊一乍的？"

"刘蓓丽的 30 万去向查到了，你们猜用哪儿去了？"

"这怎么猜得到？"

"一个单亲家庭，母亲尿毒症，做透析很缺钱，孩子是他们学校的一个女孩，之前学校里为这件事搞过众筹。不过那家人并不清楚，只说某天打开大门发现一口袋钱和一张字条，字条上总共三个字：随便花。"

结局让人惊讶，优等生竟然是凶手，而劣迹斑斑的差等生，竟还有这样的善举。其实，这个世界上没有绝对的"优等"，也没有彻底的"差等"。刘蓓丽平时的言谈和态度注定了她会承受自己种下的果，但这种果实，绝对不是被人夺取生命。

"手上没事的今天都可以回去休息，报告和一些文字材料，等盛浅予回来她来处理，到时候江源协作。"霍廷琛说。

江源嘿嘿笑："头儿，我来就行。"

"这起案件是队里的事，所有人都应该参与。"霍廷琛说完后转身离开，寻找那一道身影。

许瞳在值班室踮脚探头："伞回来了吗？"

警卫孙叔帮着找了一圈后摇头："没有。"

她在原地站了会儿，背影有些失落，继而不放弃地形容了下伞的具体细节，打印出来后，将寻物启事贴在了公示栏边。

外边依旧在下雨，早上7点多的天黑压压的一片。许瞳翻开手机搜索SAB，刷出来的每一把都和之前的对不上号。

"SAB的雨伞最贵的售价为460英镑，如果是定制款的话，上不封顶。"

她想起底部手工雕刻的花体字母后再看了眼存款，心里越发没底。

"我送你。"一把伞撑在头顶，许瞳这才意识到自己已经站在屋檐边上。

"地铁口两步路，不用。"许瞳把伞往他身边推了下，捏紧包冲进了小雨里。

霍廷琛在楼梯口站了好一会儿，直到看不见她的影子，依旧静静地站着。

地铁站离单位确实不远，她走在人行天桥时忍不住停下捂着肋骨处。眼前的城市熟悉又陌生，雾霾让天空在整个冬天都是灰暗的，一点也不像记忆中蓝天白云的S市。

不远处市政施工，吊车上的人冒雨将一串串红灯笼往路灯上挂，新年的音乐像是长了翅膀，飞入她的耳里。

啊，原来新年将至。有的家庭在团聚，有的家庭却注定留下遗憾。许瞳前脚刚踏进地铁口，远远地就看见一个男人低头站在那里看时间。他转动腕表的样子很专注，睫毛在笔挺的鼻梁上投下一道暗影。

她瞬间捏紧包带，隔着五米的距离，静静地看着他，他的驼色围巾，他的休闲大衣，以及他的高帮卡其色靴。

程野抬头，视线在人群中锁定了许瞳后挑眉，露着白牙："啊，挺巧啊。"

五米变成三米，继而隔着一米的距离。许瞳站得很直，宛如汇报工作："挺巧。"

"原来你在这儿乘地铁。"程野往后指了下。

许瞳这才发现原来他笑起来的时候，有个单边的酒窝。

两人在地铁门口傻站了会儿，程野压着内心的波澜，从许瞳的眼看向她的鬓角。那些可爱的浅浅绒发被湿气沾染，贴在了脸颊上，他下意识地抬手撑在她头顶。

“你过来点，这边没有雨。”

说起雨就想起那把丢失的伞，许瞳很认真地向眼前这个男人道歉：“对不起，你借给我的那把伞暂时找不到了。我已经贴了寻物启事，如果实在找不回来——”

“当时给你就没想过要收回来。”程野洒脱地笑了下，“不然肯定会想办法要你的电话号码，虽然很想，但是怕你觉得我这个人轻浮。”

许瞳顿了顿，不经意后退半步拉开距离，礼貌答谢：“能把型号给我吗？我再买一把还给你。”

“如果你真的觉得亏欠的话……”程野放慢语速，见许瞳抬头听得认真，那双清透的眼睛就这么认真地看着他，只看着他一个，周围的喧哗全成了背景音。

“我能做点什么？”

程野摸了摸大衣口袋：“那就推荐哪家的饺子好吃吧。”

许瞳这下真的愣住了。

“我是外地人。”程野说话时，声音是从胸腔共鸣出来的，沉稳中透着一股子韵味。许瞳生在南方长在南方，自然听得出他不是本地人。“大冬天的总想吃点饺子，面也可以，你有没有店推荐的？”

许瞳捂了下肚子，想起那一层油泼辣子的香味，忽然就饿了：“有家面馆不错，就在这附近不远，我带你去。”

程野咧嘴笑，毫不客气地跟了上去。

他为什么在这里，许瞳没有多问。

男人先是走在她身边，后来略微领先一小步，最后在一台自助暖柜前停下。他投币买了两瓶热饮，一瓶递给了她。

面馆真的就在这附近，店面很小，味道却很棒。所以他们到的时候已经没位置了，不少人只坐了小板凳，甚至还有端着碗在路边蹲着吃的。

当程野出现在面馆前，许瞳这才发现精致的人和简陋的店铺，两者连画风都不一样。

“这里条件有限，要不再换一家？”她问。

“不用。”男人似乎饶有兴致，看着老板从热气腾腾的锅里捞出面条，再浇上一层油泼辣子，“越是这样的地方口味越值得期待。”

恰好有一桌人走了，程野过去熟练地将碗放在边上，用卫生纸将她面前的桌子擦干净，才开始擦自己这边的。

许瞳静静地看了一会儿，老板吆喝：“小妹儿一两豌炸，这个帅哥吃啥子啊？”

程野点得熟练：“三两小面，加牛肉。”

许瞳把筷子递给他：“你吃重庆小面？”

“前些年的时候去过那里，”程野将一次性筷子掰开，刮掉周围的毛刺后递回去，“解放碑，朝天门，还有白鹤梁的水下博物馆。”

话题一打开，似乎话就多了起来。许瞳以为和一个陌生人一起吃饭会很尴尬，却没有。他似乎走过很多地方，国内的国外的，覆盖了所有的大洲和大洋。那些风景，那些人文风俗，他简单的三言两语，便在她眼前勾勒出一幅幅生动的画面。

许瞳记得父亲说过一句话：一个人的眼见，决定了他的阅历；一个人的阅历，决定了他的涵养；一个人的涵养，注定了他的魅力。

这个男人在短短的几分钟里，抓住了她全部的视线。

这顿饭吃得相当愉快，程野夙愿满足，万里长征跨出第一步：“谢谢你。”

许瞳摇头：“是我应该谢谢你。”

若不是在程野车上听见那个节目，让他们找到刘蓓丽暗恋温宇的证据。若不是他那句“你对这里熟吗？我开导航”，让人恍然推断凶手对那片范围的熟悉度……

许瞳想，大概有些线索，他们不会发现得那么快。

男人看着她的表情，内心了然，表面不露声色。

“我送你。”吃完饭，程野自然不想错过好机会。

许瞳原本想拒绝，可温饱问题一解决，整个人就有着说不出来的疲惫，似乎没什么精力再去挤几十分钟的早高峰地铁了。

没过多久，一辆崭新的牧马人停在眼前，还没上牌号。程野按下车窗，许瞳才意识到这是他的车。

车身有些高，许瞳上去的瞬间停了片刻，坐下的时候刚要拉安全带，一只手伸了出来。

“我来。”

淅沥的雨还在下，耳边是雨刮器来回晃动的声音。有什么在心底悄然发芽，伴随着雨点交织的乐曲。

第二卷

豪门焰

Lianai Zhengzai Zhencha Zhong

（1）

凌晨两点的高速路上，橙色兰博基尼在城郊路上高速飞驰。车内音响放得很大，坐在副驾驶位置上的女人紧紧拽着安全带，脸色发白。

“你在怕什么？”

似乎速度越快，越能带来风驰电掣般的快感，男人说话的口吻很轻佻，等车子开上山顶就迫不及待地停下。

女人问他：“你就不害怕吗？”

男人拉下她的衣服：“怕什么？我们这一家谁不隔三岔五收个威胁信的。”

“可是……”

“嘘，宝贝。”

女人面露紧张，抻长脖子看向车窗外。她忽然看见车前的黑影，猛地推开身上的人。尖叫声划破长夜。

程野被电话惊醒。他睁开眼睛，专属业务手机的屏幕正亮着，男人的眸色瞬间变得清明，露出玩味的神色。

早上 7 点 15 分，牧马人在约定的路口缓缓靠停，一个神色匆匆的中年男子夹着文件夹上了车。

“我是周老先生的助理，黄毅君。”黄毅君礼貌地递上名片，同时不忘打量眼前的男人。

对方比想象中的年轻，也比想象中的健硕以及英俊。黄毅君不禁有些怀疑，这么年轻的一个男人，真的像业界所说的那样传奇吗？

“周浦正老先生？”

“既然清楚我就长话短说，”黄毅君深吸一口气，“周家三少爷被绑架了。”

黄毅君说“少爷”二字似乎是习以为常，虽然在现在这个社会已经很少听见，不过这个称呼放在周家来讲似乎并没违和感。

这个已经有百年发展历史的大家族企业，在一代代传承中不断发展壮大，后在四兄妹的手里，乘着改革开放的春风，在各个城市都延伸出盘根错节的资金线。商业地产、高级酒店、旅游投资、连锁百货均有涉猎，净资产近千亿，在国内外享有盛名。

周家的三儿子被绑架，意料之中，情理之外。

“这是在三少出事的车上发现的，早知道有这么一回事，我们怎么都不会让他单独行动的！”黄毅君说。

“什么时候的事？”

“这个……”黄毅君并不能给出很准确的时间，“三少平日……社交圈比较广，朋友也很多，经常在外应酬，所以晚上不回家也很正常。”

程野点点头：“那你们是什么时候发现他被绑架了？”

“周夫人给他打电话，连着一天多的时间都没回复。但昨天下午我们收到了这个，还有要赎金的电话，才意识到出了事。”

黄毅君小心翼翼地将包里的信封给他，程野看着那份机打宋体3号的信，普通的A4纸，上边居中一行字“下一个，就是你”，附带一把匕首滴血的图案。

程野凑近闻过后“唔”了一声：“车上那个女人怎么说的？”

黄毅君瞬间正色：“您怎么知道车上还有一个女人？”

程野扬了下那封信：“荷尔蒙的气息。”

怪了，他们之前找人鉴定都没看出什么，连带着指纹都只有周三少的。

其实不是荷尔蒙的味道，是程野了解周竞朗纨绔的性格。花花公子，加上脸稍微能看那么一点，在玩女人这件事上已经登峰造极。周竞朗半夜飙车出门去野外，用脚趾想都知道肯定不是出去赏花赏月，而是赏“秋香”。

“这封信是在绑架前收到的？”

若说之前黄毅君只是秉着公事公办的态度来应付，那么在眼前男人只凭一封信就言中两个信息点后，他不由自主地开始言无不尽。

“一开始以为是绑匪在绑架后把信留下的，后来听同车的女……伴说，在出事之前三少已经收到信了，却并没有放在心上。”

程野“哦”了一声，示意他继续。

其实黄毅君也没有多少信息可以透露了，唯一掌握的就是那个女伴的联系方式：“她说那晚天色很暗，三少又因为特殊原因关了所有的灯，所以并没有看清楚来人长什么样。她被迷倒后再醒来，三少已经不见了。如果您需要，随时可以联系她询问。”

程野记下电话，黄毅君把所有的材料都给他。

“先生，请您一定全力以赴！绑匪来电话要三千万，钱对于我们都是小事，但周老先生担心他们拿了钱后丧心病狂地撕票啊！如果三少毫发无损地回来，我们定会支付赎金 10% 的酬劳给您。”

程野挑眉，10%，也就是三百万，好大的手笔。

“哦，对了，这件事还请您保密。除开绑匪要求我们不要报警之外，周氏的声誉也很重要。你知道一旦我们这边出了什么不利的新闻，引发股市震荡，一两小时间蒸发的价值，远远比绑匪要求的多得多。”

程野了然。

黄毅君走了，他却没有离开。后视镜中映着一个红衣女郎。之所以能注意到她，首先是因为在数九的天气里，女人露着修长白皙的大腿，更是因为从黄毅君上车到现在，她都没有离开过。

程野按了下喇叭，女人妖娆地开门关门，风情万种地冲他笑。

男人的嗅觉很敏锐，在浓郁香水气息之间，嗅到了一丝若有似无的别样气息。不属于她的，另一个人的味道。

程野不露痕迹地按下车窗，忽然有些怀念许瞳身上的淡淡药香。

女人盯着程野看，从他的脸看到他胳膊上鼓起的性感肌肉线条，再到他的下腹，红唇轻咧，舌尖在下唇上游走：“刚才那人给你多少？”

程野眉峰一挑：“怎么，你有兴趣接单？”

女人凑了过来，气息更浓郁了，声音也充满若有似无的诱惑：“不，我有兴趣的，是让你接我一个单。”

程野扫过她的脸，玻尿酸垫的山根和苹果肌，尖刀似的下巴，嘴唇很丰满。胸口那一道深深的沟估计和脸一样，出自同一家。她年龄不算大，但阅历却不浅，是对男人的“阅”和“历”。

他低头摸出烟，准备掏火的时候听得耳畔响起微弱的咔嚓声。

女人举着火机，笑容像一只狐狸：“刚才那人说的单，我想再附加一个要求。到时候成功了，他给你多少，我加倍给你，连我也可以一并给你。”

白烟缭绕，烟草的味道终于冲淡了些许刺鼻的香味。

加倍，六百万，可天下没有白给的午餐。

果不其然，女人下一秒开口了：“找到周三少，前提，在绑匪撕票以后。”

程野的眼睛微微眯起。

两个人都走了，两笔单子都被留下。程野没拒绝，可是也没承诺。他把信放进车抽屉里，看了眼时间，忙开到面馆那里，寻找熟悉的身影，可遗憾的是，他等到快 9 点，许瞳也没出现。

许瞳没有出现，是因为最近都在单位恶补电子档案资料。刘蓓丽的案子刚破，盛浅予洋洋洒洒写了一篇惊心动魄的新闻稿。稿件很精彩，引起了上级的注意，所以近期有大领导会来 S 市刑警队视察工作，顺带检查验收各项建设情况。

“天哪，2007 年到现在的卷宗全部都要在系统里形成电子资料，可是我们这边 2010 年才使用这个系统，也就是前边三年的所有案件卷宗，我们都得一个个录进去。”得知消息后，盛浅予傻了眼。

小队伍有机会得到上级的亲自指导和认可，大家都挺高兴。刘哥将盛浅予表扬了又表扬，但破天荒地，没有多少人附和了。

许瞳揉了下发红的眼角，手侧堆了如山高的卷宗资料。

经过一天的辛苦奋战，她和江源差不多录了快小半年的，而盛浅予那边始终没什么进展。

女孩把手机立在桌上，用卷宗挡住，一边看视频一边扫描，抱怨不断。

中午 12 点 30 分，在吃过饭昏昏欲睡的休息时间，大家被临时叫到了会议室。

“头儿，出事了？”江源咋咋呼呼的。

霍廷琛把门关上，声音不大却字字清晰：“因为被害人身份特殊，所以我要大家保证行动的机密性，尤其有些喜欢串门、发朋友圈的，这段时间最好消停点。如果泄露了半点风声，我不管你是有意还是无意，不好意思，立刻离开我的队伍，不管你是谁。”

大家一听就意识到了问题的重要性，唯独盛浅予没吭声，脸拉得老长。

“就在今天的 10 点 51 分，堂鸿集团的董事长周浦正收到一封威胁信。”霍廷琛将东西推到正中央，“原件正在检验。”

许瞳接过照片，一共两张。一张是信封，白色厚底，目测质量上乘；第二张看起来像是 A4 纸，上面写着一句话：下一个，就是你。

话的右下角有一个滴血的黑色匕首图案。

“堂鸿集团？那个天天上财经新闻的周氏大家族？”

刑峰抽气：“这种只活在各种新闻杂志里的上层社会层面的案子，没想到还是我们来接，哈哈，人与人之间也不过如此嘛。”

“那我们岂不是可以去堂鸿总部，跟他们一家子接触了？”盛浅予捂着脸蛋，“周三少很帅的啊，前几天还上了新闻呢，又大手笔新买了一辆跑车！”

似乎提起这个家族，大家的注意力都有点飘。霍廷琛淡淡地泼冷水：“如果我没记错周三少名字的话，周竞朗已经被绑了。”

新的照片被推到桌中央，这次却多了几张。许瞳发现了同样的信件，以及车门大开的兰博基尼。

“三天前。”霍廷琛语速不快，“周家没有对外放出消息，希望动用自家的力量赎回周竞朗。但是没想到今天收到了这一份，因为威胁的对象是堂鸿集团股份有限公司的董事长周浦正，所以有人暗中求助警方。”

“暗中？”许瞳问，“他们当中有人不愿意吗？”

霍廷琛对许瞳的敏锐性很欣赏，点头：“确实，因为其中牵涉不同的利益群体，所以并不是每个人都赞同大张旗鼓地求助警方。所以我们在参与这起案件时必须以便衣的身份融入，不到万不得已，不能让非求助方看出任何端倪。”

说白了，他们的任务就是暗中保护董事长周浦正，同时查出威胁的源头。可现在最头疼的问题就是，报警的那一方明确表示，董事长周浦正是带头反对的，他们得在他毫不知情的情况下，贴身保护他。

“根据消息，堂鸿集团恰好在两天后举办百年庆典，虽然家里发生了这样的事情，庆典依旧要正常进行，那时候人多眼杂，我们一定要提高警惕。”

“怎么确定对方不是现在动手，而是两天后呢？”江源提出疑问，“而且这封威胁信究竟是要谋财，还是害命？”

“无论是谋财还是害命，我们都不能有半点疏忽。至于两天后也只是我的个人揣测，因为周竞朗被绑架并非在收到威胁信的当日，而是两天后。当然，为了以防万一我们必须从现在开始行动。据反馈，周浦正出行身边都会有安保人员，”霍廷琛目光扫过人群，“那边会有人接应，最近会把我们的人替换过去。”

“那我和刘哥去吧。”刑峰摩拳擦掌。

霍廷琛摇头：“周浦正身边的保镖，只能是女性。他个人的意见是，女性更细致，对外不显眼，在做保镖的同时能照顾他基本的出行生活。”

盛浅予一听，不停摇头：“不行不行，我力气小，格斗什么的从来都吃亏。而且跟他这样的大人物在一起，我……我紧张。”

许瞳淡淡道：“那我来吧。”

盛浅予顿了顿，很轻地含糊一声：“你能打吗？”

“周浦正会有自己的一些要求在里边，在不知道人是我们警方安插的情况下，他可能会现场验你。”霍廷琛其实心底早就认定了她，“如果遇到什么情况，千万别逞强，我们会随时接应，有特殊情况不能擅自行动，懂吗？”

许瞳起身，面色依旧清冷：“明白。”

“头儿，那我们呢？”刑峰问。

“堂鸿集团总部30层楼，我们安插在其中就行。”霍廷琛收起所有的照片，“具体情况，我们先和内部人员沟通后再定夺。现在请你们换下身上的警服，车在楼下，10分钟后出发。”

（2）

兵分两路，一队追查三少绑架案，霍廷琛单独带着许瞳奔赴约定地点。

这是一家私人会所，角落里的钢琴流淌出舒缓的轻音，桌子上的珐琅灯台充满历史感，许瞳忍不住摸了一下，边缘有个小标签，备注1874年。

她迅速收回手，坐姿端正，从背到腰肢笔直一条线下去，只在腰间处微微内凹，露出不堪一握的柔软弧度。

霍廷琛收回目光：“近几天会辛苦你。”

许瞳端起果茶抿了一口：“没事的。”

悬挂的风铃声音清脆，提示着有人推门进来了。两人站了起来，许瞳的视线从上落到下方。

门口也是两个人。一个坐在轮椅上的年轻女人，还有推着轮椅、脸色防备的孤傲少年。女人目测不超过25岁，脸庞白净中透着健康的粉泽。她长得很温婉，衣着品位和气质十分吻合，可遗憾的是，裙摆那块是空的。

“抱歉，”对方扶着轮椅开口，“我的腿不方便，刚才出门的时候出了点状况，让你们久等了。”

“我们也才刚到。”霍廷琛改到许瞳身边站着，给二人腾出空间。

“这位就是？”女人看向许瞳，眼神友好中透着好奇。

“许瞳。”霍廷琛简单介绍。

“您好，我是周竞语，接下来的几天真心拜托你了。”

许瞳握着她的手，神色认真：“我会尽力。”

周竞语应该是这里的常客，从刚进来，服务生就安静地给她准备好一切。

她背后的保镖叫沈一，跟标枪一样立在她身边，虎视眈眈地盯着每一个想靠近她的人。

“今天单独请你们来，就是想具体说下威胁信的事。”周竞语面色担忧，“你们已经知道，在三哥被绑架之后，我大伯周浦正也收到了信件。为了确保大伯的安全，我慎重考虑后还是决定联系警方。”

许瞳这才知道，周竞语是堂鸿集团的二小姐。

“这封信当初是怎么被发现的？”霍廷琛问。

“说来也奇怪，我大伯说他第一次进办公室的时候没有看见，开完会后再回去，它就摆在了桌子正中间。”周竞语叹了口气，“他的办公区一般人都进不去的。”

“那天有谁进去过？”

“中间那段时间没有人，王妈倒是一大早去清扫过。不过她肯定不会做这件事，王妈跟我们周家跟了快四十年了，大家信任她。”

“那当天还有谁进出过？”

周竞语摇头：“我不知道。说实话，我不能在家人面前表现出对这件事很上心的样子，容易引发不必要的误会。但我确实很担心大伯，也不希望他有事。所以拜托你们，一定不要让对方得逞。”

“那周小姐，对于周竞朗的事，”霍廷琛问出了许瞳心底的疑问，“你怎么看？”

周竞语安静下来，隔了一会儿才长长地叹了一口气：“三哥的事，只能看他自己的福气了。”

“我这么说，你们会不会觉得我很恶毒？”周竞语拂开鬓发，低低地苦笑，“有时候真希望他消失了才好，可偏偏我们之间又有没法选择的血缘关系。具体的事情我不能多说，反正，三哥那里已经有人在想办法，大不了就是多给钱的事。若他这次能吃点苦头吸取教训，也算是一件好事。”

霍廷琛和许瞳对视了一眼。

“发生这样的事我也劝过大伯取消庆典，但是邀请函早在两周前发出，媒体们早就在全程关注，加上我大伯人……很固执，所以庆典看来是取消不了了。”

“我掌握的情况就这些。”周竞语打开包，取出什么放在桌上，“待会儿会有人直接带你过去，这个……小心意，你收下吧。”

许瞳顺着保养得宜的指尖看去，是一张六位数的支票。

“周小姐。”她把手按在支票上，慢慢推了过去，清冷的眸子中清晰映出对方的影子，“对你而言是帮忙，对我而言是执行公务。”

周竞语看着她，果断地收回那张支票，语气和态度比之前更加谦和：“对不起。”

1点30分，接许瞳的人到了。男人戴着墨镜，体格竟然比邢峰还魁梧，一身西服被全身鼓起的肌肉撑得紧绷绷的。

堂鸿集团总部位于城西电子科技园区，背环一大片人工湖，侧面是绵延的高尔夫球场。进门，安检，看来在发生两起事件后，大楼的安保增强了不少。

许瞳冷静下来，整理思路后开始认真观察。整栋楼现在只留了正门的进出口，在这个上班的点，几乎没有几个人在大厅走动。带她的人很寡言，除了“进”“这边”之后，终于在电梯里多说了几句：“旁边的电梯是专属电梯，没有卡不能进去。”

她举着身上夹的卡片：“那这个呢？”

“这是临时身份，没有任何特权。你的卡片等董事长同意后，再给你。”

原来专属，指的是周家自家人使用。不过，许瞳看着攀升的电梯楼层：“现在就去见周先生？”

“他身边的保镖，再忙他都会亲自过问。”男人似乎永远都是一个表情，等提醒音响，他按着开门键，“拿出你所有的实力，不要保留。想要这个职位的人很多，你必须足够优秀才能留下。”

许瞳慢慢吐了一口气。她大概在门外站了半小时，才有人推开门。里边的说话声顺着门缝飘出，同时出现的，还有熟悉的深灰色大衣。迎面接触的两个人都明显一愣。

“董事长，这是顶替庄红的新人，许瞳。”

程野往左边靠了下，让出大门的位置，刚要开口就见许瞳眼神扫过，锐利、警示，却格外灵动。他心底闷笑，老实地闭了嘴。

程野身边站着一个人，国字脸，个头中等，头发花白却精神矍铄，想必就是堂鸿集团的董事长，这次受威胁的对象周浦生。

“进来吧。”

周浦生的办公室比想象中要小一些，中式的布置，古色古香的红色实木，墙壁上挂着一幅很大的毛笔字：天道酬勤。

周浦生戴上老花镜，仔细看许瞳的资料：“我不怀疑手下选人的眼光，所以今天来只问你一个问题。”

周浦生看向许瞳，眼神不怒自威：“假如你和我的生命同时受到威胁，你会怎么做？”

“我会尽力周旋，”许瞳侧头，“直到队友出现。”

周浦生没有说话，就这么一直看着许瞳，隔了很久才淡淡一笑：“你太年轻。”

“不过，”周浦生摆手，“每一个来的人我都问过，除了你，其余人都回答的是以我为重，因为他们太想要这份工作。你倒是不一样，先留下试试吧。”

许瞳不露痕迹地松了一口气。

“走吧，需要的时候再来。”

许瞳刚转身，就有两只手拦住了她的去路。

“得罪了。”简短的一声提醒后，许瞳的胳膊被人握住，顺带毫不客气地反拧住。

许瞳眸色沉凝，原来这才是让她来的目的！她先反应极快地旋转身体，反拧住挟持自己的人，瞬间扭转了局势。继而感受到什么低头，躲过了身后人的横扫，最后伸腿发力，绊倒了身前的人，身体却猛地被人压制住，双臂被紧紧环抱在那巨塔般的男人怀里。许瞳腰部发力，小腿反钩夹住对方的脑袋，两人一起重重摔在地上。

“怎么了？”程野冲进来就看见披头散发眼神威猛的许瞳，像一只小猎豹似的。

(3)

“可以了。”周浦正抬手，终于下了命令。

两个人迅速从地上爬了起来，巨塔想伸手去拉许瞳，却被她果断地拍掉。

许瞳自己站了起来，面无表情地整理头发。皮筋断了，黑发如瀑般垂落，半遮半掩住精致的脸。方才的运动让她的脸颊泛起薄薄的一层红晕。

程野见她完好无事，目光扫过身高体型比许瞳强过好几倍的攻击者，最后才落在周浦正身上。

“周老先生身边本来就卧虎藏龙，看来又添一名猛将。”

周浦正似乎对程野挺上心，摆手解释：“庄红这两天身体抱恙，临时请她顶替一下。现在看来实力不错，待会儿我出门，你跟着一起。”

许瞳没说话，眼神里的寒冰在慢慢消融。

出门的时候，巨塔终于忍不住开口：“你是我见过最顺利被留下的人，没有之一。”

巨塔去给她拿新的身份卡，吩咐她留在原地等待。等人走后，许瞳忽然反手握住程野的胳膊，拉进电梯后快速取下他腰侧的卡。电梯启动，安静的空间里只有两个人的呼吸声。直到程野晃了晃手臂，她才猛地收手。

“保密。”她一脸认真。

男人勾起嘴角，鼻腔里发出一声带着饶有兴致的余韵。像是知道一切，偏偏等着她亲口说。

许瞳咬牙：“我的身份。”

她先听见一声轻笑，紧接着是男人的安抚：“照顾好自己，别的都不用担心。”

电梯停下，门开启，等人走出去，许瞳才愣愣摸着自己的头顶。那里，还带着对方掌心的淡淡余温。

许瞳被摸头了。这种感觉自父亲走了之后，就再也没有体验过。很玄妙，像是手指抚过平静的湖面，泛起一串涟漪。她站在那里，手掌盖着头顶，有些傻傻的。

这次程野没有径直离去，倒着两三步又走了回来，手挡在门口，眼带桃花："女士，需要我帮忙吗？"

"不需要。"许瞳的耳朵全然红透，声音低不可闻。

"你放心，孰轻孰重我分得清楚。"男人放慢脚步，和她并肩站立，"再说我的嘴很严，有些该说的都没交代清楚。比如……我的名字。"

许瞳眨了下眼睛，确实，他的名字。

程野停下，为了照顾两人的身高差，他微微俯身，在她掌心一笔一画："程野。禾呈程，里予野。记住了？"

磁性的嗓音带着让人脸红心跳的迷人魅力，游走的指尖更像带着电流。

许瞳猛地收手，麻痹的感觉从手掌传至心口。

"我……"她说，"你是谁？"

不是问他的名字，而是他是谁。

男人顿了顿，靠在栏杆边，视线迎着许瞳，没有逃避。他挑眉，笑："那你觉得我是什么人？"

许瞳抿嘴不语。男人叹了一口气："我是谁不重要，但我和你来这里的目的，是一样的。而且我知道的，可能比你们多得多。"

"那你都知道什么？"女人抿嘴，眼睛微眯。

程野盯着她看了好一会儿，露齿而笑："小姑娘想套我话？资源共享怎么样？"

许瞳转身要走，男人忙挡在门和她之间。

"开个玩笑，"程野举手，"我们两个路子不同，调查的手段自然不一样。可能在你眼里，不少……嗯……"

"上不了台面？那你也别跟我说了。"

程野手揣风衣，笑得含蓄："一针见血。这样吧，我有个秘密在心里憋了很久，再不来一个人听简直要出大事。"

许瞳咬着下唇，双眸发亮："哦，那我勉为其难，洗耳恭听。"

程野低笑着摇头："你眼里的周家，怎么样？"

许瞳想，大概是慈善家，拥有浓厚的历史底蕴，齐心团结。似乎对外都是这么宣传的。

程野从她眼里读出了内容，伸出食指摆了摆："名誉，不过是他们最后一块遮羞布。给你个提示，这周家盼着老爷子出事的人，不在少数。"

许瞳正回味着这句话，电话声突兀响起。

"董事长要出行，门口等候。"

程野放下电话，将身份卡递给她："拿着。"

卡片是纯白的，没有任何字眼在上面。但许瞳知道，这张卡连负责安保的那个巨塔，都没有。

"那你呢？"她问。

程野神秘一笑，新的一张在指尖旋转："后路。"

许瞳看着手里的卡，对面前男人的身份更加警惕。

威胁周浦正的人至今毫无动作，让人不得不打起十二分的精神来应付。而他们刚出门，一群人便风风火火地冲了进来。许瞳立刻挡在了周浦正的前面。

"大哥！"一个和周浦正三分相似的人神色激动地喊了声，"竞朗那边已经一整天没消息了，我准备了钱也找不到人啊！"

正准备上车的周浦正很不耐烦："你怎么来了？不是说已经在处理，让你在家里等消息吗？"

"我等不来啊！"周浦大神色焦躁，"之前劫匪还联系要价，可现在什么消息都不来，我能不慌吗？如果放在你儿子身上，你还会这么跟我讲话吗？"

"你！"周浦正嗒嗒杵着拐杖，"成事不足败事有余！哭能解决什么问题？竞朗也是我们周家的一分子，我难道不着急？"

"他是我儿子又不是你儿子！"周浦大终于忍不住了，"大哥！我们竞朗要是有什么三长两短，我……我就把这些年你做的所有事都供出去！"

"把他给我带走！带走！"周浦正喊了这句，忽然捂着胸口，满脸痛苦。

"董事长？"

"叫医生！"

“快！快给董事长拿药！”

“都散开！”

许瞳下意识往边上站。程野迅速靠近周浦正身边，单膝跪地，飞快脱掉上衣后垫高老人的双腿。他贴近试探老人的呼吸和脉搏，在察觉到对方心脏骤停后神色一凛，手撑胸腔正中的位置，一下下用力实施心肺复苏。

越来越多的人围了过来，许瞳忍不住张开双手，撑起一个圈：“后退，让空气流通。”

按压中的程野飞快抬头看了她一眼，默契配合地一下又一下，十几次的时候，周浦正仰头，喉咙发出嘶哑的破风声响，惨白的面色终于恢复了些。

程野松了口气，瞬间被围着嘘寒问暖的人挤出了内圈。

风衣被无数只脚踩得惨不忍睹。周浦大被巨塔直接强行绑出，周浦正还没缓过来。又是一阵人仰马翻的忙乱，终于把老人送上了车。

许瞳趁机捡起地上的衣服递给他，他刚想道谢，对方已经一阵风似的出了大门。他抖了抖衣服，拎着看了很久，终究还是放在结实的臂间。

周浦正心脏不好，受了刺激，直接住进了私人医院。许瞳趁着空当来到走廊，给霍廷琛打电话。

“顺利吗？”霍廷琛问。

“还行。周浦正住院了，我有一个想法……需要你帮我查一下周家人员信息。”

“还有，”许瞳想起周浦大的那些话，“算了，我自己查。”

或许有些论坛小网站，能找到不少关于堂鸿集团的信息。

霍廷琛见她迟疑：“发现什么了？”

“我看了下公司的安保状况，以及周老先生办公室。能进出将信放进去的，是外人的几率应该很小。”许瞳沉声，“我怀疑这里边，应该有内部人员参与——”还没说完，就感觉到身后有很轻微的声音，她状若无事地继续。

“嗯，对，我已经被录取了。不用担心，最近会先租房，再考虑别的问题。我这会儿在忙，有事晚上再说。”

许瞳放下电话转身，一个面容阴鸷的男人站在背后。他看起来状态不太

恋爱
正在
侦查中

好，颧骨高凸，身体偏瘦，头发中夹杂着白发，哪怕穿着再精致的衣服，也撑不出好的感觉。而男人就站在离她不到半米的地方，眼神阴冷，让她有些不舒服。

“你是谁？”男人问。

许瞳的手碰了下身份牌，他眯起眼睛：“我们请你来做保镖，不是请你来偷奸耍滑的，愣着做什么，难道真要人死了你才动一下？”

“周先生在接受治疗，现在不方便见人。”许瞳淡淡道。

男人冷哼：“我是他儿子，要见他都不行吗？是死是活总得让我先知道吧？”

原来是周家大少爷，周竞驰。

（4）

周竞驰心情不好，训过许瞳后就想进病房。但不出所料，被护士拦在了门外。好在周老先生病情很快稳定下来，老人不想待在医院，里里外外忙碌着准备将他转回家里治疗。

许瞳和周家大少擦肩而过，不经意听见他和医生的对话。

“我爸究竟什么问题？”

“情绪激动后突发心脏骤停，好在救助及时，不然后果真的不敢想。”

“只是受刺激，不是别的引起的？”

许瞳放慢脚步，手搭在护士准备送过去的轮椅上，垂眼。

“周先生放心，我们做过全面的检查，周老先生的身体没有别的问题，只是情绪上千万不能再受刺激了。”

周竞驰面色阴晴不定，挥手让医生离开，自己站了一会儿就走了。

许瞳微微眯起眼睛，给霍廷琛发了一条消息：周竞驰可能有嫌疑。

此后风平浪静到了1月23日，堂鸿集团百年庆典的前一个晚上。不少宾客陆续到达，全部被安排在了周氏旗下的度假酒店里。酒店坐落在S市风景秀丽的镜水湖区，100套独栋别墅，月牙形环绕湖畔，背靠九顶山，秀美而精致。晚上自然少不了晚宴应酬。许瞳站在周浦正背后，穿着剪裁得体的黑色西装，耳朵上挂着蓝牙耳机，面色清冷，英姿飒爽，眼神却紧盯着每一个来往的人。

宾客尚未到，来往的都是工作人员。草丛里做清洁的几个人一丝不苟地捡着落叶，甚至还有人爬到高处检查路灯，看起来都很有序。周浦正今天的精神好了些，对外周旋一阵后吩咐助理："把家里的人也都叫过来吧，好久没办过家宴了。"

黄毅君听后有些为难："董事长，那二……"

周浦正冷哼："他爱来不来！"

"是。"

"哦，还有，"老人叫回他，"把程野也请来吧，这次的事我想亲自感谢他。"

黄毅君走后，周浦正长叹一口气："那天我虽然在鬼门关里走了一圈，但你们在说什么、做什么，我都感觉得出，甚至连你们的表情，我都像能看见似的。"

许瞳环顾一圈，周浦正的身边除了自己没有别人，这些话是在对她说。

"有时候我在想，若是没有堂鸿，我也不是董事长，不过也是个体弱多病的老骨头，只怕是久病床前无孝子啊……"

许瞳听得安静。

周浦正继而自己笑了："瞧我，怎么开始多愁善感起来。我只是忽然想起，咱们一家人很久都没有好好在一起吃饭，有些感慨罢了。"

长餐桌很快布置好，老人老早就坐在了主位上。

在等待中，陪伴周浦正的只有不言不语的许瞳，一桌空餐盘，以及燃烧跳跃的白色蜡烛。

"哟，好丰盛。"没过多久，门口传来一声熟悉的感叹。许瞳不自觉挺直腰肢，就见换了件黑色大衣的程野被人引了进来。

程野看了眼自己的一身搭配，再瞄了眼许瞳的，嘴角一勾，指向自己的衬衫，两人都是黑白搭配，西装革履的情侣衫。

"你来了，"周浦正挺高兴的，甚至杵着拐杖走过去接他，"开车了？"

"是，"程野指向窗外，"停在外边。"

"今晚你肯定要喝两杯，"周浦正拍拍他的手，"我给你安排房间住一晚。"

“这可不好弄。”程野摊手，“这年头小娃娃读书苦的是家长，我还得回去陪混世魔王做作业。”

许瞳心底一跳。

“你成家了？”周浦正惊讶。

程野咧嘴，却笑着向许瞳说：“我这种到处跑的人，哪个姑娘愿意嫁？魔王不是我家的，受朋友之托。”

周浦正哈哈大笑：“男人四海为家，不能理解你，就不配和你并肩站立。”

许瞳垂眼。

“既然要回去，我这里会开车的人不少。”周浦正回头指着许瞳，“会开车吗？”

“会，不过……”许瞳扬起下巴，男人眨了下眼睛，“我的职责是保护您。”

老人摆手：“一去一回也要不了多久，再说我在自家的地方，不会有事。”

“您身边不能缺人。”

“哎，”周浦正皱眉，“我这是找了个保镖，还是找了个监督员？”

程野见状低咳：“算了，以后有的是机会。”

许瞳抿嘴。

“哟，谁这么快到了。”慵懒性感的女声在门口响起，紧接着就是高跟鞋踩地的一挫一顿，带着午夜媚惑的香水气息飘入鼻端。程野没有回头，已经知道是谁。

周竞柔指尖扫过长长的桌面，最后环抱住周浦生来了个贴面礼：“大伯，人家好想你哦。”

“好，好，回来就好！你啊你，回国了也不说一声！”

“哎，大伯您别说了。”周竞柔贴着他坐下，微挑的眼尾眼波流转，风情万种，“我啊，才回国就水土不服，各种倒时差，前阵子一直在睡眠中心住着。”

周浦正拍拍她的手：“好好休息是对的。”

“我给你介绍一下，程野。程野，这是我侄女小柔。”

程野放下咖啡杯，似笑非笑地伸手：“周小姐。”

周竞柔俯身握着他的手，眼神闪烁：“原来你就是救我大伯的程先生，我也是久仰大名。”

短暂的一握后松手，周竞柔眼神如丝，走到他身边坐下：“程先生在哪儿高就？”

程野笑：“混口饭吃而已。”

许瞳收回视线，目光盯着门口。

“老先生，人到了。”

程野立刻起身，状似无意地拉开与周竞柔的距离。

“哟，说好的是家宴，怎么还有外人啊？”身穿月牙白定制款的周浦明出现在玄关处，她把外套递给管家，眼神好奇地看向程野，“柔柔，你男朋友？”

“男朋友？”站在周浦明身边的男人明显愣了下，几乎是审视了程野一番之后才开口，“我就说你挑挑拣拣那么多年，原来是喜欢降服野马。”

周浦明听了脸色不太好：“别说得好像你很懂的样子。”

周竞柔红唇轻启：“姑父毕竟是男人，有时候确实比女人懂女人，某方面。”

“小姑。”一直等在外边的周竞语出声提醒。

周浦明低语一声“好浓的狐狸味”，转头闷闷地道：“小语来了，沈一，还不快把二小姐推进来。”

沈一明显不太喜欢这样的场合，板着一双猫儿眼却动作轻柔地将周竞语推进去。

“大伯。”

比起对周竞柔的热情，周浦正对周竞语只是淡淡地回了句：“嗯，来了就好，让你爸妈坐吧。”

周浦光带着妻子落座，许瞳注意到他们，是因为两人穿着与周围格格不入的朴素。这次她见齐了周氏家族的四任元老，都是“浦”字辈，附“正大光明”，而他们的下一代都是“竞”字辈，她目前见过的，有三个了。

周浦大一家却在这会儿来电话说没空。周浦明，也就是外界称的明夫人摸着盘得精致的头发，冷哼：“二哥一家恐怕也没什么心情来吃饭了吧，不过我儿子竞豪在国外读书没法来，大哥，竞驰怎么没来啊？”

周竞驰，许瞳脑海里浮现出那个身体瘦弱、眼神阴鸷的男人。

“老周，给竞驰打个电话，问人走到哪儿了。”周浦正召来老管家。

对方点点头，隔了会儿回来：“先生，联系不上啊。”

“刚才你不还说他已经在路上了？”

老管家点头，神色疑惑：“是啊，有可能在开车没注意，咱们再等等吧。”

一直没开口的周浦光哑着嗓音道：“竞朗还没消息，大哥这里也……要不再联系下竞驰？”

“咦，”周浦明的丈夫俞博恒眯起眼睛，镜片下的眼神落在安静地站在一边的许瞳的脸上，继而盘旋到腰肢和腿上，“大哥什么时候新换了人？”

这下所有的目光都落在许瞳身上。

“替庄红的。”

俞博恒笑了下：“大哥，疑人不用啊。咱们家大业大，不是谁随便都能进来的，要不你把人交给我，我回头帮你验几天？”

周竞柔嘲讽：“姑父，你什么时候也做起 HR 来了？你究竟想验人呢，还是想验……”

“身”字尚未出口，只听见屋子背后远远地飘来躁动的喧哗。

“怎么回事？”所有人都站起来。

周浦正压抑着怒气：“谁在外面闹？不知道这里全是贵客吗？走，我倒要看看怎么回事！”

许瞳却挡在周浦正面前，声音清冷地否定：“周老先生，请您留在这里。”

仿佛才想起那封威胁信，周浦正站了会儿，慢慢坐下。

“死人了！”越来越大的叫声从远及近，程野和许瞳对视一眼，男人走到门口。

“湖……湖里死……死人了！”

仿佛预演过一般，屋里的人齐刷刷地喊出：“怎么可能！”

“阿仁！”老管家气急败坏地指着自己的儿子，“你确定？”

“确定！”周仁清脸色苍白，不住喘气，指向身后，“远大公司的穆总想夜钓，我就带他去湖边，没想到灯光一打下，一个人背向上浮了上来！”

许瞳看向一屁股坐在凳子上的周浦正，以及在场每个人的表情。

隔了好一会儿，周浦正抬手："去看看吧。"

等他们赶到了湖边，那边已经围了好几层的人。天色已经黑透，微弱的路灯和手机交错的光亮中，几乎 80% 的人穿着酒店的工作服。大家看见周老先生一群人，立刻让出了一条路，每个人的眼里都带着欲言又止的神色。

程野大步靠近，许瞳拦着他，自己先行走向面朝下的死者。她蹲下身试探，果真，已经冷透，没有任何生命体征。

在仔细地观察了那人的背面后，许瞳用力抓着死者的肩膀，把人翻转过来。

"周竞驰？"

（5）

许瞳在看清死者的脸后，明显愣住了。收到威胁信的明明是周浦正，而之前周竞驰在病房前的表现也让她一度起了疑心的，怎么偏偏到这会儿，怀疑对象竟然落水死了？

许瞳看着平静的湖面，再蹲下来仔细观察周竞驰的脸。像是受到了什么惊吓，他身上的衣衫完好无损，裸露在外边的皮肤也没有别的痕迹。

这是不小心失足的意外，还是蓄谋的他杀？

"竞驰……"一声呼唤将人拉到现实，周浦正的声音透着不可置信的颤抖，"怎么会是你……"

他想过来，许瞳下意识拦在前边。老人目眦欲裂，捂着心口吸了好几口气才出声："让开！"

许瞳摇头："先生，现在还不能确认周竞驰先生的死因。如果是他杀的话……现场不能再被破坏了。"

正在环顾湖面的程野闻言回头，望向人群中腰身挺直的女人。双眸清冷，面色严肃，在人心浮动的紧张环境中依旧能准确地做该做的事。她说的每一个字、每个细微的表情，以及每一个动作，哪怕在这种环境里，都带着撩动他心的劲儿。

程野想，不少女人问过自己到底喜欢哪一类，他也曾思考过，究竟怎样的女孩才能走进自己的心里。是天真烂漫的，还是成熟性感的？是个子小巧玲珑的，还是修长饱满的？现在他恍然，所有的条条框框，在遇见她后统统成为废纸一张。

“你有什么资格？”周浦正气结，赶来的助理和老管家忙把药给他，老人往地上用力一摔，“让开！”

许瞳从包里摸出带着警徽的证件，看向周浦正，一字一句地说：“S市刑警大队，许瞳。我现在怀疑周竞驰的死和周竞朗的绑架牵涉到连环作案，为了尽快查清案件，也为了防止凶手进一步动作，请大家配合接受调查。”

“你是警察？”边上站着的俞博恒忍不住喊了声。

“没错。”许瞳沉声，环顾四周，眼带警示，“请在场的人都不要离开，还有你——”

程野刚想往前，身边的巨塔跨出半步。

“请周老先生及在场各位在旁边休息。”

巨塔顿了顿，有些纠结地走向周浦正：“董事长。”

周浦正盯着自己的儿子，年过花甲的老人瞬间萎靡了不少。他看着看着，不住摇头，捂着眼睛：“先是竞朗，再是竞驰。看来我周浦正注定是孤家寡人了。”

“董事长！”黄毅君忙扶着有些虚脱的周浦正。

周浦正摆摆手：“虽然这十几年来，竞驰和我的关系越来越远，但他毕竟是我的儿子，我撑得住，就凭着一股气，我也撑得住。你——”他看向许瞳，眼神带着狠意，“既然是警察，我不管你来这里的目的是什么。今天在这儿，我的人你想用就用，一定要让真相水落石出！”

许瞳慎重地点头：“请最初发现尸体的人留下，其余人先在隔壁休息。”

天色黑透，气温变低，许瞳说话的时候嘴边带着一团白色雾气，鼻头和脸颊在低温中微微泛红。管家的儿子周仁清和一个偏胖的中年男子留了下来。

许瞳给霍廷琛打了电话，继而开启电话录音，见一只手摸向尸体，她飞快清嗓阻止。

程野伸出的手又收回，最后跟变魔术似的从包里摸出一副手套。他正准备往手上戴的时候，却被人毫不客气地拿了过去。

许瞳将手套套在手上，一边检查周竞驰身上的东西，一边问留下的几个人：“请说下你们的职业、姓名。”

“我是周仁清，帮忙负责别墅清洁卫生管理的。这位是……”

中年男人吸着气：“我是穆忠言，远大集团的总经理。”

“那你们是怎么发现死者的？”

许瞳抬头，这句话可不是她问的。程野抱着胳膊煞有介事，她忍了忍，还是选择仔细听。

周仁清这会儿都感觉像做梦：“之前见穆总行李上放着钓竿，我就忍不住说咱镜水湖里有镜鱼，鱼鳞光亮像一面镜子，鱼肉鲜嫩滋补。穆总很有兴趣，我们便邀约晚上 8 点来夜钓。”

“确实是这样，都是临时起意的。本来觉得天冷不怎么想出来，”穆忠言一脸后悔，早知道他就不出来了，“但是觉得到这里一趟不容易，索性就来了。”

“然后我们就走到了湾口这里，对，就是这个位置。”周仁清指向他们正对着的一个湾口。

程野张手感受了下风，又仔细观察了下微弱灯光下的水流，“唔”了一声：“这是一处回水湾，湖水是流动的，但上游的东西都会冲到这个位置，再被拦下。”

周仁清点头：“确实，这里经常滞留一些垃圾，每天都会有人清理。”

“那你们是什么时候发现他的？”

“走过来大概晚上 8 点 15 分吧。”穆忠言想了下，“我们走过来也就那么一截路程。”

许瞳想，下午 5 点多的时候，老管家还和周竞驰取得了联系，而周竞驰被发现的时候大概是在晚上 8 点 15 分。按道理说，溺水死亡的人不会那么快浮上水面，但遇到这一处浅滩回水湾，也就难怪了。

许瞳从周竞驰的衣兜里翻出手机，已经无法使用。而钱夹也好端端地在身上，里边的钱和卡都在，看来不是谋财，但……

许瞳皱眉，好像少了点什么。究竟是什么呢？她仔细回想之前见到周竞驰的时候，男人也是这身衣服，但是——

她“啊”了一声，去看周竞驰的左手手腕。果真，那块表不见了。

“怎么了？”

许瞳看了眼程野，刚想说的话却吞进了嘴里。男人眨了下眼睛，后退两步：“好，好，我只负责当人形电筒。”

他举着手机，果真老实不说话了。穆忠言傻眼：“他不是警察啊？”

程野咧嘴。

许瞳低咳：“周竞驰平时有没有想寻死的表现？”

周仁清忙摇头：“肯定不会。”

许瞳抬头：“怎么说？”

“大少爷肠胃不好，但为了不让自己营养失衡，每次用餐的食材都是请营养师搭配的，非常讲究。”

“而且！”周仁清想起什么一拍脑门儿，“大少爷会游泳啊！”

会游泳，许瞳望着湖面，再走过去试探了下湖水的温度，刺骨冰凉。

警笛声由远及近，没过多久，霍廷琛行色匆匆地靠近。他看见许瞳后紧抿的唇才放松：“情况怎样？”

许瞳仔细地把之前的情况说了。

穆忠言以及周仁清都被请回去休息，检查尸体的人也换成了专业人士。

许瞳起身后，霍廷琛不经意地看到举灯的男人，问：“这位是？”

“程野。”许瞳下意识介绍。

“和案子有关系？”

程野歪头打量霍廷琛，视线顺着落在许瞳身上。

“没……”她摘下手套，“我一个人不方便，他来帮忙的。”

“小眼睛，怎么死的人会是周竞驰？”随后跟来的刑峰一脸茫然，“周浦正呢？”

“在里边休息。”许瞳想起他，感叹，“周竞朗被绑架，周竞驰死亡，看来对方真的只针对周家。”

“那周浦正怎么没事？威胁信明明是他收到的。”刑峰纳闷。

程野插嘴：“信上写名儿了？”

刑峰下意识：“没有……哎，关你什么事？”

程野在一边笑：“威胁信上又没写谁的名字，哪知道是不是他，万一被人拿错了呢？”

这下所有人齐刷刷地看了过去。程野举手，一脸无辜：“哎，哎，我只是感叹一下。”

霍廷琛沉声：“你怎么知道威胁信的事？”

程野摊手：“你们刚刚说的啊。”

许瞳反复思考他的那句话，猛地站起来：“啊！”

这下所有人都看着她了。她这才意识到自己反应过激，清了清嗓子：“我有些事情想问你，过来。”

许瞳把程野带着走出很远一截，直到听不见刑峰的说话声才转头，差点撞上了男人的胸口。她反应很快地后退半步：“你还知道什么？”

程野眼神这下是真的透着疑惑了：“什么我还知道什么？”

“威胁信，还有周竞驰的死。”

程野看着她，最后无奈地叹了一口气：“刚才那句也只是我的揣测，但仔细想或许也有几分可能。”

许瞳仰头，觉得这样看他会很没气势，再后退两步才开口：“什么可能？”

“你想啊，”程野偏生又走近，近到让许瞳能感觉到他胸口传来的炙热，“假如那封信原本是给周竞驰的，只是阴错阳差去了周浦正那里，而凶手将计就计，让我们把所有的注意力集中在周浦正身上，从而轻易对周竞驰下手？”

许瞳愣住，反复回味之后眯起琥珀色的眼，因为她想起医院门口周竞驰的话。

“只是受刺激，不是别的引起的？”她之前觉得周竞驰说这句话的目的，是想周老先生出事，继而才想是否周老先生出事了，他就能继承巨额遗产。可现在转念一想，如果那封信是周竞驰先收到，再转给周浦正的呢？这句话的理解又会不同。

他在纠结，纠结给他的威胁被加在了父亲身上，给他的伤害也会加给这个老人，所以才急切地想要寻求“是不是别的引起身体不适”这个答案。

虽然越想越有道理，但终究只是揣测。许瞳垂眼：“现在你也看到了，人命关天。不管你究竟是什么目的，但凡是跟案件破获有关的，你都必须告诉我。”

程野挑眉：“我可是良民，自然知无不言，言无不尽。否则……怎么体现警民鱼水情呢？嗯？”

不知为何，“鱼水”两字被他咬得格外正，许瞳下意识就想到了跟“鱼水”相关的另一个词组，有些恼羞成怒地转身。男人笑得敞怀，可下一秒又侧耳，捂着自己的表盖，仿佛在听什么。

“你听。”

许瞳停在那里，下意识屏住呼吸。“咔嚓咔嚓”，像是指针走表盘的声响。

许瞳没有表，程野手里那只表的声音被盖住之后，另一处的声音格外清晰。两人打着手机灯光在湖畔草地中仔细寻找，很快，找到了一抹银亮——一只手表半掩在草丛之中。许瞳小心翼翼地用手套包起它，放眼前仔细看。

真的是周竞驰的手表，表带被外力扯断，表盘也摔出了裂纹。许瞳意识到，脚下的这片土地很有可能就是周竞驰遇害的第一现场。

沙沙，是树丛摩挲的声响。程野敏锐转身，紧接着声响剧烈，由近及远。许瞳唰地站起来，眼神一凛。

有人！一阵风过，身边的男人已经跟着追了出去。许瞳走了两步像是发现什么，又退了回来。她往湖水边靠近，手电筒的光仔细对准刚才异光闪烁的湖面。

那是什么？在全神贯注中，她却没想到背后忽然多出一道影子，一件东西套在她身上，紧接着被人猛地一推！

“唔！”许瞳哪怕反应再快，也抵不过冲力。手机先掉进去，紧接着就是她自己。入水的瞬间仿佛跌进了冰窖之中，手被某种东西紧套在身侧。

而她却是俯身倒入水面，双脚用力蹬，找不到任何借力点，混浊的湖水呛入口鼻，一口接着一口，容不得她说不。

而波光粼粼的湖面，一封信打着圈，在腾起的水花间漂浮。

（6）

许瞳被人一把从湖水中捞起。朦胧中听见有人在喊她，紧接着衣扣被解开，胸口一阵又一阵地被按压。半昏半醒间的心肺复苏差点又把她给按回鬼门关，许瞳艰难伸手推开身上的男人，翻身吐出冰冷的湖水。

“冷……”声音几乎不像自己的，又尖又细。从水里回到水面上，再被湖边的冷风吹过，让她有种宁愿再跳回去的冲动。

“没事了。”有人从背后搂着她，温热的气息从他胸口传递到她的背部。但唯一的遗憾是他的衣服和她一样，都湿答答的。

许瞳哆嗦着转头，程野也好不到哪儿去，他浑身湿透，水珠从鬓发间滚落，顺着遒劲的颈部线条，没入锁骨的凹陷处，两人的睫毛上都像结了一层霜。

他问她：“哪里不舒服？”

“有……有人推我。”费了很大的力气，许瞳才能说完一整个句子，嘴巴仿佛不是自己的，一张一合完全不受控制，“但我没……没看见那人的样子。”

许瞳的每一次颤抖，都让程野心间紧缩。男人想把衣服脱下裹在她身上，但刚才跳下湖水太过匆忙，外套没来得及脱。

“我追到一半感觉不对，就听见你落水的声音。我把你拉出来，然后发现你身上套着这个。”

许瞳想去抓那条细长的东西，手指却是木的，尝试了好几次都没成功。但她也看明白了，套在她身上的那个环，竟然是一根细细的电线。

“周……周竞驰身上没有发现这个。”

许瞳抱着自己，脸色越发惨白，嘴唇乌得厉害，让人看着怪心疼的。

“具体情况还得验了才知道。”

程野刚想带她回去，视线飘过后站定，一样东西正静静地挂在水草丛里。

“你等等我。”

许瞳转身就看见程野再度下水，仿佛能感受到冰冷的刺激，她不自觉地哆嗦了下。

“怎么了？”她问。

程野捡起那样东西，打开之后，目光瞬间凛冽。

“是什么？”

男人把东西给她，两人冰冷的指尖接触，却带着如火的炙热。

“信。”与周竞朗、周浦正收到的，一样的威胁信。许瞳的手在抖，在寒冷中控制不住地颤抖，打开之后果然不出所料。

——下一个，就是你。

程野捏紧拳头。

“发生什么事了？”有一个声音插进来。

许瞳抬头，霍廷琛和一些人从小树林中走来。

“怎么浑身是水？”霍廷琛看到许瞳的样子，忍不住问道。

许瞳这会儿觉得已经快适应了低温，却不知道在别人眼底十分落魄：“有人推我下水，顺带留下这个。”

霍廷琛快步上前，拿起信看过之后沉默片刻：“看清楚是谁了？”

许瞳摇头。

“先回去。”霍廷琛不由分说地脱下大衣把许瞳裹住，继而略强势地将她往回带。

“等等。”许瞳费力探头，“我们在这里发现了周竞驰的手表，刚才在湖边，我也发现了……像是纽扣一样的东西，但都落湖里了。如果不出所料的话，这里应该是周竞驰落水的地方，可能有线索。”

霍廷琛眼如寒冰：“刑峰，你带人在这里。”

“没问题，头儿。”邢峰咬着腮帮子，“我倒要查清楚，谁胆子这么大，竟然敢动我们队里的人。”

没等许瞳说话，霍廷琛忽然将她拦腰抱起。低呼压在口中，她有些尴尬地推他，不知怎么，这一刻觉得手和脚都难以安放。透过肩膀望过去时，程野一个人站在湖水边，拿着之前套在她身上的电线低头不语，却一眼都没往这里看。心口闷闷的，仿佛灌了铅，被拖着往下沉，许瞳把这种感觉归为落水后遗症。

临近的别墅里地暖开得很足，许瞳刚一进去，浑身往外冒的水蒸气肉眼可见。霍廷琛的外套换成了毛毯，里三层外三层地给她裹着，寒气虽然还有，但和之前相比，简直是身处天堂。

“我让人给你找套衣服。”

“不用。”许瞳伸手，又缩回去，“案子重要，你去吧，我没事儿。”

“你忘了信？”

“是给我的？”

霍廷琛脸色很不好：“无论怎样，我都不会让他嚣张太久。”

许瞳皱眉：“如果是给我的，对方为什么要威胁我？我不是周家人啊。”

“有可能对方以为你看见了什么。”低沉的一声让许瞳抬头，程野胳膊上搭着衣服站在门口，顺带指向外头，“外边有点乱，看来需要霍队你出马了。”

霍廷琛眉心紧拧：“什么事？”

“人心惶惶。”

许瞳轻声：“这下我不是一个人在这里了。”

霍廷琛看向程野，擦肩而过的时候低低吩咐：“照顾好她，等会儿回来我有事情要问你。”

这还用说？程野挑眉。

等人走后，许瞳抱紧身上的毯子，头发丝还在往下滴水，脸色恢复了不少。

“你说我可能看见了什么，可我一点儿印象也没有。”她问。

程野在一米远的地方站定，俯身仔细端详她的脸，继而将胳膊上放的衣物递过来：“先换衣服，换了再说。”

“哪儿来的？”许瞳接过大致翻了下，脸色发红，竟然还有内衣。

“周家不缺女人。”

她低低闻了一下，熟悉的香水味：“周竞柔。”

程野失笑：“你属狗的？”

许瞳喃喃：“兔。”

“衣服只穿过一次，内衣都是新的，你换吧，我在门口等。”

程野说完就往外走，许瞳看着地面的湿印：“你的衣服呢？”

男人挥挥手，漫不经心：“先照顾好你自己。”

程野并没有走远，人轻贴着门，门微开一道缝。许瞳刚才出事，他不放心。里边传来衣料摩挲的声音，伴随着细腻的呼吸，一下又一下，如猫爪般撩动人心。程野歪着头，望着月光想自己到底是不是君子，但是很遗憾，三十年人生中怎么也得不出“君子”二字。

往后靠了点，视线穿过门缝，他看见了振翅欲飞的蝴蝶骨，以及脊椎下端那一抹性感的凹槽。许瞳反手挂上内衣的扣，横过的黑色布料隔断了蝴蝶翅膀，纤细的胳膊一撩，微卷的黑色长发如海藻般铺下。程野摸了摸鼻尖。

许瞳穿上内衣就尴尬了，罩杯很大，她怎么都调整不好，最后索性把带子拉到最紧，却像是扣了两个碗在胸前。她无奈地摇头，拿起黑色以为是毛衣的衣服，展开却发现竟然是很修身的毛衣裙。再一套上，胸前后背透着一股凉气，大片皮肤露在外边，让她一双手不知该捂着哪里。

程野在门口闷声问：“好了？”

“等等，”许瞳慌忙站起把湿毛毯翻了个面，裹上后，“好了，进来吧。”

程野进屋，目光落在女人斜斜并拢的光洁小腿上。她忍不住往后微缩，男人才笑笑收回目光：“还合身吧？”

许瞳也不好说不，硬着头皮点头：“谢谢你。”

壁炉边搭了一圈衣服，白色的雾一个劲往天上飘。程野走进后大大咧咧地坐下，跃动的火光模糊了他脸颊的轮廓。

“你就这样……”许瞳指了指他的衣服，“要不要也去借一套？”

程野淡淡一笑：“周家男人的个子和身材倒是没有和我差不多的。”

的确，程野个子高，身上的每一块肌肉看起来都很结实，但又不同于一味追求身材的那种粗犷刻板的线条。他当着她的面把外套脱了，搭在边上，衬衫袖子挽起，露出一截麦色的臂膀，紧接着解开脖子下的纽扣，松了口气：“好久没穿这么正式，倒有些不习惯。”

许瞳沉默了会儿，抬头：“你看清楚那个人了吗？”

“那个人很狡猾，一直在林子里穿，不停变换方向。”程野摇头，“然后我感觉不对，隔了会儿就听见你落水的声音。”

许瞳皱眉："推我的，和你追的，是不是同一个人？"

"应该错不了。"程野想，他当时还觉得奇怪，因为那个人穿梭树林的声音突然就消失了，甚至连带着脚步声也一同消失，然后约莫一分钟左右，他听见了许瞳的落水声。而他追那个人的全过程只花了二十多秒，那么这一分钟里，那个人完全有机会从另一条路返回到许瞳身后。

"看来这家伙，对地形相当熟悉。"

许瞳抬眼："内部人作案？"

"八九不离十。"

许瞳这会儿绞尽脑汁，将这两天的所见在脑袋里面全部过了一遍。但遗憾的是，今天她在别墅区的小型宴会中见了太多的人了，要说里边有谁比较特别，她真的没有注意到。

"你没有印象不要紧，这反而是一个提示。"程野看向许瞳，一字一句，"这个人，外表肯定很普通。"

这么说好像有点道理。可能他在做什么的时候被她不经意看见，而看见之后她虽然没留意，却让凶手耿耿于怀。再加上她在湖边好像又有发现，导致对方认定她是一个威胁，才会起杀心，但是，为什么还要费尽周折再留下那封信？

"或许你在疑惑怎么会有信。"程野一语道出她的想法。

许瞳抬头，眼神愣愣的："为什么？"

"我猜得不错的话，周竞驰死亡并不是凶手的最终目的。"男人的瞳孔越来越黑，手搭在膝盖上。

"他带着一封信来，说明还有下一个目标。"

许瞳唰地站起来，面色发白："周家的人都在哪儿？"

毛毯伴随着她的动作往下滑，一点点展露出女人光洁浑圆的肩头、细长的锁骨、妙曼纤细的腰肢、笔直修长的腿，最后瘫在了脚踝边上。

程野目光一路追随，喃喃道："周家的人都在你们的羽翼下，我想那个人理智的话，暂时不会动手。"

可偏生隐约有不好的预感。程野觉得，现在全员出动、人心惶惶的模式，已经极大地给凶手以快感。对方很有可能会进一步动作，但目标是谁，只有他知道。

程野靠在炉火边上，只要不是许瞳，下一个是谁，和他又有什么关系。

许瞳慢慢坐下，将毛毯捡起来搭在肩头。她走过去也坐在壁炉边：“我发现……”她的眼里全是琉璃般的金红色，连带着深黑的发丝间也跃动着红，“你很擅长推理。”

“是我很喜欢想象所有的可能。”程野双手合十，两人面对面坐在壁炉边上，宛如老友聊天。

“比如，喝水这件事你怎么看？”程野伸手，递给她一杯温热的水。

许瞳接过小口抿了下，歪头好奇：“唔？”

男人笑得温和：“在你拿到杯子的那一瞬间，我脑海就能出现很多种可能。水杯打了会怎样，呛到会怎样，喝了过后你会把它顺势放那里，还是捧在掌心。”

程野说“那里”的时候指了一个地方，许瞳正准备放杯子的动作顿住。他指的方向，正是她准备放的地方。

什么都被猜透的感觉自然不会好，许瞳闷闷地转了个方向，将杯子放在壁炉顶上。可刚放上去程野就伸手，下一秒，掌心接住了它，咧嘴笑：“这个边缘宽 5 厘米，而杯子最大直径 8 厘米，放上去一下可以，但是重心不对，掉下来是迟早的事。只不过我也没想到它会掉得这么及时，太给我面子。”

许瞳抿嘴。

“好了，不说这个。”男人将它放回安全区，映着火苗的脸轮廓越发挺拔分明，笑起来时右脸颊上的单边酒窝若隐若现。

“现在说正经的。”

许瞳仔细听。

“我觉得他可能还会来找你。”

许瞳一凛，手不自觉握紧。程野低声道：“怕吗？”

她摇头，眼神坚定：“来才好，早点来，早点把案子破了。”

男人低笑，状似无意地问：“我怕你再哭。”

哭？她什么时候哭过了？她……许瞳猛地抬头，却撞见了对方深黑的眼里。双眸如墨，映照着火光和她的影。

“你记得。”她喃喃，“我以为……”

“怎么可能忘了？”程野轻笑，“那天在地铁上，我看你很困又强撑睁眼的样子真的……挺有意思。”

本来以为在对方心底丝毫没有留下痕迹的事，却被他不经意地提起。这种感受带来的悸动，远远超出了对收到威胁的恐惧。何况，许瞳一点儿都不害怕。只是觉得是不是离火堆太近了，不然整张脸怎么都火烧火燎的。她用手背贴了下又飞快放回去，小声解释：“那天因为熬夜加班，实在忍不住犯困。”

程野没有接话，只觉得眼前的女孩脸颊微红的样子，让他不想再用多余的言语来破坏这一刻的美感。他忍不住伸手，碰触上柔软的脸颊。

许瞳紧张得连呼吸都忘了。偏偏这会儿有人心急，轻微的咔嚓声后，房间里的灯光全灭。

许瞳刚要站起来，手臂被男人轻轻握住，程野摇头示意她不要动。

“怎么回事？”外边传来有人说话的声音。

“停电了。”

“我去看看。”

炉火再旺盛，带来的能见度有限。许瞳的胳膊被程野握住，可他之后就没松手。所以她也没有动，两人安安静静地坐在原地，注意着外边的动静。

“整片别墅区都停电了。”外边有人讲，“不是跳闸的问题。”

“有人去看了吗？”另一个人问。

“刚才有人说过去看了，今天究竟怎么回事啊？”

看来并不是所有人都知道周竞驰死亡的消息。

门在这会儿被推开，霍廷琛进来的瞬间程野松了手，许瞳立刻站了起来：“什么事？”

“水里捞出了你的手机，”似乎外面又下雨了，霍廷琛进来的时候，身上带着一丝水汽，“不过像是坏了。”

许瞳“啊”了一声，冰冷的手机壳是湿润的，她尝试了下开机，果真开不了。

“那别的东西呢？”她问。

“我想说的就是这个。”霍廷琛面色冷厉，“刑峰把那一圈翻了个遍，也没找到你所说的手表。”

手表不见了？许瞳回头看程野，几乎是下意识地问：“怎么会不见了？我落水前明明还握在手里的。”

她落水后就一直在挣扎，是程野救了她。随后就是霍廷琛他们，那时她神志模糊，依稀感觉到除了他们之外，陆续来了些看热闹的人。难道有人在这么短的时间内，趁大家不注意拿走了表？

程野也有些意外：“湖中淤泥里呢？”

霍廷琛没说话，双眸锐利地看向程野：“哦，那你说说，表会在哪儿？”

程野挑眉，这才意识到眼前这名身穿制服的警察同志似乎是有备而来。他起身拍掉后背的灰，声音不徐不慢：“我的眼睛又没装雷达，怎么会知道它在哪儿？”

“哦，这样。”霍廷琛面无表情地往前走了两步，“不介意我查一查吧？”

“霍队……”许瞳刚要说什么，被霍廷琛的眼锋扫过。这一眼让她很清楚，这一刻，霍廷琛是要自己站在警队角度来看整件事。

许瞳犹豫了下，霍廷琛的怀疑并非空穴来风，换作是她，一个全然陌生的人出现在这起案件里，又直接出现在她出事的地方，成为唯一的见证者和参与者，被怀疑的几率确实很大。

程野在她沉默的瞬间张开双手，淡淡道：“好，你查。不过本人不太习惯被男人摸，可以换成她——”

话音未落，人已经被霍廷琛毫不犹豫地按在壁炉边。从上到下搜寻完毕，没有任何可疑线索，许瞳心底倒是长舒一口气。而霍廷琛顺手拎起程野搭在炉边的外套，用力抖了一下。

“啪嗒！”某样东西掉落的声音。

大家的视线集中在那一处，屋内安静得只能听见炉火噼啪的声响，许瞳瞬间变成上了发条的木偶，甚至能清晰地听见脖子机械的转动声——怎么会？

地上躺着的东西，正是霍廷琛口中消失了的那块，属于周竞驰的腕表。

程野讶然："哎，在我这儿？"

"你还想说什么，难道是手表自己长了腿跑你包里去的？"

程野听后"唔"了一声："还真有可能。"

"你还想装到什么时候？"

程野倒是笑了："怎么说是'装'？"

霍廷琛指向窗外某个地方："不巧我对你很感兴趣，顺带查了你的车。"

程野没有动，两个男人面对面站立，仿佛正在进行一场无声的对峙。

"哦？"程野声音低沉，"我好像并没有看见搜查令。"

"等带你回去，想要多少我给你写多少。"霍廷琛一字一句，说完后抬手，"刑峰！"

许瞳上前半步，见刑峰拎着一个军用迷彩包进来，他也二话不说，当着大家的面将里边的东西全部倒在壁炉边，是一堆大大小小的收纳包。

他翻开一个收纳包，从里边倒出了数十张的……身份证、护照本，各种见过的、没见过的证件。

许瞳慢慢蹲了下来，翻开其中一本不知是哪个国家的护照。头像是程野的，名字却是"CHENG LU（陆呈）"。

她不死心再捡起一张身份证，头像依旧是程野，名字却是"程淮西"。

旁边还散落着各种证件，她一一捡起查看，有军官证、导游证、律师证，甚至还有行医证。看着看着，那些证件从她指间滑落。

程野低头看去，而她只安静地蹲在那里，侧脸被发丝遮挡，也挡住了她的眼。男人微不可闻地低笑了下，像是自嘲。

"不是他。"蹲在地上的人却在这时开口，声音清洌而冷静，"不是他。"

程野脸上的神情柔和下来。

"小眼睛，哪怕凶手不是他，他也是有问题的啊！哪个正常人身上会有这么多证件的？"刑峰上前就想抓程野的胳膊，程野瞬间后退。

刑峰皱眉："你想暴力抗法？"

眼见事情越来越乱，许瞳索性起身，从刑峰手里接过手铐："我来。"

她站得很直，“前因后果我最清楚。如果他有牵涉，我来问。”

“你现在已经是利害关系中的那一个，”霍廷琛站着没动，“动真格的话，这起案件你都没法参与。”

许瞳咬着下唇：“那我问完他就停手。”

那句“究竟是替谁问”几乎要脱口而出，霍廷琛忍下去，铁着一张脸：“那带出来，你们先回局里。”他说完转身走到门口。

刑峰担心这个看起来像是练家子的男人会对许瞳怎样，跟守卫似的站在程野的后头。

程野这才乖乖伸出双手，许瞳看了他一眼：“得罪了。”

她铐住了他的右手，紧接着又是轻微的咔嚓声，也铐住了自己的左手：“我怕他跑。”

算是给刑峰一个解释。

“衣服盖上。”刑峰闷闷的，拿起她的一件外套扔过去，“被人看见不好。”

许瞳垂眼，老实地将两人的手裹在大衣里。她知道自己这样做不合规矩，但她有这么做的理由，表在程野身上不假，她却不怀疑他，因为他有充分的不在场证明，证人之一就是她。

刑峰出门之后，程野晃了下胳膊，像是在叹息：“为什么？”

“我想我知道你的身份，以及来这里的目的了。”许瞳拿起所有的东西，声音低不可闻，“你是私家侦探，对吗？”

程野愣了几秒：“你怎么发现的？”

“学你分析。”许瞳推开门，一股寒风涌入，她的声音散在风里，“推敲所有的可能，得出这个判断。”

程野惊讶地挑眉，嘴角的笑容越来越大。

出去之后，两人才发现整个别墅群都停电了，像笼罩着一层伸手不见五指的黑雾。

前面，霍廷琛正在做安排：“周浦正拒绝去局里协助调查，这片区域里的人如没特殊状况，不得擅自撤离。刚才已经申请加派人手，新来的组你负责带。”

刑峰点头，看了下没几格电的手机：“刘哥去配电室怎么去了那么久？”

霍廷琛拿出手机，刚想给刘哥打电话，盛浅予的电话就打了进来。

“霍队，我们暂时来不了。”

霍廷琛皱眉：“怎么回事？”

“高速封路，道路结了薄冰，前边一辆大货车侧翻把整条路给截断了。”留守的盛浅予恨不得飞过来，奈何这路也不知道什么时候才能通，眼下堵车的长龙快把四车道变成停车场了。

“路通后联系。”霍廷琛挂了电话，思考两秒后对现场的人说，“先集合。”

警队的人全部驻进主宅，配电室那边似乎出了问题，好在有备用发电机。

没过多久，屋里的灯闪烁了几下，继而满堂辉煌。周家的人全部在会客厅里坐着，许曈下意识地望向周浦正，老人神情悲痛。

周浦正旁边坐着周竞语，正在好话劝他吃点东西。

看见许曈后，周浦正伸手示意：“我听说，你们之间也有人收到信了。”

这话一出，一屋子的人脸色各异。

“那怎么能让人进屋？”周竞柔唰地站起来，面色发白，“万一对方要作案，岂不是把我们全部都陷入危险中？不行！你们不能进来！”

周浦明倒是破天荒地和她意见一致：“是啊，竞驰的教训还没吸取够吗？跟信有关的都会出事！”

“哦，”原本安静地跟在许曈身侧的程野悠悠开口，他看着周浦明的眼神似笑非笑，“你怎么知道周竞驰是因为那封信死的？”

周浦明愣了下，表情有些不自然：“这几天因为信的事闹得周家上下人心惶惶，我也是猜的。”

程野没再说话。

霍廷琛收回眼神，声音冰冷：“可我听说，收到信的明明是周老先生。”

“是啊，小姑。”周竞柔后退几步，锥子脸上露出看好戏的神色，“你怎么把大哥和信挂上等号的？难不成你知道信是谁写的？”

周浦明脸色发白，忽然很生气地坐下：“怀疑我？你凭什么怀疑我？我周浦明行得正坐得端，有什么值得怀疑的？”

“四妹，”仿佛悲伤成了逼迫自己撑下去的力量，周浦正声音沙哑，“你究竟知道些什么？”

俞博恒讪讪地笑了下，替自己的夫人圆场：“阿明性格火辣又直，有什么就说什么，嘴上容易得罪人，但肯定不会有害人的心，大哥这个你应该清楚。”

室内人不多，除了警方就是周家人。周浦明沉默着，明显有些纠结，垂着的眼珠左右转动，呵护精致的唇已经被她不自觉的动作咬破了皮。

“看来你真知道些什么。”霍廷琛上前，“如果想尽快破案，麻烦你知无不言。”

“那天……我找竞驰说事情，他不在，”周浦明说话的时候，怎么都不敢抬头看自己大哥一眼，“就看见竞驰的桌子上放着那封信。”

“你看到了威胁信？”俞博恒一下就跳起来，“你怎么不早说？”

周浦光愣愣的，忍不住紧紧拉着自己女儿的手，生怕成为下一个目标。

“我当时以为这是谁的恶作剧，因为那会儿竞朗还没出事！要知道事情会这么严重，我肯定早就说了！”周浦明讷讷地说着。

“你是说，周竞驰收到威胁信，是在周竞朗被绑架之前？”许瞳忍不住开口。

周浦明这会儿也不计较是谁在问，先点头后摇头：“我不确定他们之间谁先，反正那会儿竞朗还好好的。竞驰回来的时候我还和他打趣，问他最近是不是得罪过谁。”

“他怎么说的？”许瞳又问。

周浦明停顿片刻，像是在思考：“没有。不过，竞驰这个人的脾气向来不太好，看不惯的都会训一番，他身边的人估计没有没被他说过的吧？”

许瞳想起那天在医院门口的经历，似乎这就是周竞驰的行事风格。

“竞驰没有对外提起这件事，我又忙，也没放在心上。直到竞朗失踪，爆出了那样的信，我才惊觉到什么去问竞驰……”周浦明说到这里，声音越来越小。

周浦正猛地一跺拐杖：“他怎么说？”

“他说，信已经不在他那儿了。”

周浦明撒了谎，其实周竞驰那天根本没和她说过话，是她亲眼看见他把信放进汇报材料的文件夹里，然后文件夹被交到了他父亲，也就是她大哥的手上。周竞驰递过去的东西，周浦正的助理不会检查。而当周浦正打开文件看到信时，只会觉得信是别人放进去的，根本不会怀疑到自己的儿子。

周浦明知道，周竞驰等那个位置，等了二十多年。他的身体每况愈下，而周浦正却越发老而矍铄，所以动了不该动的心思。但放眼整个周家，谁又没那个心思？连小残废她都不敢说没有。

“你在撒谎。”这四个字从霍廷琛口中说出，掷地有声。

周浦明慌忙否定：“我没有！”

“你怎么能这样！”一声爆呵响起。

看清楚是谁出声之后，周浦明傻眼了，竟然是她丈夫，俞博恒。

“你……”周浦明火冒三丈，“我怎么能这样，我怎么了？你倒是说说你这是什么反应？”

俞博恒脸色铁青：“人命关天的事，你怎么能当儿戏！”

“你这是什么态度？”女人气起来简直不分主次，周浦明恍然明白了什么，笑得嘲讽，“哦，俞博恒，你一心想讨好我大哥资助你那岌岌可危的小破公司，做狗也得分场合分对象！我嫁给你，你才有机会进入周家，做狗你也应该听我的话！”

这一番话和她贤淑的形象完全不符，许瞳下意识看向程野，男人挑了下眉。

她想起了他那句话——名誉，不过是他们最后一块遮羞布。

“够了！你们嫌这个家还不够乱吗？你们嫌我们现在还不够丢人吗？”周浦正气得站起来，吼完这句就捂胸口。

周浦光满眼担心地站起来，扶住周浦正：“大哥！”

速效救心丸服下，周浦正终于气顺了，但精神却没之前的好了，尤其在知道那封信是从哪里来的之后。

“这都什么跟什么啊！”周竞柔烦躁地大喊一声，大晚上满脸浓妆的，放眼整个屋里就只有她了，她拿起包就走，“都凌晨了，要不要人休息？”

“现在是非常时期，建议大家集中在这里，是为了你们好。”许瞳说道。

周竞柔翻了个白眼：“我又没有收到什么威胁，再说了，现在危险源在你们警方那里，谁该离开自觉一点儿就行。”

“可谁也不能保证，凶手会就此停手。”许瞳劝她。

周竞柔停了一下，继而勾唇坏笑，手指轻佻地冲许瞳身边的程野勾了勾：“那你陪我啊。”

周浦明冷哼：“不要脸。”

“你！”周竞柔狠狠瞪了她一眼，最后泄气，“那也总不可能一晚上都坐这儿吧？”

周竞语小声地劝她：“姐，将就一晚上吧，我相信警方应该很快就能找到问题根源了。”

“靠他们？”周竞柔眼神轻蔑，却再也没提要走的话。

屋里的气氛很僵，大家就这么相顾无言地坐到凌晨3点。伴随轻微一声细响，刘哥一身风雪地出现在门口。他脑门儿很亮，上面的那道刀疤很是显眼，恰逢他歪头活动僵了的颈椎骨，咔啦声吓得屋里的几个女士以为是凶手来了。

“主电缆竟然断了。”刘哥一口气喝了一大壶水，“报故障车子又没法进来，这边缺材料，好不容易才凑上现场挽救了下，也不知道撑得住不。”

“人为切断的？”霍廷琛问。

“可不是？”刘哥满足地叹了口气，摘了手套放松指关节，“缺了好长一截，我可不相信是耗子啃的。”

看来这一切，真的是蓄谋已久。程野眯起眼睛。电缆，电线。湖边周竞驰遇害的地方，上方也有电线。许瞳落水时身上套着的，也是一根电线，看来不是巧合。

“我们出去看下别的情况。”霍廷琛看表，看来只在这里等人员增派是浪费时间，“刑峰跟我一起，你留在这里看行不行？”后面一句是问的刘哥。

刘哥点头：“只要大家不擅自行动，肯定没问题。”

霍廷琛有些不放心："我会尽量再安排点人进来，你先帮忙守着，还有……"他走到许瞳面前，从包里摸出一样东西递给她，"必要的时候，你知道该怎么做。"

是霍廷琛的配枪。许瞳愣住："有规定的，我不能……"

他二话不说塞给她："有问题，我全权承担。"

等霍廷琛走后，刘哥凑过来："小眼睛你这是怎么了？才一会儿不见，就绑终身了？"

许瞳尴尬，小心地把配枪放进包里："特殊情况。"

"什么特殊情况啊，你怎么着也不能把自己给套上。"刘哥皱眉，"之前听说威胁信的事儿，你说你这么套着，万一出事怎么好活动？"

程野目光从枪到手铐，点头："确实。"

"我没问你。"刘哥粗声粗气。

"那，"仔细想下也是这个道理，许瞳摸出钥匙，"那只有再得罪一下了。"

她解开自己的手铐，环顾四周，找了一圈也没找到合适的地方，只得把程野两只手都铐上。

程野挑眉："认真的？"

"严肃点。"她说是这么说，却失手将钥匙"一不小心"掉到他的腿上。

程野得了便宜还卖乖，腿灵活一抖，钥匙就进了他的鞋子里，单边的酒窝又冒了出来。

这时，黄毅君面色尴尬地走过来："这位先生犯什么错了，铐在这里？"

没等刘哥开口，许瞳想也不想地说："办假证。"

这会儿，周浦明有些坐立难安，她忍了忍，最终忍不住："我想去洗手间。"

俞博恒起来："我陪你。"

"不要你陪！"她一把推开他，俨然气还没有消。

俞博恒脸色也不太好，重重地坐下："那你自己去。"

"我……"周浦明扫过周竞语。

"我陪你。"周竞语坐着轮椅过来，"正巧我也想去。"

从晚餐到这会儿，一件件事情发生，大家都高度紧张，确实很久没考虑个人生理问题了。周竞柔站了会儿，抿嘴说：“我也去。”

刘哥想跟上去，又觉得不太好，于是求助似的看向许瞳。

领会到的许瞳刚站起来，就被周竞柔推了回去：“你，别跟来。我们什么事都没有，怕你来了就来事儿了。”

许瞳见三人要走，轻巧地劝刘哥：“前辈，我在这里守着，还是你去比较好，哪怕是站在外边。”

刘哥点点头。男人在前边带头，三个女人跟在后边。沈一眼巴巴地望过去，没有得到允许，不敢擅自行动。

到了厕所门口，刘哥先进去看了一番，感叹别墅里的厕所都这么大，都有他家客厅大了。他拉开厕所的帘子，检查了下窗户，确定是锁着之后才出来：“你们去吧，有什么事就喊我。”

“我动作比较慢，你们先去吧。”周竞语扶着轮椅。

周浦明点头，站在门口犹豫不决，不敢第一个进去。

“哎呀，你烦不烦！”周竞柔推开她，自己先进去了。

顺利解决之后，正在洗手的她忽然听见了身后轻轻的风声，然后什么落在了地上。她甩手转头看见那样东西，瞬间就吓得脚软。声嘶力竭的惨叫在别墅中回荡：“啊——”

(7)

尖叫声响起的瞬间，许瞳就意识到出事了。她反应极快地越过沙发，在周家人惊愣站起的时候已经站在了厕所门口。

“周竞柔？”刘哥拧着门把手，发现里边是反锁的。

周竞柔像什么都没听见似的，依旧叫得声嘶力竭。

“该死！”刘哥用力撞了几次，奈何实木门太过厚实，撞击过后纹丝不动。

“大姐，大姐？”周竞语在外边焦急地拍门，“你怎么了啊大姐，说话啊！”

周竞柔却只会尖叫，声音尖厉刺耳，拉紧了本就压抑的氛围。

“背后有窗。”程野在旁边简短提示，许瞳第一时间往屋外跑去。窗户也是从里边反锁了，视线被窗帘完全隔绝。

她环顾一周没找到石头一类的坚实物体，却在后退几步准备强破的时候，被人提醒："让一下。"

结实的椅子砸向窗户，玻璃出现蜘蛛般的裂纹，刘哥再一用力，砸出一个篮球大的口，紧接着双手一推，半扇玻璃跌落。没等刘哥停下动作，许瞳一阵风似的跃了进去，拔枪对准前方："周小姐？"

眼前的景象却让许瞳头皮发麻。

天花板上吊着一个白衣长头发的假人。厚重的黑色头发披散下来，完全挡住了脸颊，那白色的衣服看起来十分廉价，被灯光照着有些发黄，松松垮垮地垂在地上，摇晃着一下又一下地摩擦地面。周竞柔双手抱头不住惨叫，蜷缩在洗手台的下方："放过我！啊，放过我！"

许瞳愣神片刻，在确定没有危险后收起武器。她小心地来到"女人"身边，轻碰了下"她"的手臂。果然，塑料的。

许瞳拂开它脸上的头发，却是涂满红色墨水的无脸人，在空荡的卫生间中，仿佛传达着夺命的信息，显得阴森可怖，难怪周竞柔会吓成这样。而吊住这个假人的东西……许瞳绕到它脖子的后方，果不其然，是用深蓝色的老式电线编成的绳子，和刚才困住她的那根电线一模一样。她用力拉了一下，线套得很结实，扯不下来。许瞳从里边把厕所的门打开。

外边有人问："怎么回事？"

许瞳望向天花板，吊顶上镶嵌方格灯的地方空了一块。

"看来对方预谋这件事不是一两天了。"

许瞳一听程野的声音就忍不住地分神，状似不经意地扫过那里，却发现他一手点着脸颊，饶有兴致地看这边的场景。那副明晃晃的手铐，压根铐不住他骨子里不羁的灵魂。

"怪了，"刘哥不死心，"刚才是我先进来的，为什么没有这个？"

"可能……"许瞳环顾四周，喃喃着，"是她碰到了什么，引发的连锁效应。刘哥，麻烦你——"她的话还没落，就听见门口又传来短促的尖叫声。

周浦明吓得后退几步，捂着嘴满脸惊恐，而赶来的其余周家人脸色也不怎么好。

周浦明的眼神直愣愣的：“她……她来了！是她来了，原来都是她在报复周家！”

许瞳瞬间转身，眼神如炬：“你说的是谁？”

周浦明脸色惨白，不住地摇头后退：“我不知道，我什么都不知道。”

周浦明那里绝对有突破口，许瞳察觉到这个，追着她一路到了客厅。而对方却只蜷缩在沙发上，之前所有的傲气荡然无存，只剩下空洞的躯壳。直觉告诉她，这背后绝对有故事。而周竞柔却是被俞博恒几乎半抱着进来的，经过一番惊吓后，她脸上的妆全花了，眼线混合着泪水晕染在眼睛下边，看起来很可笑，却没一个人笑得出来。

周家人的表情各异，许瞳站了会儿，路过周竞语身边时点了点她的手背。女人犹豫了下，刚想推着轮椅跟在她后头，周浦正气息微弱地喊了声：“你要去哪儿？”

周竞语停下，表情尴尬：“我……”

“就在这儿待着，哪儿也别想去。”周浦正气色很差，看向周竞语，眼光闪烁，“我就在想怎么平白无故会有警察混了进来，原来是你。”

周竞语的父亲周浦光面色焦急：“大哥，你肯定误会小语了。这孩子性子单纯又淡薄，绝对不会参与别的事！”

“性子淡薄？”周浦正冷笑，“你以为这些年你们搬出去，就能把消息捂得严实？这丫头出国留学学的是什么，难道你们不知道？”

“服装设计啊，”周浦光喃喃着，转头看向轮椅上的女儿，“是我拿到的通知书，这个错不了。”

周竞语却面色平静地坦白：“爸，我没有学设计。”

周浦光傻眼：“你去巴黎三年，不学设计学什么？”

“对不起，设计只是我的爱好，其实这几年我一直在德国，不在法国。”女人垂眼，栗色的鬈发衬在姣好的面容边，仿若精致的瓷娃娃，“学的BWL，企业经济学。”

周浦光一下就站起来，不可置信地看着自己的女儿：“小语，我们一家子费尽心思搬出去，就是想给你一个安稳的环境。学企业经济学做什么，堂鸿的浑水真的不是你能蹚的！”

“什么叫堂鸿的浑水？”周竞语的母亲忍无可忍，眼眶泛红地指向周浦正，“大哥，我家小语的腿怎么没的，难道你不清楚？她那么爱跳舞，小时候就像百灵鸟一样，偏偏八岁就没了腿！”

女人低笑：“现在这些全部都是周家应该得到的报应！知道吗？在知道竞朗被绑架的那一夜，我心底真的是……压抑很久后的畅快！”

“你！”周浦正喊了一声，面色难看到了极点。

许瞳虽然在来之前被程野打了预防针，但此时此刻仍然觉得周家的情况，比想象中要更复杂。

得到消息的霍廷琛马上就到，许瞳协助刘哥在卫生间外拉起警戒线后，弓身再度进入里边。见程野往这里探头，刘哥大眼瞪得往外突：“看什么看什么？乖乖角落里待着去！”

程野没在意地笑笑，挺自来熟地靠在门边上：“有几个人能有机会近距离接触警察同志现场办案？身为一名普通老百姓，好奇心自然有的。”

刘哥打量这男人的脸，他的体型、气质以及身上穿的衣服质感。面色虽然很淡然，内心早就翻江倒海。“普通老百姓”这个词，还真用不到这家伙身上。

“前辈，你之前进来的时候碰过哪里？”

“开门，开灯，然后拉窗帘。”刘哥没再关注老百姓，回忆之前的动作后开口。

门窗都被封锁，这里相当于一个密室。而天花板上是浴室常见的吊顶，许瞳爬上盥洗池开启手机手电往那缺了一块的地方看。吊顶和顶部之间，人是没法潜伏的。那……她跳下台子歪头思考，动作利落干脆，让正在采集指纹的陈叔都忍不住瞩目。

许瞳想，这个假人应该早就被安置在这儿，而对方的目的应该不是针对某一个对象，而是周家这一整个群体。无论是谁进来，达到了某种条件，它就会被触发掉落。但是条件又是什么呢？

右手食指弯曲，许瞳思考的时候下意识用牙齿轻轻顶着那里。她想，如果她是周竞柔的话，进来之后会做什么？首先，开门。这个没问题，刘哥试过。灯已经被人开启，那么灯开关也不是。然后就是马桶。许瞳走过去打开马桶盖又合上，没问题。按了放水，也没问题。这下她皱眉，在哗啦啦的水声中回头，看向之前踩过的盥洗池。对了，洗手。

当她走到洗手台前时，程野嘴角轻勾，心底莫名地透着一股股难耐的悸动。一种同类相触的欣赏与迷恋。

许瞳打开水龙头，上边细微的声响引发她的注意。一直不明状况的刘哥猛地喊："动了动了！"

天花板的那一道盖子在动，由开启变为缓缓合上，正是悬挂假人的那里。

霍廷琛来了，男人进门的时候带着一袭风雪，黑色的衣服面料沾染水泽。等看完现场情况之后，男人把许瞳带到角落："鉴定那边堵在高速上回不去，具体的采证得往后推。不过他们发现了周竞驰双脚上有严重的电击伤，从范围和状态看，可能他的死因不是溺水，而是电击引发的心脏骤停。"

"电击？"隐约有什么在脑海中闪现，可等许瞳再去想，已经消散如烟。

"还有你之前发现的那颗水边纽扣，经证实……属于周竞朗。"

许瞳以为自己没听清楚："周竞朗？"

"没错，"霍廷琛说，"我刚才就在确定这件事。周竞朗出事的时候穿的正是那一套衣服，因为每颗纽扣都是定制款，所以服装师一眼就鉴别出来。"

案发地点竟然有失踪人氏留下的痕迹，谜团越来越大。难道这一切都是周竞朗自导自演？许瞳皱眉设想，他先假装绑架自己，然后脱身来制造这一起起的混乱？为什么，为了继承权吗？

霍廷琛说完问她："你这里有什么发现？"

"三点。第一，我怀疑周家人里是不是曾经有人吊死在卫生间里。这件事主要攻破口是周浦明，还有这时候偏偏没任何反应的周浦正；第二，周家四兄妹之间的间隙很大，二和三之间有旧怨，原因是周竞语的腿；三……"

许瞳目光扫过抱着自己低声抽泣的周竞柔，以及坐在周浦明身边，却频频往这边看的俞博恒。

"周竞柔和周浦明丈夫的关系不一般，不排除他们的野心。"

霍廷琛侧头看向她的眼，许瞳等了会儿没等到回复：“怎么了？”

“没，”男人拍了下她的肩膀，眼带赞许，“做得很不错。”

虽然被认可，但这些发现并没让许瞳心底的沉闷消散多少，反而带来了更大的压力和危机感。她直觉这一次的幕后对象有着十足的耐心和隐忍力，有着他们可能想象不到的长时间预谋和准备，更有着……专业技术上的优越。许瞳仿佛能看见一道背影，优哉游哉，而这里就像是他眼里的监控画面，供他欣赏玩味。

而剧情，依旧没有结束。

（8）

许瞳刚和霍廷琛交换完情报，隐约又听到了争执。男人头疼地捏着眉心：“你在这儿守着，我过去下。”

许瞳点头，正巧，她对口角没什么兴趣。卫生间的门大开，人偶静静地垂在那里，脖子歪斜，脸对向这里。在快凌晨四点的静寂夜幕下，别人眼底的阴森可怕似乎对她而言并不意味着什么。她盯着里边出神，眼前的景象开始变换。

回到案件的最初，周竞朗被绑架之后。她从与周竞语见面，被周浦正试探，周竞驰的死亡，她被人推下水，收到威胁信，以及最后这一幕装神弄鬼。其实有些时候，程序越复杂的案子，越容易留下不可磨灭的痕迹。比如现在这个“人偶”事件，幕后操纵者若没有权利进出周家别墅的话，是放置不了的。许瞳忍不住哼了声，眸内清亮。想着周家四兄妹延展出的族谱线，微微眯起眼睛。

“在这样的氛围下，难得见你放松。”

“紧张焦急是破不了案的。”知道是谁在说话，许瞳抱着胳膊的手放了下来，她本来就有话想问他，这会儿倒省下一段工夫。

“请你的人是不是周浦正？”

程野低笑：“怎么不说是周竞朗的父亲？”

“儿子被绑架，他最想找的恐怕是警察而不是侦探。”

许瞳说完没等到反应，抬头就看见男人嘴角的笑容越来越大。

许瞳闷闷的：“你笑什么？”

“确实是周老先生的邀请，为了周竞朗的事。”

“你查到什么了？”许瞳知道自己这样问有些强硬，也做好了对方什么也不说的后续准备，但没想到程野很干脆。

“这句话得看是怎么问。”

“嗯？”

男人晃晃手腕的铐子：“是你来问我，我言无不尽。若是站在你单位层面问我，我言两三分。”

那边的争执声渐渐平复，似乎双方已经找到了和平点。许瞳意识到一旦霍廷琛过来，程野可能什么都不会说。她加快语速：“言无不尽。”

程野果真毫无保留。

“周竞朗被绑架本来是件小事。”

“小事？”

“应该是一开始只是一件小事，一切是他自导自演，这是我查到的结果。”

一切只因为周老爷子前阵子的考验。周浦正掌权堂鸿集团，可毕竟年龄大了，想找个继承人，但奈何纵观整个家里，谁也不是能独当一面的料。于是，他把心思放在了下一代的培养上，除了周竞语，他给每一个后辈一笔资金，让他们自行启动中意的项目。奈何几个孩子早在过度宠爱、挥金如土的道路上越走越远。其中一个就是他很喜欢的周竞朗。但可惜的是，周竞朗的聪明也只用在了吃喝玩乐泡妞的道路上，瞒着周老先生把三个亿的资金在一周之内全部玩掉。

买游艇，买豪车，在女人身上挥金如土，顺带去拉斯维加斯赌了一把。瞬间血本无归又欠下赌债，连带自己旗下的产业都丢了。害怕失去信任，又确实很需要钱的周竞朗便自导自演出了这一场绑架秀，想一笔一笔地套点钱出来。

“只要钱一过去，瞬间会被打到上百个小账户上，追查起来确实麻烦。但其中一笔出现在周竞朗的海外账户里，所以我才确定，这一切都是他的杰作。”

程野说完了。

“周老先生清楚吗？”

男人点头：“我这的情况，他都清楚。”

“也就是说，周竞朗或许一直在。”许瞳捏着眉心，“难怪周浦正这两天只字未提这件事，还对他兄弟一家很有意见。”

周竞朗没有被绑架，也就意味着他依旧有行动的自由。到现在为止，内部人士作案的几率的确很大。再加上霍廷琛刚才说，湖畔的纽扣属于周竞朗，那么这会不会就意味着，他就是幕后真凶？何况，他有动机。所以现在最关键的是找出周竞朗的下落。

程野见她出神，刚要开口霍廷琛就来了。对话自然不能再继续，他扫了眼神色严肃的男人，寓意不明地挑眉之后，回到客厅里。

程野的话是他的论证，但许瞳这里确实没有证据证实。她见霍廷琛来，只得暗示性地问：“纽扣是周竞朗的，会不会他就在这里？”

“怎么这么说？”

“能给周竞驰发威胁信，能进入这栋别墅布控那个假人，不是这边的人恐怕很难做到，所以我在想周竞朗究竟在哪儿……”

“你自己的判断呢？”霍廷琛突来的打断让许瞳一窒，“凭着别人三言两语的道听途说，这就是你参与这起案件的态度？”

男人的声音略微抬高，惹得刘哥不住地往这边探头。

许瞳愣了下：“我不是这个意思。”

霍廷琛眼底深黑，指向身后：“他的来路你清楚？他在这个院子里的嫌疑你清楚？他说的每一句话你都揣摩过？”

一连三个问题，压根儿没有给她喘息的机会。许瞳嘴唇抿成一条线，虽然没有说话，可眼里的光明显地透出她这会儿的态度。

“道路畅通，江源他们很快赶来，来之后你回去。这起案子，你不需要参加了。”

“霍队！”许瞳深吸一口气追上去。

刘哥这会儿倒反应快速地挡在中间做和事佬。他先低声劝：“外人在，不能这样。”

许瞳捏紧拳头。

凌晨五点，江源他们终于到了。

“霍队！”江源打了招呼视线就在一楼转，却发现气氛有点不对头。

“瞳瞳！听说你落水啦，怎么样，有没有哪里不舒服？咦，你这身衣服……”

盛浅予进门话不停，边说边在人群中寻找许瞳的影子。当看见中间身形修长，头发披散，穿着裹身毛衣裙的女子，还真是愣了好一会儿才认出。

许瞳在散发着光晕，有些不一样了。盛浅予愣过之后，脸色都有些变化。她过去又想挽许瞳，而恰好对方不想再和谁虚与委蛇，侧身错开她的热情。

程野忍不住笑了下，短暂的一声让本就不舒服的盛浅予气愤地转头，顿时双眸一亮，嚯，帅哥。可再顺着看他手上的铐子，她眼神瞬间就变了：“抓到了？”

“不是他。”刘哥回答。

“那他怎么铐着？”

“叫你查的东西，查出来了？”

面对霍廷琛的问话，盛浅予立刻把文件夹里的资料递过去：“嗯，全在这里。”

男人拿着一张张仔细看，看到账号信息后，若有所思地皱眉。

“江源。”

“头儿，什么吩咐？”

“把许瞳和他送回去。”

许瞳气息转冷，而被点名的江源愣了下：“头儿，为什么啊？”

话音刚落，却在霍廷琛的眼神里败下阵来。许瞳不想走，但是也不会拉下脸来死乞白赖求留下。等上了车，和程野不经意对视一眼，虽然没有多说一句话，许瞳却像是得了某种暗示，瞬间心照不宣。

等车子开出一段距离，她淡淡开口：“江源。”

驾驶位上的男人“啊”了一声，放慢速度：“怎么了啊小眼睛？”

“我忽然想起一件事，要带他去确认一下。”许瞳抬手押在程野身后，“你要么先回去，我待会儿自己开车，要么就在这儿等会儿。”

“哎，要我帮忙吗？”江源刚把车停稳，把安全带解开，后边涌来一阵风。

车门开启，后排人都不见了。漆黑的夜里只有两道远光灯，以及不停来回滑动的雨刮器声响。男人探头，两人已经走出很远的距离。

“小眼睛，你真不需要帮忙？”

却只看见利落摆手的拒绝。江源扶着眼镜，想回去又觉得不太好，只得在车里窝着等。

等快走到别墅门口的时候，许瞳低声：“你想铐到什么时候？”

程野笑：“这倒是。”

他从鞋子里取出钥匙，灵活开了锁：“就这么信任我？”

风雪从四周涌来，许瞳收回视线，没有回答他的问题，反而问他：“你觉得周竞朗会在哪儿？”

男人低头看她，侧身挡着空旷道路涌来的风。

“老实说，在来这里的时候我大致把所有可能的地方都探过，但除了地下室和酒窖等地方，因为以他的性格，哪怕走到穷途末路，也不会往那里待。”

“所以我们这次就先从这些地方搜索起。”

许瞳了然地点头。可是，有些东西飞快从脑海中闪过。电线、电击，以及被龙头操纵的白衣人偶。幕后的那个人，真的是周竞朗吗？

(9)

许瞳在进门的时候被拦下，才知道霍廷琛立了很严格的门禁。

她在出示身份之后顺带问了句：“有人进来过？”

“没有。”守门的人一脸正义，“谁进出都会给警官同志先行报备，不允许的谁都没答应。”

“那离开呢？”

程野开口，那人以为他也是警察，回答得很认真：“我都记着呢，倒是有好几个，你们看看。”他摸出个小本子递过来。

程野挺惊讶地笑了下：“很上道嘛。”

“必须的，”那人一脸朴实地憨笑，“孰轻孰重我分得清楚，你们看看还有什么需要？”

“已经足够，谢谢。”男人习惯性想把小本子往包里一卷，瞧见许瞳淡淡扫来的目光，自觉上交。

许瞳接过翻开看，除开4个被邀请者，还有两名维修工。

许瞳指着两人名字：“这些人是外边的，还是里边的？”

“都是外包的合同工。”门卫老庄探头，“不过因为合作了很多年，都是老面孔了。”

许瞳把名单发给江源。度假酒店沿着镜水湖修建，阵型如同一弯月牙。大大小小数百栋建筑，两个地下酒庄，没有图纸也不知道有多少地下室，要从里边找一个人谈何容易。更何况，周竞朗真的就在这里吗？许瞳觉得自己今天像是一个没有理智的赌徒，偏偏旁边还有人在煽风点火。

“来，先醒醒脑子，”当走过恒温泳池，程野蹲在边上掬起一捧水，“俗话说得好，磨刀不误砍柴工。”

水底亮着幽光，蓝色波纹静静涌动。许瞳忍不住走过去，蹲在旁边，望着池水却并没有动。

“你有多高？”

“一米八六。”男人拿水拍了下脸，睫毛上还挂着水珠子，“怎么？”

许瞳摸着自己的背：“你推下我试试？”

程野笑了下：“可倒是可以，不过你先离池子远一点儿。”

两人站在安全区，程野知道许瞳想证明什么，二话不说地绕到她身后。掌心触碰上她的背，脑海却鬼使神差地浮现出门缝中窥来的旖旎。大概也是在这个位置，仿若有蝴蝶翩跹而起。

“这个位置。”许瞳反手往下，比了个地方，“我记得那人推我是推的这儿。”

程野收敛起那些小心思，身体和掌心往下：“这里？”

“嗯。”

身高确实能决定推的位置与力度。男人转到她面前，比了个高度："比你高的人都会选择肩部这条线，从上到下好施力。但根据刚才你说的那里看，那个人应该和你差不多。"

"那周竞朗多高？"

"一米八四。"

许瞳沉默了。

"虽然这不是很直接的证明，但也可以这么说，其实你也没把凶手和周竞朗划为一体。"

她听见他话里的那个"也"字，忍不住点头："确实，依据对周竞朗的了解，这起案子的很多细节，他都做不到。"

"排除周竞朗作案的可能性，除去这个细节之外，还有一点，就是凶手推你入水的动机。我曾经说过，你可能看见了某些迹象，对他构成了威胁。而之所以想谋害，最大的可能，就是与你正面接触过。如果对方是周竞朗，你不可能没注意。"

"所以，如果整件事不是周竞朗做的，而当初找来的同伙可能目的不只是协助那么简单。所以……周竞朗应该是被囚禁了，我没猜错的话，他现在的状况很危险。"

男人收敛神色，看了下表："在凶手的剧本里，他活着的唯一作用是来转移我们的注意力。一旦对方发现我们没有对号入座，很可能会杀害周竞朗，激化与周家最大的仇恨。"

许瞳后背发凉："我让江源去查了。"

意识到这一点，她飞快拨通江源的电话，奈何好几次对方都在通话中。

隔了一阵，江源打过来："小眼睛，怎么了？我正想跟你说那两人都没有案底，然后这会儿正在打听承包水电气维修的那一方，查近期与周家有接触的人的动向。"

许瞳口中的"别查"二字，被她生生吞进了肚子里。

"怎么了？"直觉应该出了事，江源忙追问，"究竟怎么了？需要我做什么？"

“没什么，多谢。”

许瞳放下电话：“我们没时间了。”

她望向偌大的空旷片区，脑袋转得飞快。

“许瞳，你先淡定下来，仔细回想这两天里究竟见了什么人。”

遇见了谁……遇见了谁……许瞳按着太阳穴，一边是周竞朗，一边是形形色色的人，一时间能看清楚很多脸，一时间全部变成白板。

“我不行。”她尝试着回忆，摇头，语气明显带着些许的焦急，“为什么不去找周竞朗，为什么还要在这里浪费时间？”

“充足的准备永远不是浪费时间。”程野的声音很稳，也很沉，字字有力地想驱散许瞳心底潜在的焦灼，“江源的举动或许不会惊动谁，但我们挨个搜查肯定会惊动对方。到时候是他动作快还是我们动作快？”

许瞳咬着下唇，继续搜寻，声音透着一股疲惫：“要是你会催眠就好了。”

“今天之后我就去学，”程野安抚，“不过有个方法可以让你认真回忆。”

许瞳抬头：“什么方法？”

“手给我。”男人伸手。

许瞳只是愣了下，继而二话不说地把手搭在他的掌心。他的手掌很大，充满蓄势待发的力量感。才刚放上去，滚滚的热源温暖了她冰凉的指尖。

“闭上眼。”

许瞳乖乖地阖上双眼。没有视觉，听觉和感觉就尤其敏锐。她感觉被转了半个方向，风瞬间就小了很多，程野手指略微弯曲，礼貌而温馨地半握住她的，带着磁性的低音在夜色里如饮红酒，让人微醺。

“从早上，你跟着周浦正到达酒店开始。车到门口，你推门之后是先迈的左脚，还是右脚？”

左脚，还是右脚？许瞳闭着眼睛，思考的时候仿佛回到了那一刻。她迈的右脚，因为自己坐在副驾驶后排的位置。推门之后她还抬头看了眼酒店标牌，蓝湾国际度假酒店。周老先生上前，她便后退半步。听见他问门口等候的酒店管理：“接待的事情都安排好了？”

“安排好了，机场和车站的车辆已经候场，昨晚也进行了电力调试，不过——”

“不过怎么？”

“最近气温低，昨晚因为考虑到有客人在，没有将供水管放空。结果晚上低过零度，里边的水结冰，有好几处的管道都爆了。”

许瞳记得当时周浦正很气愤：“9点之前必须给我弄好！”

她动了下，男人“嗯”了声：“怎样？”

“我……”许瞳摇头，把之前的场景都说了。

“可能还没有到，你再想想。”程野的声音很轻，不徐不缓的语速，让她再度回归平静。

“想想后边的，可能不是这种大场合，其余的地方有没有看到过什么？”

其余的地方？许瞳眉心蹙起的弧度，让人心疼。

“然后就是一批批贵宾到来，因为担心人多危险，我一直跟在周浦正的身边。”

水管的事情解决之后，听说第一批接来的贵客快到了，他们就乘车往大门口走。那时候看天气预报的周浦正感叹天色不好，担心下雪影响露天庆典的事情。许瞳就看了眼天色。

等等，抬头。好像当时不远地方的路灯上，有一名工人正在作业。因为不在大道边，隔了一段距离，周浦正没有看见所以没提，许瞳倒是看了好几眼。路灯，电，电线，以及那个人黄色的安全帽下，死水微澜的双眼。

她猛地“啊”了一声。

程野问：“想起什么了？”

“电工……”许瞳猛地睁眼，下意识握住程野的手，“我怎么没早点想起来！今天来的路上看见一个穿着蓝衣戴黄色安全帽的电工！他在路灯上，但是并没有进行什么作业！”

戴着白手套的双手，是空的，背后也没有包，没有任何维修的工具。

程野抬头：“哪一个？”

“在……”许瞳抬头，望了一圈，意识到什么之后，脸色有点白，“能直接望见周家别墅的那一个。”

（10）

许瞳回忆起那一幕，后背生寒。在告诉程野之后，男人没有犹豫："我们要找的人，应该就是他。"程野思考的速度很快，"他符合之前的所有假设条件。"

可是，她又不能像他那么肯定了。证据不足，再加上……

"动机呢？"

"这种事，得亲自问他。市电力系统维修的工人是橙色警示衣，你口中蓝色衣服应该是度假区自己的人员所有。"他指了个方位，"而为了防止意外，这片区域每天晚上都有人值班，如果你是凶手，你会错过这么好的时机？"

"恐怕不是他值班，也得费尽心思换成自己。"

"也就是说，"许瞳目光扫过静谧的片区，"这个人，就住在值班室里。"

心跳得很快，在迈向值班室的路上，许瞳还有点不真实。太快了，这起案件的进度太快了。程野的加入，竟然带着她绕过了大部分的证据分析，直接锁定目标任务。和她习惯的方式截然不同，但也没法说出一个不字。许瞳不自觉地侧头打量身边的男人。那种与生俱来的自信，节奏越紧张，越自得的闲适，以及胜券在握的狡黠，她几乎都能一一感觉出来。

"是不是觉得有些不靠谱？"见她在看自己，程野眼睛充盈着笑意，"我做这行也有些年头了，相比你们一张函能调动的事情，我得费点力气才能搞定，为了省力气，我得不断开发脑力。"

许瞳抿嘴："这样的推论，你有错过吗？"

程野收敛起嘴角的笑，隔了会儿才慢慢开口："没有谁不会出错，只是有些人的错误能改，有些人犯下的错，一辈子都挽救不了。"

他说这话的时候语气很淡，不经意地听，还以为是一阵从别人那里得来的感悟。可许瞳听得很仔细，仔细到没有错过他语气里的淡淡自嘲。他有故事。可许瞳却遗憾，此时此刻，她没有酒。

值班室的灯还亮着，昏黄的灯光从窗帘的缝隙透出。到了外边程野就给她做手势，意思是他先进去。许瞳摇头，长腿一跨站在门口，警察风范尽显。

几声敲门声响，里边传来含糊的问话：“谁啊？”

“隔壁3栋的灯坏了，怎么还没有人修？”

“这个点修什么灯啊……”含糊中透着抱怨，窸窣的衣料摩擦声后，门刚开一条缝就被人大力推开。

“什么人？”

推门，翻转，将人控制在室内玄关处，许瞳这一系列动作行云流水，总时间不超过三秒。程野无奈地站在门口，摸摸鼻尖，心想着是不是每一个女刑警都像她这样作风干脆利落，出手果断快似刀。

许瞳看清楚身下的人后皱眉，立刻松开手居高临下出示证件：“警察。”

陈波光着膀子，裤子松松垮垮套在胯部，整个人还是傻愣着的。

“警……警察？”他愣过之后慌忙站起，高举双手后依旧惊魂未定，“误会吧？”

然后裤子滑到了脚踝，露出红色裤衩。这个人身形偏胖，圆脸大眼，不是之前看见的那个电工。

“许瞳。”

刚尴尬别过眼的许瞳听见程野在喊自己，才意识到这个人不知什么时候已经堂而皇之地进去了。她忙关上门，带着那人走过去。

程野已经翻开被子，拉开床单和下边的棉絮一抖，细碎的小东西掉在了地上。许瞳捡起来，发现是蓝色的塑胶皮一类的东西，芝麻大小，像是切下来的。

“这是什么？”

陈波看了眼：“电线外边的绝缘套。”

“这是谁的床？”

“周……周衍。”

“他人呢？”

“没回来……”陈波还有点状况外，“就因为他还没回，我还留了灯。”

“你知道他去哪儿了吗？”

“不知道。这个人不爱说话，也不合群，从不主动说要做什么，更别提说去哪儿了。”

程野已经在翻衣柜。周衍的衣物不多，但每一件都悬挂整齐，目光扫过最后一排，那件蓝色的维修工服上。

他又问：“他人怎么样？”

“我说过，这个人不合群啊。不过能力挺强的，感觉让他做什么都会。之前我们兄弟聚着的时候还说呢，若不是有两把刷子，这种性格谁敢用啊。”

“哦，对！”陈波一打开话匣子，就放松了不少，“之前听管家说过，这个周衍一开始投的不是维修工，而是堂鸿那什么信息什么技术的工程师，面试的时候因为人太孤僻，被拒了。”

许瞳抬头：“被拒绝做工程师，转而来这里当维修工？”

目的果真不是求职这么简单。

“可不是嘛，所以我们觉得他怪呢！”陈波指着衣柜，“更吓人的是上次我出勤，工作服洗了还没干，就琢磨着反正他那天休息就想取他柜子里的那衣服。结果你们猜我看见了啥？哎呀妈呀要不是大白天，我要被吓死啊！”

程野仔细摸着衣柜的内壁，调出电筒躬身进去照着看：“是不是人偶。”

“你怎么知道？”陈波一脸惊呆，“你们也看到了？我觉得吓人，都没敢跟周衍说！”

程野示意许瞳过来，指了下角落的位置。许瞳看见了一行往下滴落的红色墨水痕迹，和那个假人脸部的颜色几乎一致。她刚转头想说什么，恰逢程野就在身后，额头扫过一片略干的温热，两人都是一愣。

陈波还在兀自说话，许瞳转过身慢慢地吸了口气：“麻烦你，帮我打个电话。”

“打给谁？”

“周衍。”余光瞄见程野在摸嘴角，许瞳更是不敢再往那边看，“按照我说的问。”

第一次配合人民警察，陈波战战兢兢，拿电话的时候手都在抖。

程野看了眼，摇头：“你这样不行，很容易被听出来。而且如果他真的有所动作，绝对不会分心接电话。”

确实如此，但此时此刻，怎样才能锁定周衍的位置？许瞳看了眼时间，感觉越来越不好。周衍会去哪儿？她拉开抽屉，里边全是扳手一类的工具，没有任何书写的痕迹。再看床底下，从里边拉出行李箱，却是锁着的。

陈波见状：“他好像把他的电脑和贵重物品都锁在这里头。虽然这边没什么小偷小摸的人，但这家伙戒心很重，也不知道是不是在防我们。”

程野看了眼，只低声道：“等我两分钟。”说完之后，人大步离开值班室。

说是两分钟，可在许瞳尝试用工具撬开的时候他就去而复返，手里拎着熟悉的包。

“你把包拿回来了？”她愣了下，“不在刑峰那里吗？”

男人的回答模棱两可：“啊，不是那个。”

他动作娴熟地拉开拉链，摆出了工具箱，再从里边摸出某个细小的东西，熟门熟路地插入密码锁的锁孔里。伴随着几次扭转，只听“咔嚓”一声，开了。

程野这会儿倒是老实地把东西先推给她。

电脑和钱包摆在面上，下边就是一些衣物，钱包里有一张照片，看上去像是七八十年代的作品。黑白波浪边，一个女人抱着一个两岁多点的小孩，笑容温馨。许瞳把照片翻转过来，上边写着“1982年9月2日摄”。

“你看这个。”在包的夹层里，有一双绝缘鞋套。

“周竞驰是触电引发心脏骤停。”鬼使神差地，脑海里响起了这句话，许瞳小心地用工具箱里的镊子把手套夹出来，上面却糊着干了的泥土粉。颜色有黑有暗红，程野拈在手指尖碾了下。

许瞳盯着这些粉末出神，继而猛地站了起来：“这个颜色的土壤我见过！”

在哪儿？在哪儿？许瞳咬着食指关节，神色慢慢清明。沃土是深色的，不是这个色。而在这度假区里有红土的地方，她今天上午才去过。也就是维修爆水管的那条路。水管从湖边引到度假区内部，有一截得越过一个半坡。而那个半坡之上有个看似少有人去的工作间！

“你马上去别墅那边跟警察联系，说这边有发现，把东西守着！”许瞳吩咐完，直接往那个方向奔跑。

“等等！”身边像是过了一阵风，程野在她跑出门的时候紧跟在后。对自己体育方面向来很自信的男人却发现，许瞳的速度完全出乎他的意料！如同脱缰的小野马，奔腾不息。

湖水在微风中轻响，寂静的夜色下，甚至看不清小屋的轮廓。许瞳刚在门口站立，就听见里边传来怪异的挣扎声。两人对视一眼，她拿出手电筒，程野比了个“1”的手势，抬脚猛力踹开封闭的房门。

“停手！”灯光对准了眼前的人，双手紧拉电线的周衍猛地抬头！因为用力，他胳膊上的肌肉鼓起了青筋，一脸凶狠的样子和之前的路人脸完全不同！

而他下手对象，正是失踪几日，自我绑架的周竞朗。“哐当”一声，玻璃破碎。周衍瞬间夺窗而逃，许瞳撑手飞奔跟上：“看着他！”

“许瞳！”程野撑在窗门边，却连背影都看不见，他猛地一敲窗棂，该死。

飞奔，再飞奔。男人似乎对这片树林很有研究，路线各种弯弯绕绕，夜色里只能听见彼此的喘息声响。可周衍无论跑多快，身后的人都甩不掉，男人眼底闪过一抹决绝的狠厉。他摸出包里的匕首，转身靠在一棵树后，屏住全部的呼吸来等待身后人的到来。

(11)

许瞳在决定追击的时候很冲动，但她并不莽撞。当所有的声音都消失，身处伸手不见五指的树林中，全身的神经末梢叫嚣着让自己警觉。

许瞳停下脚步，关掉手电灯，隐匿行踪。她听见风吹树林的声音，听见湖水拍打岸边的涌动，听见雨点打在树叶上的轻微声响。而后侧头，发丝拂过脸颊，双眸瞬间冷如寒星。在周衍出手的那一刹，许瞳后退半步敏锐地接下他第一次的攻击！察觉到对方手里带着利刃，她继续后退委身扫腿，将人重重绊倒在铺满落叶的泥土地上。

“为什么每次都是你！”被死死压着的周衍声嘶力竭地低吼，许瞳用力禁锢他执刀的手。刚想抽身摸腰间的手铐，男女之间力气悬殊在这一刻该死地体现出来。周衍困兽犹斗，猛地挣扎打飞许瞳手里的铐子。混沌的视线里，许瞳只能看清对方手里不住乱挥的银亮。刀尖刺来的瞬间，她下意识往后仰，脚后却踩在了树根上。

许瞳倒地后快速翻滚。周衍几次挥刀都刺进泥土里，打不到、抓不着的怒气在胸中燃烧。当他再度举起右手，寒芒刺得她瞳孔紧缩，心底暗道不好。

可周衍的动作却定格在面前。许瞳愣了下，才注意到对方手腕处被一只手紧紧握住。提起的心落回原处，许瞳松了口气，程野也一样。

程野手上用力，周衍惨叫一声，匕首掉落的瞬间许瞳掉转方向。刀子就擦着她的腿边没入泥土里，她咬着下唇，闷不吭声地一跃而起。

“我看你是活够了。”程野说这话的时候，声音毫无波澜。他站在周衍的身后，一只手控制着周衍的右手腕，另一只直接将周衍的左手翻转。无论周衍如何挣扎，他都不动如山。

周衍被按在树干上，用力挣扎时脸上擦出一缕缕的血丝：“你们为什么要拦我？是周家把我逼上绝路！是他们害得我家破人亡！为什么不去抓他们？还让他们过着人上人的生活！为什么？”

许瞳利落地把他铐上，听了这番话后安静了几秒：“他们若犯事，会有法律来惩罚，而你没有任何权利来完成这件事。”

“法律……”周衍笑得嘲讽，“当你求路无门，你才知道，这世界上根本没有所谓的正义，只有钱和走狗。”

程野一把将他拎到面前：“正义可能会迟到，但它从未缺席。仇恨蒙蔽了你的眼睛，周衍。”

周衍任由他推着往前，低头喃喃：“我所受的痛苦，他们必须承受。这个世界如果不公平，我就让它在我面前公平。”

“但你有没有想过，你所谓的公平，是让另一个家庭家破人亡。”许瞳冷下声音，“周竞驰有一双儿女，最小的才两岁。如果他也像你这样寻求所谓的公平，这笔账，你们算得清？”

“怎么算不清？”周衍仰着头，眼底的悲痛却怎么都压不住，“不会再有下一代了。”他早已成了孤家寡人。

人抓到，许瞳负责押解。想着这一路上的帮助，她还是决定好好感谢程野：“这次多亏你。”

从小到大，她从没有这么正式地感谢过谁，口吻和动作都有些生涩。程野咧嘴，爱极了她眼光闪烁的小别扭。

手电筒的光往这里扫来，邢峰的声音在外边响起：“许瞳你在吗？”

她应声抬手，在一束光照来时侧头：“他们怎么知道？”

程野但笑不语。

队友们来了，周衍被带走。晕倒在地的周竞朗早就被送上了救护车。这家伙在鬼门关里转了一圈，若不是许瞳他们出现得及时，恐怕不只是三天没进食虚脱这么简单了。

回去的路上，许瞳察觉到邢峰看向自己的眼神欲言又止。

“前辈，有什么话就说吧。”

“待会儿回去，你态度好点给霍队赔个不是。”邢峰摸摸头，“他说什么你都别顶嘴啊，到时候看在抓到人的分上将功补过不是不可以。”他才从霍廷琛那里过来，气压低得吓人。两人合作挺长时间了，他还是头一次见他发怒。

许瞳听了，才意识到待会儿要面临什么。

“有什么问题，我去说。”

邢峰见许瞳身边站着的程野，气不打一处来：“劝你别！小眼睛这会儿背锅还不是因为你！哎？你的铐子呢！”见这家伙双手自由他就有股无名的气。

“我解了。”许瞳回答，“他帮过我大忙。”

“不不不，可不能让霍队看见。”邢峰不由分说再度把程野铐上。

许瞳刚想上前，程野不露痕迹地给她使眼色。他没生气，不仅没生气，更不想给许瞳添麻烦。程野乖乖被邢峰铐上，然后被带着与周衍走在一起。

“对了，这家伙叫什么？”邢峰指着周衍。

许瞳把名字说了，邢峰随口一句：“嗯？也姓周？”

许瞳停下脚步。赵钱孙李，周吴郑王。周姓在国内并不少见，她之前压根没有意识到周衍姓周有什么不对。但是邢峰这么不经意地一说，她却有些出神，直到回到灯光亮堂的室内，面对霍廷琛冰冷的眼神，才意识到自己应该说点什么。

“霍队！”许瞳刚一开口，男人却直接走过她身边，带来的风拂起一缕发丝，风过之后，软软地搭在了她的肩侧。

被无视了。而后就听见霍廷琛在问江源，不，口吻更像是训斥：“为什么不把人直接送回去？”

江源站直，目光扫过背影寥落的她，紧张地圆场：“因为有进一步的发现，所以我们折返了。”

“擅自行动，觉得团队在拖你们后腿？”

“绝对没有！”

“霍队。”许瞳走到霍廷琛面前站直，“当时情况很急，而我也没有百分之百的把握，不能大张旗鼓地来要人手。但擅自行动确实是我的错，与江源无关，要怎么惩罚你决定。”

霍廷琛的气瞬间更烈了，语气冰冷：“回去再说。”

“听说人已经抓到了。”无声的对峙中，周浦正出现在门口，老人杵着拐杖，仿佛一夜之间老了很多，“我要看一眼，究竟是谁杀了我的儿子。”

“只是嫌疑对象，尚未确定他就是整起案件的真凶，周老先生可以先等等。”

老人精神萎靡了不少，眼里的恨却越发尖锐：“好，我等，若真的是他，周家遭受的一切，我要他挨着尝一遍！”

周衍被暂时扣在书房里，霍廷琛让人上去，却偏偏漏掉许瞳。查资料的江源见她眼神有些寥落，趁着空隙抬头：“你也别放在心上，等案子破了，霍队气解了，又会跟往常一样的。”

“咦？”他刚说完，周衍的信息就出现在界面上，他推了下眼镜，“不是吧，你说这家伙只是个电工？”

许瞳靠近，视线飞快地扫过周衍的学历，是国内著名211大学毕业的工学硕士。

“这个学历闭着眼睛找工作也不至于这样吧，”江源絮絮叨叨，“等我查下别的。”

工学硕士，难怪。这个男人确实拥有专业的技术。而从之前的对话中可以看出，周衍对周家似乎有着带血的仇恨。难怪他费尽心思，要到这里工作。因为，这是他进入堂鸿接近周家，完成复仇的第一步。

“他的家人呢？”她问。

江源噼里啪啦按着键盘，镜片反射着幽光：“等等，那边在给我传。”

“好了。”江源把屏幕转过来点，许瞳看见了三则报道。

前两则看起来有些年头了，第一则时间是 1990 年 3 月：钱物在家中横飞，高薪女佣竟然监守自盗。

第二则是在当年的 4 月：偷盗女佣不堪负罪，悬梁自尽。

最后一则较为近期，是在 2015 年的 11 月，地点也不是 S 市：我市某小区燃气爆炸导致两死一伤。

许瞳仔细看着内容，死者为一名 28 岁的女子，以及 2 岁男孩。看小区所在的省市，和周衍的户籍信息完全匹配。

而那名偷盗女佣的照片……许瞳看着看着，脑海里浮现出周衍钱包里的黑白像。那抱着小孩冲镜头微笑的温婉女子，不正是这名“偷盗者”？

周衍的动机隐约浮现出来，那个女人很有可能就是他的母亲。如果他母亲是自杀，妻儿死于意外的话，他又为什么会说是周家害他家破人亡？

江源上去给霍廷琛传信息，许瞳对着屏幕有些出神。

程野在客厅的另一端，被邢峰虎视眈眈地盯着，他没有多余的动作，只是侧头看着燃烧的壁炉，思考的时候，眉心微皱。

“我所受的痛苦，他们必须承受。这个世界如果不公平，我就让它在我面前公平。”他反复地回味周衍那句话。不知怎的，总觉得这件事到这里，还没有结束。

（12）

因为现场的情况需要进一步证实，嫌疑人周衍暂时没被带回局里。

书房内，被审讯的男人仰靠着椅子背，脚尖撑地，一下又一下地晃动。在确定现场的指纹和脚印都与他吻合之后，霍廷琛反问他：“知道这些罪加在身上，你将会面临什么？”

“我怎么不知道？”晃动停在一个点，周衍扬起下巴，“反正都是人命，一条是死，两条也是死。我只遗憾没有按照原来的计划，亲手一个一个地解决他们。”

这种态度让记录的小伙子火大，霍廷琛听了之后却顺着点头：“不共戴天的仇恨里一个怎么够？只死了周竞驰，我看你对这样的结局不怎么满意。”

周衍听了之后笑了下，他双手握拳，身体前倾，平淡无奇的五官因为眼神而变得深刻：“满不满意，得等最后才知道。我原来的计划是什么已经不重要，只要人死了，目的是一样的。”他说完就开始笑，先是低低地笑，继而转为大笑，却又在某一瞬戛然而止，面部表情明显僵住。因为霍廷琛把一样东西直接放在他的面前：“很眼熟？”

周衍张了张嘴：“你怎么发现的？”

“活动现场一共三个，一个埋伏在主席台位置，一个在主桌之下，另一个则是出口处。”霍廷琛单手压着东西，气势凌人地俯身，“你知道这些东西一旦爆炸，会有多少人受害？”

这一发现无疑把周衍逼到了末路穷途，他猛地起身：“我管他多少人？周家人都该给我的母亲偿命，给我的妻子偿命，给我的儿子赔命！你们为什么要拦我，为什么？”

“你的母亲死于自杀，妻女是意外！”

“自杀？意外？”仿佛脱力般，周衍往下滑落，错过了身后的凳子，直接重重跪在了木地板上，“我妈是个好女人，也很勤快，就是命苦。为了养活车祸瘫痪的我爸、年幼的我，以及上边的四个老人，她在凌晨两点之前就没歇过，早上五点多就起来做活。也因为勤快，所以才被选进周家做清洁工。”

周衍垂着头，宁愿流血也不愿流泪的他，眼泪大颗往下滚落：“我从小，我妈就教我做人要老实、本分，在我爸车祸需要大笔钱的时候，她捡到过一个公文包，里边有一万块钱。八几年的一万块钱是什么概念？她都没有想过去拿，冒着大雨在路边上等失主。这样的女人怎么可能去偷周家的钻石项链？她这辈子就没戴过什么首饰！但周浦明羞辱她，不止一次地在各种场合羞辱她！让她在我们片区抬不起头，甚至让她当着那些官太太磕头认错！我们一家都是老实本分的人，我奶奶气得一病不起，街坊邻居天天上门指责，要我爸与我妈离婚！我妈实在是没办法了，抱着我哭了一晚上说对不起，把我送去了养父母的家。后来我才知道，那天早上，她自缢了。”

“这不是周家的错是什么？”周衍仰头，“为什么他们一根手指头就能把人逼死，却到最后活得好好的？为什么他们不能有报应？”

“那你的妻子和儿子呢？”

周衍仿佛被点了穴，久久都不能动。他捏着拳头，指骨因用力而泛白，每一个字都像是从牙齿缝里挤出：“周竞驰在事发前来过我家。”

霍廷琛侧头：“你家？”

“是啊，周竞驰来过我家，而后我的家就没了。妻子、儿子，我连最后一面都没见上。”周衍眼里流的不再是泪，而是血，“我报警，结果说是意外。怎么可能是意外？我妻子不会下厨，更不会去碰厨房的煤气！你们不能帮我解决，我就用自己的方式去解决。我给堂鸿投了几次简历，最后终于进来了。从周竞驰开始，让周家的子女一个一个地从这个世界上消失，最后才是周浦明！”

“你怎么杀害周竞驰的？”

“电。”周衍仿佛失去了所有的抵抗意识，笑声沙哑，寓意不明，“我给周竞驰字条，让他到这里来，有关威胁信的事。他看见我的时候仿佛见了鬼，不过我并没有给他任何机会，我先电他，再把他扔进湖里。”

“然后你留下周竞朗的纽扣，让大家以为是他犯的事？”

“没错。”周衍表情转冷，“我一开始并没有想这么早来报复，却偶然听见周竞朗亏钱的事。所有的情节在脑海里很快定格，天赐给我的机会，所以我提议他自导自演，他跟个傻子一样照做了。”

“却没想到，你的目的不是钱，而是人。”

“我就后悔，当初怎么没有早点杀了他！”

“你若想滥杀无辜，在绑走他的当下就实施了，不会等到现在。”霍廷琛淡淡道，“根据你的描述，有仇的是周竞驰和周浦明，并不是所有的人。因为小时候的教诲在现在依然潜移默化地影响着你的处事习惯。”

“错！大错特错！”周衍仿佛听到什么笑话一般，哈哈大笑，面部肌肉抽动，“老实能得到什么？好人有好报吗？这个社会的人除了围着钱和权转，谁在乎你在遭受什么！我的恨怎么可能一个周竞驰就能瓦解，等着吧，哈哈哈……”

霍廷琛仔细观察他的表情，后退两步低声吩咐外边的人：“继续看好周家，不要让任何人单独行动。”

这笑声在夜色里十分悚然，连带着在楼下的许瞳闻声抬头，眉心蹙起细腻的弧度。原本安静坐在沙发上的程野忽然站起来，邢峰推他：“做什么做什么，安分点！”

程野定了会儿，视线落在许瞳身上，又是心照不宣的暗示。许瞳捧着电脑，这会儿却有点不敢接招。

她没动，程野眉毛跟跳舞似的又上又下又集中，若不是有一张线条硬朗的纯爷们脸，简直有点欠揍。她咬牙，最后无奈：“你怎么了？”

“饿得慌。”他捂了下肚子，笑得含糊，“我想去厨房看看有什么吃的。”

许瞳可没天真到真信他想吃东西，但也信他不会无缘无故地找事情。在片刻思索后，她点头：“来。”

厨房就在一楼，在习惯了周家豪气大派的作风后，这会儿除了大和整洁，没别的感觉了。灶是集成的那种，没有抽油烟机，所有的油烟都是从下方管道排出。揭开那一层厚厚的盖子，程野把锅抬起来看。所有的器具都是崭新的，看来周家在这里就没开过火。他敲了下柜子边缘，里边传来空响，看来所有的管道都是从这往上方向走的。

“他在做什么？”邢峰皱眉，刚想进去就被许瞳拦着。

“你等着，我去看。”许瞳走过去，见程野后退两步一跃上了中间的料理台，仰头摸索上边的吊顶。哪怕双手被铐着，也丝毫没有影响他利落的动作。

许瞳看了会儿问：“你在找什么？”

“希望是我多心，”程野喃喃着，“我总觉得周衍最终的目的不是一两个人那么简单，所以想查证一下。”

他的提醒让许瞳回想起之前的一些细节，原来她一直无法放松的警惕，就来自这里。

程野刚说完，指尖就碰到了一个微微凸起的边缘。吊顶处有一块材料不那么平整，而周家的财力物力，在装修上绝对不会打马虎眼。程野正色，小心地抠下那一块板面，视线落在那闪着红色光点的一处时，低声示意身后人：“别过来。”

许瞳停在离他一米远的地方，轻声问：“真有吗？”

邢峰没听懂：“你们在打什么哑谜？有什么？”

程野深吸一口气，继续拆掉几个板材，里边的那个东西露了出来。没有倒计时，没有电视里放的那种精致外观。无数条蓝色电线交织在上边，许瞳盯着看，脑海空白的当口却想起一句话：都是蓝线，最后选择红的机会都不给她。而电线之后隐约有个红点在闪烁，昭示着在与某处的信号连接中。

“我不确定它有没有别的引爆途径——”

“别动！”在程野准备伸手进去的瞬间，邢峰大吼一声。

程野眼神怪异地转头：“我宁愿被炸死，也不想吓死。”

刑峰的眼神也变了：“你，下来！”

许瞳却伸手，语气果断：“告诉霍廷琛让所有人转移出去。切记，不要让周衍察觉。”

刑峰说：“不行，这家伙怎么知道这里有炸弹？”

“找霍廷琛！”许瞳声音冷了好几度，“周家人也在里边，它什么时候爆炸没人知道，我怕来不及了，前辈！”

刑峰听了之后站住，看看这个又看看那个，最后气得转身：“这都什么事！”

“我给你开锁。”许瞳想摸包却发现这并不是自己的手铐，她解不了。

“没事，不怎么影响。”料理台到天花板的高度容下她绰绰有余，但是容下程野，空间就短了点。

程野躬身抬头，在拆完所有的板材后却没轻易去碰那玩意儿，研究了一番后意识到什么回头，眼神微愣：“你怎么还在这儿？”

许瞳淡淡道：“你也没走。”

程野咬着下唇，眼神很亮：“我魅力这么大？”

“它魅力比你大。”

程野低低地笑了：“我可不想跟你来什么生离死别，但这玩意儿是自制的，比常规的品种多出无限可能。安全起见我也不碰了，咱们一起撤吧。”

可话音刚落，嘀嘀两声就在头顶响起。许瞳一把抓着他的衣角，两个人的动作定格在那儿。

没过多久，一声巨响，掀起数层楼高的气浪。所有的窗户和门瞬间被炸裂开，整栋别墅仿佛在地面上跳了一下，火苗在内膨胀。气浪把人和周围的车都推出好几米的距离，霍廷琛从地上爬起来，头发散开，额头流着血。

耳鸣，眩晕，他目光扫过那些爬起来的人，猛地拎起刑峰的衣襟：“许瞳呢？”

火势冒向屋顶，热浪扑面而来，刑峰也爬起来，看着完好的周家一家，再飞快数过他们队伍里的人。

爆炸的威力，大家都领略到了。好端端的一栋楼，瞬间被火海吞噬。刑峰想起待在厨房里的许瞳，仿佛失去了所有的言语，心沉得厉害。张了张嘴，这一刻，他完全没法开口把这个消息说给失态的霍廷琛听。

现场情况乱成一片，火焰的温度把地面带得滚烫，燃烧的刺鼻气味充斥着鼻腔。耳边全是高频尖细的声音，许瞳闭上眼睛，等那一波天旋地转散去之后撑着想起来，却感觉哪里不对。

“嗯……”低沉的声音刚起，所有的尖锐鸣叫渐渐散去。程野充分发挥了自己的身高优势，手肘撑在许瞳头顶上方，把人全部笼罩在他身下。

混沌的脑袋抽空片刻，程野放大的脸就在她的上方。

“你没事吧？”

“你没事吧？”

齐刷刷的两道声音之后，许瞳愣了下。

“我没事。”

“我没事。”

又是不约而同地异口同声。

许瞳盯着程野看，盯了一段时间后男人才后知后觉地从她身上爬起来。背上全是玻璃碴儿，随着动作落在地上，叮叮咚咚，哗啦作响，听起来都疼。

许瞳翻身起来，就听见身边的人“呃”了一声。

“怎么？”她问。

“你的头发。”程野两只手不方便，一起抬起来比了个地方。

许瞳入手一摸，焦黑的灰烬簌簌往下落。她的手指慢慢往上挪，入手的感觉明显已经不是柔顺的发丝，而是焦了的稻草，指尖一碰，寸草不生。伴随着越来越多的断发往下落，她的表情有些傻。

“啧！”程野看着都觉得心疼，见她毫无章法地一阵乱撸，忍不住，“别，别动，等下。”

大手在头上慢慢清理，许瞳安静地站着，乖巧垂眼。

“好了。”男人拍手，铐子碰撞，哗啦啦地响，他后退两步像是要欣赏，继而忍不住，“噗……”

许瞳按着头发闷闷转身，大步往前走。

“哎哎，其实层次不齐也是一种流行的美，真的，我觉得很好。”

许瞳没说话，继续闷头走。

身后的人慢慢跟着，用像是说今天天气的口吻问她：“咱俩也算是劫后余生，案子结束了，一起吃个饭吧。”

“许瞳！”

听见有人在喊，许瞳忙加快速度，走了一段距离之后，忍不住转过身去。大地和苍穹被火光染红，程野站在原地，那用烈火与烈酒才能描绘的眼正静静地看向她，许瞳背着手倒退着走两步：“好。”

那勾人的酒窝再度出现在男人的脸颊边。

火场外寻觅半圈的霍廷琛一眼就看见了有些狼狈，但站姿笔直的许瞳，松了口气后依旧不放心：“伤到哪儿了？”自然的关心无形中融化了之前的嫌隙。

许瞳看着他额头上的血迹：“你这里。”

“我没事。其他人呢？”

“周浦明的胳膊被掀起的车压得有些厉害，除了她其余人都没事。”

那就好，许瞳松了口气。爆炸的时间在撤离信息发出的2分钟后，许瞳了解霍廷琛的利落，也相信她和程野是最后冲出去的两个。只是回想起那一瞬，她这才觉得有些后怕。

等绕到前边，许瞳才发现局面比想象中还乱。之前被火势掩盖的哭喊全部飘入耳里，从未受过伤的周浦明惨叫得声嘶力竭：“我的手断了！还有我的脸，我的脸怎么了？”一道深深的伤痕贯穿了她的右半边脸颊，血肉翻卷，触目惊心。

俞博恒这一刻却显得很急躁：“别叫，救护车马上就来了，死不了。”

警笛声响，在嫌疑人被带过去的瞬间，周浦明惨叫出声：“你这个丧尽天良的东西！我们周家怎么得罪你了，至于赶尽杀——”可看见周衍的脸时，所有的话都吞进了嘴里。

周衍冷笑：“认出来了？”

周浦明脸色苍白：“你……你……”

“是谁丧尽天良？是谁要把我逼到绝境？”

身后传来周浦正的声音，周浦明忙抬手：“别过来，大哥！”

然而一切都晚了，周浦正看见了周衍，一如周家每一个长辈的表情一样，无法置信的震惊，毫无掩饰的内疚。

“怎么是你……”周浦正后退两步，精致的金属拐杖跌落在地上，声音苍老得可怕，“怎么是你……怎么是你！”

老人声音沙哑，一连重复了好几个“怎么是你”后，晕倒过去……

周家，堂鸿集团，却在百年家业庆典的早上陷入火海。烈火熊熊燃烧，持续了很久，而带来的损失却远远比不上一个破碎的家，以及名誉的一落千丈。

消防车赶来，所有围观的人群被请到安全范围。各类媒体早就在门口围得水泄不通，也不知道从谁那里得到的消息，杜撰出一个又一个轰动全国的故事。

周衍是周浦正与女佣李兰慧的私生子。那一年，周浦明不经意撞破大哥与李兰慧的关系。在逼走李兰慧之后，她一边向周浦正收取了大笔封口费，一边在李兰慧面前扬言要把这段关系放出去，导致李兰慧无法面对丈夫，选择自杀。而周衍家里的事，唯一清楚的是周竞驰确实去过，但随后的煤气爆炸能否与这件事挂钩，那边再度成立专案组，负责查清因果。

舆论纷纷扬扬，所有的合作分崩离析，听闻周老先生几度病危，而上演遗产争夺的戏码正在各大媒体下逐一曝光。网上已经把这件事归为年度大戏，拍什么电视剧，生活就是最好的戏剧。

在墙倒众人推的当口，却有一个人站了出来，身推轮椅，穿着祭奠的黑色衣裙。她在发布会上做出了重振堂鸿的决定，那深深的一鞠躬，力挽狂澜，坐镇了中流砥柱的位置。周竞语和她身后的少年，仿佛一夜蜕变。

许瞳下楼出门再转弯，路口不知停了多久的牧马人响了声短促的提示音。她愣了下，走到站在驾驶位门外，一手慵懒耷拉在方向盘边的人身前："说好的我自己过去。"

程野收敛散漫的站姿："那边路远，地铁人又多，怎么能让你站那么久。"

许瞳垂头，脸颊上浮现一抹淡淡的粉色。

"头发剪了。"

"啊……"她下意识把鬓发捋到耳后，露出白透粉嫩的脸颊，细密的睫毛在动作中闪烁。

程野很想去摸摸那对漂亮的蝴蝶翅膀，感受纤细划过掌心的柔软。

"挺好看的。"

他在夸她。许瞳忽然觉得，或许新找的这家理发店可以长期去了。

"对了，这个给你。"她说。

程野挑眉，看着她手里素雅的纸袋："给我的？"

"嗯，谢谢你之前帮我们那么多，"许瞳见他接过就打开看，喉咙有些发紧，"上次让你损失了一部手机，真是不好意思。"

程野的手机随着别墅的烈火化为灰烬。他打开看，果真是一部新手机。知道许瞳还在实习期，工资微薄，加上又在租房手里很不宽裕，能买这个，恐怕得省吃俭用一两个月，只是，他想表达的还有另一层意思。

程野反手打开车门，也从里边拿出一样东西。

"我也想着……"他说这个的时候自己都笑了，觉得有时候缘分真的妙不可言。他之前还在想，究竟用什么方法才能让许瞳收下这个，比如委托餐馆假装抽奖赠送手机这种活动他不是没考虑过，只是……怎么也不如亲手送给她，"感谢你在你们霍队面前毫不吝啬地赞扬我，小小见面礼，不成敬意。"

许瞳愣了下，因为很明显地，他掌心放着的那个盒子，不是手机是什么？颜色、型号、内存，和她选择送他的一模一样，笑容在嘴角绽开，为这份掩藏心底的默契。

第三卷

温泉岭事件

Lianai Zhengzai Zhencha Zhong

（1）

许瞳请了半天假，回到科室就觉得气氛很不对。

刘哥见到她，嘿嘿笑：“小眼睛，啥时候把人带出来给我们看看啊？”

人，什么人？许瞳一头雾水，怪异的视线下终于看到了根源——一束带着晨露的雏菊出现在她的办公桌上，清新素雅，包装也很精致。她拿起那束花，一张卡片掉了出来。她想打开的瞬间察觉卡片崭新的边缘有翻折后的痕迹，她抬眼，盛浅予明显心虚地收回视线，缩到格子间里。

“可能你过去没有这个概念，那我今天就说清楚。”许瞳把卡片放进包里，清冷地开口，“窥探别人隐私这种事，不要出现下一次。”

“什么叫窥探你的隐私？”盛浅予跳了起来，“送花的人没有点名说谁，我以为是我男朋友送的！”

“哎——”刘哥打圆场，“小盛，你有男朋友了？怎么不带出来让我们把把关啊？俗话说得好，酒品牌品看人品，啥时候让哥我验一下？”

“他又不在国内。”盛浅予低咳，下巴高傲地抬高，“我们从小青梅竹马，人家是北大光管毕业的，家里条件好长得也好，关键很爱我，没必要再来验了。”

对盛浅予凭空出现的“男朋友”，没几个人感兴趣。原本要打圆场的人被反口一声没有台阶下，顿时在心底叹了一口气，摇摇头不再参与。

但是，对于神秘人送许瞳花这件事，大伙却保持高度关注。邢峰拍拍江源的背，见对方意兴阑珊仿佛受了双重打击，安慰道：“别哭，我赌一百最难受的不是你——”

话音未落，“最难受的人”出现在门口。

“对了，过年怎么过？”霍廷琛的一句话，让本就竖起耳朵的科室里瞬间安静一片。邢峰震惊，江源傻眼，刘哥眨巴着眼睛，盛浅予直接就蒙了。

许瞳凝了好几秒，声音发飘：“什么过年怎么过，你……”

“我母亲上午还在问，要不要一起回去？”

这是什么节奏？头儿带实习生回家过年？难道花是他送的？

“不。”许瞳扫过瞬间开始假忙碌却竖起耳朵的队友，心底隐隐有些浮躁，“我今年哪儿都不去。”

她不知道霍廷琛怎么忽然提起这件事，而且自己也从来没有去过他家里过年。阿姨和她的关系两人都心照不宣，可能会提起，但绝对不会提议邀请的。

许瞳拒绝得很干脆利落，霍廷琛点点头，象征性地把过年期间的注意事项说了：“外省的明天可以先回去，不过电话保持24小时开机。”又顿了顿，“新年快乐。”

这简直……已经看不出什么节奏了。

霍廷琛刚走，许瞳就发现身边好几个人蠢蠢欲动地想问她问题。她闷头去了女厕所，就着冰冷的水洗了下脸。睫毛上挂着水珠，镜子里的人头发齐肩，脸颊和鼻尖被冰水刺得发红。她看了会儿，手从包里边摸出那张没来得及看的卡片。

“偶然看到这一束，和你很配。”没有落款，但这力透纸背的遒劲字迹，与那人昨晚刷卡签单的书写方式完全吻合。

许瞳给程野发了一条短信：“谢谢你。”

而后犹豫了下，下一条刚编辑出“不过”二字，回复冒了出来。

“其实是有个不情之请。”

指尖悬在屏幕上，许瞳隐隐松了口气，却又有点怅然若失。

“什么？”

“收到一则邀请，我却没有女伴。”

“不好意思，不会跳舞。”

“不用跳舞，只用享受美景跟美食。”

“这么好？”

“嗯，温泉岭开业仪式，这周六。”

这周六，不就是明天？“温泉岭”这三个字隐约有点熟悉，许瞳想了下，哦，对了，大巴车上还看见过它的广告。貌似是集温泉、滑雪、爬山于一体的旅游景点，就在S市附近。

许瞳没回复。

程野在说话的过程中翻看了好几次手机，细致的动作让简暮雨小朋友抬眼：“跟我未来干妈聊天？”

他眼神飘去：“作业做完了？”

“我真搞不懂为什么老师总喜欢让我们浪费时间在这无聊的东西上。”简暮雨哼哼，“影响我心情就影响我茁壮成长。”

程野拍了下他的后脑勺：“安分点。”

“那是不是我未来干妈？哦，应该是。”简暮雨自言自语，“你的酒窝出卖了你的心。”

程野转着手机，看向鬼精鬼精的简暮雨，忽然眯起眼睛。小家伙往后缩，一脸防备：“你想干吗？”

程野慈爱地摸着他毛茸茸的脑袋：“能不能成为你未来干妈，全看你的演技。”

紧接着，许瞳就收到如下的消息。

“是这样，还有个小不点儿缠着要去温泉岭，那边气温低小孩子又闹腾，我一个大老爷们心又不细，就怕出什么岔子，可能要麻烦你帮忙照看下。当然，当天去当天回。”

小孩？许瞳想起程野之前说过，家里有个别人家的混世魔王。她想了下，默读了几次“当天去当天回”后，回复：“好。”

程野咧嘴，简暮雨咬着笔头：“笑得太浪了，爹。”而后伸手，“承诺。”

“分期付款。”程野放了一块钱在简暮雨的掌心，溜得比谁都快，“拿去，要买糖还是攒着买皮肤，看你的毅力。”

简暮雨小朋友终究历练太浅，白皙的脸颊涨得通红：“你又坑我皮肤！说好的李白皮肤！”

(2)

许瞳上一秒答应了去温泉岭，下一秒却开始后悔了。她看着手机屏幕，“啊”了一声才反应过来，脸颊泛红。

连续破获两起大要案件，霍廷琛已经默认大伙进入放假模式，原本忙碌的楼层到这会儿安静得只能听见节能灯芯的滋滋声。许瞳走的时候，里边房间的灯还亮着。昏黄的光，伴随偶尔一声翻动材料的声音。

霍廷琛还在里边，但是……准备迈出的步子迟疑了下，她转身轻轻掩上了门。

走过值班室，里边正播放着周家案件的专题。在二楼专心看文件的男人这会儿出现在镜头里，警服笔挺，样貌英俊，面容清冷地讲述案件破获的关键点。

她静静地看了会儿才敲门：“王哥，二楼还有人在加班，麻烦先不要关暖气。”

“哎，哎！”值班的中年男子应声回头，看见许瞳两眼弯弯的，“小眼睛这两次累着了吧？你们霍队刚还在电视上夸你呢！说你有勇有谋，女中豪杰呢！我在这儿值了那么多年的班，这还是头一次！”

许瞳往外边缩脑袋。

“哎，对了！”王哥伸手从箱子里拿出一件包裹好的东西，“你看这是不是要找的那把？”

“伞回来了？”许瞳拆开外边的报纸。果真，是已经丢了快小一周的黑伞，下边的 SAB 雕刻遒劲有力。

“下午看见它被人放在墙边，也不知道是谁做的。不过还好找回来了，是吧？”

“谢谢。”许瞳捏紧手里的东西，心底终于舒了口气。

乘地铁回家，在电梯口遇上了房东李婶。女人看见她脸色不太好：“你们说好的租一年，怎么不到四个月就要搬出去了？”

“搬？”许瞳不明白，“没有这个意思。”

见她是真不知道，李婶的口气也不像刚才那么冲：“今天你室友打电话说要退，我还专门跑过来问情况呢，难不成你们两个闹掰了，不合租了？”

许瞳眉头皱起：“你等我问问。”

盛浅予要搬走，这消息她确实从来都没听到过。等推门进去，果真遇上了正在打包的盛浅予，以及她背后跟着的父母。

“我要走了。”没等许瞳开口，抱着一箱鞋子的盛浅予主动说，“你要继续租下去的话就跟房东说一下。”

“你要去哪儿？”

知道许瞳会这么问，盛浅予笑了下：“马上要过年了，自然是回家啊，霍队都默许了的，难道你还想守到大年三十啊？还有，过了年我应该就不在这里工作了。”

许瞳笑了下没有说话，目光扫过盛大小姐背后的两人。盛浅予跟她母亲长得很像，都有种喜欢俯视人的优越感，倒是盛浅予的父亲皱眉：“先别说这么多，八字还没一撇呢！”

“房东刚才说要涨房租，一年三万五变成四万，要租得一年起租，你看着办吧。”说完，盛浅予头也不回地走了。

等一家子搬完，许瞳才进去，屋里一片乱，原本挤满了家具电器的两室一厅，只剩下空荡荡的沙发桌椅。一年四万，她不用想就知道自己的存款支付不起，但是，她还有另外的钱。打开存钱罐的底部，拿出一张卡，黑色底面金色卡号，她母亲每个月都会往里边打一笔钱。每笔钱的数额相当于她近半年的工资，但是再穷，她也没拿出来用过。因为她还记得当年自己抱着母亲的腿苦苦哀求“妈妈别走，别丢下瞳瞳”的时候，母亲是怎么忍心把自己推开的。而后头也不回地过安检，上飞机，去了美国，有了新家庭……

许瞳果断地把卡塞回去，拿出手机开始在交易平台翻租房信息，这一看就是一晚上。

第二天，穿着可爱、背着蜘蛛侠大背包的简暮雨小朋友踮起脚趴窗户上翘首以盼。程野胡乱揉了把小孩子毛茸茸的脑袋："爪子收回来，别感冒。"说完，自己低低咳了两声。

简暮雨皱眉："你退伍后就废了啊干爹。"

程野无奈："我在特种部队练的时候你还没投胎，你看你别的没学，怎么把你亲爹的毒舌还给学到了？"

简暮雨捧着肉嘟嘟的腮帮子笑，继而眼睛一亮，刚想冲外边挥手高叫一声"干妈"，就被眼疾手快的男人一把塞了回去。

许瞳站在外边，看着满脸通红的小正太正睁着水汪汪的眼睛向自己伸手。

程野松开手，简暮雨扑过去："抱抱！姐姐，他欺负我！"

孩子身上软软的，别看四肢短小，爬过来却格外灵敏。简暮雨两手抱着她的身子，两腿跨在她腰上，又软又萌，一双睫毛逆天的漂亮眼睛可怜兮兮地盯着她："抱抱我。"

许瞳心底一软，搂着他忍不住瞪了程野一眼："怎么欺负小孩子呢？"

程野暗中磨了磨牙，心想着这地方老子都没碰过，脸上似笑非笑："这摆明是他欺负我，哎，你没带什么东西？"

许瞳捏了下背包带，在看了眼后边大包小包的阵容，有些傻："我想着就一天，没什么可带的。"

"没事，要什么我这里都有。"程野拍拍车下边，一打开，竟然是个车载冰箱。

"我要吃冰激凌！"

简暮雨小朋友泥鳅似的滑下来，凑过去就要捞。程野顺势一盖，拍掉他的小手："冰激凌、糖、蛋糕，这些都不能吃。"

"过分！"

"我是说给这位小姐姐听的。"程野笑着解开安全带，把孩子抱后排新加的儿童座椅里，"省得你到时候睁着一对桃花眼去问小姐姐要吃的。"

“过分、过分！”

一大一小的互动格外萌，许瞳甚至产生了一种原来程野带孩子的画面竟然这么暖的感觉。

“见笑了。”一番争斗后，许瞳坐上了副驾驶位，程野介绍并解释，“简暮雨，5岁，我干儿子。”

从这边到温泉岭差不多要两小时车程，路上简单地聊了几句之后，许瞳放不下房子的事，继续翻手机看。程野眼角余光瞄了眼后平视前方：“你在找房子？”

“嗯。”

（3）

景区大巴沿着盘山路绕了两个多小时，终于到了有人烟的地方。昏昏欲睡的简暮雨醒来就闹着饿，早上吃了一碗面条的他扯着程野衣服要吃炸鸡。炸鸡自然是吃不了，不过还是带着他去了一家西餐厅。

吃完饭，肯定是要去滑雪的，临走之前把小家伙交给托管中心，见他跟着一群孩子玩得很开心才离开。滑雪场上人并不少，但高级赛道上只有程野和许瞳两人。

高级赛道坡陡弯道多，站在巅峰往下俯瞰都能让人望而却步，此时此刻，许瞳深吸一口气，紧握着滑雪杆。

男人戴上护目镜，鼻梁挺拔，声音带着些许笑意：“不用紧张，保持平衡，重心放低。”

“然后呢？”

“没有人滑雪不摔跤的，别怕，我就在后边。”

许瞳抬手，杆子松了的瞬间，迎面的风开始凛冽。滑雪真的是一项看起来容易，实则困难的运动。刚过了缓冲区，面对一个大陡坡，她心底一紧，原本平稳的身体开始左右摇摆。

“身体前倾。”程野不紧不慢跟在她身边不远处，她快他就快，她慢他也慢，在复杂多变的高级赛道上悠然自得。

感受到他就在身边，许瞳也开始放松。这种高速度的体育项目她虽然是第一次体验，心里却恋上这种风驰电掣的快感。所有的精力都集中在了滑雪道上，在摇摆中恢复平衡，在平衡中追求刺激。

许瞳的滑雪天赋让程野都有些惊讶，手略用力，超出她一截。

眼见他和自己拉出一段距离，许瞳双眸微凝，俯低身子加快速度，一追一远竟然就这么滑了大半个赛道。

“挺厉害啊。”遇到一个急转弯，雪橇勾起层层雪浪，程野眼睛很亮，“恐怕除了我，你这技术没人相信是第一次。”

感觉有些上道，许瞳紧绷的嘴唇才能开合：“是遇到一个好老师。”

“那你就是最聪明的学生，没有之一。”

“注意了，前面有高背。”

什么？许瞳还没来得及反应，就见程野已经快速冲上了一个陡坡，整个人腾空地面两三米的高度，落地后一个急转控制身体，面朝许瞳稳稳停下。

干练的动作，毫无花哨的技巧，却狠狠抓住人的眼球和心。

有欢呼声传来，那几个坐在旁边休息的人恨不得脱了手套来鼓掌：“这简直是专业水准啊！”

那种心底隐约的悸动又蹿了出来，许瞳有一瞬间的走神，回过神后自己已经在坡度上腾空。而后，杆子飞了出去。

“呃……”

还没落地，许瞳仿佛就看到了未来。重心不稳，就在她以为自己要重重甩出去的瞬间，一股大力把她强行拉回正轨，结果就是许瞳感觉自己像一颗加速的炮弹，飞速砸向程野，两人一同摔倒在了雪地里。细碎的雪花如同白雾般涌起，迷了她的眼，没有夸张的翻滚和对视，许瞳掌心贴在男人起伏的胸口，感受到滑雪服下规律的心跳，带着炙热温度的搏动。

她踢掉雪橇，忙从程野身上爬起来。

程野问：“没事吧？”

许瞳咬着下唇：“应该我问你，你没事吧？好像腰直接落地的。”

程野站起来活动了下，摇头：“没什么大碍。”说完微微侧头，抬手掩住唇边低低一咳。

旁边人灼人的气息这会儿才让许瞳意识到什么，她摘掉护目镜，仔细看程野的脸色。挺正常，但是那种不同于寻常体温的温度，明显告诉她，程野在发烧。

许瞳心底有些微澜，仿佛有点儿生气，却不知道自己为什么生气：“你感冒了？怎么不早说。”

“啊，”男人摘了手套，侧头继续咳了两声，声音略哑，“没有。”

还说没有。许瞳想问，想起那晚上他跳进湖里之后，就一直一身湿透地跟着破案子，他说没事她就真的以为没事，结果成了这样。

“回去吧。”她说。

程野抬头，因为咳嗽，眼里聚了些水光：“嗯？不玩了？”

“不玩了。”她利落地抱起滑雪板，“天色不早，也该回去了。”

简暮雨小朋友在托管中心玩得浑身是汗，瞧见干爹带着小姐姐来，再抬头望了眼才下午 2 点的时间，投向程野的视线变得十分幽怨：“要回去了？”

他蹦起来，身后跟了一群可爱的小朋友争先恐后：“小雨哥哥，小雨哥哥！”

简暮雨把手里的玩具分给他们，眨巴着大眼睛对程野说：“那等等，我去给小朋友们道别。”

程野抬手低咳，那扑腾的小短腿瞬间稍息立正。简暮雨转头，父子俩心照不宣地对视了一眼之后，这浑身都是戏的家伙眼里慢慢蓄满了泪水：“小姐姐要走吗？”

许瞳求助似的看向身边人，对方顶着视线蹲下安抚：“是啊，快去道别，收拾好东西我们回家。”

“可是我不想走。”简暮雨“哇”的一声哭了出来，“我好不容易才出来玩一次，怎么半天就要回去，我认识了好多新朋友，他们都很舍不得我，我不想走，呜哇！”

情绪被带动，那些同被托管的小朋友一个个也开始尖着嗓子号，跟要被带走的是他们似的。工作人员一个一个地哄，哄到这边后眼神也跟着幽怨了："程先生，您今晚的住宿都订好了的，就让孩子在这边玩一下吧。现在的小朋友在大城市里，出门都是钢筋水泥，哪有这么好的机会来接触大自然呢？"

程野和简暮雨齐刷刷地转头，盯向有些局促的许瞳。那一大一小的眼神，那同样带着渴望的微光……

她无奈地让步："我也没说走，只是觉得你好像在发烧，不能再在室外待了。"

这一不走，今天还真是走不了。

程野带许瞳去开新的房间，前台小妹查了电脑后摇头，表示只空出了一间套房。

没有多余的房间，许瞳确实也没办法再要求什么。到了晚上，蹦蹦跳跳一整天的简暮雨终于累趴了，他抱着程野的脖子，很快在男人结实的背上趴着睡着了。两人回了房间，程野刚想把孩子放沙发上，被许瞳拦住："床上去吧。"

"那你呢？"

"你们两个睡，我睡沙发。"

程野说："这怎么行，如果你不介意，你们两个一起，我在沙发上待着。而且我感冒了，传给小雨也麻烦。"

好像是这个道理，许瞳没再争什么。白天的时候似乎有很多共同语言，可想到要共处一室过夜，她的话就变少了很多。

程野刚打了个喷嚏，面前就递来一杯温热的白水。

"喝吧，我去问服务生有没有药。"

"药我有，不过是儿童的。"男人的声音有些嗡，听起来格外磁性，"喏。"

小孩的药，大人吃是不是要两倍计量？许瞳有些不懂，程野自然也不怎么在乎。他倒了两包冲剂进去晃了下，仰头一饮而尽。

此时此刻，外边仍然有欢声笑语。

贾怜晴和朋友泡完温泉回来，手机响个不停。

“你们看到周正的朋友圈了吗？！”

什么跟什么？贾怜晴莫名其妙地打开手机，就看见周正朋友圈有更新，是一段很短很短的小视频。画面一片漆黑，只能听见咕咕冒泡的声响。贾怜晴刚想退，就听见里边有人说话。

是周正的声音，不过很颤抖也很虚弱，和平时插科打诨油嘴滑舌的样子完全不同，她的手一顿。

“我爱我爸妈。”紧接着就是哗啦的入水声。

贾怜晴愣了下，旁边的朋友却在笑：“周正又搞恶作剧啦？”

周正这家伙是公司里公认的恶作剧之王，确实挺爱搞怪开玩笑的，只是……贾怜晴又看了眼，心底依旧有些担心。

没过多久，刚发了诡异视频的周正竟然在群里冒泡了：“开个玩笑，吓死了没？”

群里顿时骂声一片，连贾怜晴都觉得气，噼里啪啦打了一串：“周正，你吓死个人啊！”

(4)

许瞳才洗过澡，身上带着沐浴液的清香。她站在落地窗前，外边依旧霓虹闪烁，音乐和欢笑声隐约传来。

里边的简暮雨睡得很熟，小小的身子埋进柔软的大床里，脸颊红扑扑的。外边的程野穿着薄T恤，半靠在窗前，眼神与夜色一样深邃：“休息吧，有什么我在外边。”

许瞳轻轻地“嗯”了声。

这边，贾怜晴刚跟着室友回住处，没想到群里又炸开了。周正的室友林小威在群里发：“他还没回来。”

“玩笑继续开呗。”

“不！”林小威在群里发了一张图。

“我看到了这个！”

贾怜晴点开大图，发现是一份遗书。上边的文字和周正在朋友圈说的话几乎一样。

林小威问："有谁看清了楚周正在哪儿吗？能打通电话吗？"

"打不通啊，一直提示无法连接。"

"这里晚上气温可低了，待久了不好，我们出去找找？"

"现在还醒着的，大厅集合。"

说是这么说，林小威发了这句话后就在大厅等，稀稀拉拉地只来了6个，其中一个就是贾怜晴，围着大红色围巾。

"你说我们要不要报警啊？"贾怜晴问。

"别，又说不准的事，万一真的是恶作剧，报警岂不是坑了他？"开口的是个小胖子，耳垂很大，跟弥勒佛似的。

"我听见他视频里有水声，会不会在温泉边上？"贾怜晴皱眉，"糟糕，他会不会泡温泉泡缺氧了？"

"先看下这里究竟有几个温泉，分批还是一起找，组织好。"低沉的声音引起她的注意，贾怜晴看着眼前戴鸭舌帽的男人，觉得似乎在公司里看到过，却一时半会儿想不起名字。

"我看了下，阿正应该是在户外的温泉里。好像这种户外的有3个，男女混用、男单、女单。"

"那我们6个正好分3组，去看看吧。"

贾怜晴和林小威分到一组去女单温泉那边看看。出了酒店上山路，在雪地里走路特别困难。林小威看了一眼身边努力行走的贾怜晴："我没想到你也会来。"

"公司年会抽中了奖，免费旅游一次怎么不来？"

林小威停在前边："我以为以前那件事发生以后，你们女孩子不会再出来了。"

贾怜晴脚步一顿，顿觉烦躁："那都是好多年前的事了，再说也是意外。公司好不容易再组织一场年会，能不能说点儿吉利的？"

林小威见她不高兴，忙解释："我也没别的意思，只是觉得女孩子还是不要单独出去得好，怎么也要有人一起。”

“这不还有你吗？”贾怜晴抬头，手电筒扫过关闭的铁门，“啊，闭馆了。”

“那怎么办？”

“翻过去呗，这里黑黢黢的离温泉又远，什么也看不见。”

一个女孩都这么说，林小威也只有硬着头皮翻。好在这个网栏并不高，估计景区也知道有些小情侣会半夜来这里寻求刺激，索性就做做样子。

“没有嘛。”

不大的温泉里边确实一片平静，两人手电筒扫了一圈，给群里报信儿：“没发现，你们呢？”

去男单温泉那边的人回复：“没有。”

那组去混合温泉的也跟着回复：“没有。”

看来真的是恶作剧。

“好像还有一处。”

咦？贾怜晴看着那个戴鸭舌帽的发言，像是头一次见他在群里说话：“听工作人员说后山还有一个露天温泉，只不过因为温度太高，又带着强酸，被景区密封着的。”

两人面面相觑，林小威有些胆怯：“去吗？”

贾怜晴道：“去啊！”

俨然把寻找周正的行动当作了冒险。3个小组在通往后山的路口集合，6个人冒着风雪往那可能存在的高温温泉处迈进。差不多走了两个多小时，他们听见了细微的咕噜声。手电筒光一晃而过。

“前边有白烟！”

小胖白了一眼：“水蒸气是雾！固体颗粒才是烟！”

“你管我！”队里另外一个妹子不服气，“我说烟就是烟，你这么较真做什么？”

“我较真还是你较真啊？”小胖继续翻白眼。

“好了别吵了，”林小威苦笑，“先看看吧。”

然而几个人都站在原地，却没人敢上去。

贾怜晴叹了口气："我去。"

"算了，我去。"戴着鸭舌帽的男生低低开口，走了几步听见背后全是窸窣的声音，结果另外五个也跟来了。

硫黄味非常刺鼻，老远就能感受到一股子热度。然而就在离温泉还有五米左右的地方，手电筒照射过后，水里有一个起起伏伏的人影。伴随着热水的气泡，咕嘟，咕嘟，像是沸腾的开水里漂浮的落叶。

"啊——"尖叫声此起彼伏，不知谁开始转头往后跑，紧接着六个人争先恐后地往前山冲。

"吓死我了！"

"是周正吗？"

"没看清楚，但肯定是个人啊！"

"我害怕！"

这一刻，什么都不管不顾，大家铆足力气往亮灯的地方跑，仿佛死亡的阴影在身后盘旋。终于跨进有灯光的酒店区域的某栋楼的大厅，林小威第一个趴在地上。他不住地喘气，再喘气，费力爬起来后声音颤抖："我们要不要报警？"

"报吧，我感觉出大事了。"有人响应。

"小胖呢？"贾怜晴数了一遍人数，不死心地再数了一遍，"小胖不见了！"

"会不会是太胖，跑得慢啊？"林小威没有力气了，"等下看看。"

一路上都是惊慌失措，跑起来连带身边人是谁都不知道。这会儿凑齐了才发现小胖不见了，大家联想到之前温泉里的那个人，紧张的情绪越来越明显。

5分钟，10分钟，20分钟。

"会不会是去别的地方了？"林小威问。

"我去找找。"鸭舌帽男生说。

"哎，你要不要人帮忙？"

鸭舌帽男生冷笑一声："若不是刚才有人不管不顾尖叫着跑，小胖怎么会不见？帮忙就算了，倒忙更不需要。"

第一个尖叫的女人叫叶霈霈，今年新进单位的应届大学生，她恼羞成怒，却也没有说话。

“我也去看看。”眼下年龄最大的徐超不得不站出来，“我跟陈亮是一个部门的，我可不想他有事。”陈亮就是大家口中的小胖。

戴鸭舌帽的男人摆摆手，没拒绝。

等待的过程是焦躁的。

“不行！我要报警！”受不了的林小威第一个站出来，摸出手机尝试了好几次，“怎么会，没信号？”

“不可能！我刚还看了群消息！”叶霈霈忍着害怕翻起手机来看，“我怎么有这里的 Wi-Fi？”她尝试了一下，果真，拨号之后一点声音也没有，“不可能……不可能！”

林小威烦躁地抓头发，原地转了个圈，最后受不了地冲向大楼里：“我去找人帮忙！”

正在此时，“砰”的一声，大门打开，风雪涌入又退下，去而复返的两个男生面色铁青地站在门口。

“小胖是不是……”看清楚人后，贾怜晴松了口气，可紧跟着又是散不去的担忧，“他是不是出事了？”

戴帽子的家伙点点头，坐在沙发上像是累坏了一样。徐超也好不到哪里去，面色惨白：“我们怎么都找不到他，但是在一个悬崖边，发现了一道滑下的印记。”

“小胖他……”贾怜晴汗毛都竖起来了，“你说他坠崖了？”

“那里有一道栏杆，也挂了禁止翻越的警示牌，我们过去的时候，警示牌落在地上，地上有一大片人滑过的痕迹。”

他的话音刚落，林小威跑下来。他的眼神发直，表情惊恐。

叶霈霈叫了起来，哭喊：“你别这样，是不是又有人死了？”

“没……”林小威的声音轻飘飘的，不仔细听压根听不见，“这栋楼，是空的。”完完全全空无一物，外表虽然和他们住的联排酒店别墅一模一样，可是往里边走就会发现，这里边还没有装修完。深夜，命案，大雪，神秘的楼。

“怎么会？”贾怜晴喃喃。

“到处都是雪，四周又是黑的，我哪知道路啊？跟着你们慌不择路地跑，现在倒好！手机没信号，连带着在哪儿都不知道！”林小威有些丧气。

“你别急。”贾怜晴轻抚叶霈霈的背，“要不我们一起出去，一起走一起找路？我想这么多人，应该不会有什么事。”

戴鸭舌帽的冷冷道：“技术部陈亮出事的时候我们也在一起，没见他多安全啊。”

“不要再像刚才那样乱跑就行。”贾怜晴说，“不对，你究竟是谁啊？”

徐超看了眼：“准确地说，他不是我们单位的职员。”

“那你来掺和什么？”贾怜晴皱眉，又觉得不对，“我怎么看见过你？”

戴鸭舌帽的名叫唐泽，他看了眼贾怜晴，说道：“我是你们公司的法律顾问，有合同就来处理下而已。”

哭着的叶霈霈忍不住说：“要再遇上刚才那种情况，谁能保证不跑？现在除了陈亮哥哥，我就是跑得最慢的那个，我不想死，我不想死，呜呜呜……”

“你别哭了，哭得人心烦！”徐超坐立不安地来回走动，“现在想怎么对外求救，电话打不通，我们能上网，网上求助吧！”

对啊，网上求助！贾怜晴的手机坏了，见哭兮兮的叶霈霈打字都打不顺，索性拿过她的：“我来！”

贾怜晴利索地退了叶霈霈的微信，登录自己的，再看时间已经是半夜一点多了。可明明 Wi-Fi 信号满格，界面上显示着三个让人绝望的大字“未连接”。

“怎么会啊，怎么会？”她不死心地再登录 QQ、微博、贴吧，一切可以社交的工具，无一例外，都是无法连接。

心底的恐慌越来越大，饶是再强撑，终究也快撑不下去。她愣了下，听见身后有人在自言自语，回头一看差点鼻子都气歪了——徐超竟然在录像！

“你做什么？”贾怜晴气得一把打掉了他的手机，“都这时候了你还拍什么拍！”

“你懂什么！”徐超咬牙，“我这是在留证据，且不说之后交给警察，万一我们都有不测，至少也给我的老婆孩子留点念想。”

叶霈霈最受不了的就是这个，跳起来就抓他手机：“别晦气了！”

那边顿时乱成一锅粥，贾怜晴却很安静，她像是想起了什么，嘴唇越来越白。这会儿安静坐在一边的唐泽开口：“你看起来很淡定。”

“慌有什么用？”贾怜晴回神，脸色还是很白，“事情已经到了这一步，再慌乱下去很容易出错。”

雪夜静谧，许瞳却睡得不怎么踏实。她还不太习惯身边有人，哪怕是一个 5 岁的小孩。刚想翻身看时间，电话却响了。

许瞳轻轻下床，走到卫生间里轻声问：“什么情况？”

电话里边的声音顿了顿：“你身边有人？”

“啊……”她回头看了眼，“有个小朋友，不碍事，说吧。”

“这边接到报警电话，称有人发自杀视频在朋友圈，现在尚不能和发视频的人取得联系，你准备下，我三分钟后来接你去温泉岭——”

“温泉岭？”许瞳侧头，“市西面的温泉岭？”

“没错。”

她撩开窗帘一角，外边依旧霓虹歌舞不断，心底却发沉：“我就在温泉岭。”

“你？”霍廷琛沉默之后没再多问，只吩咐一句，“先探情况，遇见什么不要正面冲突，等我们来了再说。”

许瞳合上电话，用最快的速度穿戴完毕。她走出去的时候尽量放轻声音，也没留意到背靠这边的沙发上的人。

脚步刚迈出又折回，许瞳走到沙发前想提醒程野一句，才发现沙发上空空如也，毛毯被掀到一边，而刚才她放上的感冒药，还静静地躺在茶几上。

许瞳皱眉，万年波澜不惊的心底，头一次隐隐带着怒意。

结果她刚出门，迎面差点撞上一身风雪的男人，刺骨的寒意隔着厚厚的大衣都能感受得到。

“咦？”程野见许瞳的眼神冷冰冰的，隐约竟然透着一股子嗔怪的意味在里头，他低头笑了下，“我没想到你会起来，这才两点多。”

“是啊，凌晨两点多，程先生您又是做什么去了？”

程野刚想开口，忍不住又是一阵咳嗽，声音比之前暗哑了很多：“我听到些吵闹的声响，出去走了圈，遇到几个人说自己同事在朋友圈发了遗言后失踪了。”

“你就主动请缨？”

“可不是，回来拿点东西，准备带着去走一圈。”

许瞳叹了口气，把药递给他：“先吃，我也有事要出门，你留着照顾小雨。”

程野愣了下：“你去做什么？”

见她没说话，程野眼神微凝：“真出事了？”

“应该错不了。”许瞳刚准备走，程野后退两步挡在她面前。

“外边冷。”他摘下手套，拉起她的手戴进去。

冰冷的指尖瞬间被热源包裹，许瞳有些愣。见她双眼微微睁大的样子格外可爱，男人正儿八经地拉起她露了一截白皙脖子的拉链，“刺啦”一声，她被包裹得严严实实。

他说：“你不知道这山上的夜晚冷成什么样，等等我，我拿了东西跟你一起。”

“小雨怎么办？”

“半大的孩子了，不会怎么样，留张字条再留个 iPad，他能自己玩一天一夜，我包里也背了很多这小家伙的口粮。”程野边说边回去拿东西，很快背着那眼熟的迷彩包出来。

关门的瞬间许瞳还是有些不放心：“真的没事？”

“真的不会。”男人很肯定，“他亲爹是 18 岁双学位博士毕业，IQ 拔尖的传奇简教授，再混上他母亲的人精劲儿，别看他才 5 岁，心里看啥都明镜似的。”

回想起这一路，好像还真像这么回事。许瞳点点头：“那好。”

出门的那一瞬，许瞳果真明白了什么叫风似寒刀。脸颊被刮得生疼，然而一样柔软却带着陌生气息的东西横在了眼前。身后的声音带着不容分说的意味："戴着。"

B家经典款的羊绒围巾。原来他回去也拿了这个。暖意从脖子传达到心底，许瞳的手指在并不怎么合手的大手套里弯了弯，轻轻地碰着仍带男人体温的边缘。碰一下，又缩回去，仿佛碰到了他修长漂亮的手指。

(5)

等出门后，许瞳才发现有几个人站在别墅外。一男三女，面色焦急，在看见程野后其中一个松了口气："现在怎么办啊？"

"我们十一个都一个公司的，在年会里中奖免费来这里度假。没想到一起来的周正在朋友圈发了那样的消息，然后怎么都联系不上，我们都急死了！"

她把手机给许瞳看："你看这究竟是真的还是假的啊？"

漆黑的夜，温泉，遗言。

"现在有几个人去找了？"许瞳问。

女人边想边答："公司部的贾怜晴，技术部的徐超和陈亮，市场部的林小威和叶霈霈，还有一个很少来单位，不太熟，法律部门的好像。不过……说也奇怪，那几个人从出去到现在也几个小时了，一点儿消息也没有，打电话也是无法连接。"

"无法连接？"

"我刚给工作人员打了电话，马上会有人来接洽。"许瞳还没问完，一个陌生女人就出现在门口，很漂亮也很有风韵，淡淡的烟酒嗓，比感冒的程野听起来还要沙哑，"没想到开业就遇到这种事，难怪我从昨晚开始太阳穴跳个不停。"

"你少喝两杯，头疼的宿疾自然缓解。"程野说。

原来两人早就认识。

"摊子撂这么大，不来点酒怎么释放压力？还想着找个风景好的地方守着养老，现在情况你也看到了。"鬈发女人叹气。

程野见许瞳眼底有些急，寒暄到此为止。他抬手指向身后："多来点人把这群唯恐天下不乱的小家伙守着，一律不准外跑。"

“咦？你不让我们去找啦？”那边的四个人问。

“你们现在各个都是目标，想想自己发的什么直播，想清楚之后还有人愿意来的，尽管来。”程野的话音一落，大伙也意识到自己好像也是目标群体之一，再想起之前的恶作剧，一个个脸色发白、瑟瑟发抖。

“把温泉岭里最详细的地图给我，最精确的类型。”程野看向鬈发女人。

“我就知道你要这个，喏，这个是开发图纸，那有什么全在上头。”

程野不客气地收了，继而问：“没对外开放的温泉有几处？”

“没对外？”鬈发女人愣了下，“后山倒是有一处，因为有强腐蚀性和高温，我们没有对外开放。”

“温泉岭有没有地方是信号覆盖不到的？”

女人侧头看向许瞳，再看了下她身上明显不合适的外套，眼底藏着一丝光：“哼，我许慧子做事向来都妥善，这温泉岭面积虽大，可信号都是覆盖完整了的。”

“不可能！”刚给手机给许瞳看的女人立刻反驳，“那为什么我那几个同事全都联系不上！”

若集体都处于失联状态的话，这肯定不正常。

许慧子皱眉：“有这样的事？”

“看来你这个地方，早已被人蓄谋已久。”程野卷起地图，带上许瞳，同时对那几个人说，“你们几个就老实待在大厅，哪儿也别去。”

“为什么？”

许瞳出示证件，冷静地说道：“如果想和其他几人一起失联的话，那请便。还有，请相信我，我是警察。”

原本有些怨气的人一听，立刻老实闭了嘴。

许瞳跟着他一路出去，月色下的雪地反射白茫茫的光，若不是有霓虹灯在两侧引导，很容易迷失在这苍茫的雪地里。

“我们去哪儿？”

“未开放的那处温泉。”

跟她想的一样。

程野开了车，奈何车子开到山脚下就无法继续，许瞳不得不拿起手电筒顺着山梯往后山走。两侧都是高大的松柏，寒风在林间呼啸出鬼哭狼嚎的声音，树上积了一整个冬天的雪，黑压压的一片立在身侧，遮天蔽日的压抑感。

“看。”程野的手电光扫过，一排排的脚印。

“看来他们是一起上的山。”嘴边的白雾一团又一团，“但只是上山，没人下山。”

程野把手电筒抬高，视线尽头也只是一串往上的脚印，仿佛一条不归路。

“现在有两个可能，”他在台阶上站立，“一是他们还没有下来，二……”

“是他们根本没法下来。”许瞳补充之后，心越来越沉。但不管如何，情况怎样也只有先看了才知道。

把这边的信息反馈之后，许瞳收起手机开始认真爬山。从前山到后山的路比较好走，没过多久就听见了温泉咕噜的声响。

“你先等等。”程野抬手让许瞳留在原地，自己调整手电筒的光晕之后走在前边。在不断飘出的浓厚白雾里，许瞳隐约看见了一团黑在不断地上下漂浮。

花了几分钟的时间才把周正给弄上来。人早已没了生命迹象，程野把他仔细检查了下，最后目光停在了他的背部。

虽然深色衣服遇水后黑成一片，再混合着血，但不难看出在离周正颈椎不到5厘米的地方，有一个洞口。程野抬头，从许瞳眼里读出了同样的惊讶，而他自己的态度相对于之前，谨慎更多。

“枪伤。”周正入水后，被人从湖面射击，子弹直接穿透了他的肺部，看来凶手离周正的距离并不远，但是这周围……脚印早就乱七八糟，那6双大小不同的印记混在一起，很难分辨出有没有别的在里头。

“对方有枪，这就麻烦了。”程野难得地皱起眉头，起身后把手套放在一边，“你有吗？”

许瞳摇头：“我还没有资格。”

“看来我们不能和他硬碰。”

空气中带着硫黄的味道，耳边也是一阵阵翻滚的水声，两人简单地立了一个标记在死者身边。最后，程野叹了口气，灯光扫过这一片范围："你看这里的脚印。"

"我看过，很乱。"

"乱代表当时情况很慌忙，而且都很集中在这一团，我看了下，差不多有四个不同的印记，证明当初有 4 个人抱团站在离温泉 5 米的地方等消息。"

"而他们一共 6 个人，那往前去的应该还有 2 个。"程野单膝跪地，以手做量尺，仔细研究着路面，"但是你看这边这一片的脚印。"

许瞳紧跟过去。雪在离温泉边一两米的距离就没有了，高温下那一圈全是有些泥泞的土地，脚踩过后很难不留任何印记。许瞳仔细数，一双，两双，三双去，两双回，看起来没问题。

"这边这个有去无回的印记，应该属于死者周正。"程野压低声音，"除开他，另外两双应该就属于靠近的两人。"

"刚才微信内容你也看过，这 6 个人是约好在后山路上碰面，一起来这里，没有人落下。"

他想表达什么？许瞳抬头，看向男人深邃的黑色瞳孔。

"你看这回来的两个脚印。"

她顺着程野的指尖看过去，对比之后也明白了什么，脸色越来越不好。

"看见死者，正常人的反应应该是惊慌，这一个脚步就表现得很正确，步子跨越大，脚尖的印记比脚跟深，说明在全力奔跑。"男人把手电筒光转向另一侧。而那一道脚印，两两之间间隔是正常距离，没有惊恐，没有奔跑，像是在湖边闲庭信步。当时都在跑的话，不可能会有这样的印记。当时若有人没跑的话，那外边一团乱的脚印中却没有淡定如此的。这说明，凶手就混在那 6 个人里边，如同夜间狩猎的猛兽，潜伏着，伺机而动。而且，凶手手里还有枪。

(6)

贾怜晴尖叫一声，差点从沙发上摔下来。

"在做噩梦。"清冷的一声把她拉回现实，唐泽正坐在她对面，面无表情，

“惨叫声大得整栋楼都能听见。”

“啊……”贾怜晴依旧心有余悸，擦掉额头上的汗，“不好意思。对了，现在几点？”

大厅没有供暖，低温很容易让人昏昏欲睡，见身边女孩也是睡眼惺忪的样子，看来刚才不自觉睡着的并不止她一个。

“三点一刻。”

才三点一刻？也就是她也就只睡了二十来分钟。这个夜真长啊，以前熬夜只觉得一玩一嗨就能到早上，而现在每一秒都如同一场酷刑。

“好冷啊。”叶霈霈抱紧胳膊往她身上靠，“我快冷死了，手脚冰得不像自己的。”

“你把手伸到我衣服里来。”贾怜晴出门的时候有预料，里三层外三层穿得多，这会儿倒还好。

她贴心的举动让年纪最小的叶霈霈感动得红了眼，小女孩靠过来抽噎了下，哭了一整晚的她眼睛肿得厉害：“晴姐姐，为什么你看起来一点儿都不害怕啊？”

她这么说，周围几人的视线也投了过来。还在念佛经的林小威声音一顿，脸色怪异：“是啊，为什么你不害怕？”

“我怎么不害怕？”贾怜晴无语，“难道要写在脸上才算怕？刚才我的惨叫你们没听见吗？”

“可你却很淡定，”一直沉默不语的徐超也接过话，满脸防备，“我记得号召我们出来找周正的也是你！你把我们带出来才遇上这些事！”他越说越觉得自己想的有道理，最后猛地吼了句，“这些事情是不是你做的？”

“这都什么跟什么啊……”贾怜晴被气笑了，指向全程没说话的唐泽，“他还很淡定呢！为什么不怀疑他？”

“不可能是他！”徐超冷哼，“我们是一起去找陈亮的。”

“行了行了，这个时候就别内讧了！”林小威双手合十念念有词，“菩萨要我们团结，一旦散了肯定要出事。”

“那你让菩萨保佑你吧！”徐超烦躁得很，转了一圈不知从哪儿找来一根绳子，“先把她绑起来再说！”

贾怜晴瞪圆了眼睛：“你有病啊！”

“反正我不管！现在谁都不想死！如果你是凶手，绑了你大家都安全！如果你是无辜的，绑你一晚上又有什么影响？”徐超底气十足。

他这话一说，大家好像都迟疑了。贾怜晴心里骂人，绕到沙发背后躲：“别听他瞎说，万一他是凶手呢！”

这么一来，所有的目光又对准了徐超。

“闹够了没？”冷冷一声呵斥，坐在沙发上的唐泽终于舍得起来，他目光扫过混乱的人群，语带嘲讽，“吵死了。”

“你去哪儿？”贾怜晴忙追过去，也不知道为什么自己想跟着他走。

“厕所。”男生冷冷回眸，“你也来？”

贾怜晴的脸红了红：“我……不了。”

“厕所不许去！”徐超现在如同惊弓之鸟，“谁也不能离开视线范围！不然你就是凶手！”

“你怎么看谁都是凶手？”贾怜晴火大，但同时也劝另一个，“别单独行动了，小心出事。”

唐泽冷笑：“真像啊。”

他说了这句之后，再也没开口。

贾怜晴的脸却越来越白，不明所以的叶霈霈拉着她的衣角：“晴姐，像什么，什么意思啊？”

“没什么。”贾怜晴说了之后就沉默了。

唐泽摘下帽子：“我是法律顾问，自然也清楚公司这些年出了什么事。七年前的案子，我想下，除了叶霈霈，是不是就你们几个人在里头？”

此话一出，在场所有人的冷汗都出来了。然而就在这时，紧闭的外厅大门却开了，注意力原本集中在里边的叶霈霈猛地尖叫起来：“啊——”

她这么一叫，其余人脑袋都快炸了，因为门口站着两个人，一男一女。男人个子高大，穿着深色运动外套，五官硬挺中透着一股子不羁的野性。女人身形修长，皮肤很白，一双眼睛清冷如寒星。

“怎么回事？”

“你们是谁……”贾怜晴惊讶道，“你们怎么到这儿来了？”

他们是顺着脚印推断到这里来的，他们从后山温泉出来，发现所有的脚印齐刷刷地往相反的方向行进。当确定凶手隐匿在这群高危人群里，那么有人存心想将人往其他地方带也不奇怪。而且四周都是一模一样的高耸树林，慌乱之间想把人往错误的方向引，确实很容易。只是，脚印到了正路上就没有了，好在程野身上的图纸起了作用，显示出后山往西走的一片区域是温泉岭二期工程，里边的建筑风格、结构、设计与正山如出一辙。

“我们……”许瞳刚要说话，身边的人却先她一步，略霸道地将手搭在她肩上。

“我和女友迷了路，看见这里有光就来了。”

许瞳默默看了他一眼，但想起之前进门的约定，安静低头没解释也没否认。

“大晚上的，怎么会想着往这里来？你包里是什么？翻出来看看！”徐超又跳了出来，一脸警觉地瞪向最具攻击性、也最能轻松压制他们的男人，“我要看你的包？”

程野露出莫名其妙的眼神：“什么情况？”

贾怜晴也看向他的包，抿嘴：“这里出了点情况，你……你们想在这里过夜，先把包交来检查一下。”

程野挑眉，目光扫过在场的几个人。

“好好好，你们人多。”他叹了口气，拉开包，把里边的东西全部倒了出来。

徐超走过去：“帐篷……睡袋……相机……三脚架。”

都是露营装备，好在图纸早就埋在了雪地里。

“本来打算今晚在外边搭帐篷住一晚，顺便拍雪夜星空，没想到天气这么差，行程彻底泡了汤。”

“那东西就先放这里了，”徐超不由分说地把包拿过去，“你们就坐在外边，不准进来。”

许瞳皱眉：“凭什么？”

徐超不耐烦地挥手：“没什么可解释的，要想活命就老实地待在那儿！”

“对了，你们的手机呢？”贾怜晴想起什么，“能拨号吗？”

“这一片都没信号。”许瞳摇头，“我们也是没办法才到这里来暂时待一晚。”

不是没信号，程野之前说过信号是被人为屏蔽的，而源头就在这栋别墅里。

“你们也是啊……”贾怜晴叹了口气，抱着膝盖蜷成一团，“我们也是。”

没有暖气，大厅空旷又冷，唯一的灯光就是吧台上的两盏壁灯，满屋子光线昏暗，而外边的风呼啸而过，在门窗缝处发出阵阵听似凄厉的呼啸声。楼上忽然传来一阵巨响，连带着天花板和地面都在颤动，这一声吓得叶霈霈脸直接就白了，哭着往贾怜晴身上缩。

“怎么了？”叶霈霈十分害怕。

“像是什么东西倒下，被风刮的吧？”贾怜晴猜测着。

“姐姐我害怕……”

杯弓蛇影的环境，谁不害怕？

“要不我带你们回酒店？”程野“唔”了声，“鬼屋冒险可不好玩。”

“你知道回去的路？”贾怜晴眼睛一亮，继而想到什么又摇头，“等白天吧，白天你带我们回去。”

“白天自己能回去，谁让人带？”徐超冷冰冰地说，“我说，现在这屋子里谁都不信任谁，大家还是坐远一点儿好，省得有人趁机做事。”

5个人占据5个位置，恰好平分了所有能坐的地方。程野想给许瞳找一处，奈何整个大厅就没别的地方能坐人。

“我去找凳子。”

他正要往楼上走，就听身边有人喊：“别去。”

“算了，让他去。”徐超拦着贾怜晴，“他们跟我们又不是一路的，死活我们管不着。”他巴不得这两个人立马出去。

许瞳皱眉，站在原地没有动：“快去快回。”

程野算是在一群人眼巴巴的视线中消失在黑暗里。

（7）

信号是被屏蔽的。程野在寻找信号屏蔽的源头，只要解决这个问题，他们的主动性会强很多。手电筒下的空洞别墅每一处都显得黑暗阴森，扬起的尘埃在光束下密集飞舞。正在装修的房间杂乱摆放着油漆和木材，空气中弥漫着一股子刺鼻的涂料味道。设备显示干扰源离自己越来越近，就在快要到达目标房间的那一瞬，一道轻微的咔嚓声后，楼下忽然传来尖叫声！

程野目光一凝，在楼梯间径直翻越，以最快的速度从三楼下到一楼！

大厅一片黑暗，尖叫声还在继续，手电光扫过，全是一张张受惊过度的脸。而许瞳站在原地，身上大片喷射状的血迹，白皙的脸颊上还沾染零星几点。她脸色很不好看，目光死死盯向身前的地面。程野大步走到她身边，目光逡巡后确认不是她的血，手电筒往下后嘴唇紧抿，神色严肃起来，又一条人命。

徐超仰头倒在了地上，心口处一把利刃赫然从背后贯穿到胸前，大片的血迹从他身上扩散，很快形成浓稠的一摊。

“你是凶手！凶手！”

程野愣住，诧异地看向叶霈霈指的方向，不是许瞳又是谁？

“就觉得你很奇怪！他说得对！我们都这样对你们了，是个人都会选择离开，你们凭什么忍气吞声还要待在这儿！没有别的目的鬼才信！”

贾伶晴一把拉着叶霈霈往后退，看见和许瞳并肩站立的程野，面色惶恐：“他们有两个人，你找死吗？”

“怎么回事？”程野问。

许瞳声音很冷：“刚才出了点岔子，混乱间徐超摔倒就成了这样。”

偶然？还是蓄谋？如果是蓄谋，这也太随机了一点！

“明明是徐超想来绑你，而你推了他一把！”叶霈霈尖叫，“他就死了！”

“如果我只是推他，他怎么会死？”许瞳压抑着心底的火，“何况我压根没碰他！”

她压根没有碰到徐超！而是人群中有人当着她的面，趁乱将徐超绊倒，再在他身后安插了匕首！当时是谁在徐超身后？许瞳眼里的寒意越来越盛。

好像除了自己，其余 4 个人都在徐超的后侧。

“怎么回事？”程野露出一脸讶然的表情，忙拉着思考中的许瞳往后退，“他怎么了？啊，你怎么了？”大手擦过许瞳的脸颊，将带着铁锈味道的液体抚去。

许瞳胸口不断起伏，感觉到脸颊被人轻轻一捏。薄薄的脸皮鼓起一个弧度，她抬眼就对上男人沉稳的双眸。程野冲她做口型：“气鼓鼓的，小心被拆穿。”

她顿了顿，呼吸慢慢平复下来。

就在刚才，那个戴鸭舌帽的男生不经意的一句话，挑起了一群人对许瞳他们的不信任。一般情况下的正常旅客面对有人强行验身、夺包，哪还会淡定地继续留在这里？除非有别的什么目的。

大家觉得有道理，徐超按捺不住就要来绑许瞳，她怎么能让他如愿？

许瞳没有和徐超正面起冲突，这个男人看似高大，但动作不灵活又有点偏胖，明显不是自己的对手。然而当时场景很混乱，几个人都参与进来想控制住她，她一边自我保护一边往后退，这时候原本亮着的灯忽然灭了。

灯灭的瞬间，许瞳感觉得到大家的动作都停了下来，紧接着就听见徐超叫了一声。

事情就发生在几秒之间，快得让人措手不及。而具体是谁绊倒的徐超，又是谁将匕首从后边刺进徐超的心脏，只有徐超才清楚了。

而此时叶霈霈低头看向自己的肩膀和胸前，上面沾上了红色的血迹，她一边叫一边匆忙想抹，抹着抹着两眼一翻，直接晕倒在许瞳的怀里。

“她怎么了？”许瞳问。

“晕血。”程野把人接过来放在沙发上躺着，在黑暗处摸了下女孩的额头和颈动脉处。冰凉，虚汗，脉搏很快，不是作假。她真晕血，那么直接排除了嫌疑。凶手，就在剩下的 3 个人中。

林小威开始往门外缩：“你们好可怕，待在这里就像是在等死！我要走——别跟过来！”

见许瞳迈出一步，林小威面色发白：“不准过来！让我一个人待着！”

“你想出去送死没人拦得住！”许瞳冷哼。

贾怜晴担心地大喊：“外边那么冷！你会被冻死的！”

“我宁愿冻死！”林小威痛苦地抱着脑袋，一个大男人哭得跟什么似的，“这年会活动压根不是奖，是地狱！”

林小威的话，让贾怜晴的脸更白了，她仿佛曾经听到过这句话，是……

七年前，同样的雪夜里。

也是同样绝望的呐喊。她刚要说什么，有人开口了，她立刻就闭了嘴。

“我算是明白了，”程野靠在门边，把路人甲演得精湛入骨，他回去把包背身上，“你们躲在这里是在求生，而有人想杀你们？”他说完把许瞳的胳膊一拉，“宝贝儿我们走，这地方太危险了！”

许瞳猝不及防被拉出去两步，原本凝聚起来的干练之气瞬间溃不成军。

“别走！”贾怜晴忙拦在前边，跟疯了似的，“只有你们有手电筒……求求你们，别走！”

绝望的时候光就是希望，而他们的手机电量早在不断尝试信号连接中快见底。

“现在出了人命，我们不走难道还等警察来惹得一身事？”程野冷哼，“那个男人在我女友面前死的，莫名其妙还出来一把刀子，你们不担心我还担心她出事，这种地方不能待。”

“那我们还能去哪儿？”许瞳也配合着演戏。

“回去啊。”程野莫名其妙，“我们知道回去的路，风雪虽然大也不是不能走，回去就可以。”

林小威犹豫：“那……万一你们在路上想害我们怎么办？”

许瞳冷笑，一针见血：“想害你们刚才趁黑就动手，何必等现在。”

好像……也是这个道理。走还是不走，这是个问题。但眼下哪怕是待在那栋楼里，徐超都死了，这么想哪里都不是安全的。继续留下，面对的是漫长的黑夜和无尽的黑暗。跟着走，至少……还有一线生机，跟远一点儿就好了。想到这里，贾怜晴跟着了魔似的，生怕再在此地多留：“好，我跟你们走。”

说完，她看向林小威：“你呢？”

“我……”

见林小威犹豫不决，贾怜晴看向唐泽，轻声问：“你呢？”

她还记得他出手相助救了自己一命的举动，所以这会儿她谁也不相信，只想相信他。

“随意。”唐泽依旧很冷淡，“出去也不见得是件坏事。”

许瞳仔细听每个人的对白，脑海里一直在进行谁是凶手的判断。依程野的话，他们两个贸然闯入，像是破坏了凶手蓄谋搭建的结界，很有可能激发凶手开始不按章法行动，但至今看来，对方依旧一步步稳扎稳打，没有露出任何可以判断的端倪。而且，凶手处心积虑地把这群人引入别墅，应该不止想解决徐超一个人这么简单。庞大的设定岂能说放弃就放弃？按照正常的路径，对方应该会号召或者提议人在一起，否则，怎么行动？

林小威考虑完了：“你们都走，我和霈霈留下。”

见所有人都看向自己，林小威结巴：“她……她最没有攻击性，反正我不想和你们任何人在一起。”

“噢？你是怕我们，还是故意想留下？”

许瞳心底的话尚未出口，倒是有人帮她说了。她愣了愣，侧头望去，竟然又是那个戴鸭舌帽的男生，他很敏锐啊……

（8）

霍廷琛他们前脚刚到温泉岭，不知怎么的，竟然有不少媒体赶来。闪光灯从各个角落亮起，甚至还有人将话筒直接伸到他面前。男人本就冷厉的脸色更加沉：“怎么回事？”

许慧子小步赶来，看着外边黑压压的一群人，皱眉：“你们这么大张旗鼓，还要不要我做生意了？”

“那些媒体确定不是你们为了宣传而喊来的？”邢峰指着外边问。

“笑话，”许慧子上去很凶地赶走几个偷拍的，一把拉上窗帘，“这又不是什么好事，我为什么要宣传，再说了，万一真有人死在我这儿，不是请人来打脸吗？我倒是想反问，这些记者是不是你们带来的呢！”

“不是。”霍廷琛意识到这一点，找来一人，“你们从哪儿来的消息？”

不怒自威的样子让记者刘敏后退半步。但刘敏依旧不想放弃这次机会，她壮着胆子说道："警官，我们接到消息说有人在朋友圈秀自杀，还称是群体事件，你们怎么看？"

霍廷琛停下脚步："哪儿来的消息？"

"网上啊！都疯传了！"

"江源！立刻调查网站，封锁消息！"

"哎，你还没回答我的问题呢！"

"无可奉告。"

"网上还有人留言，说有警察也去了，请问你们是不是已经掌握到了最新的动向，准备出击？"

霍廷琛瞬间停在那里，刘敏看见他的眼神，莫名地打了个寒战。男人猛地握住她手里的话筒，力气大得她痛呼出声。这一声霍廷琛自然也听见了，但他并没有任何怜香惜玉的想法，而是用更狠厉的口吻说："这句话，你敢播出去试试？"

等霍廷琛走后，刘敏揉了揉发痛的手指，再一看手里的便携式话筒，外壳已经被他给生生捏碎了。

"这人态度怎么这么差啊！"扛着摄像机的同事挺为刘敏抱不平的，"仗着有一官半职就这么嚣张？真厉害死那么多人怎么都没找到凶手？更何况你说错什么了？又没问多大点事！"

刘敏越想越觉得委屈："我们还播吗？"

"怎么不播？"同事冷哼，"就该让全国人民看看这张脸！"

刘敏想，但又不敢。

"谁敢播？"冷冰冰的声音传来，一个一米九几的男人如山般站在两人身后，邢峰压着一腔怒火，"你们知不知道这新闻要是播出去，会对我们的人员造成多大的危害？凶手知道警察在里边会怎样？你们有没有想过这个问题？你脑袋里装的全是收视率，难道就忘了一个新闻工作者最起码的责任和义务了吗？"

刘敏被呵斥得无言以对，脸颊红透地带着同事走了。

而才呵斥完人的邢峰却没有半点的成就感，浓眉紧蹙，牙帮子咬得很紧。千算万算，没想到许瞳竟然会被人认出来。如果凶手知道人群之中混了他们的人，许瞳的处境就会相当危险！

“头儿，找到小眼睛的方位了吗？”邢峰追上去问。

“许瞳手机定位在后山方向。”霍廷琛大步往前，动作利落地清枪，“跟上。”

外边已经闹开了，这边却依旧像一座孤岛。林小威被针对后，顿时有些结巴：“我……我……你什么意思？难道你怀疑我？”顿时，他又气得很，“我还怀疑你呢！从头到尾都在挑拨离间，你究竟什么目的？”

唐泽冷笑：“仔细想，虽然提议去后山找人的是这个女的，但从屋内搜到遗书的是你，也只有周正有遗书，这种行为更激励我们一群人寻找周正。恰好你们都在一个宿舍，做点手脚困难吗？”

林小威脸色瞬变，慌忙看向周围的人，像是想找人来帮自己辩解两句。

但他所说确实是有道理的，林小威愁眉苦脸：“我……我说不过你！你怎么都有道理！现在人越来越少，究竟谁是凶手再死一个就知道了！”

“林小威你说什么呢！”贾怜晴气得跳脚，“谁愿意死？”

知道自己说错了话，林小威悻悻闭嘴。

许瞳收回探究的目光，对唐泽保持最高警惕，随后佯装不耐烦地配合程野：“你们到底走不走？不走我们真走了！”

“等等！”贾怜晴跟上，“我跟你们走！”

“那她怎么办？”林小威指了指叶霈霈。

叶霈霈还躺在沙发上，到这会儿都还没醒。程野抬眼望了圈，林小威看地，唐泽站在那儿没有半点帮忙的意思。他叹了口气：“我来背。”

叶霈霈个子小，看起来也就 80 斤。程野把人横抱起来，看起来十分轻松。许瞳想接过他背上的背包，这包约莫也有 20 斤的重量，在这个雪夜让程野负重百来斤行走，压力确实太大。

“没事。”程野后退半步错开她的手，声音低不可闻，“你照顾好自己，随时保持警惕。”

许瞳点点头，见所有人都跟在程野身后，她也走在他略后的位置。这是她在周家学的，保护一个人的最佳角度，出状况，她能第一时间反应，反应不了，她也能用身体去挡。

凌晨4点32分，夜空上看不见半颗星辰。程野双手没空，许瞳举着手电筒，一行人在雪地里慢慢前行。

“唔……”昏迷的叶霈霈终于醒了。

女孩一睁眼就看见程野，又是一阵刺耳的尖叫，震得树梢上的积雪纷纷下落。

贾怜晴语带哀求：“我的姑奶奶，你能不能别叫啊，你一叫我怎么总感觉要出事啊？”

叶霈霈挣扎着，程野自然巴不得她快点下来，手一松，女孩就落进雪堆里，又是一阵尖叫。不过没多久，还是叫累了，叶霈霈爬起来就往人身后躲，弱弱地说：“我、我渴。”

贾怜晴才想起自己包里有个保温杯，递给她：“应该还有点。”

饥寒交迫，又渴又饿，叶霈霈迫不及待仰头喝下，贾怜晴才意识到自己也难受：“能给我留点吗？”

叶霈霈摇晃：“没了……”而后很小声地喃喃，“这水杯怎么不保温了。”但声音夹杂在贾怜晴略大的嗓门里，加上狂风肆虐，没有一个人听清楚。

“我们正在回去的路上。”

“回去？”提起这个，叶霈霈精神一震，“我们能回去了？”

也是，怎么不能回去？之前一直进入一个误区，认为别墅比外边好，但徐超死了之后，大家才清醒过来。与其成为瓮中之鳖，不如撑着一口气往回走。何况从头到尾一直也没有人拦着他们回去，怎么就没有一个人敢走呢？

叶霈霈看了眼四周：“我能不能走中间啊？我不敢走最后，后边好黑。”

她这么一说，大家下意识往后看。漆黑的路如同巨人的口，仿佛随时准备扑来吞噬掉落单的不幸儿。贾怜晴扫了眼队伍：“我走最后。”

“怎么能让你一个姑娘走最后？”林小威说。

“最后才安全。”她哼了声，“至少我不担心身后人的暗算。”

叶霈霈又觉得贾怜晴说得对，期期艾艾地说：“那我走最后，我……我们并排走。”

“你不怀疑我了？”贾怜晴声音干巴巴的。

“……不怀疑。”叶霈霈声音很小，之前牙尖嘴利的爪牙全然收起，“我现在想起来，徐超出事之前黑了灯，我因为怕黑紧紧抱着你，你的双手都没法动，所以肯定不是你。”

贾怜晴哼了声：“现在才意识到？”

但叶霈霈这句话刚落，许瞳敏锐地察觉到身边的气氛变了。林小威和唐泽的眼神都不太对劲，一个悚然一个冷厉，让许瞳下意识地将两个女孩拉后退一步。

如果叶霈霈的话没有错，那么凶手一定就在林小威和唐泽之间。而他们彼此心底很清楚自己的身份，所以谁是凶手，已经有人心知肚明。

“看来我不会再让她跟你们冒险了。”程野扬起嘴角，深邃的眼神仿佛吸纳了夜空最神秘的光，“你们三个先走。”

“啊？”许瞳站着没动，“你呢？”

“我带他们走另一条路，反正都是回去，错开一下对谁都比较好。”程野说。

唐泽还盯着林小威看，继而轻飘飘一声：“好啊。”

林小威像是很害怕，往程野身边缩了下：“我不同意。”

“求你了，先带我们走吧！”贾怜晴见许瞳反驳，忍不住哀求起来，“我们真的受够了，我想回家。”

“姐姐，我……难受。”正当大家都在争执的时候，叶霈霈忽然低低叫了声。

程野目光扫过她嘴皮不正常的乌青，暗道糟糕。

叶霈霈很难受，开始扯领口，离得最近的贾怜晴忙拦她：“别啊，你——”

叶霈霈摇摇晃晃地想抓住谁，却像是在抓最后一根救命稻草。她一头栽进了许瞳的怀里，身体忽然开始一张一弛地痉挛。

“霈霈！”饶是胆子再大，贾怜晴也吓得哭叫，“天啊，你不要出事！你千万不要出事！”

而许瞳把人翻过来时，大家最不想见到的一幕终究是发生了。这个年纪最小的女孩，在她的怀里难受地咽下了最后一口气。女孩的手，还紧紧地拽着她的衣袖，保持着最后的定格。

许瞳的心猛地往下沉，仿佛沉到了万丈深海里，像是也一同失去了呼吸。

（9）

“她……死了吗？”贾伶晴双眼放空，想靠近又不敢靠近。许瞳听出她口吻里的不可置信，伴随着绝望的质问，“怎么会，明明刚才还好好的！”

许瞳低头，忽然不死心地开始给女孩做心肺复苏。一下，一下，用力按压，掌心下的身体是温热的，但已经感觉不到一丝心跳的迹象。她还想俯身去做人工呼吸，程野一把拉起她：“够了。”

“放手。”许瞳喃喃。

“我说够了！”程野还是头一次用几乎严厉的口吻跟她说话。

他一把拉起许瞳，强势地按在身边，眼锋如刀地扫过叶霈霈生前接触过的所有东西。几乎不用判断，躺在雪地里的那个粉色保温杯里的液体，绝对有问题。

叶霈霈确实已经没有生命迹象，而她的死亡很突然，这种状态和迹象，摆明了死因是化学中毒。

强迫自己冷静之后，许瞳深吸一口气，胸腔压抑的感觉一点点地释放出来。程野拦着她做人工呼吸，是救了她的命。这种沾染就是夺命的毒药，不到3分钟的时间就取了一个花季少女的性命，毒性可想而知。

许瞳捏紧拳头，双眸暗沉，仿佛下定了某种决心。

“这次谁都没动手啊！我们现在只剩下3个人了。”林小威战战兢兢道。

贾伶晴更濒临晕厥的边缘，那水、那水是她的！如果叶霈霈不喝，她迟早会喝，到时候死的人就是她了！

“不……不……”她脑海里飞快想起七年前的那一幕，整个人濒临崩溃的边缘，她边后退边摇头，跟疯了一样，“我不想死，我不想死，是不是她来讨债了，不是我啊我真的没有参与，我不想死！”

许瞳抓住她的手腕，眼神敏锐：“你什么意思？”

“叮！”所有人都愣在了那里。贾怜晴高举双手，隔了好一会儿才意识到声音是从自己包里传出的。她愣愣地摸出只有5%的电的电话，打开之后就不敢看了。

“群、群消息。”纵使再强大的内心，经过这一系列的事情，贾怜晴还是觉得自己都快撑不下去了。

“我看看！”林小威第一个抢过手机。

手机有信号了，铺天盖地的消息不断涌入，微信右上角已经出现最大化的999。

——“你们在哪儿啊，我们都快急死了。”

——“遇到危险不要怕，刚才有警察过来，他们来找你们了，如果你们看见一男一女，先问问是不是他们！”

紧跟着屏幕一黑，没电了。虽然没听清楚完整的句子，但是“警察”两个字特别清晰，一男一女，俨然已经证明了什么。在场的人瞬间也意识到，在他们的身边，竟然早已有警察的存在。

千算万算，没算到会在关键时候捅娄子。程野有些后悔没阻止许瞳暴露身份，但当时确实只有她摆出姿态，才能震慑住那群跃跃欲试的家伙。他双眸扫过在场的人，大家的表情都有些怪异。

猜测、不信任、惊讶和试探。人群中有警察，也有凶手。但中奖者是凶手选出来的，也对他们的身份最为清楚。所以，凶手自然在这一则消息之后，第一时间判定出了他和许瞳两个，最有可能是警察。凶手有枪，主动出击的下场他已经猜到了，所以这一刻……程野看向准备有所动作的许瞳，笑了下，摊手扬声：“哎呀，这么快就被暴露了。”

许瞳一顿。

“本来我想带你乖乖回去自首，没想到在这里被拆穿，那好，一切就在这里结束也行。”程野的视线落在唐泽身上，“你还有什么话想说？”

“你什么意思？”唐泽满脸阴沉，“我杀人，凭什么说这都是我做的？”

“我查过，晚上的聚会唯独你和周正没有参加，而你们口中的陈亮出事之后，先行选择寻找的人也是你，两起事件里，只有你有足够的时间作案。”

唐泽后退半步，半张脸隐匿在鸭舌帽的阴影中：“我不喜欢热闹的地方，这也是你判断我是凶手的理由？如果真的是我做的，动机呢？我为什么要这么做？”

“你为什么？”程野冷笑了下，上前半步，气势完全压迫住了他，“回去之后，你自己向局里交代去。”他说完一把按向男生的肩部。

程野体型和动作完全胜出他一截，但许瞳却发现他似乎是故意的，动作有所保留，让对方有机会步步反击后退。原本想快速靠近的她却没有动，总觉得哪里不对，却又说不上来。虽然自己和程野接触不多，但清楚他的动作和他做事的态度一样，不会拖泥带水。难道他是顾忌对方有枪？还是他另有打算？许瞳的神经紧绷成了一条线，视线紧紧追着男人的身影，打算一有动作就快速出击，不再犹豫。

“你抓错人了！”唐泽面色很黑。

“我相信自己的判断。”程野回他。

“凶手不是我！”

“没人会大喊自己是凶手。”

“你——”帽子跌落在雪地里，一缕黑发垂在眉心，唐泽双眸深黑。

“喂，你要看热闹到多久？”几次尝试未果，程野也不耐烦，趁着空当对有些呆愣的林小威说，“帮个忙。”

“我……啊？我不行，我不行！”林小威匆忙摆手。

“你是不是男人啊？这里就你一个男的！”

林小威终于舍得动了，一边往前一边念念有词：“他可是杀人犯，我怎么制伏得了？”

“你怎么制伏不了？”

林小威一顿。那个男人的声音怎么像是从身后响起？明显听起来语气也不太对劲，一扫之前的无奈和急躁，变得沉稳有力——

“你可以用你包里的枪，制伏他。”

他的动作僵在那里：“你……”

戏剧性的变化，让林小威脸色不太好。而他明显感觉到身后有一样东西抵着自己的后背，对方也有枪。

林小威舔了舔嘴皮：“你……你弄错了吧。不先说的是他吗？怎么又变成我？你到底是不是警察？小心我投诉你啊！”

程野不在意地笑了，手在他背后抵了抵：“你倒是投诉我啊。”说完伸手一探，利落地从他的腰间摸出一把黑晃晃的东西，单手打了个圈关上保险栓，抛给在一边蓄势待发的许瞳：“接着。”

许瞳一把接住，打开弹匣看了眼。已经缺了两颗，想必是给了周正和陈亮。

千想万想，贾怜晴怎么也不会想到凶手竟然是一开始和自己搭档的林小威，心底是劫后余生的后怕，但更多的是不可置信。林小威看起来瘦弱苍白，像个常年宅在家里的宅男，背部又有点轻微的佝偻，遇见事情胆子小得没边，他们怎么看出来是林小威做的？

“呵呵呵呵……”枪被摸出之后，林小威从一开始的惊愣、讶异，变为沉默，而后一直低头不语的他喉间忽然发出连串诡异的笑声。

“没想到。”他慢慢抬头，脸上的表情变了之后，仿佛成了另一个人——胆小懦弱的林小威不见了，取而代之的是一个眼神冷漠、面容扭曲的男生，“你是怎么认出我的？”

警笛声隐约响起，大局看似已定。程野挑眉，手动作了下：“老实点。”

林小威僵持着没动，在感觉到身后的动作强硬后，乖乖举起双手，被迎面来的许瞳直接用铐子铐结实。

“女警官。”林小威低低地笑，“原来有两个警察混了进来。”

“但你们觉得，这些事情真的只有我一个人能完成吗？”林小威低头，从下往上抬眼看向许瞳，嘴角一咧露出十分诡异而惊悚的笑来。

“警官同志。这个世界上，没有什么事情是合作不能解决的，你们可以——我们，也可以。”

（10）

我们？他说的是“我们”，不是“我”，林小威有同伙！

许瞳后背发凉，浑身的汗毛都叫嚣着要她警戒！

程野暗道不好，刚想一把拉过许瞳，眼神落在许瞳身后就变了。一阵窸窣之后，有雪落的声音，也有人靠近的声响。当人从黑暗中走出，灯光打过去的瞬间，大家都以为自己见鬼了。

竟然是“死”了的徐超。哦，不，应该是假死的徐超出现在了许瞳的身后，嘴里叼着烟，眼神凶狠：“放了他。”

徐超还穿着原来的衣服，不过胸口那把匕首已经不在了，而一大摊暗红色的印记还在，证明他们之前都没有看错。

“啊！”贾怜晴忍不住尖叫后退，“徐超……你不是死了吗！你怎么……”她忽然又不敢说话了，因为徐超的手里也握着一把枪，对准许瞳的后背。

是他们联合杀了周正，是他们联合弄死了陈亮，也是他们趁机给她下毒误杀了叶霈霈。是不是她跟大家在这边周旋的时候，徐超也去安排属于“贾怜晴”的死法了？想到这里，寒意从脚底腾升。

许瞳紧握手里的枪：“所以匕首是假的？”

“你说的是这个？”徐超笑了下，将一把魔术匕首扔在地上。上半部分是真的，下半部分却带着绕过胸口的弧度。

原来一切早就被安排好。出事前，别墅电闸被关闭，徐超用魔术道具刀制造自己被刺穿心脏死亡的假象。而许瞳看见他胸口刺穿，场面又混乱，并没有去查证。她吐了一口气。

“他操作，我演戏。我操作，他演戏，这样才叫合作。”徐超吐掉嘴边的烟，一圈白雾散去后，露出一双冰冷的眼，“放了他，别让我倒数三声。”

警笛声越来越近，许瞳没有转身去刺激他，拉开枪的保险栓，单手紧紧挟持住林小威。她冷下声音：“事情已经到这个地步，自首才是唯一的选择，别让我倒数三声。”

“你以为我们怕死？”林小威淡淡道，“背负了人命，我们就用命去还。只是有些事情，该做完的，一样都不能落下。”

许瞳一凝，耳边是警笛声，支援很快就会到来。她意识到这一点后，垂眼放缓声音跟他们周旋，希望多争取些时间：“你们同为一个公司的同事，为什么要下这样的狠手？”

“同事？”徐超哈哈大笑，眼神阴冷，“是啊，同事也会眼睁睁见死不救，同事也会谈笑间戏谑地要你性命！像今天这样，我说我们是同事，你敢放了我们？”

贾怜晴脱力般跪在地上，喃喃:“七年，过了七年，没想到还有人怀恨在心，没想到怀恨在心的人，一直在我们身边。”

看来七年前的事不弄清楚，谜团一时半会儿解不了。许瞳思考片刻，打算转移话题避免进一步刺激徐超。

一直没出声的程野这会儿淡淡道：“我记得他说过，你和第一个死者周正是一个宿舍的，你拿出伪造的遗书毫不费力，这样也能直接刺激大家一起出门，方便你们达到目的。”

“没错。”唐泽轻哼了声。

林小威眼神轻蔑：“周正这人好色，更加偏爱未成年。我不过是说了句她在后山温泉等你，他想也没想就过去了。”

林小威说“她”的时候，下巴微抬向一个地方，正是死者叶霈霈。

“过去之后，从宴会中抽身出来的我早就等在那里，做完一切后小威开始配合演戏，果真有人上钩。”

许瞳听着声音判断距离，双眸清冷：“那陈亮呢？”

“那个胖子？我们早就替他准备好了一切，逃跑的路上到了那个点，直接趁乱把他往山崖下推就是。”

一条人命在他嘴里像在处理蚂蚁一般，林小威口吻淡漠：“他本来就落单在最后，处理起来很容易。我们一个带头，一个收尾，事情就这么解决了。”

“但你们一行来了 11 个人，你怎么保证恰好来的是这 6 个，又怎么提前安排好一切的？”许瞳问。

“我说警察同志，你想拖延时间，我们并不想。”徐超压低声音，做最后的威胁，“放了他！别让我倒数，数一声我杀一个！”

徐超朝天鸣枪，一声之后震落雪花无数，贾怜晴脸色发白，有些惊恐地左右看。跑吗？怎么跑？他们跑得过子弹吗？

“3……”

“你敢动手，我先解决你朋友！”许瞳转身将林小威送在面前，“你放下枪！”

“呵呵呵……”徐超冷笑，“我们本来就是将死之人，早和晚有什么区别？只是不想死在你们警察手里罢了。”

“3。”徐超的枪口对准了贾怜晴。

许瞳立刻说：“好！”她慢慢吐了口气，“我放林小威，但你先让他们走。”

徐超枪口一歪：“行，不过撞上我给你们安排的后路，概不负责。”

刚要迈出脚步的贾怜晴僵在那里，林小威看了之后，嘲讽地笑了下。

“走。”倒是唐泽挺淡定，从雪地里捡起帽子抖了抖戴在头上，抓过贾怜晴的胳膊，“往警笛声那边走。”

“拿着这个。”程野把手电筒抛给他，“刚才抱歉了，形势所逼。”

唐泽接过后顿了顿：“没关系。”继而开口，“你别死了。”说完，转头消失在夜色里。

“哎，等等我！”贾怜晴前后两难，最后忍不住追着唐泽逃离这个地方。

这下只剩下了4个人，2对2的僵局。伴随着警笛声越来越近，徐超再也没有之前的耐心：“我们本来就是将死之人，只是不想死在警察手里罢了。小威，对不住了。”

在徐超抬手的瞬间，反应极快的程野猛地动作：“小心！”

徐超被程野抬手的动作刺激得飞快地转动枪口，原本对向许瞳的方向转而落在了他身上！

两声枪响同时响起！

许瞳的虎口被后作用力震得发麻，一缕白烟过后，脑袋都是木的。徐超应声倒在了地上，痛苦地捂着膝盖哀号。一秒之后，许瞳回过神，用枪柄用力砸向林小威的额头，而后浑身发软地走到程野身边。

程野捂着肩膀，倒抽着凉气。而他捂着的右边肩膀位置，一大团暗红正往外涌。

“你……”许瞳单膝跪地，快速地查看他的伤口。

他被这动作刺激得“啧”了声：“我没事。”

正面有枪洞，背面却没有，看来子弹卡在了他身体里了，大概在右边锁骨之下，肩胛上端的位置。还好，中弹的位置没有伤到内脏。但子弹出膛的瞬间是高速旋转的，射入人体无异于一个小型的搅拌机搅进去。里边的创伤多大，远比程野表现得严重。许瞳的脸色发白，隔了几秒才找到自己的声音：“你的枪呢？”

刚才他制伏林小威和他抬手威胁徐超的枪呢？

程野苦笑：“我是良民，哪能随便揣枪在身上？刚才是这个。”男人的动作有些迟缓，把手揣进衣兜里，竖起食指和无名指，轻轻往许瞳的胳膊上一抵，“喏。”

还喏！都这个时候了，还喏。许瞳一口气憋在喉咙里，原本紧张愧疚的情绪，全部在这玩笑似的描绘中化作一声无奈的叹息。她摘掉围巾，在程野的胳膊和脖子间绑了一个止血带。脚步声响起，许瞳听见有人在喊自己，她忙站起来：“我在这儿。”

邢峰和霍廷琛几乎同时出现，前者见状二话不说地过来一手拎起一个：“就他们？”

“对。”许瞳点头。

林小威和徐超被带走，死者叶霈霈也被鉴定科的人抬离。

等现场收拾完毕，霍廷琛看向满身血迹的许瞳，她正跪在一个男人身边。恰好，这个男人他见过，没想到……他视线沉凝，上前半步：“要帮忙？”

“搭把手，谢谢。”程野伸出左手。

霍廷琛把程野拉起来。

“嘶……”程野倒抽一口凉气，起来之后捂着肩膀皱了下眉。

虽然表面无事，但许瞳细心地发现，程野的额头有细密的汗珠。那是失血之后的冷汗。她问霍廷琛：“外边有救护车吗？”

“我已经安排人过来，不过这段路恐怕车子进不来。”霍廷琛转身走出两步，身体半隐匿在松雪的阴影里，“我让医生先来，你站在这儿稍等。”

程野抬头：“那不客气了。”

“你，跟我来。”霍廷琛示意许瞳，“今天的事情你记得打份报告给我。”

就这样就完了？许瞳愣了愣，点头：“好。”

“你使用过枪，待会儿可能会有鉴定部门的来找你。”霍廷琛看向许瞳的脸，还好，一切正常，看来她在这场事件中并没有受到伤害，“你记住开枪的原则，到时候实话实说。”

许瞳点点头，忍不住看了霍廷琛一眼，确保霍廷琛只有嘱咐没有别的意思后，轻声道：“谢谢你。”

霍廷琛面容清冷：“不用谢我，我反而要感谢你，表现得很好。”

有些人如同一粒种子，你再怎么呵护它，怕它日晒雨淋，给它最好的庇护，殊不知，外边的风雨是最好的锤炼，风雨之后的阳光才是最好的营养。他对于许瞳的印象，还停留在很多年前那个老跟在自己身后的小尾巴上。

一个怕黑的小姑娘。

一个缺乏安全感的小姑娘。

一个被父亲宠得像小公主一样的小姑娘。

转眼之间，那个小姑娘能离开她独自参与案件查破。不再怕黑，给人安全感，风餐露宿也毫无怨言。他很清楚，这样的成长，代价太过沉重。

(11)

警笛划破夜空，三名死者被相继抬出的时候，电视台的镜头疯狂对准了出来的警察队伍。许瞳被突如其来的闪光灯晃得睁不开眼，抬手挡光的时候，掌心的血色再度引发了热点。霍廷琛往旁边迈出一步，用身体挡住了所有的视线。刑侦人员并不需要曝光度，这反而会给案件侦破带来不便，正如今天这起事件，若不是身份暴露，也不至于与凶手进行仓促的正面冲突。然而总有少数媒体的眼球只在收视率上，让人气之入骨，却又无可奈何。

医护人员将程野带上车，挂上液体后开始止血与清理伤口。许瞳刚想跳上去，程野却开口道：“我没事，只是小雨还在酒店，麻烦你帮我带着他。”

对了，简暮雨。许瞳站在车边，周围人来人往仿佛都成了默剧中的背景：“好，我去接小雨，接到之后就来看你……你有没有亲属在 S 市？”

程野靠在车边，在医生的嘱咐下右手捏拳放在腿上，胳膊绷起一条硬朗的线。他听后露出一个挺淡的笑，像是无所谓，可许瞳却觉得这笑容背后透着一股无奈。

“没有了。”

“好，你等我。”许瞳后退半步，让护士合上救护车的门。

目送救护车走远之后，她转头走向霍廷琛：“霍队，我……”

“你有事可以先走。”

“我去接一个人，耽搁两分钟。”

霍廷琛组织好人手在每个现场进行取证，吩咐完毕之后看向依旧站在边上的许瞳：“你先去，这边我来应付，手机保持畅通，有问题需要你第一时间回复。”

“接了人马上就来。”

许瞳和这起案子有牵扯，调查取证的过程并不能参与，但是她能辅以佐证，所以接下来有的忙。

她以最快的速度赶到酒店。凌晨5点30分，简暮雨在被窝里睡得小脸泛红，垂着的睫毛又长又翘，红润的嘴角勾起天真无邪的弧度，像是在做一场很美的梦。

这一幕像是一只最温柔的手，拂去了一晚上的紧张疲惫。许瞳想去唤醒他，可又充满了罪恶感。她看着自己的手，忙去盥洗室里洗干净，暗红的液体冲进下水道口，她才意识到上边部分是程野的血，仿佛一记召唤。

许瞳擦干双手后来到床前，轻轻摇晃孩子的肩膀：“小雨。”

小家伙梦呓了一句什么，睁开后杏眼蒙眬，口齿含糊：“嗯……干吗？”

“不好意思啊小雨，我们得走了。”

简暮雨揉揉眼睛，有些吃力地翻身坐起，柔软的头发到处乱支棱。他也没多说什么，自己穿好衣服和鞋袜，四处看了眼：“我干爹呢？”

许瞳把东西背上，抱起小家伙，对方的脑袋顺从地贴在她的肩膀上：“你干爹……遇到点小麻烦，我来照顾你好不好？”

简暮雨没有说话，隔了好一会儿才轻轻“嗯”了声：“他是不是出事了？”

许瞳惊讶于小孩的敏感，思考片刻后决定告诉他真相：“在你睡着的时候，我们遇到点麻烦，程……你干爹受了点伤。”

简暮雨“嗯”了声，抱着她脖子的手发紧，脑袋也埋得更深了：“在我心里，他是无所不能的。”小家伙的声音软得厉害，“他不能过来，肯定不是一般的伤。”

“他会没事的。”

“嗯。”简暮雨点点头，“我干爹身体很好。听我爸说，他登过珠穆朗玛最高峰，潜过世界上最深的海沟，去过南北极也去过非洲无人区。”

许瞳又感觉到了那股酥麻的悸动，这一次来得比任何时候都强烈。她轻拍小孩的后背，喃喃：“他真厉害。”

“是啊，他真的很厉害。”简暮雨对程野，有一个小孩对偶像英雄的向往与崇拜，“他还当过特种兵呢。我这辈子还没见他被谁打败过。”

许瞳听了，忍不住笑了下，轻声道：“你才 5 岁说什么这辈子？累了就继续睡吧，待会儿我带你去看他。”

简暮雨却精神得很。

到了局里，许瞳就马不停蹄地被拉去做案情简述，简暮雨这个小尾巴倒是不怕生，冲谁都能弯起眼角露出可爱至极的笑容，惹得其他科室结了婚的阿姨们喜欢得不得了。

“这次的案件作案动机是关键。”会议室里，邢峰正在跟霍廷琛交流审讯情况，“而动机源于七年前，一个叫徐慕的女人身上。”

“徐慕二十一岁，是嫌疑人徐超的亲妹妹，由于是利用身份将她带进公司工作，徐超和徐慕一直没有公开两人的兄妹关系。另一个嫌疑人林小威和徐慕当时是恋人关系，因为办公室恋情不被允许，自然也没有谁知晓，但据我所知，两人关系很亲密，是打算结婚的那种。2011 年冬季，徐慕参加公司组织的年会，因为一场冒险游戏冻死在户外。而当时在场的人并没有对她的失踪放在心上，导致徐慕被发现时毫无生命迹象。”

江源皱眉：“是意外？”

“她的死确实是意外。贾怜晴说，徐慕当时并非被人激将出门，她玩真心话大冒险，却什么也不肯选，导致大家觉得无趣。她自己说不玩了就独自离开返回住宿的地方，却好像在途中迷路了，而那群人一直彻夜狂欢喝得烂醉，直到第二天才意识到徐慕不在，再找到的时候，人已经死了。我还问了几个证人，他们的供词与贾怜晴是一样的。”

“她的死纯属意外——一个体能不足和缺乏御寒经验的女子在低温中长时间停留，很容易出事。但林小威说徐慕被发现的时候，上身赤裸疑被羞辱，这刺激他对判决的不信任。”邢峰指着笔录上的那段话，“我让江源找到七年前案子的相关记录，鉴定徐慕被发现时，确实上身赤裸，身体蜷缩，下边只穿着内裤，衣物在距离她 5 至 10 米的方位散落，尸体检验未见明显损伤。”

刘哥探头：“对啊，为什么大冬天的会光着？不科学啊。”

“这很科学。”许瞳站在门口，“这是反常脱衣现象，因为低温导致死者体温调节中枢麻痹，产生了反常的热感和幻觉，导致她脱去衣物。”

“是的。”邢峰点头，“当时记录写得很清楚，死者徐慕身边的雪地只有属于她一个人的脚印，尸体没有受损，也没有任何外伤中毒，而且当时夜晚气温跌破历史最低点，符合冻死的环境。但是，徐超和林小威不愿意接受这个事实，认为冒险游戏本身是害死徐慕的根源，没有当时出去寻找徐慕的人都是导致她死亡的助推者，徐慕死亡的时间是 1 月 28 号，恰好是七年之后的 1 月 25 号，让他们感觉是一个轮回，开始了报复。”

原来如此。

“这件事到这里并没有结束。”霍廷琛沉默了几秒，开口，“他们的枪是从哪里来的，这件事必须查清楚，往源头方向彻底清查。”

在场几人正色：“是。”

然而他们并没有想到，这条路冲下去，会是一场十分艰难并伴随着牺牲的惨烈硬仗。只是现在，一切尚未起步。

“霍队……还有什么事要处理吗？”已经过了 7 点，因为才破获一起连环杀人案件，科室里除了外地的盛浅予，人都到了。许瞳却有些坐不住，人生头一次想请假，整个人紧张得头皮发麻。她站在霍廷琛办公室门口，努力了很久才探头鼓起勇气询问。

霍廷琛对着电脑的动作停顿了下：“你有事？”

“我……”许瞳捏紧门框，“有。”

“去吧。”

“谢谢，我忙完就过来。”许瞳请到了假，挨着走了两层楼才找到竟然在局长办公室玩金鱼的简暮雨，她整个儿都傻了。面相严肃的汪局抱着简暮雨跟抱孙子似的，如数家珍地给他介绍这几条金鱼背后的故事……

(12)

省军区总院在国内享有名气，许瞳在人潮涌动的护士站那儿见缝插针。

“麻烦你，今天早上救护车送来的程野在哪个病房？”

“又是程野？”护士看了下记录，“第二住院大楼7-01号。”

两人往第二住院大楼的方向走，住院大楼里已经人满为患了，连带着走廊都布置了一排床铺，病人或坐或躺地待在那儿。

许瞳加快脚步穿过走廊，周围的环境也就越发安静空旷。走到01号病房前，仿佛所有的喧闹都隔绝在了门外。光线顿亮，连带着装饰性的盆栽植物都多了起来，门半掩着，里边却传来说话声。

“……这么多年你也是时候回来了，事情过去就过去，你只用回来，别的什么都不用管。”

嗯？是一个男人的声音，带着习惯性的命令口吻，字正腔圆的发音隐隐透着一股气度。

“我说过，这件事我会用自己的办法去解决。”程野的声音听起来有些疲惫。

对方的声音开始放大：“秦鹰被追为烈士，你还执着什么？难道你还想顺线继续往上走？你是有几条命可以搭的？”

程野没说话，却轻笑了一声。许瞳觉得自己站在门口会让人误会她偷听，但以上的对话确实让她挪不开步子。从开始到现在，程野给了她不少的帮助，也让她觉得他的经历、他的故事，像是一个神秘幽深的谜团，笼罩在他身上。现在，里边的对话无疑是拨开云雾的手，她知道自己站在这里再听一会儿，肯定会揭开不少未知的事。

许瞳垂眼，顿了顿，抱着简暮雨转身站在不远处等候。她确实很想知道他的事，但是出于尊重，她更愿意听他亲口告诉她。

“这么多年你孑然一身，是不是就等着最后那一天？信不信我今天就安排人来给你相亲，明天就办酒席，到时候拖家带口你再乱蹦试试？”

那人说完就转身拉开门，脸红脖子粗地冲出来，一开门就看见对面站着一个俏生生抱着娃的女人，大眼瞪小眼。

许瞳把简暮雨放下来，对方最后一句话几乎是吼出来的，她再聋也听见了。

她不知道哪根筋不对，吐出四个字：“不是他的。”好像有哪里不对劲。

面前的男人国字脸，因长期日晒成一脸古铜色。他两鬓斑白，穿着虽然普通，但难掩浑身凌厉的气势，只是这会儿气势全成了尴尬。

“那就给他生一个。”男人粗声粗气地说完，头也不回地大步离去。

许瞳傻眼，里边却传来一阵闷闷的轻笑，直到笑变成咳嗽，她才推门：“你怎么——”

才出手术室的男人并没有换上衣物，被褥之上紧实的腰身一览无遗。宽阔的肩膀，线条漂亮的肌肉，泛着小麦色泽的健康肤色，每一个动作都散发蓄势待发的力量感。许瞳顿时觉得自己的手脚都快无处安放，视线低垂，睫毛扇动，薄薄的耳朵充盈着血红色。

“啊，等等。”程野左右看了眼，拎起之前顺手扔下的病号服套上，不过在穿右胳膊的时候遇到了点麻烦，一抬手，“嘶……”

“算了吧。”许瞳放下眼睛圆溜溜的简暮雨，“你这会儿也不方便，等好点再说。”

对方却在这说话间，把衣服套完了。程野现在的状态不说很好，但也绝对不像才出手术室半个多小时的人。除了面色有些失血的白，精神很不错，看样子手术很顺利，她顿时松了口气。

“医生怎么说？”

“案子结了？”

同时发问却都是关心对方的状况，在愣过之后，两人嘴角的弧度都越来越大。

他含笑道：“我运气好，没有伤到骨头和内脏，没几天就能出院。”

许瞳点头：“案子也结了，两名嫌疑人，三个死者。”

“S市二十几年没出现过连环杀人案，”程野叹了口气，“虽然说现在社会在进步，但精神问题确实很难解决。矛盾比以前更多，你们也有的忙。对了，开枪调查没问题？”

许瞳虽然是在自我防卫和保护人质的立场上对着射击的徐超开枪，但鸣枪毕竟是一件大事，致伤更要有相应记录。

她叹了口气：“差不多反复问了1个多小时，之后做了心理评估。”

“干爹，你痛不痛啊？”简暮雨双手趴在护栏上求存在感，一双眼睛水汪汪地看向程野衣领隐隐透出的纱布。

“还行。”男人摸摸他的头，“有没有听话？”

“可听话了。干爹，小姐姐他们单位好有意思啊！我还想去！”

“你想做警察？”

“想！”简暮雨眼睛贼亮。

程野笑：“有志向。”

见程野桌上放着一个黄澄澄的东西，简暮雨好奇地问：“干爹，这个就是子弹？”

从他身上摘下的子弹。程野顺手递给简暮雨：“拿去玩。”

小男孩眨巴了眼，伸手又有些害怕地缩回去：“它会伤人，不是好东西。”

“但它也能保护你想保护的人。”程野五指收拢握住那枚子弹，视线不经意转过许瞳身上，“你要想当警察，对这个绝对不能陌生。”

简暮雨再聪明但终究也只是个小孩子，犹犹豫豫着，还是没敢下手：“可它打了你，我讨厌它。”

“量体温了啊！”护士推门，许瞳抿嘴挪到边上。

“呀，都起来了。”小护士笑起来挺可爱的，一边麻利地给程野体温计，一边记录他的基本情况，“主任都说亏得你身体好，子弹卡在肌肉里，出血量少，创伤面也少。”

程野乐了，慵懒地拨了下简暮雨的头发：“这是皮糙肉厚的功劳。”

“嘻嘻，待会儿家属把体温记一下啊，我去趟别的病房。”护士交代完就走了。

家属……简暮雨托腮坐在病床边，小大人似的看向许瞳桀桀怪笑，被程野按着脑袋转过头：“你累不累？”

“不啊。”简暮雨单纯地摇头。

“嗯？”

在这略带暗示与警示意味的“嗯”之后，简暮雨讷讷地跳下板凳：“我去客厅玩一会儿！”

外边很快响起电视机的声音，里边反而安静下来。

“我又欠你一次，多谢你。”

“不是你欠我，是我欠你。”男人摘了温度计，“如果不是请你来带小雨，怎么会遇上这些事。幸好你没受伤，不然我内疚大了。”

她站着，声音挺低：“那我的感觉跟你一样。”

程野顿了顿，抬头。许瞳单薄的背挺得很直，给人以挺拔之余十分利落的视觉欣赏。她站得挺近的，近得他伸手就能握住她的。

电话振动的声音传来。

程野握了下拳头。许瞳走到窗口，接听电话之后神色却从之前的放松，变为眉心微蹙的紧绷。

“有事？”等她打完电话，程野迎着她的视线，“麻烦？”

“倒不是，是有些事我要去解释清楚。”许瞳摇头，并没有把之前的内容多说出去。电话里的人说，温泉岭事件中死者的家属来质问了，她必须去给一个合理的解释。

“如果需要帮忙，你不必跟我客气。”在出门的瞬间，许瞳听见程野的这句话。暖意从心底蔓延至周身，她捏着门把的手收紧。

“忙完了再来看你。”她回头对他笑，嘴角边的梨窝若隐若现，仿佛所有的压力都不是压力，“我这边应该不会有问题。”

然而，浩浩荡荡的事件却来得让人措手不及。

（13）

从昨天早上到现在，许瞳都像一个陀螺般不停旋转，处于身体疲惫精神强撑的范畴。这会儿再度出现在单位，霍廷琛目光从她略白的脸颊边扫过，直接皱眉：“谁让你来的？”

“啊？”许瞳被问得弄不清楚状况，站在门口，“我接到一个电话，说温泉岭事件中死者的家属来了，需要我来澄清一些细节。”

“你该说的早已经说完。”霍廷琛放下手里的文件，“我记得我没打过电话，谁让你来的？”

许瞳这下就茫然了：“我看号码显示是单位的小号，具体是谁不太清楚。”

听到这个，霍廷琛面色更沉：“没你的事，今天过了就回去休息。”

“究竟发生什么——”

话音未落，邢峰风风火火地冲了进来：“有点权势也不能这样压人啊。”

“咦，小眼睛？”邢峰看见她挺意外的，见霍廷琛的眼神顿时心领神会，“我先去忙啦头儿，这案子算是S市近几年的最恶性的案件，要处理的事情还比较多。”

见他一阵风似的出去，像是在逃避什么。许瞳对这类信息向来敏感，冷静思考片刻意识到可能有事情发生了：“我是不是给你们添麻烦了？”

“哎……峰哥随便说的。”一边整理材料的江源哈哈了几声，却在许瞳清透的视线下渐渐败下阵来，“头儿，还是你说吧，这事儿小眼睛不知道也不好，万一被媒体忽然问起，不好应付。”

媒体？

“死者叶霈霈的父母刚才来过，想问清楚事情经过。”

叶霈霈，中毒死亡的那个小姑娘，许瞳印象很深，听见这个名字就想起当时的画面，心底发沉。她明白了：“我可以再做一次案情叙述。”

“我想他们要的不是叙述，而是一个交代。”霍廷琛捏着眉心，“在他们眼里，队伍里有警察的存在，而女儿还是死了，想把不作为的帽子扣在你头上。”

“我？”许瞳愣了愣。

“眼下不能让他们主导舆论趋势。”霍廷琛面色严厉，“既然他们想造事，我们先压一波。这起案件社会关注度高，引发的恐慌也不小。我向上级请示召开发布会，召集主流媒体，澄清事情具体经过。”

发布会，许瞳忽然有不好的预感。果然，霍廷琛的视线落在了她身上：“许瞳，我说完之后，你来做发言人。”

“我？”许瞳难得有些窘迫，“我不行。”

“现在就我们三个人，我就坦白说，这次发布会其实也是给你澄清一些不必要的舆论。”

她顿了顿，低头：“我不在乎。”

“我在乎。”霍廷琛走进，居高临下自带几分气势，“我的团队，任何人都不能有负面的消息，哪怕是杜撰也不行。”说完之后，直接推门出去，看样子是去请示发布会的事了。

“小眼睛你别担心，女孩子上镜本来就自带几分优势，你就更别怕了。”邢峰拍拍她的肩膀，“到时候该怎么回答就怎么回答。”

许瞳想了下，也只有点头。可没过多久，霍廷琛下来，脸色更加不好。

邢峰知道事情肯定不顺利，想问又不敢问的时候，他自己说了：“发布会要举行，在明天早上。”

“这是好事啊！”

“但是……”霍廷琛抬眼看向许瞳，“持枪的事情不能说。”

原因有两个，一是不想引发大家对枪支控制力度产生质疑，二是既然想继续追这条线，这件事就不能说。但是许瞳他们从头到尾的隐忍正是因为知晓对方手里有枪，如果没有它，那么从头到尾她就真的是不作为了。

“可是也有目击者看见枪了的！死者周正也是死于枪伤，这些瞒不住啊！”邢峰皱眉。

“已经打过招呼，是非轻重一般人都分得清。明天早上，你就说对方手里持有攻击性武器。”霍廷琛干脆利落地结束这件事，“其他情况我来替你说。”

许瞳顿了顿：“好。”

事情多得确实有些吃不消。她从没有参与过发布会，心底多多少少有些没底。她倒是不怕自己说错话，只是怕自己说得不合理，在刁钻的问题下让团队陷入被动的境地。

回去的路上，许瞳吸了口气，慢慢地吐出来，这是她让自己冷静的习惯性方式。地铁上正巧在播那天案子的新闻，周围每个人抬头都看得专注。

“搞什么啊，一直都有警察关注，还死了这么多人。”

“现在不作为就是最大的作为，庄子不是说过吗？无为而无不为，这年头社会上谁不这样？”

“也不能这么说啊，好歹救了几个。”

“去了 6 个，2 个是凶手，死了 3 个，你说救了谁？死的比救的多，照我说我自己跑都能自救，要警察干吗？”

周围的议论声很多，许瞳默默地听着。难怪，要召开这次发布会。难怪，霍廷琛不想让自己知道。舆论的压力，她已经不是第一次感受到了。

许瞳轻笑了下，提前一站下车，路过市场买了乌鱼和西红柿，云淡风轻地回去做午餐。

乌鱼对愈合伤口比较好。鱼片汤在锅内飘着鲜香的味道，手机里的下厨软件还没有合上。见火候差不多，她小心翼翼地尝了口，挑眉忍不住笑了下。再看压力锅里，米已经变得很软糯。她将乌鱼片选出，把刺去掉，将鱼肉和一小点米混在一起，加了点西红柿，给简暮雨和程野做了一份粥。似乎一切都没有对她造成任何影响。差不多 11 点 30 分，当她拎着沉沉的保温桶到医院，两人都抻长了脖子。

“果真有吃的！”简暮雨欢呼一声跑过来，抱着许瞳的大腿不撒手，“刚我还跟干爹赌呢！小姐姐带吃的来啦！是什么是什么？哇……鱼！我最爱吃鱼了！”

见小家伙这么捧场，她倒有些受宠若惊。

许瞳递了一份给他，再把程野的那份递过去：“尝尝。”

程野放下手机，蕴着夜空和星辰的眼先淡淡观察她的状态，而后勾起：“你做的？”

许瞳点头，垂眼：“嗯，可能会不好吃……你……凑合吧。”

鱼肉很鲜，粥也很软，不经意流露的温暖与温柔如同她这个人一样。看似简单，却能带给他一层又一层的惊喜。

吃过饭，许瞳把碗筷洗了，让护士挂上新的液体之后，守在程野床边就开始昏昏欲睡。脑袋微低一点，再一点。

简暮雨小声对他做口型：“小姐姐睡啦。”

程野让他把自己的外套拿进来，小心地披在她身上。目光流连在女人白细的脸颊边，忍不住伸手碰了下，很软。

他抬头就看见简暮雨天真的双眼，他收回手指，眼神暗示：“出去。”

“我不。”简暮雨嘟嘴。

“你又想要什么？”

“冰激凌。”

“……先出去，再说。”

简暮雨屁颠屁颠地出门了，关门的时候回头：“我是不是要有干妈了啊？”

程野咬牙笑得跟狼似的：“你猜。”

等到半夜，玩得累了的简暮雨也呼呼大睡。黑暗中的身影从床上翻起，将小的抱到另一张床上，顿了顿，将大的也悄悄抱了上去。伤口拉扯得动作有些迟缓，程野到卫生间简单处理了下，窝在沙发里对着手机新闻皱眉——

《质问！温泉岭事件的真相》

《究竟是作为还是不作为？一连三起凶杀是最大的证明！》

啧，一群站着说话不腰疼的无良媒体。程野关了手机，没来由一股烦躁。看来，舆论对许瞳不利啊。

许瞳一觉睡得很沉，恍然睁眼，有种不知道自己在哪里的迷糊感。她慢慢起身，被子和上边的外套挨着滑落。

嗯？愣了两秒之后，她才反应过来自己竟然躺在程野的床上。那他呢？天朦胧亮，再看时间才不到6点，另一侧的陪床上简慕雨正睡得酣然。程野蜷在沙发上，把两床被子都给了他们，连带着他的外套也搭在小雨的身上，自己却随意一卧。

她坐着发了会儿呆，继而小心地抱着薄被下床。这一路她累，程野何尝不是？做了手术也没怎么休息，这会儿倒是难得地睡得沉稳。他侧着的脸半隐在手臂下，鼻梁挺拔分割了光影，双唇轻合，安静又安心。

许瞳忍不住就看呆了，脑海里回想起第一次见面的场景。地铁，沉稳宁和的声音，修长有力的手指。她嘴角勾起一个弧度，轻轻地将被子搭在男人的身上，穿好衣服简单洗漱了下，出门买了早餐放在床头，坐车去了发布会的现场。

她本来想睡前思考下措辞的，没想到一下就睡到现在。她在车上整理了下思路，上班高峰期堵得厉害，前边车辆擦挂让整条街排成长龙，许瞳后悔自己没有坐地铁。到总部的时候离发布会开始只有不到10分钟的时间了。

“怎么才来？”严格的门禁之后，一身制服站在门口的霍廷琛皱眉，“你就准备这一身衣服去？”

“咦，小眼睛你昨晚没回家啊？”邢峰问。

许瞳“啊”了声，垂眼：“回了。”

邢峰笑着指向她的休闲服：“不是让你穿正装吗？”

正装……还真是忘了。

“可我还没有制服。”

别说霍廷琛，连江源都穿了正装，这么看来她一身休闲的衣服确实有点不伦不类。

“没有你不知道借？”霍廷琛声音转冷，“跟我来。”

没过多久还真给她借到了一套。许瞳二话不说去女厕所里换了，对着镜子的时候自己都不自觉一愣，好像……还挺不错的。

“好了吗？”门外的人问。

“来了。”她推门出去的瞬间，等在外边的男人抽烟的动作顿在那里，继而若无其事地把烟头灭了。

“头发扎起来，玩什么制服诱惑披头散发。”

啊，好。许瞳扎好头发跟在霍廷琛身边，推门的瞬间听见了无数快门声。她深吸一口气，下巴微扬，用最自信的姿势走进了发布会的现场。

现场差不多有五十个记者，范围不大，前排坐着的全是主流媒体。当霍廷琛讲事情经过陈述时，眼神转向许瞳："我的同事机缘巧合正在那边休假，那时的她身上没有半点能自保的武器，在面对信号盲区，作为一名才出大学，实习期的警察，她义不容辞地参与案件侦破，与嫌疑人周旋争取更多的生还者。具体情况，她来跟大家说清楚。"

许瞳深吸一口气，对着镜头，脑海里浮现出当时的一点一滴。她思路清晰，逻辑缜密地把事件前后讲得清楚透彻，没有任何修饰的词语。接下来就是询问，在常规性的提问之后，终于有人按捺不住了。

"我还有问题。"角落里一个男人站了起来。

霍廷琛视线扫过他话筒上的标志，似乎属于某网络视频的记者。

"第一个死者周某死亡的时候，你在哪儿？"

"房间，那时候尚未得到消息。"

"那第二个死者陈某出事的时候呢？"

"事后所知，您是在质问我？"

"我不是在质问你，"男人戴着黑框眼镜，颧骨凸起，说话却很刻薄，"站在一个普通公民的立场上，已经死了两个人了，为什么却只有你一个警力在？这让我们对我们警察办事效率产生质疑。"

许瞳耐心地听他讲完，没有打断，可就在他说完之后，嘴角却扬起一抹嘲讽的冷笑："你知道温泉岭有多大？"

对方却反口："请不要转移话题。"

"613 平方公里，它不是一个只有几块地的游乐场。是，我们警力有限，哪怕全部投入都无法形成地毯式搜索的局面。"许瞳口齿清晰，"而且，我们的办事效率，请问这起案件从发生到破案，我们花了多长时间？"

"不到 4 小时。"

许瞳目光扫过他们的网站名字，冷笑："而你们就单单杜撰出博人眼球的新闻都在 10 点才播出，那时候我们已经将凶手缉拿归案好几个小时了。请问，您在质疑谁的效率？”

周围的人忍不住哄笑了下，议论声多了起来，但许瞳却依旧面色冷静，一点儿情绪的起伏也没有。能冲、能稳的形象从这一刻深入人心。

“这个小姑娘不简单啊。”果真，电视机前也有人注意到了她。男人肤色古铜，两鬓斑白，正是从程野病房里出来的那个。

边上的一人看了眼，继而站起来，面色惊讶：“老傅，她是……”

“是什么，一惊一乍？”

“像不像国邦的女儿？”

许国邦的女儿？傅振之也跟着坐直，目光从许瞳的眉眼里寻找熟悉的迹象：“我就说，我见过她。她长得不太像许国邦，像——”

“像她母亲。”荀云清叹了口气，“老傅，没想到她进你们这一行了。我以为经过她父亲这件事，她大概是会恨的吧。”

傅振之沉默后，忽然起身：“不行，老许当年出事我没帮上忙，这次我不能坐视不管！”

“你去吧。相信你去，肯定没人敢说什么。”荀云清慈祥地看着画面里的许瞳，“这孩子出落得越发好了，当年见到的时候才多大？4岁？5岁？一别就是这么多年。你到时候请她到家里来坐坐，我们两个没孩子，有个孩子来热闹下也是好。”

“你不把那野人当孩子？”

“小野？”荀云清笑了，“那家伙就是耐不住性子的狼，一天到晚到处跑……不过最近怎么没消息了？”

傅振之没敢把程野受伤的消息告诉妻子，低声咳嗽：“晓得去哪儿鬼混去了。”说完就往外走。

“衣服。”荀云清无奈地起身给他把衣服披上，“一把年纪还毛毛躁躁的。待会儿过去不能吼人，好生说话，别给闺女再搅浑水了。一定要把人带来吃饭，不回来你也别回了。”

傅振之是典型的妻管严，乖乖应了。

这边，许瞳依旧在回答那个人的问题。

“在你们还在关心事情是否会闹大的时候，我们早已经布下网络。但温泉岭除去主山，身后有两座山脉。在与幸存者失去联系的过程里，警方一直在通过技术手段获取方位，同时也分三路包抄寻找他们。”

“冠冕堂皇的话确实太多，但据我所知，当时这位女警就在队伍里。”男人不依不饶，“你之前也说过，有实战格斗技巧，怎么眼睁睁看着人死去，你都不争取一下？视频里的你很淡定嘛。”

“冲动就能解决问题？”许瞳侧头，“据我们的经验看，冲动并不能。很多时候拥有冷静的大脑，才是自救的最好方式。”

那人见缝插针：“你的意思就是那些死了的人就是冲动，该死了？”

许瞳皱眉，忽然有些生气。

眼见着形势不对，霍廷琛按下话筒。

“我想，在你们口口声声质问的时候，能不能扪心自问——”霍廷琛环顾四周，接下来的每一个字句，都掷地有声，“有几个人在23岁的年纪，能淡定地与杀人凶手周旋？

“又有几个人能在23岁的年纪，能将人保护在身后，自己冲出去与持有攻击性武器的凶徒搏斗？

“职业虽然赋予了她义不容辞的责任，但做到这一点，更多的是自己的素养与毅力。

“我的战友完成了一起远超实习生水平的战役。或许你们问为什么，我只能说，S市的罪案历史里，没有哪个连环杀人案的凶手是被一个实习生降服的，历史上漂亮完成的案件所出动的警力和其余力量，只会比你们想象中更多。

“1983年的‘3 · 12’案件，凶手残忍杀害顾某一家3口后逃逸，我们警方花了3天时间，出动20余人次将人缉拿归案。

“1993年‘11 · 8’案件，凶手蓄谋报复将大楼泼油焚烧，导致两家住户未能逃出窒息死亡。我们花了一周时间，出动警力无数，跨省追捕到嫌疑人曾某。

“2008年‘7 · 13’案件，凶手在被嘲讽辱骂之后产生被迫害妄想，残忍杀害宿舍4名同学。这起案子破获很快，因为凶手自首。

“而今天的案件，我们的人员虽然在三方包抄靠近，但是处于风险地带的也只有许瞳一个人。在有两名嫌疑人的情况下，只用了4个多小时，将持有攻击性武器的两名人员缉拿归案。你来说，什么是效率？”

霍廷琛的话来得比许瞳更加直接，下边的人有几个忍不住开始鼓掌，而他们需要的却并不是掌声。

是什么时候，这个社会上开始出现一群爱逞口舌之快的人。他们咄咄逼人，唯恐天下不乱，力求抓获眼球。也不知什么时候开始，物质上的满足导致精神追求的匮乏，让三言两语博人眼球，毫无根据和可信度的消息成了阅读传送的潮流。更不知从什么时候开始，宽容在舆论的口里已经拿不到，取而代之是见缝插针的泼黑。当有人在兢兢业业为之奋斗，得来的却是辱骂声。害群之马虽然有，但更多的难道不是想要努力变得更好的普通人吗？

霍廷琛的话音一落，全场安静。许瞳静静地站在前边，从头到尾，她一个字也没说，心里却震撼着，震撼到她的眼眶都红了。

“我不是不作为，也不是鲁莽往前冲。我有实战的技巧，也信得过身后的队友。我知道大家手里有很多的问题，关于最近的言论，没能救助所有的人我很抱歉，但我确实已经尽力，也会继续努力。”许瞳说完，深深地一鞠躬。

快门声四处响起，这一幕定格在了画面里。

这次的发布会很成功，但许瞳却开心不起来。隐隐地，反而觉得有种无形的压力压在身上，有些透不过气的感觉。

就当大家准备离开的时候，门被人推开，一个男人步履挺拔地从门外走了进来，大家一愣。有人认出了傅振之，惊讶：“竟然是省厅的……”

霍廷琛也难得愣了下，主动让出了主位置。

许瞳有些茫然，也有些发愣，眼前这个中年男子有几分眼熟。她看向邢峰，邢峰对她做口型：“大人物。”

对了，大人物。之前去看程野的时候，护士站也有人说“好几个大人物都来看他了”。许瞳有些走神，下一秒，男人掷地有声的话却把她拉了回来。

“如果我们每做一件事都要在这里给大家公布的话，那还要不要做事了？”傅振之威严中夹着火爆的脾气，“2016年，全国因公牺牲的警察有438名，平均每天都有同事、战友离开我们。谁愿意牺牲？谁愿意丢下家庭丢下生活？我们都是人，都害怕惊恐的氛围，不希望看到手带鲜血的凶徒，谁都一样。但因为我们是警察，是人民的卫士，我们必须得习惯与他们搏斗，与他们斗争，才能换得你们一个个安稳地坐在这里。”

说到这里，傅振之话音一转：“但换来的是让某些人利用焦点，用话筒作武器来针对她吗？你这是针对我们整个集体！你的一言一句，能不能负起这个责任？”

戴着眼镜的男人气势明显就输了，在周围人反感的眼神中乖乖坐下，但坐了不到两分钟，就匆匆扛着设备走了。

大家都松了口气，此时此刻，才是一场最漂亮的胜仗。

记者散尽，傅振之的脸还拉得老长，让周围的人都噤若寒蝉，谁都不敢上去摸老虎毛。他看向许瞳：“你过来。”

霍廷琛站在许瞳面前，像是维护：“发布会这件事是我的主意，您……”

“我有说追究责任了吗？”傅振之粗声粗气，“发布会早就该办了，现在报纸上稀里糊涂写的都是什么玩意儿？我是叫她。”

许瞳上前一步：“您好。”

傅振之点点头，把她带到角落里：“今晚来我家吃饭。”

“啊？”

傅振之叹了口气：“瞳瞳，我是你傅叔叔。你才一点点大的时候咱们见过，估计你忘了。我和你父亲是战友，以前他身上最爱揣着一卷磁带，里边全是你给他讲的故事，足足有 12 个，让他每个月都能有新故事听……”

许瞳的眼睛，一下就红了：“对不起，我没认出您……我……”

磁带的事，只有父亲最熟悉的朋友才知道。好久没提起的过去被翻出，饶是再坚强，心也软了。

“别哭，别哭，我只是想让你来家里吃饭，顺带……”傅振之顿了顿，“程野也来吧。”

昏暗的房间里，一张相纸正在药水里渐渐成型。

照片上的人身着警服，身材笔挺，面容清秀而坚定。是许瞳在发布会的照片。一只手将照片从药水里拿出，夹在了垂落的绳子上。而在这张照片之上，还有三个俏丽的身影。

“滴答，滴答……”

是药水滴落的声音。

“真漂亮。”

第四卷

战栗的诡笑舞者

Lianai Zhengzai Zhencha Zhong

(1)

“安心啦。我都准备出去旅行了，你怎么都不能说两句好话？”

嘀嘀两声提示，车已锁好。连若清单手拿着钥匙，一手拿着手机有说有笑地往电梯口走：“过年不出去什么时候出去？工作那么忙，难得想飞日本度个假。”

“啪嗒，啪嗒……”

她的脚步顿了下。背后……像是有人的脚步声？她猛地朝后转头，疑惑地站了会儿。

“啊，没什么。”她对电话那端的人说。

隔了会儿，那种诡异的感觉又来了。

这次，她觉得像有人在背后盯着自己。连若清捏紧电话，继续大着胆子往后看，还是什么也没有。身后空荡荡的，巨大的地下停车场如同一个黑洞，越看越阴森，她不由得加快了步伐。

“嗯，我快到家了。”站到电梯口后，声音就开始断断续续。

“喂？喂？”连若清看着手机，皱眉，“啧，没信号。”

电梯还停在28楼没下来，她按了上行键后又听见了细微的声音。

“啪嗒，啪嗒……”

连若清心里发毛，凌晨1点的地下停车场除了她就没有别人。她捏紧手机，又按了两下上行键想催促还在28楼的电梯快点下来。

“喀”一声，像是拉开拉链的声响……像……好像就在身后。意识到这点后，她瞬间手脚冰凉！她不敢转头，佯装镇定地举起手机，想通过屏幕看清楚究竟是不是自己胡思乱想。

她刚举起手机就发出一声尖叫，手机跌在了地上，一晃而过的除了她惨白的脸，还有另一张脸。一张戴着白色面具的、诡异的笑脸。

尖叫声过后没多久，电梯到了B2楼，门开启又合上，数字依旧显示B2，却没有人再走进去。

傅宅。

“瞳瞳啊，进来坐！”苟云清站在门口，笑容慈祥地握着她的手看了又看，“真漂亮，没想到十几年不见，出落得这么好了。”笑容中泛着泪光，“我是你云清阿姨啊，你5岁多的时候还抱过你呢。”

“阿姨您好。”原本的局促在苟云清的目光中渐渐消散，没有谁抵挡得了善意的笑容和眼神，许瞳也是。

屋里有很多书和字画。

“我在大学里边做研究，家里啊就是书多，你傅叔叔平时喜欢喝酒，除了喝酒就是书画，墙上挂着的东西也稍微多了点。”

傅振之的字如同他的人，霸气而棱角分明，许瞳站在客厅的一张草书前，怎么也挪不开步子。

“人生如逆旅，我亦是行人。”她忍不住读了出来，好奇地看向苟云清，“这不太像是傅叔会写出的字。”

傅振之听了之后哈哈大笑：“可不是？你云清阿姨喜欢，我也就写了。”

许瞳看着他们，嘴角微微勾起。

真好，这才叫过日子。年过半百，容颜不再，但每个眼神、每句话，她都感觉得到傅叔叔和云清阿姨是彼此深爱着的。

“来来来，吃点水果！这是我前些天去院子里摘的新鲜草莓，尝尝？”

“谢谢阿姨。”

这会儿，门开了，许瞳正含着一颗红润的草莓，抬头就看见熟悉的两个身影站在玄关处，瞬间，草莓甜得牙都软了。

“哟，好香啊！”

“傅爷爷，云清奶奶！”

程野自来熟地将外套挂在门口，转身的时候难得惊讶：“那个客人是你？”

许瞳站起来，抱起大笑着冲过来的简暮雨：“你怎么从医院溜出来的？医生肯放你走？”

“原来你早知道。”见她一脸淡定，程野恍然之后露出好看的笑来，“难怪今天医院里边没人送饭。”

“你们认识？”厨房里的荀云清好奇地探出头，恰好看见程野站在许瞳身边，眼神温柔地看着许瞳，两个人看着要多般配有多般配。

看着看着，荀云清忽然起了撮合的心思：“瞳瞳，来帮阿姨一个忙。”

许瞳忙放下简暮雨。

“帮我把碗洗一下，待会儿好拿出去用。”荀云清一边切菜一边看许瞳静静做事，乖巧清秀的样子让她越来越喜欢，她忍不住问，“瞳瞳啊，你也23岁了吧。”

“嗯，快24岁了。”

“有对象了吗？”

洗碗的动作一顿，许瞳垂眼，耳根有些红：“没有。”

“那有喜欢的人吗？”

许瞳顿了顿：“没有。”

荀云清也是女人，看许瞳回答得犹豫，自然领悟到了。这孩子有喜欢的人了啊，那程野那小子怎么办？

程野正在陪傅振之下象棋，让了一车一马，依旧步步为营。傅振之眉头越来越紧，他却越来越悠闲，眼角余光不时地往厨房里瞄。

“将军！”傅振之一脸正义。

“您的马刚才不在这个位置。”

“怎么不在？”男人义正词严，“我说在就在！”

程野将那一匹乱走的马挪到本该在的地方：“在这儿。”

傅振之冷哼：“你不是没看棋盘吗？”

“眼睛在，心不在。”

“啧，”傅振之嫌弃起来跟程野一个样，“有意思了？”

“有。”

傅振之难得愣了下：“你认真的？”

程野点头：“她挺好。”

棋子放下，傅振之冲他点头：“来，我跟你说件事。”

“她父亲的事？”

“我就知道你会查。”说起许国邦的事，傅振之的口吻转而严厉，“老许这个人我很了解，硬骨头，不会服软，他被逼到那种程度，现在想很可能是因为瞳瞳而被威胁。”

程野放在桌边的手捏紧，声音低沉：“然后？”

“里边的事我也不清楚，只是这么多年过去，连我都无法释怀，她肯定更不能。”

她，是指向厨房里的她。

“老许很宝贝自己的女儿，对孩子的教育也很好。他们父女俩的感情深得也让所有人羡慕，只可惜……话说我手里还有一盘磁带，当初老许一直舍不得贴身放着的，许瞳小时候讲的12个故事。后来他家被查，所有的东西都撤走，有一次我去看他，他说就想要这个，我也就想办法拿了出来。”

傅振之起身，带着程野走到书房，拉开柜子取出一盘保管很好的磁带：“可拿到之后，没能见到老许最后一面，今天我想是时候还给许瞳了。”

程野沉默。

“挺可爱的，要不要听听？”或许觉得气氛太严肃，傅振之笑了下，“你家里没有录音机这种老东西，巧得很，我家里有。”

男人熟门熟路地将磁带放进去，滋滋的声响之后，清脆的童声传了出来。女孩子软糯天真的声音，听得程野的心尖尖都在发痒。她说：“爸爸，你又在加班呀？我给你讲个故事好不好？这样你就不会累了。从前，森林里有一只小兔子……”

程野听着听着，不自觉露出温柔的笑。原来她小时候的语言表达那么丰富，他仿佛能看见一个软糯的小团子站在自己的面前，扑闪着大眼睛，绘声绘色地跟他讲森林里有只小兔子的故事。

“好了，友情回馈到这里。”一个故事还没结束，傅振之关了录音机。

程野皱眉抗议：“啧！”

“啧什么啧！没听见你云姨叫吃饭？”

五个人围坐在圆桌前，完完全全就像是一家人。

苟云清很高兴：“今年过年有安排吗？没安排也来我们家过吧！这家里很久都没这么热闹过了！到时候我让傅叔买点红灯笼，再买点小雨喜欢的烟花。”

“烟花！”简暮雨很高兴，“我要来！”

“你哪儿都想去。”程野拿筷子轻敲他的脑袋示意乖乖吃饭。

“瞳瞳，你有安排吗？”

过年……她习惯性买多点东西蜷在出租房里，因为过年很难在外边找到吃的。

“没有。”她答。

苟云清很高兴：“那你也来吧！到时候我们吃个年夜饭，看了春晚再在院子里放烟花。还有这边的灵音寺很灵的，放了烟花我带你去看一看，许愿香很灵的！”

许瞳的眼眶有些红，乖乖点头：“好。”

苟云清一个劲地给她夹菜：“多吃点，看你瘦的。以后多来，就当这里是你的家！”

眼前一片模糊，她闷头吃了一筷子菜，隔了很久才飘出一声：“嗯。”

程野收回目光：“吃菜吃菜。”然后起身给所有人都发了纸巾。

许瞳接过拽在手里，轻轻开口：“谢谢。”

(2)

“救命……”

“谁来救救我？”

“呜……”

连若清双手双脚都被绑得死死的，在阴暗的地下室里不知困了多久。她好冷，也很饿，更难受的是无法抵挡的渴，嘴皮干得起皮。

连若清绝望地一阵阵地喊，喊得喉咙都充了血。但当有脚步声响起时，她又浑身战栗地闭嘴蜷缩在角落里。

对方似乎在静静欣赏她绝望哭泣的样子。

“求求你……放过我，我和你无冤无仇。我……我从来没有得罪过谁，你为什么要这样对我……”连若清忍不住了，靠在角落里哭着哀求，“我才二十多岁，求求你放过我！”

那人依旧站在阴影里。连若清从没听他说过话，而他似乎也不怕将脸露给她看。意识到这一点后，她反而不敢看。电视里都这么演，当凶手不会掩饰自己的模样，说明她很可能没法活着出去了。

连若清低低地哭，疲惫和饥饿让她的声音又喑哑又小，断断续续，如同快凋零的生命。而她长时间捆绑的双手和双脚早就没有知觉了，哪怕对方松了绳子，她恐怕也没有了站起来的力气。

“你要多少钱？”她哑着嗓子哀求，“我会想办法满足你一切要求，求求你……啊！别过来，别过来！”

站在角落里的男人却恍若没听见直直走了过来，手里还拿着两样东西，是针……还有，线？

“你要做什么……”连若清惊恐。

男人一把捏起她的下巴，带着寒芒的针尖就立在她的眼前。

“你要做什么？你要……啊——不！”

此时，许瞳趁着假期空当出来找房子。

“我这个房子是前年才装修好的，所有东西都全新。”女人拉开窗帘，窗口正对着一片宽阔的河面，“这房子好，装修我们也下了功夫，风景也很好，所以这个房子算是性价比很高的。你们租房挑房，我们出租也挑人，前前后后很多人想租我都不给，怕他们不懂爱惜。若不是看你性子安静，也不会想着租给你。”

许瞳看了一整天的房，到这家也不知道是第几户了。价格能接受的环境总是不好，环境好的价格就高，比如她看中的这套Loft，环境不错，价格却比预期高出很多。

“谢谢，”她叹了口气，“我再想想吧。”

话音刚落，手机就响了。她接通，就听到程野在那头笑：“说好的飞盘呢？”

“不好意思啊，我还在看房子。”许瞳顿了顿，“你又溜出医院了？”

“唔，里边待着快发霉了。要选房子啊，需要参考吗？”

十分钟后，这家伙一身清爽地出现在门口。女房东眼睛亮了下：“你男人做什么的？”

“啊？”许瞳忙解释，“误会了，一个朋友。”

程野把屋子里里外外都看了遍，目光扫过对面醒目的出租标志，回头：“这风景不错啊。”

“是啊是啊。”女房东又把之前的话重复了一遍。

“多少一个月？”

“3500元。”

房间不大，线条简洁的Loft设计，一楼是客厅和开放式的厨房，二楼是卧室带着卫生间，许瞳一眼就喜欢上了它。更不用说一楼户外还带着一个10平方米的小花园，地基已经搭建好，和隔壁仅仅隔着低矮的花式铁栏杆。在这个地段，一个跃层80平方米带花园的房子一个月3500元还真不算贵。

“你看隔壁，已经住了5年的房子了，喊价一个月5000呢！”女房东絮絮叨叨，“我这里半年收一次房租，水电气家具都有，一个月才3500元。”

这么一对比，许瞳确实更心动了。但是，一个月3500元，她一个月实习工资也才3000元出头，这要是交了3500元，就完全入不敷出了。她现在处于买东西还得算一下卡里余额的阶段，不是一定要买的东西，她都没有碰。她心里估算了下，就是再节省，这笔房租她也负担不起。

许瞳叹了口气，只得跟女房东告别："麻烦你了，我再看看吧。"

"哎，你这真是……"女房东也没了兴致。

出门走了几步，程野见许瞳还忍不住在回头，他问："你真喜欢？"

"嗯，看了这么多家，这户性价比最高。"

"这几天你都在忙找房子？"程野笑，"大过年的也不用真着急。"

"那边房东催了好几次了，好像有人租了下来准备搬进去，我若不走，别人就进不来。"

程野皱眉："你那地方不租也好，太远了，每天一两小时的高峰期地铁周转，上班又忙，怎么吃得消？既然选不到合适的，我那边真不要考虑下，反正空着。"

许瞳顿了顿："还是算了吧。"

程野笑着给她开车门："又不是不收你房租。你给之前的房东多少？"

"一个月3000元，因为我和盛浅予合租，一个月1500元。"

"这样，"程野收手，站在车外一锤定音，"那就1500元。"

许瞳去看过程野的房子，自然比刚才喜欢的还要好上很多。房间够大，四面都是落地窗，背靠湿地公园，前面是绿化漂亮的中庭。1500元一个月，这个价格或许在这片区域也就够一个床位。

说定就定，程野把钥匙直接交给许瞳，开车直接去搬家。

"你就这么点东西？"程野惊讶地看向后备厢。按道理说，搬家的东西没可能一辆越野后备厢都塞不满，可事实还真是如此。后备厢里，棉絮、床单占了一大半空间，许瞳的衣物、书、简单的洗漱用品就只占了三分之一的空间。

"够用就行。"许瞳把最后一样东西放上后松了口气，难得露出一个开心的笑，"终于不用看房东脸色了。"

程野摸摸自己的下巴："老房东还是新房东？"

忘了，这还有个新房东。许瞳笑了。

车子启动，收音机响了起来，程野每天习惯性听一下路况信息，好绕过高峰堵车的路段。只是到了过年，S市反而成了一座空城，宽阔的道路畅通无阻，他就换了一个频道。

“好，下面请导播转接我们的场外电话……您好。”

“主持人，我女朋友失踪了！”

许瞳对这类词比较敏感，注意力瞬间被吸引过去。电台的两个主持人却在笑：“可能不是失踪，而是你要失恋了吧。”

“我们九年感情很稳定的，她说要去日本旅行，我都准备好在那边跟她求婚。但是，自11号凌晨通了电话之后到现在都联系不上！我和她的家人都很着急！”

“你这种情况应该去报警啊。”

“报了，但是现在一点儿消息也没有。”男人的声音很急也很焦躁，“我想通过这个节目让大家都帮忙注意一下。我女友叫连若清，一米六三，长得很甜，长发，皮肤很白……已经三天了，我都快急死了！”

“您别着急，她是在哪儿失踪的？”主持人问。

“华阳小区。”

华阳小区？许瞳“啊”了一声，转过头去，好像……他们刚才看房的小区，就叫“华阳”。

(3)

失踪者住在华阳小区，或许从里边能找出什么蛛丝马迹。但是……对方的报警直接分派到华阳辖区警察分局，别人着手的工作自己确实没有权利去插手，或许这起案件很快就破了也说不定，许瞳想。

连着在傅叔家里吃了几次饭，日子一晃就到了大年初七。上班第一天省里就来了下马威——全省专业素质技能比武。

刘哥和邢峰看了眼通知就笑了，每年都来这一招，直接都没商量的，填了许瞳、盛浅予和江源上去。盛浅予那边直接称病不来，另外两个愣头青拿着通知名单半宿没睡，直接稀里糊涂地上战场。

正月初十，两人在总部门口一站，竟然有不少人来和许瞳打招呼。上次的发布会事件，加上温泉岭案子的漂亮破获，许瞳不知道自己在圈内已经名声大振。S市刑警队有个漂亮厉害的年轻女警的消息跟长了翅膀似的飞出去，一夜之间就成了各单位教育年轻人的范例。

打招呼的人里好奇的居多，看见她真人之后，更是觉得这样一个清秀纤细的女孩和想象中差别有些大——原来不是面若钟馗的女战士啊。

许瞳的外形和女战士差距很大，但在射击场上的风范如同百里穿杨闯荡江湖的女将，诠释了什么叫“巾帼不让须眉”。

定点射击，移动打靶，模仿挟持时的狙击。她沉稳冷静，身形笔直，出枪快、准、狠，三项全部10环的高命中的成绩让周围人都放下枪凑去围观。

“好厉害。”

“她在哪儿练的？”有人感叹，“这个成绩简直能媲美五年前秦鹰留下的纪录了！”

许瞳清枪的动作一顿，好熟悉的名字，秦鹰……她记忆没错的话，傅叔在程野病房里提起的似乎就是这个名字。

她侧头好奇：“秦鹰是谁？”

那人没想到许瞳会看自己，瞬间脸有些红。

“秦鹰啊，就是每次有他在全省的追捕能手、破案能手就非他莫属，在全国也是小有名气。当年也是挺年轻就立了两个三等一个一等功……可惜三十来岁就牺牲了。”

——秦鹰被追为烈士，你还执着什么？难道你还想顺线继续往上走？你是有几条命可以搭的？

许瞳听见了自己的心跳声，一下又一下，剧烈地震动。她深吸一口气：“怎么牺牲的？”

“8 · 23特大毒案。”

“8 · 23”，这个代号业界没有人不知道。

那是一场惨烈的较量，以11名警察牺牲的血的代价，强破西南片区的最大制售毒点，秦鹰就是牺牲的 11 人之一。从那天的话来看，程野似乎还在往深处查。

想到这里，许瞳的指尖一片冰凉。

下午的电脑操作，她总心神不宁，发挥自然也不太满意。然而综合下来的成绩一出，许瞳的分数遥遥领先，稳稳地挂在了网页最显眼的地方。

小小的刑侦队出了全省第一，还是个实习生，刘哥一脸与有荣焉：“真的是江山代有人才出，一个全省第一，一个全省第五，团队总成绩第一，简直藏龙卧虎。”

江源看着成绩笑：“我实战太弱，要不是小眼睛厉害把分拉上去，团队第一压根保不住。”

许瞳摇头：“要不是你电脑技术过关，我们也没机会进前边。”

刘哥嘿嘿：“你俩就别谦虚了啊！对了，小盛呢？”

盛浅予年后请病假就没来上过班。恰好霍廷琛进来，听见这句话后侧头：“调走了。”

“这才实习期就调走了啊？哪儿去了？”刘哥惊讶。

“省里。”

邢峰吸气：“后台太硬。”

本来和盛浅予没多大的交情，盛浅予调走，大家自然也不会不舍，全都沉浸在全省夺冠这件喜事里。

“今晚没事的话我们聚一下。”霍廷琛扬扬手里的文件夹，“给二位庆功。”

“那肯定有事也没事儿！”大家响应。

晚上吃饭的气氛因为有领导的参与，自然有些形式化，但吃完饭江源提议去酒吧聚聚，瞬间就成了他们年轻人的天下。

许瞳还是第一次去酒吧，重低音和闪烁的灯光让她还有些不习惯，其余人热情都很高，邢峰这种夜店小王子直接招手点了几打酒。

“小眼睛也喝一杯吧！”

“我没喝过酒。”

刘哥哈哈笑："凡事都有头一次，你实习期就要结束了，马上就要走了，这谁都舍不得。下一次喝酒不知道是什么时候，今天你随便喝，我们哥几个在绝对保护你的安全。"

许瞳安静地喝下一杯啤酒，刘哥只爱喝五粮液，霍廷琛陪他仰头闷下整杯烈酒。

"哟嚯！"江源激动得跟小男孩一样，"头一次见老大喝酒！"

眼下的氛围真的很适合喝酒。用酒来冲淡分别的不舍，也用酒来庆贺和认可。许瞳一杯接着一杯，白皙的皮肤笼了一层淡粉色，目光流转透着潋滟水光，也不知第几杯下肚，撑了。

"我去洗手间。"她放下杯子起身，发现脑袋开始有些昏沉，对周围声音、空间的感觉都开始迟钝。强制控制最后的一丝意志，一步步沿着指示牌往洗手间走去。

霍廷琛起身。

"头儿你也去啊？"江源嘿嘿笑，口没遮拦，"让我去吧，我去陪小眼睛。"

邢峰撑着下巴："我也想去。"

"你们两个唯恐天下不乱的家伙，"刘哥给他们倒满，"咱继续！"

去洗手间的那条路很窄，许瞳哪怕再控制，也不小心碰上了迎面而来的人，她咕哝一句："啊，抱歉。"

男人侧身，靠在墙边没有说话。等她进了洗手间，男人原地停了几秒后转而想跟上，没想到背后又传来一阵脚步声，他顿了顿，进了旁边的吸烟室。"啪"的一声，火苗跳跃，一缕白烟散出。

霍廷琛抱着胳膊站在洗手间的门口，许瞳出来的时候愣了下："你不去解决？"

"我在等你。"

"……"烘干机的声音响了又停，脑袋的眩晕感越来越强烈，许瞳撑在台边等那一拨过去。

胳膊被人强行托起，霍廷琛淡淡的声音传来："等下别再喝了。"

许瞳想抽手，那只手却抓得很紧。

“我有分寸。”她后退小半步，仰头看向霍廷琛，“放手吧，被人看见不太好。”

霍廷琛慢慢收手，许瞳走在前边。

“什么时候搬的家？”他问。

“忘了告诉你。”她捂着额头，后劲一拨又一拨，怎么都压不住，“和原来的房东没谈好，就去了新去处。”

霍廷琛没有说自己过年期间曾经去找过她。然而面对已经换了人的房子，他沉默了很久。

“我送你回去。”他开口。

“你也喝了酒，不能开车。”

“代驾。”

“真的不用。”许瞳后退半步拉开一段距离，“大家都还在外边等着，难得出来聚一下，主角怎么能先走？”

两人回到座位，吸烟室的门依旧半开着一条缝。半燃的烟头还在，里边的人却不在了。

一群人在酒吧待到晚上11点，解决完了所有的酒之后浩浩荡荡地将许瞳送到楼下。江源脚步虚浮地挂在邢峰身上：“小眼睛住的地方不错啊，高档小区！”

邢峰脾气上来了，一把甩开江源的手指向大门：“我记得这儿！前前前女友就想我在这儿买房，说以后孩子好读书。你说这地方，就我这点工资，把我卖了都买不起，啧啧，我就被甩了。”

刘哥一拖二，苦不堪言。

霍廷琛一个人站在最后边，似乎有些心不在焉，在刘哥几声催促下走出阴影：“许瞳你先上去。”

“那你们呢？”

“等你上去再走。”

许瞳点点头，和大家挥手告别，尽量挺直了背往回走。一进了单元门，所有强行撑起的意志力全部叫嚣着跑散，她靠着电梯口，闭眼想忍过这一拨天旋地转。

“喝酒了？”声控灯灭了又亮，熟悉的声音从楼梯口响起。许瞳没有睁眼，也没有问为什么他今晚会在这儿。

她背靠在电梯间一点点往下缩，抱头声音小得厉害：“嗯。”

程野被她小猫似的样子逗乐，走过去蹲在她身前，声音放得很柔：“我都能闻到至少三种酒味，你今儿究竟喝了多少，嗯？”

许瞳抬眼，眼里像是蓄了一汪水：“哪三种？”

原本想打趣的话到唇边却戛然而止，程野的心像是被撞了一下，跳得失衡。眼前的许瞳和平时的模样完全不同，双眼迷离，肤色透着让人心痒的粉，唇一开一合，全是嫣红的水泽。

“……”

哪有心思去说哪三种，他都快忘了自己之前说了什么。看来以后不能让她喝酒了，这样子可不能再被别人看了去。

程野伸手拉起许瞳，许瞳站起来又背靠着墙，借力才能站稳。而那双拉着她的有力大手从手腕顺着落在了掌心，再从掌心穿过她的十指，紧紧地扣住了她的。

加速的心跳仿佛是酒精催化的结果。程野微微一用力，许瞳的鼻尖就撞在了他的胸口。男人略低的声音在她耳边响起，气息拂过，带来一片酥麻的颤意：“以后不要喝酒了，嗯？”

许瞳仰头，视线落入男人深不见底的黑眸中：“为什么？”

“因为……”程野气息越来越近，“肯定会有人像我这样……”

许瞳侧头，温热的唇拂过她的嘴角，蜻蜓般落在了她的脸颊上。他心跳得很厉害，趁着一鼓作气将她拉进怀里紧紧抱着。

“许瞳，有件事我深思熟虑了很久。”

许瞳浑身软得厉害，几乎快要找不到自己的声音在哪里，脑袋空白一片：“嗯？”

男人看向她的双眼，口吻却是近乎虔诚的认真：“我想照顾你。”

（4）

感情是感性的，而程野一度以为自己的人生只有理性。理性到每一步的决策都经过缜密的思考，每一步的迈进都会带来利益。但自从地铁上的那一次记忆之后，有些事情在悄然变化。

许瞳的出现彻底打破了所有的规律。她独立却柔软，有一股子狠劲却内敛锋芒。她从不表现出自己的脆弱，然而他却希望她在他的保护下，能活得像每一个23岁女孩那样。冲突和厮杀，那些邪恶与丑陋，他愿意背对着人山人海，为她扛下所有。

许瞳的鼻尖萦绕淡淡的药味，声音有些飘："可我能照顾自己，这么多年一个人过习惯了。"

"我也一个人过惯了，"程野紧了紧胳膊，声音透着几分蛊惑的意味，"要不，我们都试试一起是什么感觉？以后有什么难的案子，你无疑多了一个免费的场外援助；逛超市有人拎东西；出门有车夫；寂寞的时候不愁吃什么，老实说，我厨艺比你要强那么一点儿。"他低笑，"你太瘦了，细胳膊细腿的和嫌疑人拼，怪心疼的。"

许瞳喃喃："我有肌肉。"她推开程野，把袖子捏了下，胳膊上的线条鼓起一道小小的弧度，"我力气也很大。"

见状，程野把她的手带到自己的胳膊上："比一下？"

紧实的臂膀带着蓄势待发的力量感，继而单手搂着许瞳的腰，直接将她抱起来又放下。

许瞳飞快收手，捂着脑袋："我有点晕，你别套我。"

"现在不套你，等清醒后恐怕是有多远你就跑多远。"程野按下电梯键，靠在门边笑，"你的速度我见识过，跟出膛的子弹似的。而我现在也算明白了，还有人虎视眈眈地想截住你这颗小子弹，我若不快准狠先立靶，脱靶怎么办？"

许瞳咬着嘴唇："为什么？"

为什么？程野叹了口气。

"你别有压力，也可以不用急着回复我什么。"他按下楼层，扶着她的手却没松开过。

“我也不知道什么时候开始有这么一个女孩，工作起来不要命，生活上又孤单，心底压着事，表面却很坚强，看着怪让人心疼的。我走近是被她的眼睛所打动，迷恋是因为她有一颗很冷静又擅长分析的脑袋，悸动是因为……”男人的声音越来越低，最后在许瞳耳边低声说着最动听的话，“她内敛，却终有一日会绽放出最美的光芒，每想到这一刻，我都想像这样拥抱她。”

许瞳的眼睛有瞬间的放空，眼眶慢慢地红了。她想抬手去轻抚程野宽阔的背，却终究慢慢放了下去。

“我没有你想象的那么好。”一声感叹从心里释放。

“那就没有人比你更好了。”

“可你比我想象中要好很多。”许瞳不自觉捏紧双手，“我有些害怕，程野。”

这似乎是她第一次喊他的名字。程野顿了顿，鼻尖蹭着她的：“我会用我的一切来珍惜你。”

许瞳以为自己会睡不着，可酒精的催化下竟然沾着枕头就困了。迷蒙间感觉到有人在拿毛巾给自己擦脸，擦手，一下又一下，仔细而小心翼翼。

她只记得自己含糊地说了声：“谢谢啊。”

然后是一阵轻笑，额头被柔软拂过。

“困成小猫了还说话，睡吧，等你睡着我再走。”

久违的安全感和温暖从心间蔓延至四肢百骸，一夜好眠。

然而就在这样一个美好的夜晚，走在昏暗小巷的丁陵却像被噩梦击中。她感觉自己像被人盯上了，那人如同暗影，一直潜伏在身后怎么也摆脱不掉。

丁陵后悔自己走近路抄小巷回家，灯光昏暗不说，更是一个人影也没有。她不得不加快速度，从犹豫的快到毫不掩饰的奔跑。果真，身后传来脚步声，紧接着，呼吸声就像是贴在了她的后脑勺上！

丁陵吓得大叫一声，刚想摸出手机报警，就被人大力推倒在地。

再度清醒过来，丁陵已身处阴暗的小房间里。四周漆黑一片，只有一盏很暗的台灯放在水泥地上。

丁陵忙摸索着靠近灯，四肢依旧没有什么力气，她是用爬的。这一刻，光仿佛就是希望，就是生命，靠近之后恐惧的感觉稍微小了些，而浑身上下还是止不住地颤抖，她这会儿意识到她已经被绑架了。

丁陵哆嗦着往墙边摸去，然而在不远处，依稀好像有一个物体的轮廓。她眯起眼睛，当意识到那物体可能是一个人之后，她吓得脸色惨白，缩在灯边不敢再动弹。

2 月 14 日，情人节的凌晨 2 点，第二名失踪者出现。

许瞳是被电话给吵醒的，她一个激灵从床上挺身，心沉甸甸的——这个点来电话，肯定是出事了。

果不其然，当她匆忙赶到现场的时候，警戒线已经拉上。当看见戴手套的陈叔拎着工具箱出现，许瞳叹了一口气。

是一起命案。前一起连环杀人案的风波尚未平息，又一个冰冷的死者出现在街道的角落里。

没错，街道的角落里。

还不清楚究竟是否是他杀，但看了现场之后，她心里大致确定了方向。

下了一夜的雪，街道尽头的公共座椅边躺着一个女人。与环境格格不入的是，女人穿着夏装款的裙子，样式像是舞裙或是宴会裙。天蓝色的绸缎面料，皮肤被冻得苍白。她的脑袋是垂着的，头发却是精心处理过的卷，甚至头上还戴着老旧款式的大蝴蝶结。

“什么时候发现的？”霍廷琛问。

现场，霍廷琛和刘哥都在，喝高了的邢峰和江源没有出现。

许瞳出门前反复刷牙，又用冷水洗了脸，这会儿毫无醉意，在看见死者的样子之后，更是心情很沉：“死者身份确定了吗？死因呢？”

“凌晨 4 点多被一名环卫工人发现。”霍廷琛示意那边。

许瞳看见有一名阿姨正在哭，看来这一幕给她的人生留下了不小的阴影。

阿姨断断续续地说：“过年这阵子虽然严禁放烟花爆竹，但这片区域还是有人半夜放。我怕今天的检查不合格，就想早点起来收拾干净。然后……就看见她坐在凳子上。”

“然后呢？”霍廷琛问。

“这一片酒吧多，半夜总有人醉得不省人事倒在地上。我也以为她喝多了，再看身上穿的竟然是那么薄的裙子，担心她冻出问题，就想去把她唤醒……没想到我的手一碰她就倒了，再看见她的脸，我……我……呜……”

许瞳听完那边的话，皱眉：“也就是说现场原来不是这样？”

“根据她的话，死者一开始应该是坐在凳子上的，难怪会是那种姿势。”

许瞳戴着手套进入警戒线内：“死因呢？”

正在现场鉴定的陈叔摇头：“条件有限，目前来看死者身上没有任何致命的外力伤痕。”

“但是，有一点，”他抬起死者的手，指着关节处，“我发现死者的关节附近都有瘀痕，刚才捏了下，发现能目测到的关键关节处全部错位。”

“全部错位？”

“对，这很残忍，关节错位本来就会引发剧烈的疼痛，何况是浑身多处。”陈叔越鉴定越心寒，“难以忍受的剧痛也能导致猝死，不过只是推测，待会儿还得回去排查死因。”

这一刻，气氛十分沉重。

很快，死者的身份出来了。

“连若清。”

许瞳整个人有些愣愣的，竟然是几天之前，她和程野不经意听见的那名失踪者。

（5）

“你怎么了？”霍廷琛发现许瞳的不对劲，将许瞳拉到边上，“你脸色不太好。”

“我知道她失踪的事。”许瞳抬眼就能看见一身蓝裙的死者，在陈叔的搬动下，女人惨白的小手臂垂落在地面上。

下过雪的地面一片泥泞，连若清的皮肤和裙摆已经沾染了斑斑点点。

“四天前她的男友通过电台发布过寻人启事，失踪地点在华阳小区。”

霍廷琛果断地联系华阳分局那边的同事，没过几分钟，他放下手机，看向她的眼神却有些复杂。

“怎么了？”许瞳语气有些紧张，“是不是同一个人？”

“应该错不了。”

没过多久，华阳分局那边的人带着资料过来，还带来了一个年轻男人。

同事介绍：“死者的未婚夫，魏勋。”

这个现场莫过于最残忍的利刃，魏勋看了之后仿佛被抽离了所有的意识。他脸色惨白，号啕大哭：“清清！”

连若清的尸体看着很可怖，可魏勋却想伸手去抱她。陈叔怎么都拦不住，哭得发狂的男人被好几个人拉着才生生压制住。

“我们约好的2月20号她生日那天去扯证……那天我加什么班，我简直……”

男人痛苦自责的样子让许瞳挪开了视线。

“现在案子交给你们了？”华阳分局的同事扬了扬手里的资料，“待会儿来个人办移交，具体情况我先跟你们简单说一下。”他顿了顿，似回忆了一下，“2月11日下午4点，魏勋第一次报警称自己的女友连若清失踪，但据描述魏勋与她最后通话是在当天凌晨1点左右，没到24小时所以没法立案。不过也引起了我们的重视，当天下午就去华阳小区采集过视频资料。”

霍廷琛接过文件夹，打开翻了几页，就看见了视频的关键截图1点32分，连若清进小区。然而1点34分，一个戴着帽子的男人也跟着进去了。地下停车场的光线很暗，那人戴着帽子，帽檐压得很低，肩膀有些往下垮。霍廷琛的视线在这张截图上停留得久了点。下一张截图是1点53分，还是那个戴着帽子的男人出来，而这次，他手里拎着一个大麻布袋。

“发现这个之后，我们基本确认了连若清失踪属实，而且是出事了。”华阳分局的同事叹了口气，“继续翻找了沿路的监控，发现在他出去没多久之后，一辆黑色的CRV也从停车场离开。我们就对那辆车展开了布控。”

霍廷琛开口：“然后发现不是那辆车。”

华阳分局的同事愣了愣：“对，不是……你怎么知道？”

“如果凶手能利落地将人控制出来，应该不会开有牌照的车。而且这辆车很干净、很新，跟凶手的一身不太搭。”

确实，当华阳分局的同事把车的照片展示出来后，许瞳就觉得有些格格不入。从监控图片看，凶手的衣着风格偏乱，甚至说像是不太会穿衣的人将能穿的全部套在了身上。而那辆车却显得很整洁，连带着玻璃都是干净的。

华阳分局的同事听了之后有些尴尬，霍廷琛问：“监控还在？”

“在，我这就去调给你。”

城市中心区的街道发现一名女性死者的消息很快传开，车载广播跳转就到了这则新闻上。程野仔细听完前半部分后调了台，原本要开向住所的车转了个方向，停在了离警队一个街口的路边。没过多久，许瞳就小跑了过来，路灯下的发丝沾染一片碎金色。

程野打开车门，递给她一个纸袋：“喝了一晚上的酒就来工作，身体不要了？我路过便利店，拿着当早餐。”

“你还没睡？”

“好几年没失眠了，就出来走走。”

许瞳接过袋子，看了下时间，才 5 点多。

“手里接了个经济纠纷的活，反正也睡不着就出来看看。”程野帮她打开袋子，拿出热饮，“我看暖柜里有桂圆红枣汤，对了，你们案子难不难？”

许瞳小小地喝了一口，眼神瞄过去时，程野嘿嘿笑着抬手：“好好，我不好奇。只是想提点一句啊，别仗着跑得快就冲最前面。”

“我有护身符。”她从脖子上掏出一个坠子，小指甲盖的金色三角设计，“形影不离很多年了，感觉每次都能逢凶化吉。”

程野点点她的额头，戏谑：“迷信，你那都是‘逢我化吉’。”

许瞳捂着额头，嘴角边的梨窝若隐若现。

“回去吧，看你现在挺正常就放心了。”他说。

许瞳看了眼时间，点点头：“嗯，谢谢你的早餐。”

“嗯？”程野挑眉，“只是谢我的早餐？”

许瞳却跟兔子似的跑远了。

程野在路口站了会儿，摇头低笑的时候又见她跑了回来，脸颊还泛着小跑后的红。她问："你说，一个人将死者的嘴角缝在脸颊上，强行让对方笑，这种行为说明了什么？"

"针缝出来的笑？"程野挑眉，继而思考片刻，"如果是仇杀，你肯定不会这么问我。"

许瞳摇头："确实不太清楚，但根据死者未婚夫的话，她不是会与人结仇的人。"

"如果不是仇杀，"程野摸下巴，"那说明，这个人内心深处极度渴望有人对他笑，换而言之，他渴望被接纳，被善待。但已经做出这一步……说明在这个人的自我意识里，这些都得不到。"

许瞳点点头，若有所思："那意味着很有可能这个人有不幸的过去。"

"差不多，不过信息太少，我也是空口无凭。也很有可能是曾经有这类脸对他造成了某种刺激。"程野收回搭在车窗上的手，"有目标了？"

许瞳摇头："没有。"

"自首呢？"

"也没有。"她叹了口气，心里揣着工作的事放不下，"我真走了。"

程野笑："真走了？就不表示一下？"说完就张开双臂，将毫无防备的许瞳抱在怀里。

这突如其来的举动让许瞳有些手足无措，却毫无力气去推开和拒绝这份温暖至极的怀抱。

"街上呢。"

"我知道。"程野低笑，胸口震动得许瞳的心脏都在发麻。

"说实话，你刚才一说案子细节我就放不下心。反正这次你多注意点，凶手看样子不太好对付。"

许瞳轻轻地"嗯"了声。

回到单位，眼带血丝的几个家伙竟端坐在座椅上。江源不住地打呵欠，摊开手闻了闻："还有酒味吗？"

“让你们回家，这么早就来？要知道酒后执法是大忌。”霍廷琛冷声说。

许瞳鼻尖敏锐地捕捉到了酒的味道，觉得霍廷琛教育得对：“你们还是先回去吧，这样被人看见不好。”

邢峰脖子上搭着一块毛巾进来，一根根的头发上还滴着水：“哎，知道消息后回去也坐不住。你说这年头怎么这么不太平，一起杀人案才结束，又一起发生不说还直接把人摆在街道上。一想到这个更睡不着，脸疼！”

“对啊，我和峰哥暂时就不出门，办公室里盯监控查天网就行。”江源附和。

邢峰眼尖地发现许瞳手里拎着个牛皮纸袋。他鼻尖动了下，跳起来：“小眼睛，你吃独食！”

“啊……”被逮了个正着，许瞳挺尴尬地将东西交出来，“是有些吃的……喏。”

拿出来才发现程野买的早餐真挺多，光是小小的早餐汉堡就有五个，肯定早就料到她不会一个人吃。许瞳垂眼，被关心的暖流在心底蔓延开来。

“真贴心！”邢峰拿了个汉堡往嘴里送，“喝了酒就想吃点东西，工作才动力十足。”

“说正事。”霍廷琛冷声开口。

等大家都分了汉堡，科室一阵食物飘香。霍廷琛把死者的照片往投影一放，江源一口肉渣喷了出来：“头儿！”

难怪霍廷琛从头到现在都没碰食物。

“死者叫连若清，26岁，是一名舞蹈培训中心的老师。”

舞蹈？许瞳咬了口汉堡，在一群人诡异的视线中面色淡定地拖着现场照片看：“如果是舞蹈老师的话……你看死者的装扮。”

蓝色的蝴蝶结，蓝色的裙子，白色却意外合脚的高跟鞋。像是老旧童话故事的配图页面。

“故意将她打扮成这样，会不会觉得她很合适这一身装束？衣服可以改大改小，但是鞋能精确到刚刚好，没有掌握具体尺寸是办不到的。”

许瞳的话音刚落，霍廷琛就点头：“没错，所以我怀疑凶手在事发前对死者进行了一段时间的跟踪了解。江源……”

霍廷琛快速地给每个人分了任务，江源负责调取近两周华阳小区、死者单位及俱乐部的监控视频查看异常，邢峰等天亮去小区内询问邻里及和死者有关系的人，许瞳则顺着死者身上的衣服和鞋，去各家店里了解情况。

等到天亮，许瞳就去陈叔那里取到了东西。属于证据的衣物并不能随意带出，她翻开看了一眼："没有标签。"

一般商场卖的衣服，内侧都会有相应的标识。

"我也看过，不仅没有标签，也没有曾经装订又剪掉的痕迹。"陈叔说，"鞋也是，内部没有任何 LOGO。"

许瞳小心地将裙子打开拍了几张细节，将东西放回："谢谢陈叔。"

现在各个商场都有替人修裤腿和改腰身的地方，她拿着照片问了好几家，大家都摇头让她找一家专业的裁缝店看看。而要找一家缝纫店已经很难了，许瞳一直往城郊结合的地方开去，一个多小时后才在镇上看见一块红色老旧的招牌。

"你这个阵法明显不是机器走的。"坐在门口的大婶手脚麻利地操纵缝纫机，背后挂着层层叠叠的布匹以及各类客人的衣物。

"机器的都很密，也很稳。这个针法虽然看起来和机器差不多，但细节处可以看出是人为缝的。"

许瞳把整体照片拿给大婶看："那要做出这一套裙子，难不难？"

大婶笑："我做轻而易举，但是这年头有这个水平的人已经不多了，不过多多少少还是需要有功底才行，毕竟做裙子不像现在小年轻织围巾那么简单。"

许瞳点点头："那这种料子常见吗？"

"这是水缎面，十几年前流行的款式啊，现在基本没衣服用了。"大婶停下动作仔细看，摇头，"反正我这里早就没进这类料子了。"

许瞳谢过大婶，回到车内思考。裙子是一针一线缝出来的，相信鞋也差不多。

同时会做衣服和鞋的人让许瞳第一时间想把目光放在服装制作业的范畴里。有条件和技术制作衣服和鞋，也有条件拿到布料。而死者失踪整整 5 天，是因为凶手花了 5 天做好裙和鞋才将她杀死的吗？还是一开始就先掌握了死者的信息，这5天仅仅是想折磨她？

正在许瞳想得出神的时候，属于工作的电话铃声响起。

霍廷琛的声音有些沉："你回来一下。现在出现第二名失踪者，我怀疑很可能和这起案件有关。"

（6）

不知道过了几天，丁陵的四肢已经完全没有感觉了。她的脚尖拖在地面，两只手被反绑在了身后。

"吱"的一声，门开了，有光照了进来。长期待在黑暗里的丁陵下意识地闭眼。

那个人又来了！她很害怕，害怕之后忽然又很想快点解脱。

"放过我！你到底是谁啊？"

一阵拖拉声后，哭喊声却像不是自己发出来的，丁陵觉得自己在努力动嘴巴了，也在努力抬头，奈何一点儿力气也没有。

又一个女孩。

局里。

许瞳回到单位时霍廷琛正在通电话。他示意许瞳坐下，等通话完毕才面色沉重地开口："今天滨江分局也反馈有一名女子失踪，情况和连若清有些像，怀疑会是同一人所为，所以将情况和我们进行了沟通。不过，我让你来，是想跟你说……失踪地点，猜猜在哪里？"

许瞳愣了下，如果不是很关键的地方，霍廷琛不会让她回来特地说这件事。

"我家那边？"她想了下。

"不。"霍廷琛低声，"夜色酒吧。"

"夜色酒吧……"她反复回味这几个字，总觉得有几分耳熟，再一想后惊讶地抬头，"我们昨晚聚会的地方！"

"没错。"

竟然有人在他们眼皮子底下把人给绑走了！

“我们离开酒吧大概是12点31分，而失踪者丁陵离开酒吧是12点57分。”霍廷琛拿出照片，“而这个人在她出来没多久，就跟在了身后。身高、体型，和之前的对比看看。”

这一次借着酒吧前的霓虹灯光，男人的轮廓比上一张清楚很多。他手里像是捏着一个东西，身上穿着比上次略薄一点儿，不再是一层层胡乱地套在身上，可仍与周围的环境有些格格不入。他的个子和肩宽确实与第一次监控里的人挺吻合，但是，让许瞳心惊的都不是这些，而是——

她深吸一口气放下照片，看向霍廷琛。

“怎么？”他问。

“我见过。”

“什么？”

许瞳点着照片上的那个男人：“我见过他。在酒吧通往洗手间的那条路上，我不小心撞到过他。”

霍廷琛猛地站了起来。

（7）

“眉毛没有这么浓。”

“这样呢？”

“鼻梁不太高，嘴唇比这个厚一点儿。”

专业人士在作画像，许瞳反复回忆那晚上擦肩而过的一幕。但是越细致，脑海中的那张脸就越来越模糊。画像出来后，她又摇了下头：“不像。”

要做人脸图难度确实有些大。那晚她喝多了酒，所有的一切都有些模糊不说，那条走廊的光也很暗，暗到对方整张脸都很模糊。可是……也不对。哪怕再暗，也是有灯的。许瞳这才意识到那个男人从走来到侧身，都是将他自己隐匿在灯光之外的阴影里。那时候她怎么就没察觉不对劲？

“别着急，慢慢想。”作画的小哥安抚地给她倒了杯水，“不对我们再调，有可能哪个细节有疏忽，才让你感觉这么不对劲。”

对啊，细节。哪个细节？许瞳盯着电脑屏幕上的半成品，脑袋却飘到了那一个晚上。

——“啊，抱歉。”

——那人却站在阴影里，没有说话。

他在酒吧，身上却没有酒味，反而……有若有似无的香水味。不是男性的香水，而是那种带着水果气息的女人香。那是他的味道，还是别人的味道？而正常人被撞了一下听见道歉后会有反应，他却站在阴影里，就这么静静地看着她。许瞳记得自己道了歉就往前走，而他又做了什么？脚步声呢？好像没有听见。不，不仅没听见脚步声，她觉得……

她这会儿回忆过来了，还觉得有一股带着寒芒的视线，紧紧地尾随着自己，直到霍廷琛出现。

“啪”一声，许瞳手里的杯子滑落在了地面上，摔得四分五裂。

“你怎么了？”霍廷琛一把将人拉开，避免碎片划伤了她。见她一脸罕见的神色恍惚，他握着她肩膀的手用了些力道。

“我……”许瞳的眼神有些蒙眬，隔了会儿才平静下来，她平静地后退半步让霍廷琛松开手。

继而，她更平静地走到电脑面前，指着画像人的眉头：“这里，要往下压一点儿，还有眼神，他的眼神有点孤僻。”

“哦，好，好的。”作画的小哥连连点头。

几下娴熟的调整，嫌疑人的画像出来了，与许瞳之前见过的那个人差不多有70%的相似。差不多到了熟悉的人看见画像，能想一下就说出名字的程度。

“行，画像可以发布，天眼那边的消息出来了？”霍廷琛一边说一边关注许瞳的动静。而她太安静了，安静到近乎诡异的程度。这绝对不正常。

程野的电话来得恰好，许瞳如梦初醒地抖了下，与这边的嘈杂不同，那边却很安静，安静到能清晰地听见有字正腔圆的播报声。

她顿了顿：“你在机场？”

程野看了下时间，还有40分钟起飞。从这边飞拉沙转加德满都，因为目标人物卷了钱，游走在尼泊尔。

“嗯，出国一趟，顺利的话明天早上回来。”程野点头。

许瞳低低“嗯”了一声。

虽然只有一声，但程野敏锐地察觉出她口吻里的不对劲：“怎么了？”

“没什么。”

“案子不顺利？”

“还算顺利……已经画出凶手的画像了。”

如果顺利绝对不会是这种口吻。程野看了眼手表，问：“你在哪儿？”

许瞳停了下：“单位。我没事的，先忙你手里的事要紧。”

程野夹着电话，果断撕了手里的机票：“我起飞还早，你先在那儿等等。”

车就停在外边，程野20分钟贯穿三环，关上车门就看见他家姑娘站在路边。

许瞳在出神，连程野已经到她身边了都没察觉。

程野叹了口气，手在她前面挥了挥，她这才有了反应。

许瞳有些木木的，声音很轻：“你来了。”

程野关注她的脸色，拇指捏了下她的脸：“怎么了，跟丢了魂似的。”

如同叹息的一声，许瞳哑着嗓子：“是不是耽搁你去尼泊尔了？”

程野的大手包裹着她的十指，揉搓间温度从掌心传来，让她的心渐渐回暖。

许瞳很愧疚，也很内疚，总觉得自己多此一举的想法耽搁了他的事。自从上次知道帮忙参与周家的案子，让他损失了一笔不菲的收入之后，她更不愿意给他的工作带来影响。没想到，还是影响了。

什么起飞还早，她不傻。眼前的男人有着很强的时间观念，她想航班起飞肯定就是这半小时的事，因为程野绝对不会把时间浪费在无谓的等待上。

“什么都没你重要。”男人拿起她的手吻了吻，低沉的声音仿佛在给她传递能量与安全感，“瞳瞳，我不是外人，有什么可以跟我说，嗯？”

许瞳觉得自己的防备瞬间溃不成军，眼里起了一层雾，想说的话到嘴边却有些颤。她低头将脸埋进程野的掌心。

程野愣住了。他的掌心，明显地感觉到了一抹潮湿的温热。

许瞳哭得很压抑，也很安静。但默默流泪比号啕大哭更能牵动人的心。程野低头亲吻她的发顶，眼里很黑，声音却很轻：“没事了。”

“昨天晚上我在夜色酒吧和同事聚会。”

“我知道。”

“喝了几瓶啤酒后就想去洗手间，那时候头已经很晕了。”

“嗯。”男人低头轻吻她的额头。帅气的侧脸，温柔的安抚，让路人不由得驻足。但他的世界里只有许瞳一个。她一哭，他忽然有种说不出的感觉，很焦躁，也很难受。恨不得把一切都给她，换她一辈子微笑。

“在去的途中不小心撞到了一个人，可我当时真的没有任何的防备和判断力。”

程野瞬间明白了：“那人有问题？”

一阵沉默后，许瞳轻轻地“嗯”了一声。

“这不怪你。”

“他带走了一个叫丁陵的女孩，19岁，大二学生，舞蹈专业的。长得很漂亮，她的母亲知道后已经进医院了，父亲一直在局里等消息不肯走。”

程野依旧是那句话，揽着许瞳的肩膀：“这不怪你。”

许瞳抬眼，黑白分明的瞳孔里清楚地映出他的轮廓。她目光一直锁定程野的眼，隔了会儿才轻声吐出一句话：“他的目标，一开始应该是我。”

男人握着她的手顿时收紧，声音绷得很紧：“你说什么？”

“我感觉得到他的眼神，那个男人一开始锁定的目标是我。在我撞了他之后，在我开始往洗手间走之后，我现在想起来他应该是在跟踪我。如果是正常的人，离开会有脚步声。如果他没有走，紧跟来的霍廷琛肯定会看见。但霍廷琛没有看见他，我也没有听见任何离去的声音。说明……”许瞳深吸一口气，“他在放轻脚步跟踪我，在霍廷琛出现之后消失了，现在想，应该是躲进了旁边的吸烟室。”

程野沉默，眼神却一点点地凌厉起来。

“第一名失踪者今天早上被发现，相信你应该清楚是什么样。”

“是同一个人做的？”

“是，两起案件都有监控拍到他。虽然没有特别清楚的脸，但根据身高体型和走路习惯，错不了。”

“那你想怎么做？”程野后仰抬头，握着她的手没松开。

“我现在一刻都坐不住。”许瞳摇头，“现在脑袋乱得很，这种感觉……我宁愿他直接冲我来，我有自保能力，说不定案子就破了，可是偏偏他又找另一个人下手，像是永远也不知道餍足的兽。”

“我挺难过的。”她想形容，但怎么都无法用语言来表达，只觉得很压抑，压抑得太难受了，只得重复了又重复，“真的挺难过的。”

在霍廷琛问起的时候，她就想找一个宣泄口。其实，她已经好几年没有哭过，哪怕是训练中骨折受伤都没流过泪，可偏偏程野一安抚，她就忍不住，压藏在心底的软弱暴露出来。

“这种感觉让你很难受，所以你现在一刻都坐不住，很想破案，很想把那个女孩救出来对不对？”

程野说完，许瞳闷闷点头：“这个人的目标很清楚，从现在看来应该是有过舞蹈基础的群体。”

“你知道这一点就好。”程野松了口气，“他不对你下手，也会对别的像是有舞蹈基础的人下手……你学过舞？”

“从 4 岁到 16 岁，一直在学芭蕾。”

难怪他总觉得许瞳身上有一股气质，原来是舞蹈加军事训练的结果。

“我不想看见下一个穿着那种裙子的身影，坐在城市的任何角落里。”

“我明白，”程野将许瞳抱在怀里，眼里锋锐顿显，“但是事情真的发生，你也不要自责。”

程野安抚着许瞳，但心里隐约已经感觉到了事情可能不太会有好结果。

果不其然，就在丁陵失踪的第三天。一个穿着火红裙子的死者出现在了城市中心公园的喷泉边。她的嘴角被缝在了脸颊上，仰头对着天，露出诡异且血腥的“微笑”。

(8)

许瞳下车，在一群人尚未反应过来时就狂奔到了现场。那里早就乱作一团。警戒线拉上也没有用，特警张开双臂也拦不住里三层外三层的围观。

“请让一下，谢谢。”许瞳费力地挤过去，撩起那条线往里面钻。

她听见身后有人嚷嚷：“为什么她都能进去？”

“不好意思，她是警察。”

在看见丁陵的第一眼，许瞳就呆滞了。身后传来几人的说话声，但究竟说了些什么，耳朵嗡嗡作响像是隔了一层雾，她什么也听不清。

“许瞳？”

“啊……”

她回过神才发现几乎所有人都在看她，霍廷琛的脸色不太好，压着情绪戴手套：“习惯不了就回去。”

许瞳默默换了手套，没有再说多余的话，蹲在死者身边仔细地看。

“窒息死。”许瞳目光落在丁陵的脖子上，那一圈痕迹很显眼。但那种痕迹又不是勒痕，是勒痕的话，致死的勒痕不会那么浅。

“应该是套的密封袋。”陈叔在初步检查了之后叹了口气。

丁陵直接被放在了公园的长椅上，这里每到早晨来锻炼的老人特别多，哪怕是冬天，也有人雷打不动6点多就来练剑。第一个发现死者的孙老太太直接被吓得心脏病复发，这会儿还在医院接受治疗。除开她，陆陆续续的目击者都称没有发现可疑人员。

“头儿，我在监控里找到这个！”江源的一句话将所有人都拉了过去。

许瞳摘掉手套，江源把笔记本电脑屏幕转过来：“凌晨3点31分，又是这个家伙！”

霍廷琛动了动嘴巴：“怎么？”

“从绑架连若清，酒吧，再到绑架丁陵和视频里抱着被害人出现，前前后后有近乎两周的时间。”

霍廷琛抬眼：“然后？”

“他都没换过衣服，区别只是穿脱那件外套而已。”

冬天两周没换衣服，对不太讲究的部分男士而言挺正常。但是这个男人身上的衣服本来就显得……脏又旧，一层套一层，这么长时间没换衣服确实有点说不过去。而且……许瞳顿了顿，转身走到丁陵身边，她凑过去贴得很近，鼻尖近乎碰到丁陵的脖子。

许瞳两眼发空地看着同事把死者装走，为了确定判断，她问全程参与这起案件的法医陈叔：“连若清被发现的时候，身上是不是也有这种味道？”

陈叔对味道向来很敏感，眯着眼睛回忆了下，很肯定地点头：“有。”

许瞳觉得这一点很诡异。

“我想了解下，两个被害人生前是否用香水，什么牌子的香水。”

调查结果很快出来，江源说：“我都问过，连若清对香水过敏，丁陵也不用香水。”

一个一身算是邋遢的男人，身上却带着有点浓郁的女人香气。而他接触过的受害者都没有喷香水的习惯，那他的味道怎么来的？难道有一个爱喷这类香水的女人和他住在一起？似乎……有这么一种可能。

现场取证完毕，一车人回单位进一步整理案件信息，每个人都要陈述自己搜集的蛛丝马迹。邢峰在地图上标注了四个点。

“第一名被害人连若清失踪在华阳小区，被抛尸在梧桐街17号。第二名被害人丁陵失踪点在夜色酒吧，抛在中心公园这个位置。”然后他把这四个点，从左到右近乎一笔连了起来，一个弯钩似的图。

霍廷琛点点桌子：“丁陵的住所在哪儿，还有连若清的舞蹈室。”

“在北街和省艺术学院。”邢峰在地图上圈出这两个地方。

所有人都震惊了一下。

江源拍桌：“这像什么？”

有种汗毛倒立的感觉。地图上的6个点，从左到右，就像死者被强行缝上的嘴唇弧度！只是，还是一个尚不成形的微笑。左边的弧度要深一点儿，右边……似乎还待延续。

“妈的！”刘哥猛地站起，“这家伙肯定早就准备好了！”

是啊，肯定是准备好了的。从连若清的单位和家开始，画出微笑的第一笔。紧跟着选择抛尸地，物色下一个人，精心策划，步步实施。

“所以说，凶手还有下一个目标。”霍廷琛走近地图，食指停在鼻端。隔了会儿，他拿起笔，在右侧画了一点范围，“不出意外，这是下一个目标人物的活动区域。”

圈的里边，除了最起码的住家户之外，还有一个点让人不寒而栗。

“爱乐小学！”刘哥一下就跳了起来。

在场所有人面色都很凝重，许瞳知道，刘哥的女儿也在那里上学。

霍廷琛指着地图上的连线，反复测量之前点与点之间的距离之后，说道：“错不了。”

刘哥深吸一口气，直接拿起手机就往外走。江源站起来想跟上，霍廷琛抬手制止：“你把你的发现说一下。”

江源掌心里都是汗，把屏幕投影在墙上：“我进行过处理，结合小眼睛之前的画像判定，嫌疑人身高一米八二，体型魁梧。他的后背有些驼，手臂垂落的位置比一般人要往下一点。之前的画像通过媒体放出之后，我收到了473条举报信息，但是一晚上的查证之后，排除了一半的可疑，还有一半正在进行中。”

难怪江源今天精神不太好，要一一筛选排除，确实是个很大的工程量。

霍廷琛点头：“你继续，可疑的全部留下。”

“好。”

霍廷琛的视线落在许瞳身上，她老实地走到白板前：“根据衣物信息，我走了几家店，所有经验丰富的裁缝都指出死者身上的衣物是纯手工缝制，连带着鞋也是，而且衣服制作使用的那种水缎面料在这几年来已经不流行，布料难购买，但也并非不能购买，有老板说一些大型的服装生产厂的仓库应该还有压料。”

“这消息很好啊！”邢峰拍手，“找到服装厂，从布料上入手，说不定能快速锁定嫌疑人！”

“说不准。”霍廷琛直接泼冷水。

“为什么？我记得S市服装厂大大小小还是有一些的。”邢峰疑惑。

“网购。”

21世纪，要做点什么几个人会冒风险亲自去现场挑选的？邢峰重重坐回位置：“又是网购。”

这会儿打完电话的刘哥进来了，面色却阴沉得厉害：“我联系了爱乐小学的校长，他们提供了一个情况。一个名叫林珊珊的女孩昨天肚子疼请假回家，今天没有到学校报到。”

“她的父母呢？”霍廷琛问。

“父母在西双版纳旅游，电话打过去的时候并不知道女儿擅自离校的消息。而且……”刘哥深吸一口气，走到地图前就着之前的笔点了一个点，“你们看。”

这一点就在“微笑”延伸的必经路上。

“这是林珊珊的家庭地址。”

小学生，竟然对小学生下手！当林珊珊的证件照出现在江源的屏幕里，邢峰忍不住骂了一句：“禽兽！”

照片里的小女孩长得很甜美，小学六年级，才12岁。因为第一次来月经，有些难受的她向老师请假，遇到这种事学校肯定不会阻拦，生活老师声称当时自己是把她送到了家里的，还给她倒了一杯热水。

霍廷琛、邢峰他们立刻赶到林珊珊的家里，孩子的父母因为担心也直接从西双版纳赶了回来。当林母知道S市连环杀人案的惨状之后，当场崩溃倒地，直接抱着霍廷琛的腿开始号啕大哭：“我的女儿不能有事啊！警察同志，我们就这一个孩子，她现在去哪儿了，求求你们帮我找到她好不好？她才12岁，要是出事我也不要活了！”

许瞳默默地后退半步，站在门口依旧能听见林母的哭泣声，以及霍廷琛的安抚声“现在不能判断，先不要急”。

江源在看了小区监控之后，脸色很不好地走到霍廷琛面前低语。

在观察到霍廷琛瞬间冷厉的表情后，许瞳的心猛地缩紧。

只见他说：“林珊珊已确定被绑架。”

12岁的女孩，被绑架扛得住几次折磨？许瞳心底像是燃了一团火。她不敢再面对林珊珊的家属，有些急迫地走到霍廷琛面前：“霍队，行动吧。”

可去哪儿行动，她不知道，只知道自己是一刻也等不下去了。

越紧急的时候，霍廷琛就越冷静：“你见过嫌疑人，那就去服装厂找人事管理，确认凶手是否在目标范围里边。现在已经没时间再确定网购，先从这边排查开始。”

许瞳点头：“好。”

霍廷琛安排：“你和邢峰一起。江源，你继续分析数据，查全市天眼系统，拟出嫌疑人出现的位置，行走的方向，拟出他的活动范围。”

“是！”

在系统里导出全市所有服装厂的地址之后，邢峰傻眼：“就我们这地方有31个服装厂？”

江源苦笑：“这还是注册登记的，小黑作坊并不在这里边。”

“时间不多，先从这31个开始，争取上午跑完。”许瞳丢下这句话，快速往驾驶位走去。

“哎，我来开。”邢峰把单子往嘴边一塞就跟了过来，将许瞳赶到副驾驶位，“先从最近的开始。”

厂区都在郊区，这种地方肯定不会选地价很高的市中心。两人先后走了5个大厂，每个厂的员工都有上百名人。有些地方管理完善，系统内有员工照片还挺好，有的地方完全一片混乱，不仅没有员工信息，白班、夜班都是不同的人群。

许瞳看了上千人，眼睛都红了不说，一无所获。之前觉得31家很容易，一上午就能跑完，这会儿都下午2点，才走了14家。除去9家全部看完确定无误的，剩下5家还有部分人在上夜班。夜班，晚上9点工作到早上7点，这类人的资料十分缺失。

“小眼睛，先吃饭吧。”大冬天的，邢峰也跑了一身汗，见许瞳还想继续，他把人拦着，“身体是革命的本钱，先吃点东西。”说完不由分说地把人带进一家商场里，走到KFC那边买了两份饭打包。却转眼没看见许瞳了，他拎着两袋子食物匆匆出来，才发现许瞳正在一排香水柜台前驻足。

“女士您喜欢什么样的香水，我可以帮你推荐啊。”因为商场位置偏，业绩不太好，这会儿难得有人对产品感兴趣，导购小妹殷勤得很。

许瞳想了想：“女人味一点儿的。”

邢峰诧异地看了她一眼，但感觉小眼睛不像是那种工作期间会来乱晃的人。

“女人味的啊，这一排都是，您之前用的什么牌子的产品？我们这里很多国际一线大牌的香水都有哦。”导购小妹介绍。

这一排，第二排？每个透明的小玻璃杯上都放着试闻的纸片。许瞳拿起来挨个嗅了嗅，没闻几个就觉得头晕。

“香水不能这么闻的，来先闻闻这个解闷。”导购小妹把咖啡渣递给许瞳，同时示范正确的方法，轻轻挥动那根试闻片。

咖啡渣有效地缓解了那股子晕，许瞳继续寻找记忆中的那抹味道。

功夫不负有心人，在倒数第二个前终于没有放下手里的试闻片。一模一样的香气，女人香中透着一股子独特的冷意。

“Guerlain 的爱朵啊，很经典的一款女人香。很多顾客都觉得它的味道很特别也很难 Hold 住，因为这款香水同时拥有果香及辛辣香味，很独特。”

难怪自己记忆很深。许瞳问：“多少钱？”

“这个啊，比专柜价便宜点，但是比代购肯定贵，我们这都是正品。这款虽然能驾驭的人少，买的人也很少，但是我看你的气质很——”

“多少钱？”

“50ML568 元。”

“谢谢。”许瞳放下试闻片就走。

导购小妹愣在那里，邢峰也愣了。他问：“你不买？”

许瞳“啊”了声：“我不买啊。”

“那你怎么……”邢峰疑惑。

“因为我那天闻到嫌疑人的身上也有这股味道。”

“他喷香水？”

许瞳的脚步停在那里，她问：“男人会喷这类香水？”

“我肯定不会，可能他喷，也可能身边有人喷啊。”

确实如此。许瞳想了想，转头走向气鼓鼓的导购小妹：“麻烦您，您的顾客之中有男性购买这一款吗？”

导购小妹气成河豚，并不想理她。

许瞳顿了顿：“我买一瓶吧。”

对方顿时来了精神：“好咧，刷卡还是付现？包礼盒吗？”

许瞳：“……”

她想付现却没那么多现金，刷卡吧，忽然想起自己换包了并没有带。

导购小妹看出了端倪，并不想损失这一笔收益，弱弱地说：“支付宝和微信也行。”

许瞳没有把卡绑在网上的习惯……

“我来吧。”邢峰无奈地准备摸腰包。

“别，我来，你等等。”她飞快地抓起手机到边上，面色忐忑地拨打电话。

她脸上的心虚神情，让邢峰觉得她是打给父母要钱的。

“嘟嘟”两声，“衣食父母”就接通了。许瞳的脸颊发烫，声音虚得厉害：“能不能借我一点儿钱……”

(9)

转账来得很快，一手交钱一手交货。导购小妹很开心，笑眼弯弯地给许瞳打包：“哎呀，说实话，这年头买香奈儿、迪奥，甚至是菲拉格慕的都很多，选择娇兰的顾客挺少，买这款香水的更少，若不是我们推荐，很少有人主动来选它的。”

“男人呢？”

“男人就更少了……但也不是没有。”

许瞳点点头：“你之前说的男性顾客，认识吗？”

导购小妹瞬间防备地看着她：“你要做什么？”

邢峰放下手里的东西，从包里摸出证件：“警察，请配合一下。”

庄重的警徽让导购小妹一愣一愣的，她有些迷糊：“我……我们的东西都是正品，没有卖假货啊。”

“不是这个，”许瞳有些尴尬，“我需要购买这款香水的男性顾客信息。”

“如果是刷卡的话会有信息，现金支付我这里没有。”导购小妹忙翻出最近的交易记录，“今年我遇见的也就只有两……哦，不，三个，但不保证这些都是全部，因为平时我和小希是换着班来的。”

“市内卖这款香水的地方多不多？”许瞳追问。

“娇兰专柜就有两家，大大小小像我们这种美妆店肯定都会有……不过这片就我们家有。喏，这是两个有记录的。”

许瞳用手机把名字拍了下来。

“哦，对了，还有一个。”导购小妹突然出声。

许瞳抬眼：“嗯？”

“有个人是用现金在我这里购买过一瓶，因为……挺特别的所以有点印象。”她说完后猛地拍手，“偶尔能在这边见到，估计也是在这里上班的吧！”

许瞳听得仔细，拿出绘制的画像：“是不是他？”

导购小妹拿着画像看了眼：“哎呀，还真是！我对他印象深，是因为这个人穿着……确实不像能买这款香水的，我还跟我朋友说呢，她还说我以貌取人来着。”

“这是我的联系方式，如果看见他的话请及时跟我联系。”许瞳拿出纸和笔快速写下自己的电话号码后，抬眼望向商场的监控，“他上次是什么时候来的？”

“年前，具体时间我记不住了……等等，我查下记录，好像是1月3号，元旦节收假的那天晚上。”

“谢谢。”许瞳在柜台前停留片刻，直到导购小妹将写了电话号码的纸片放进包里才转身。

“小眼睛，这上边有什么线索？”邢峰在边上听得一头雾水，这会儿终于有机会问清楚。

“那天晚上在酒吧的时候，我有闻到那个男人身上的味道。”许瞳提起手里的袋子，“就是这种香水味，一模一样。”

邢峰见她跟见鬼一样：“那晚上你喝了酒，擦肩而过的男人身上带着一点香水味你都能记住？”

“我也是碰运气，没想到就找到了。”许瞳看着手里的袋子，忽然有些心疼。自己是不用香水的，为了套话买下，不如早点让邢前辈亮证来得快……五百多块钱呢。

邢峰心里还有一万个为什么：“那这么多柜台，你怎么偏偏找这里？”

许瞳侧头看向他：“工业区也就这一家大型商场，柜员也说过卖这款香水的只有她们一家。如果那个男人符合之前的侧写是这片区某服装厂的员工的话，选择在这一家买香水的几率会比较大。”许瞳边说边走，说完之后却发现身边的人站在后边没动了。

她疑惑转头，见邢峰笑着摇摇头：“只是一件衣服，你推出了对方的工作。只是一种香味，你可能会锁定到目标人物。说实话我挺佩服你，虽然比你早几年入行，但确实这方面的敏感不如你。”

许瞳不好意思地揉了下袋子：“有人曾经对我说，喜欢对遇到的事蔓延的各种可能进行预判。这种做法我最近一直在学，觉得挺有意思。”

邢峰仔细打量她的表情，心里“嘎嘣”了下。完了，小眼睛说起“有人曾经”这几个字的时候，嘴角竟然有些柔软。要知道同事半年，他还从没看见许瞳露出这样的神态。回去就赌一百，小眼睛肯定恋爱了。

许瞳当然不知道邢峰心里在琢磨什么，马不停蹄地找到了商场的管理员，调出1月3号的监控。

那天是元旦最后一天，商场在做活动，镜头下边人来人往，路过柜台的也很多。但是因为消费记录记载了具体的时间，两人直接将记录拖到9点31分前。视频快进，每个人的动作像是一道影，当画面走到9点26分时，一个男人走到了柜台前。

“等一下。”许瞳猛地眯起眼睛，保安的手一松，画面恢复了正常的速度。

镜头下的男人穿着黑色的羽绒服，低着头背对着监控正在和刚才见到的导购小妹交谈。9点28分，香水已经到了他的手里。9点31分，结账走人。

邢峰惊叹：“虽然看不清楚正脸，但是背影很像！”

男人出现在镜头下只有5分钟的时间，但这已经给许瞳他们很大的帮助。

“等一下，好像能看见脸。”许瞳索性拿过鼠标，将画面又调回9点27分。

男人依旧是背对着镜头，沿着香水柜台走，他似乎对监控的方向很留心，从头到尾都没露过脸。但是……许瞳将画面暂停，调大镜头的某一处。就在男人附身看香水的时候，正对面专柜的光洁表面却清晰地映出了他的脸！这一次的五官比之前所有监控都清晰。阴鸷偏孤僻的眼神，眉毛很浓，鼻子有些扁平，颧骨略高，肤色是不健康的蜡黄。导购小妹没错，她也没错，真是酒吧遇见的那个！

邢峰指着那张脸："是他？"

许瞳深吸一口气，这一刻手指都有些抖："是。"

他们很快将照片发给江源，霍廷琛的电话随后赶到："确定是这个男人？"

"没错。"许瞳肯定。

"很好，江源已经在和数据库的人做匹配，你和邢峰两人不要分散，有情况尽快汇报，我马上派人来支援你们这条线。"

许瞳点头："好。"

没想到这个线索真的带来了意外的收获，顺利得有些不真实。而现在已经下午 3 点多，距林珊珊失踪已过 19 个小时。

"吃点东西。"两人回到车上，邢峰把两份饭端出来，才发现被冬天的冷风一吹，全部冷掉了。

他刚想说什么，许瞳却接过二话没说地开始吃起来。

邢峰勾起嘴角，揭开饭盒也开始狼吞虎咽。松了口气之后，肚子饿的感觉特别明显，他们坐在没开暖气的车里，就着冷透的米大口大口地吃，不到 5 分钟就风卷残云。

许瞳下车去扔垃圾，一辆车从身边驶过，继而一个急刹车后开始往后倒。

程野摇下车窗，目光扫过她手里的垃圾食品袋，微不可见地皱眉："才吃饭？"

还保持单手拎垃圾的许瞳愣愣的："啊，对，你怎么来了？"

程野把车停在路边，见许瞳外套都没穿，叹了口气脱下自己的："不放心你。"

"我和前辈一起，没事的。"

“哦？”程野转头，正巧对上邢峰的眼，还抬手友好地打了个招呼。

邢峰的眼珠子都要瞪出来了，他直接从车里蹦了出来：“他？”那包里一堆证的家伙！

“我介绍一下……”许瞳开口。

“不用介绍！”邢峰咬牙，“小眼睛，这男人水深得很，离他远点儿。”

程野无奈：“我怎么水深了？”

“之前的事还没完，现在我们正在执行公务，别老来妨碍小眼睛。”

许瞳顿了顿：“那……等案子结束了再说吧，这会儿我们还得去找个人。”

“找人啊。”程野笑了下，略慵懒地单手揣兜，“我来啊。”

许瞳的脚步瞬间停在了那里。

“走走走，找他做什么。”邢峰对程野意见很大，直接拉着许瞳的胳膊往车边带，“拿着照片去剩下的服装厂问问，两条线并轨查。”

许瞳却有些犹豫：“我们要不要试试，或许他真的能很快找出来。”

邢峰不同意：“案件信息怎么能轻易对外人说？”

“必要的话可以发动群众，就跟我们拿着照片去问人一样……邢前辈，程野或许还真能帮上忙。”

几分钟后，邢峰抱着胳膊跟一堵墙似的守在程野身后。

“让让，挡光了。”

邢峰没动，但在许瞳的眼神下还是妥协地往边上挪了半步。

程野稳步敲着键盘，脑后跟装了雷达似的：“独家技术，谢绝偷拍。”

邢峰压着怒气收回手机。

“有网络人事记录的11家服装厂已经排除了这个人的存在，结合你们之前看过的14家，这下只剩下6家没有查。据我所知这6家都是小作坊，员工流动性大，对人技术要求不高，管理更没有规范性可言。”

邢峰皱眉：“那什么意思？”

程野利落地合上笔记本电脑，似笑非笑：“意思就是，不规范的管理很容易滋生点什么，比如接受无证上岗、招收童工……简而言之，无论你是什么人，只要肯坐在缝纫机前，他们就敢用。”

邢峰震惊。

程野理所当然地坐进车里，和许瞳、邢峰前往第一家，也就是距离商场差不多1.3公里的美丰服装厂。

破旧老式的大铁门横在面前，里边是白墙斑驳的平房，“美丰”两个字已经掉了一横。他们把车停在了外边，晃眼看过去，还以为是已经被淘汰的生产基地。程野尝试了下推门，生锈的铁门发出“吱呀”一声后开了。这会儿才有一个老人慢悠悠地走过来，眯着眼睛问：“你们找谁？”

邢峰和许瞳同时亮证：“警察。”

老人站在原地没敢动。

“这个人有见过吗？”

老人颤颤巍巍地靠近，扫了一眼脸色有些变化，而后摇头：“没有。”

许瞳了然地压低声音：“大爷，包庇也是一种犯罪行为，如果包庇的对象犯的是很严重的罪的话，我想你要考虑清楚。”

老人吞了口唾沫，只有老实交代：“确实见过。以前在这里干过一段时间，夜班，后来因为偷东西被赶走了。”

“那你为什么一开始不说？”

大爷赔笑：“我这不是担心厂子因为他受影响嘛，这年头效益不好，厂子又是我儿子的……”

邢峰打断他的话：“他偷了什么？”

“说起来就气！这家伙在这儿就工作了不到两周的时间，偷了仓库好几批布！”

许瞳压着越来越剧烈的心跳，拿出样本：“是不是这种材质？”

老人推开眼镜仔细看，而后惊讶：“就是这种料子，虽然已经没用了，但也不能让人偷啊！我儿子知道后二话不说就把他辞了！”

“那他叫什么，家住哪儿？”许瞳又问。

“这个我不太清楚。”

许瞳让老人把他儿子李国峰叫来。中年男人听见有警察来调查，整个人也跟他父亲一样神经紧绷。

“警察同志，抽烟吗？”李国峰一边点头哈腰，一边给程野和邢峰发烟，被两人拒绝后又递在许瞳面前，“警察大姐，抽烟吗？”

许瞳：“……”

她拿出嫌疑人的照片：“这个人曾经在你们这里工作，姓名和联系方式有没有？家庭住址在哪儿？”

李国峰小心翼翼地接过照片，看了眼：“啊，他说他叫杨旭，住哪里我还真不知道。”

“那谁知道？”

“唉，警察同志，这年头用人成本高啊，我们都是打着一块牌子招人，招到谁是谁。这家伙来也没报身份证，问名字就说叫杨旭，但究竟哪个杨哪个旭我们也只是根据发音猜的。这人干了两周不到就犯了事，我们也没给他打过工资……”

也就是说现在虽然确定了人，却依旧一头雾水。

程野经验老到：“他之前工作的地方带我们去看看。”

邢峰嘴巴一歪，心想着你倒挺会狐假虎威！

李国峰以为来者都是警察，老实乖巧地将他们带到一个车间里。说是车间，就是一个不到20平方米的小黑屋，里边面对面摆了4排桌子，不少看起来年龄不大的女工男工在里边做手工活。看见有人进来，所有人眼皮都没抬。

“杨旭是上的夜班，以前就坐在这个位置。”李国峰指着右手最角落的地方，那里至今还是空着的。

许瞳走到那带有缝纫机的小桌前，桌子上还挂着一件尚未成型的衣服。她低头嗅了嗅。

程野看着笑，忍不住也俯身：“小鼻子闻到什么了？”

许瞳的脸有点红：“没有。”

“杨旭离职两周多，新的人也在这里坐了很久，这里应该没有留下气息痕迹。”

程野笑着指了指缝纫机：“这个才是关键。”

不算干净的铁质转轮在面前晃啊晃。许瞳的眼神慢慢亮了起来：“指纹！”

对，指纹。有了指纹和照片信息，那么离找到目标人物“杨旭”，指日可待。

（10）

许瞳将采集到的5个完整指纹，以及11个残缺指纹信息发给江源，在等待的过程中总是坐不住，因为对方手里还有一个未满12岁的孩子。

“新发现！”在大家都连续周转40个小时后，江源的声音如同一剂兴奋剂，“综合天眼所有数据，嫌疑人活动的区域范围就在你们所在的工业区！”

“指纹呢？”邢峰问。

“5个完整指纹里有3个属于服装厂员工，还有2个没匹配上，应该是嫌疑人的。但现在历史数据库里并没有他的记录，这家伙竟然以前没犯过事。”

“户籍那边呢？二代身份证上现在都做了指纹采集。”邢峰再次开口。

“我早就查了，没有，或许这人压根都没去办新证。好多人年限没到都不会去换的。”

也就是他们现在哪怕是拿到了人脸和指纹，也搜不出这个人。这简直不科学！江源简直要抓狂了：“这年头谁不跟互联网沾个边啊，但凡沾边了就是掘地三尺也能把人给挖出来。这家伙是老古董吧？啊？不沾网不沾智能手机？！难道他除了出门杀人绑架平时就不出去了？”

程野偏偏这会儿开口：“还真有可能。”

电话那端的江源顿了顿，问：“这谁的声音？”

程野回道：“我。”

邢峰回道：“好奇心很重的普通老百姓。”

许瞳回道：“提供有价值线索的热心人士。”

程野说道：“局里聘请的刑侦技术顾问。”

两个脑袋齐刷刷地转向他，一脸茫然。

程野拿出手机晃了晃：“在下的文件，估计已经快流转到你们单位公文系统。”

邢峰一把拿过去看，白底黑字红章公文，还真是特聘技术顾问，方向是犯罪行为分析，大家常在电视里看见，却从近年才在国内独立运用的侧写。手机流转到许瞳的手里，程野见她看得出神，收敛之前的态度："这起案件影响很恶劣，比起温泉岭有过之而无不及。如今涉及一名12岁的受害人，性质更严重。"

邢峰有些不服气："你是通过哪个层面下来的？谁直管？凭什么必要的时候我们都要听你的调派？"

许瞳将电话还给程野。她看向他，声音很平静，可隐隐能察觉出里边细微的颤抖："他参与过'8·23'特大涉毒案件，生擒西南片区代号S的毒枭温作新。"

生擒温作新是什么概念？相当于杀入枪林弹雨的暗黑国家，生擒对方国王后全身而退，一点儿不夸张。温作新是西南片区的总头，手里货物和人命债随便拉一个出来都是死罪，而他的手下如同一张网，网在了你想不到的任何角落。但程野捉了他。许瞳忽然明白了这么多年程野一直只身一人，四处为家的缘由是什么。

"每一个参与'8·23'案件的人都值得被尊敬。"邢峰感叹。

程野扯了个笑。他当初没答应傅振之回来也有这个原因。可在温泉岭事件后，和许瞳一起推理破案的感觉，让他隐隐有些"活了过来"。

傅振之看穿了，过年对弈时，指着棋盘道："没过河的卒终究只能前行，可过了楚河汉界，人家的土地就是它的天下。你属于河对面，而不是现在束手束脚闷头冲的小兵。何况，你若真想帮许瞳而不是害她，没有身份去参与案件绝对不行。到时候业界随随便便地给许瞳冠上泄密的帽子，说处分都是小的。"

程野应了。傅振之当时只是感叹了声："我嘴皮磨破了好几年，不及小姑娘的一个名字。"

经过这么一茬，程野的加入顺理成章。只是现在情况对他们很不好，霍廷琛他们已经在城市的各个出口都设了盘查口。但这片地方太大了，机场、物流集散地、高速路、高铁站，警方忙得焦头烂额。

邢峰在圈里转了几次："现在怎么办？"

怎么办？许瞳也有些焦急，看了眼时间，竟然17点32分了！窗外的天色也渐渐变黑，无形之中增添了更多的压力。

"先别急，我们想一下。"程野安抚地拍了拍她的肩膀，不知从哪里找来一张纸和笔，"我们来梳理下思路，从第一起案子开始。"

许瞳顿了会儿，点头靠近："好。"

"连若清是在2月11号凌晨1点多的时候被绑架，2月15号早上4点多被发现。而死亡时间法医那边怎么说？"

许瞳回想了下："13号到14号之间。"

"而第二名失踪者是在2月14号，也是凌晨被绑架，这次时间跨度比上一次短，17号早上在中心公园被发现。死亡时间呢？"

"16号到17号之间。"

"林珊珊是16日凌晨被绑架。"程野写到这里把笔一扔，"看出来了吗？"

许瞳点头："看出来了。"

邢峰一头雾水："看出来什么？"

"凶手绑走下一个目标之后，才会杀害前一名受害者。"

"也就是若一直没有目标，他就一直不会下手？"

许瞳摇头，双眸深幽："不。一切假设在他没看之前的视频直播的话，地图上的'微笑'尚未完成，他还会物色下一个。"

她脑海中出现全市的地图，沿着微笑的弧度往上蔓延，那么——

"下一个应该是在安州区。"

"安州区？"邢峰不确定。

孵化园区啊，大学生集结的创业基地。

"我们不能让他有机会物色下一个！"许瞳说。

"万一他已经开始物色了呢？"程野抬眼，"从跟踪到确定对方住所是否在制定片区内，需要不止一天的时间。"

"……"邢峰开始骂脏话。

许瞳反而安静下来。隔了会儿，她缓缓开口："我们对嫌疑人了解得很多，但发现这么多的蛛丝马迹下来，其实依旧对他一无所知。唯一明确的是，每个受害者的特征都很鲜明。连若清，舞蹈工作室的老师；丁陵，艺术大学舞蹈专业的学生；林珊珊，也是3岁就开始学习舞蹈，最近代表学校去表演。”

“所以……”许瞳起身，程野却意识到什么，眉头一皱。

“我从小学芭蕾，既然他喜欢……那么，就让我来。”

(11)

程野正在倒水，在许瞳说完这句话后，平静的水面起了微澜。

诱饵。他仿佛回到了那一天，酷暑，太阳直晒得地面温度直达40℃。他们潜伏在炽热的草丛里，4个小时一动不动。那时已经临近绝境，在做诱饵引开人和长驱直入的双向选择前犹豫不定人选，但很明显，前者是场有去无回的战役。

长他几岁的秦鹰收起望远镜，脸色沉稳："老规矩，抓阄。突围和诱饵。"

那时候，他还是个青涩莽撞的初生牛犊，而秦鹰却是传奇一般的存在。秦鹰说抓阄，他就信了，选了一个。他打开一看，是草草写下的两字“突围”。

向来不苟言笑的秦鹰低低笑了下："服从命令，我的队伍就交给你了程野，要是拿不到人，我拿你是问。”说完，他悄声撤离，头也不回地往里深入。

那场战役的结果，一个成了英雄，一个成了烈士。

后来，他找了一天一夜，在河边找到了中了21枪的秦鹰，从秦鹰的遗物里发现了秦鹰抽到的染了血的字条。他仔仔细细地看，从已经无法分辨的字迹里找到了围字的轮廓，他才意识到自己中了秦鹰的局。两张都写的是“突围”，无论他选哪一个，秦鹰都已经决定了自己的路。

那时候他24岁，列一等功，跳级破格提拔。而那时候秦鹰31岁，被追为烈士，留下才结婚半年的妻子……

所以，在程野的记忆里，“诱饵”这个词很不好。他当时阻止不了秦鹰，而现在……也不想阻止许瞳。

根据凶手的作案习惯，在绑架之后会对受害人施虐，以凶手的体格而言，对付连若清、丁陵那种个子纤细的女人轻而易举，对付12岁的林珊珊更是不费力气。所以折磨林珊珊肯定不会“耗费”凶手多少时间，那证明凶手会有更多的时间在外周旋，锁定下一个目标人物。所以，许瞳这次的判断和提议很及时，直接将警方从被动面转为主动面。

他之前拦不住也救不了秦鹰，是因为面对的是几十号持枪的人。而现在面对的仅仅是一个心理扭曲，找女性下手寻求满足的凶手，那么……他冷笑了下——他有绝对的能力护她周全。

邢峰给队里打电话汇报，在这期间，许瞳已经麻烦李国峰帮她拿套显身段的裙子。

邢峰费神地说：“哎哎哎，头儿那边有点意见，还没批呢，别忙着行动。”

许瞳面色淡定地摘了发圈，乌黑微卷的头发披散下来，遮住了半边白皙的小脸，清冷干净的眸显得更有神韵。

“他会批的。”说完，她转身进了隔壁的小休息室。

在她换衣服的时候，程野忍不住拿出烟盒，单手抖了抖，一根烟冒了出来。他很久没有抽过了，也对这玩意儿没什么瘾，今天却有些忍不住。可刚把烟头含在嘴里，火苗蹿出的瞬间，他侧头就顿在了那里。

许瞳穿好裙子出来，黑色的上衣尽显她窈窕的身姿，驼色长裙优雅中透着勾人的女人味。走动时，发丝微动，飘来若有似无的空灵香韵。

“我怕裙子不方便，”许瞳扯了下，“就改成了裙裤。”

“嘶……”火苗烫手的那瞬，程野才合上打火机的盖子，他放下烟，声音有些喑哑，“鞋。”

许瞳拎起裙摆往下看，那双黑色运动鞋确实和这一身格格不入。

“等我一下。”程野说完就往外走。

这期间邢峰还在一直和霍廷琛交涉，到最后许瞳忍不住：“我来说。”

霍廷琛却把电话给挂了。

不到十分钟，程野就跑了回来，衣领上还沾着雨水的湿意。他把手里的盒子打开，里边是一双崭新的黑色小短靴。

他说："你先坐。"

许瞳听话地坐下。程野单膝跪地，伸手去解她的鞋带。

她被这个举动吓了一跳，忙抬手去按："我自己来。"

程野不容分说地拉开带子："你要去冲锋陷阵，怎么能少一双战靴，这种事还是我们来做，你先想想如果真对上那个人，准备怎么做？"

他这么一说，许瞳的动作就慢了半拍。

程野小心翼翼地脱下她的鞋子，再将小短靴套了上去。他目测36码，果真一分不差。略带一点儿跟的鞋子起到了很好的延伸作用，许瞳身材本来就是四六开的标准身形，穿平底鞋双腿都是又直又长，这会儿配上一点儿跟，细腰长腿更是让男人看了挪不开眼。

程野在邢峰的眼神下把外套裹在了许瞳身上："套着，小心着凉。"

"谢谢。"

他的主动，她的默默接受，再结合之前的蛛丝马迹，饶是再迟钝，邢峰也猜出了这两人的关系。邢峰叹了口气："好，好，我现在全听你们的，时间紧迫，咱接下来要怎么做？"

要怎么做？许瞳心底已经有了一个计划。

2月21号19点31分，三组成员分散在孵化园区的各个角落。许瞳从写字楼里下来，在空荡的地下停车场里漫无目的地走，又去街角的饮吧里买了一杯热可可。略烫的液体入喉，冲散了身上的凉意，眼睛四下扫动。耳麦里传来打趣的人声："自然点，你就差没在脸上刻着'快来找我'四个字了。"

许瞳捏了下杯子，收敛起左顾右盼的眼神，老实地坐在饮吧靠窗的位置，含着吸管看窗外的雨。窗户边留着圣诞尚未撤去的雪花贴和彩灯，闪烁的光晕映得她瞳孔像是有五彩色，白皙的脸庞竟然透着青春温婉的生机。

程野坐在斜对面的位置，端起杯子挡住了自己的半张脸，说："没毛病，不过……收敛点，连我都想过来请你喝一杯。"

许瞳捧杯子的手一抖。

3个小组11号人全部共用这个频道，程野的话一出，里边传来各种受不了的牙酸声。

“我预感到半个系统对小眼睛虎视眈眈的男同胞正在提刀赶来的路上。”

程野问：“都有谁？”

一片起哄声：“我啊我啊。”

大家在说话的同时，注意力却没有半点松懈。程野带队和霍廷琛的习惯完全不同，插科打诨间奇迹般缓解了许瞳略紧张的情绪。

很少说话的霍廷琛开口：“注意。”

耳麦里瞬间像是断了线一样安静。许瞳刚想抬手去按耳麦，意识到什么之后生生改掉了这个习惯，转而去捏杯把手。

程野说：“可以换了。”

换，指的是换场地。许瞳一个人确实不能在同一个地方待太久，这样太过昭然。她结了账后出门，紧了紧围巾撑伞往偏僻的路上走。哪里人少，她就去哪儿，哪里灯暗，她就往哪里靠。

3 个组的人轮流跟，换防盯梢，差不过就这么走走停停一直到了晚上 11 点多。许瞳站在墙边揉了下脚。

程野说：“新鞋磨脚，你休息下吧。”

许瞳低头，发丝披下挡住了脸，轻声开口：“有动静了吗？”

3 组都还没看见异常。

她摇头：“那我走到有动静为止。”

程野心疼坏了。

孵化园区以写字楼居多，下了班后除了三两店开着和加班的楼层亮着灯，整个片区如同一片鬼区。再加上冬天天气冷，一般没有人在外边逛。所以许瞳一个人在路上走，目标很显眼。

依旧是哈气成雾的夜，这个冬季仿佛很漫长。许瞳抓着冰冷的路灯杆，摊开手去接零星小雨。这时，C 组传来警觉的一声：“注意，11 点钟方向！”

车里的程野立刻锁定那个方位。一个穿着很多件衣服的男人，不知从哪里出来，这会儿正从角落里一晃而进。他好似早就盯上了许瞳，不知在哪一刻，哪一秒，在 3 组人的保护中暗中锁定了目标。

所有人的精神开始紧绷，程野眯起双眼，暗黑中蓄势待发。

男人跟着许瞳，丝毫不加掩饰，前前后后隔了差不多有20米的距离。

“来了，你要小心。”耳麦里传来沉沉的一声。

许瞳没有回答，双眼平视前方，握着雨伞的手却在收紧。

她也感觉到了身后的脚步声，一下一下，无比轻。

所有人的心都提在了嗓子眼上，当江源确定这个男人就是之前连环作案的那家伙时，霍廷琛的声音清楚传来：“捉。”

“等。”

两道声音同时响起，这下没人再敢说一句话。

程野说：“林珊珊在他手里，如果捉了，恐怕很难找到。”

霍廷琛回道：“你想许瞳继续跟？”

“不是我想。”程野紧盯前方，“是许瞳的意思。”

在出任务之前，许瞳将他拉到了角落里，思路清晰地分析这次行动：“我想不如就跟他回去，摸到地点确定林珊珊在里边的时候再给你信号，到时候才能人赃俱获。可现在如果先把这个思路说了，霍队可能不会同意，所以程野，麻烦你到时候跟他们解释一下，顺带……说服霍队。”

霍廷琛沉默了很久，为了确保视野，他一路换到了许瞳右侧的二楼，居高临下地俯瞰下边的场景。许瞳还在往阴暗小街里前行，而身后的男人跟得越来越近。

从原来的20米，慢慢到15米，10米。直到那人的影子出现在自己的身后，熟悉的味道飘来，许瞳才意识到自己的掌心已经起了一片薄汗。

这个人，真高啊！

（12）

跟上了。许瞳慢慢深吸一口气，保持原来的速度前行。这时候，耳麦里一片沉静，每个人都在密切关注这里的动静。那是一个杀人犯，手段极其残忍，心理扭曲。他会对绑架对象实施长达72小时的折磨，毁掉受害者关键部位的关节，将她们的嘴角强行缝成微笑的样式。

而他有一米八四的身高，足足高了她二十厘米。他的体型也很魁梧，在一层层的衣服支撑下，像是一头移动的黑熊。他的攻击肯定不是花拳绣腿，许瞳捏紧伞柄，心中默念了好几次的“我是普通人”，在这条道路上走了快20分钟。

那个人却只是静静地跟着。

“你走太久了。”耳麦里传来程野浅浅的呼吸声，“深夜一个女孩在街上走这么久太明显，现在想办法找个开放式的小区，假装回家。”

许瞳没法环顾四周，只能在前方搜寻小区。在这种写字楼林立的地方，要找商住房确实很难，然而就在这时斜方传来困倦的抱怨声：

“好久没加班到这么晚了。”

“得了吧，这个项目没拿下，我们以后恐怕加再多的班也挽救不了这笔损失。”

不远处写字楼的灯光亮了又暗，三个女人从大门里出来并肩往前走。

看见这一幕，所有人都暗道糟糕。

“保持距离，避免和她们接触导致对方更换目标。”

可眼前就一条大路，因为是新城区，没有车辆的六车道很宽阔。许瞳在路的右侧，她们都在左侧，隔着车道还算安全。

“你怎么回去？”

“开车啊，你们住哪儿，我送你？”

“哎，不用，我就住在前面。”

“都快12点了，怎么能让你走回去？跟我来吧，你也是，我送你们啊。”

另外两个女人对视一眼，觉得这么晚走夜路确实不太安全，索性结伴往写字楼的背面走。

“等等……他没跟了！”

为了防止嫌疑人发现警方的踪迹，三组与许瞳的距离都很远。有时候一转角就失去视野，全靠许瞳包后的摄像头采集信息。这会儿，原本在镜头里的男人却停在了那里，停在了路灯外的地方。他像是在犹豫，又像是在做选择，很快就消失在了镜头下。

“那人不在了！小眼睛你注意点！”

程野在黑暗中无声靠近，临近写字楼的时候看见了那个男人的背影：“停车场方向。”

他果真选择更换了目标！许瞳这才发现自己浑身已经冻得麻木，她深吸一口气往后看，确实，人已经不在了。

“他去停车场？找那三个人？”许瞳非常疑惑。

放弃她反而去找那三个女人，许瞳总觉得有些不对劲。如果自己是嫌疑人肯定会选择最容易上手的，而不是去挑战那三个！他会不会是……耳麦里清晰传来AB组往停车场方向靠近的信号，她往后退了两步。

“我在。”耳麦里传来低沉的一声，许瞳没有看见程野在哪儿。但是他说“我在”，肯定就在她附近，紧绷的神经这会儿稍微松懈下来。所有人这会儿都在朝停车场靠近，为了拉短和队友的距离，她也在往那边走。

这时，左侧忽然传来杂乱惊恐的尖叫！他下手了？许瞳听见了脚步声，转头看见C组新人蔡阳正在往前奔跑，她脸色瞬变！

程野动作比蔡阳更快，一把将他扯入阴影里，压着的声音第一次带着怒意："谁让你跑的？"

要不是他反应快，那人就被惊了！

被按在地上的蔡阳也是一身冷汗，不停地道歉：“对不起，对不起，我太急了。”

程野破天荒想骂脏话。霍廷琛的声音夹杂着风声：“他不在停车场。”

不在停车场？

程野撑身而起：“那三个女人为什么叫？”

女人们抱团在车前叫得声嘶力竭，霍廷琛靠在不远的车后，看向地上的那张惨白的笑脸面具，脸色不太好：“那人扔了面具。”

这不是凶手的作风！扔面具，声东击西的把戏，程野之前的感觉没有错。

程野锁定许瞳的方向：“小心，那人的目标……”他停下脚步，双眸如同海底喷涌的岩浆，“他在你的背后，7点方向，三米距离。”

一滴冷汗顺着许瞳的脖子往下滚落。

“瞳瞳。”

“小眼睛！”

耳麦中有很多喊她名字和代号的，纷繁复杂却成了背景音，许瞳收起看向程野的目光，她怕看久了就暴露了。程野的那声“瞳瞳”清晰地传入她的耳里，他一字一句地说：“要撑下去，这笔账——”

后边的话却没机会再说。许瞳微不可闻地叹了口气，借着撩头发的手势摘掉无线耳机，放入衣服的内袋里。她笑了下，像是在安抚谁，紧接着下一秒，后脑一阵剧痛。

许瞳“唔”了一声，耳鸣不止，整个脑袋仿佛成了一团会摇晃的糨糊。紧接着再一下，天旋地转间她不知道自己是什么时候双膝跪地的，一抹温热从后脑传来，紧跟着额头就砸在了地上。大的尼龙袋从头套下，她强撑着微弱的意识确定自己的手表还在，紧接着就被人重重地扔进了味道浓烈的黑色空间里。像是垃圾车，三轮简易垃圾车。

许瞳遭遇袭击到被绑走，仅仅不到1分钟的时间。而这1分钟却在每个人心底无限放大。程野脑海里全是那棍击许瞳后脑勺的两下，想平静下来，却发现心底是一片狂躁的烦乱。真想一枪崩了那个人，不管法律，不管后果和代价。

那人推着垃圾车游走了近半个小时，每走到一个垃圾集中站，他都会丢下一个类似装人的大口袋。警方留下一个人，等他走后去开袋验，里边全是货真价实的垃圾。这种行为重复了足足4次，那人的速度也越来越快。

许瞳在浑浑噩噩间终于听见了开锁的声音，她摸了把自己的脑后，高高肿起了两道三指宽的肿块。耳鸣声此起彼伏，铁锈的味道在鼻头和喉咙里蔓延。估计是脑震荡了，她闭了下眼，感觉自己跟货物一样被人扛在肩头，那种摇来晃去的感觉让本就脑袋发晕的她更受不了，直接吐在了袋子里。

那人感觉到了，似乎许瞳的吐印证了她是真的受了伤，他的步伐就更轻盈，这和之前三个女人的反应一模一样。

很快，许瞳被抛在了地上。

那人并没有把她从袋子里解出来，脚步声后紧接着是关门声。

许瞳在地上平复了好一会儿，慢慢从口袋深处摸出无线耳机，尝试了好几次才塞进耳朵。之后，她按下信号，吱吱声之后，那边传来程野的声音。

“感觉怎样？不好就咳嗽，还行就不发声。”

许瞳没有吭声。

霍廷琛问：“方便说话？”

许瞳还是没有吭声。她什么都看不见，也不能确定那人是否走了，全程保持最谨慎的沉默。那边察觉到后，也减少了交流的频次。

程野顿了顿：“我们已经锁定了目标的区域，正在确定林珊珊是否也在里边。瞳瞳，你能说话的话，尝试着求救。”

求救，是被绑架女孩的正常反应，如果林珊珊在的话，两人说不定能沟通上。

许瞳伸手摸索着头顶的袋子口，张嘴尝试喊了声：“救命。”

声音有些含糊和沙哑，和之前的清冷完全不同。程野握着方向盘的手猛地缩紧，心脏仿佛被重拳狠狠击打了一下。

“你是谁？为什么要抓我？”

许瞳尝试喊了几句，每一句都是想问清楚最基本的状况。而喊了之后太阳穴剧烈疼痛，侧头忍过这一拨，才发现自己说话都成了煎熬。

程野的声音放得很轻：“你做得很好，歇一会儿，先保护好自己。”

另一辆车里的霍廷琛闻言转头，放在车门边的手捏紧又松开。原来在时间的长河里，走着走着再转身，他身后的小尾巴已经不在了。

许瞳鼻子有些酸，同时像有了些力气。她摸索到袋子口，对方一圈圈绑得很紧。她费力探出一根指头，紧接着第二根，她摸索到了绳子的结，解开之后已经累得浑身是汗。鼻尖呼吸到更多的氧气，她喘了好几下才平复下来。

许瞳一抬头却仍不住低呼出声！

耳麦里瞬间安静。那个男人竟然还站在这个房间的角落里，垂着头，下巴内收，面无表情却用很诡异的视线盯着她。他一直没有走，站在角落观察她的一举一动！而在他的身后……

许瞳瞳孔放大，忍不住撑着身子后退，冷汗从鬓角滑落。

(13)

“定位还在。你们听见了吗？我好像听见小眼睛刚才小叫了一下！她平常很淡定的，肯定是看见什么了！”江源紧盯着屏幕上的红点，在近十分钟的时间里，它悬在那里就没动过。信号的来源是许瞳的手表，在没法和她进行沟通的基础上，江源满脑袋都是胡乱的猜想。

她不能动了吗？受伤了？被囚禁了？还是手表早就没和人在一起？

一只手在他的肩膀上拍了拍。

“相信她，就是最大的支持。”

江源思绪一顿，手悬在键盘上。那个男人，好像说和小眼睛的关系不一般。他伸手哈了口气，暖意却没有从指尖蔓延开。

这会儿，程野将指挥权交给了霍廷琛。霍廷琛看着手里的对讲机，面色很冷：“做什么？”

“你对他们的影响力和威信早就根深蒂固，有些命令你来发比我效果好，何况这些事你比较有经验。”程野转了下手腕，后退两步。

霍廷琛下车：“你想做什么？”

程野停在那里，侧头：“很久没做这些，不太习惯你们的行动方式。”

“你想怎样？”霍廷琛和程野在身高体型上都差不多，但气势上却截然不同。前者像是西装革履的冷漠，后者却是越野迷彩的张狂，两人面对面站着，话不多，但气场却弥漫着些许的火药味。

程野挽起袖口，双眸映着夜色：“我不会坐以待毙。”说完，就绕到了大楼的边门入口。

耳麦里边，一阵僵持之后，古怪的对白再度响起。

“你，不怕我。”男人开口时鼻音略重，很费力才把这简短的话说完整。这种字咬字的方式，像是有沟通障碍。

许瞳抱着双膝，头发下是警觉的半张小脸。她瑟缩了下：“我不知道你想对我做什么。”

这会儿，男人没有回答许瞳设圈套似的问题，反而迈出一步。许瞳后缩，对方探出的手就这么悬在她的发顶上，隔了很久才慢慢落下。

她没有动，察觉到后那个男人便专注地一下下地摸着她的头发。

这个举动让许瞳有些紧张，生怕他摸到了自己的耳朵那儿，发现无线耳机，好在他只顺了两下就收手。

“玩。”

玩？这是在回答她吗？

“味道。”

为了吸引他，她是喷了点同样气息的香水。

“你不，太乖。”

说完这句，许瞳猝不及防地被他一把带起，他用从天花板垂落的粗绳将她的双手绑了起来。

做完这一切，那个男人再一拉，许瞳脚尖瞬间离地，双手就成了唯一的受力点。许瞳深吸一口气，忍着没有出声。

那个男人站在对面静静地看了好一会儿：“你为什么，不叫？”

肩膀翻转的痛让许瞳差点说不出话来，她深呼吸好几次：“我叫，你会放了我吗？”

这句话问出之后，那个男人却露出疑惑的表情，然后侧头：“我，为什么，要放你？”他做了个噤声的动作，继而诡异地勾唇，算是在笑，“女人，爱美。我，会让你，一直，美下去。”

变态！许瞳挣扎：“放开我！”

门重重地关上了。

室内没有窗，鼻尖全是腐败的味道。她没有看见林珊珊，而屋里……她排除先前的杂念，动了下脚尖，发现依旧够不着之后就开始用力摆动自己的腿。

一下，两下，三下。晃动的幅度越来越高，紧接着深吸一口气收腹用力！整个人头朝下，双脚朝上，右脚钩着那根粗麻绳固定好自己的身形。

有人在耳麦里说着什么，但倒吊的感觉并不好受，胀鼓鼓的耳鼓膜几乎隔绝了一切声音。许瞳没有回复，也没有空回复，抬起被绑着的手用牙开始咬绳头子。

她用小牙齿一点点地磨，一下下地扯，最后吊得脑袋快爆了的瞬间终于下巴一扬拉开了结绳，整个人滑到快接近地板时才脱力地倒下。

“还行吗？”耳麦里的声音终于变得清楚，是霍廷琛。

许瞳敲了敲耳机给暗示，从地面摸索到墙角，轻声道：“我没有看见她。”

“我们就在这儿，行动只是一句话的事。”

“别。”林珊珊还没找到，进来的话之前做的一切都打了水漂，“我先确定林珊珊的位置，找到了之后给你们信号。”

“如果林珊珊不在里边，你准备怎么做？”

许瞳一顿。外边的光透过门缝，在地面形成一道斜斜的光区。而就在光够得着的地方，她看见了……

她定了定神：“她应该就在某个地方，只是不清楚现在的情况。而且，连若清应该不是第一个死者。”

“你说什么？还有人？”

鼻尖是腐朽的味道，许瞳面色有些白，但很肯定地给了答复：“还有，我感觉这个人精神状态不对劲，等我找到林珊珊再给信号，不然我们没法和一个疯子谈条件。”

这句之后她没再多说，救人要紧。

她把耳朵贴在门边听了好一会儿，在知道那个男人防备心很重的前提下，等了几分钟才轻轻扭转门把手，小心地转动它。

“咔嚓”一声，许瞳的心跳得很快——没想到真的开了！

外边是一条很暗的走廊，这么一眼看过去压根看不清楚尽头是什么。在没有任何光的环境中，许瞳没敢轻举妄动。她摸索着贴在墙边，摘掉耳机，浑身所有的敏锐感知集中在了耳朵上。

“哒哒哒……”

隐约有什么声音从上边传来。许瞳忙抬头，那里却什么也没有。

“哒哒哒……”

是轮轴转动的声音，又像是什么东西在密密麻麻往里钉。掌心起了薄汗，许瞳慢慢地沿着墙边试探地走，每跨出一步之前都要感受下前面是否有什么障碍物，生怕碰到什么惊动那个男人。

直到掌心下不是墙，而是铁皮之后，许瞳才停下来。

铁皮。她继续试探地摸，才意识到自己的前边像是有一道旋转的铁楼梯。许瞳把手轻轻地放上去……紧接着是脚。几乎是用爬的，才避免发出声音。做完这一切，她背后已经被冷汗给浸湿了。

楼梯的上边就是天花板，许瞳摸索了几下才摸到了细细的缝隙。她把耳朵贴过去，“哒哒”的声音更加明显。

“漂亮衣服。为什么哭？

“笑。笑！”

“哇啊——别过来，别过来！”

“砰——”

许瞳一凛，猛地收手。她听见林珊珊的声音了！而最后那一声像有人脚踩在了她头顶的位置，震动带得掌心发麻。之前那诡异的“哒哒”的声音应该是缝纫机的声响！这个男人……又在做一条新的裙子。还好，还好赶在裙子做好之前来了。

许瞳忙收手往后，将耳机重新戴上：“林珊珊就在——”

“哐当”一声，头顶的门开启的瞬间，许瞳的脸色苍白得跟鬼一样。她用最快的速度转身到了阴影里，心脏跳得差点蹿了出来！那个男人来了，他好像很生气，每一步踩在铁楼梯上都发出巨大的声响，很急躁。

许瞳尽量低缩在楼梯最底下的阴影里，其实他如果仔细往下看的话肯定会发现她。好在他似乎受了很强的刺激，冲下去的时候什么都没注意。

他口中念叨：“骗子，骗子！”

见他往原先关着她的房间的方向走，许瞳神色一凛，忙悄无声息地上楼梯，推门，直接跃了出去！

“啊——”在受惊吓的林珊珊要叫出更响亮的第二声后，许瞳一把捂住了她的嘴：“我是来救你的。”

是林珊珊。照片中笑容灿烂的女孩这会儿都快吓疯了，眼里全是恐惧。女孩头发很乱，面容憔悴，似乎还很怕她。

“嘘，嘘，别怕，我这就带你走。”她不断尝试传递友好和安全的信息，终于，林珊珊不再像之前那样歇斯底里。

许瞳松了口气，飞快去解林珊珊背后的绳子。可是绳子很粗，那个男人系得很紧，她尝试了好几次，该死的解不开！

下边传来愤怒的咆哮声，林珊珊吓得又一阵尖叫：“姐姐救我！”

咆哮声悚然停顿，冷汗从许瞳的鬓角滑落。

许瞳对着耳麦道：“我找到林——”她感觉到面前的女孩目光越过她的肩膀看着后面，一副惊恐得连喊都不敢喊出来的样子。

许瞳顿了顿，下一秒肩膀被人握住。那个男人借着人高马大直接将她掀翻在地，耳机也被摔了出去，那个男人蹲下看了好一会儿，起身直接踩碎。

“唔……”后脑勺着地，让许瞳爬起来的动作变得迟缓。可这一迟缓，那个男人已经出现在了她的面前。喉咙一紧，他竟然单手直接拎着她的衣领把她拽了起来……这是什么恐怖的力气？

面容扭曲下是疯狂的眼神，许瞳一凛，忽然觉得他看起来完全不正常！正常的人怎么会有这种眼神？

“为什么，跑？”

“为什么，怕我？”

“骗子！骗子！”

最后一声骗子，仿佛所有愤怒的宣泄。

许瞳意识到不好，背后一痛，而后便是窗玻璃破碎的声音，后背瞬间没有任何依靠。他想把她直接推到楼下去！

林珊珊在尖叫着什么，许瞳听不清，整个脑袋连着头皮都被寒风吹得麻木。

慌忙之下，许瞳握着男人的胳膊。男人对着她狰狞地笑了，正准备松手时，一道影子从外突进。

快如影的一拳重重砸在那个男人的鼻梁上，直接把人从窗口处砸了进去。

来人在对方踉跄间反手握着许瞳的胳膊，再拉过那个男人的肩膀，屈膝重重顶在他的胃部。

那个男人发出吃痛的干呕，程野又一气呵成地补了一脚重的，想起什么之后，手肘干脆利落地落在了男人的后脑勺上。

“砰——”男人的倒地声和门被突破的声音同时响起，光束照进，定格在程野面色冷厉、不由分说横抱起许瞳的瞬间。

快、准、狠。

制伏一个丧失理智的凶犯，不过只用了十秒钟。她们，得救了。

许瞳很久没回过神来，等意识到自己在哪里时，身上已经披了一件温暖的外套。她的眼眶慢慢变红，程野握着她的手：“你在发抖。”

许瞳深吸一口气，摇头：“我以为……”她以为她死定了。她以为自己不怕死，然而在那短暂的瞬间，脑海里却闪过很多画面，最终旋转落在他身上。

“别怕，我在的。”程野搂着她不住地低语，用身体构筑起与周遭隔绝的墙，守她一方温暖。

“安全。”

“安全。”

“这里也是，安全。”

“这儿有个通道，通往楼下。”

劫后余生的林珊珊吓坏了，被邢峰直接抱了出去。

警方很快将这三室两厅的房间搜了一遍，当推开嫌疑人卧室对面的那扇门时，熟悉的香水味道飘了出来。

“女人的房间？”许瞳忙伸手拉着门框，程野低头。

“等等。”他抿嘴，“你知道你现在脸色很不好吗？”

许瞳声音又轻又低：“这会儿好多了。”

程野叹了口气：“你后脑勺都快肿成ET了，你不心疼我还心疼呢。这会儿想做什么得打报告，不然别想脚尖踏地半秒。”

许瞳原本发白的脸渐渐有了血色。

“我想再看看，说实话，这个男人的动机和手段，我到现在都没弄清楚。”

程野无奈地将她放下，同时脱下外套将人严严实实地裹在里头。

宽大的衣衫衬得许瞳脸更小了，苍白苍白的，鬓角的发丝被冷汗贴在脸上，让他越看越心疼。程野忍不住低头吻了下她的额头："看一下就走。"

许瞳眼睛发愣，下意识看向周围，发现大家都顿了那么一两秒，继而手忙脚乱地各忙各的。

同事们走进那扇门，发现是一间女人居住的卧室，香水味久久不散，和那个男人身上的竟然是同一款。衣柜被人拉开，里边整齐一排的衣服，却都是夏天的款式。入冬这么久，竟然没有一件冬天的衣服。而看桌上半杯新鲜咖啡，桌前散乱的白纸，证明这间屋确确实实是有人住的。

许瞳想起之前看见的那一幕，脑袋乱得厉害。

怎么会这样……那隔壁呢？她快步推开隔壁的房门，有人正在里边采证。床铺一片乱，周边全是垃圾，几件衣服乱糟糟地扔在地上，空气中弥漫着一股子发酸的汗味。许瞳又退了出来。

"只有这片区域？"霍廷琛走过来问。

"不是。"许瞳指着离缝纫机台不远的地面。

霍廷琛表情一沉，跟着踏下暗格："下面还有？"

"嗯。"她轻声，"下边才是现场。"

刘哥先下去，没过多久喊了声："我想我找到女房客了！"

刘哥工作了快 20 年，什么恶性的事件都见过，但刚才那一幕确实让人心肝发颤。他看向一路下来的许瞳，面露同情："吓坏了吧？"

许瞳顿了顿，点头："差点碰上。"

在男人抛下她的那间屋里，还有一名死者。死亡时间……许瞳估摸至少以半年为单位。有人进去，很快又有人出来。年轻的小伙子们脸色发菜，有部分甚至不客气地吐了。

"这人是变态吧？"

"心理得扭曲成什么样？"

最后出来的是霍廷琛，他面色也不怎么好，戴着手套的手里拎着一个包。他把包翻出来，里边竟然有一个钱夹。再打开，钱已经没了，但卡还在，其中一张就是身份证。他将证件摊开，许瞳看了眼："罗伊。"

"我怎么觉得有点奇怪……"许瞳皱眉，"罗伊是女房客的话，那她房间现在住的谁？”

一直保留着生活的痕迹，不像是很久没住人的样子。

许瞳猜测：“难不成那个男人杀了她之后，一直住在她的卧室？”

霍廷琛沉默片刻：“查下罗伊的身份。”

江源直接盘腿坐在地上，手指在笔记本电脑上噼里啪啦。不一会儿，他说：“罗伊啊，找到了！”

罗伊，女，1992年出生，25岁。2014年大学毕业后并没有直接去找工作，而是在一家小说网站上做签约作者，用稿费维持每个月的生计。看记录，她从2011年就开始在这个网上发表连载小说，2014年后算是小有基础。

霍廷琛说：“联系下局里，看最近半年有没有人挂失踪，尽量联系上罗伊的家人。”

“是。”江源点头。

死者罗伊是趴在桌子上死去的，而桌子的正中间有一台笔记本电脑，电脑正对着的不是她，而是一张凳子。许瞳把电脑打开，只是抱着试一试的心，没想到真的在运作。

“吓我一跳！”刘哥回头，“咋回事？难不成死了这么久，电脑还能待机？”

程野低头，仔细看着桌面。

“不是超长待机，你看桌面，没有灰尘，是有人一直在使用。”

“他在尸体边上网？”刘哥睁大眼睛。

许瞳裹了下衣服，点头。

“这什么心态啊！”

“精神不对，他属于哪类？”许瞳轻声说。

尚且是谜。

网页能记录一切，罗伊从2011年开始的文还算正常，但查看最近一本《暗探谜城》，一切就发生变化了。《暗探谜城》以单元故事为载体，在第一个故事《边缘者的悲歌》正常收尾后，第二章《战栗的诡笑舞者》除了标题正常，9月后里边所有的文字都是乱码。然而就在2017年2月开始，一个ID为“影”的号陆续打赏了足足1700元。江源点开这个读者ID为“影”的号时……

“竟然是罗伊自己的作者号。”

什么情况？

江源有些不明白：“看这个状态，罗伊至少在2016年底就死了。”

那2017年所有的文字和鱼雷……都是那个男人所为？

“那个男人想要伪装罗伊在世的假象，发乱码已经足够，怎么还要花钱打赏？”

一般而言，读者对于很喜欢的文才会给予打赏。

“或许……这个男人是罗伊的粉丝？”

许瞳的一句话让江源恍然：“有可能，但粉丝会杀了自己喜欢的人？”

“狂热的粉丝是有想把对方占据成自己的妄想，这个世界上杀害崇拜对象的事件也不止出现一两次。”程野补充道，但眉头却没舒展。

如果那个男人是因为崇拜狂热，杀害了罗伊，后边的怎么解释？

罗伊在《战栗的诡笑舞者》这篇文中并没有写一字半句出来，时间显示2016年8月19号。

也就是说，她很有可能在8月19号后几天就遇害了，而那个男人在用她的账号在网上胡乱码字？

“咦，还刷微博啊！”江源点进微博，一眼望去全是对话，“自说自话？”

罗伊的微博ID——“影”，在最近频频有发消息，而回复也都是“影”。

4月17日发：大家好，我是罗伊，新故事请多支持。

4月18日凌晨2点30分回复：

——在不在？

——你的提议很好。

——针和线，很完美。

4月18日下午3点回复以上：谢谢你的鱼雷哦。不过一次性砸8个太太太太破费了！你喜欢我的故事就好，真的！

这类似的自言自语对话还有很多。对话偶尔夹杂着其他串门人不懂的黑脸问号，但从2017年开始，就没有正常过。

程野这会儿拉着许瞳：“水落石出。”

江源还是有些糊涂："怎么就水落石出？我怎么越来越糊涂？"

"没发现？只要那个男人存在的时候，罗伊是消失的。而罗伊在线的时候，那个男人永远不可能在。"程野说完，指着电脑，一语惊醒所有人，"那个男人，把自己活成了罗伊。"

他杀了罗伊，心境发生变化，潜在的一类人格又把自己活成了罗伊。

"什么？"

很快，戏剧性的一幕就出现在了大家的面前，证明了程野预料得分毫不差。在押解那个男人到局里之后的两小时，无论怎么询问，他都一声不吭，近乎狂躁。而时间一过凌晨4点，刚猛拍桌的男人像是中了邪似的，双眼呆滞起来。隔了差不多十分钟，眼神变为迷茫，整个人的神态、动作，变得女人起来。

对，是女人。一个一米八几的连环杀人凶手，如同小女孩似的双手捧着脸："我怎么在这里啊？"

"我叫罗伊，在网上写文。不信？我给你们看啊……新章节写得很吃力，'战栗的诡笑舞者'这个，你们看，我前天才写到丁陵这里。"

连若清，丁陵。那个男人指着屏幕上的乱码，竟然清晰地一字一句地说出了一个故事，一个他如何绑走她们，折磨她们，继而杀害她们的完整故事。

到了林珊珊的时候，那个男人却明显开始焦急："林珊珊呢？我怎么想不出来林珊珊的剧情了？"

邢峰受不了，合上笔记本电脑："因为林珊珊那里，你压根没得手。"

究竟是夜晚的人格驱使白天写作，还是白天的内容暗示黑夜，双重人格给警方指证带来很大的困难。因为涉嫌精神鉴定的问题，结案后新闻舆论硬是沸腾了好些天。精神上有问题的人伤人究竟应不应该追责的讨论引发了不小的争执。但争执却在远方，这会儿许瞳脑袋缠着纱布，一双眼睛滴溜溜地看向程野手里的苹果。

又大又甜的红富士被瑞士军刀削成了狗啃状，她想伸手，程野后仰躲过，削完最后一刀取了小块。

他伸手递苹果块到她嘴边："啊！"

许瞳抿嘴，最后不得不小心翼翼地凑过去，用牙齿尖尖咬住苹果块的边缘。

因为冬天太冷，她已经很久没吃水果了。所以太阳一出来，她舔了舔嘴皮，之后程野竟然拎着一袋红富士，宛如踏着祥云般进门。清冽的甜入喉，她满足地叹了口气。

程野被她餍足的样子逗乐，又一块递给她。

“对了，罗伊——”

“嘘！咱休息时间不谈工作啊！”

程野摇头，但见她满眼的坚持，只得拉开凳子交代。

“罗伊自小父母离异，双方又重组了新的家庭。她高中没读完就休学，后来被人带去写作，也算争气，稿费凑起来买了那套房。”

“那她和凶手是什么关系？为什么他对她的事知道那么清楚？”

“凶手杨旭比较复杂，母亲在那种地方工作，是个脱衣舞娘，关系混乱，长期酗酒，重度家暴。他从小接触的圈子不一样，对女性有成年人的渴望，更有更深处压抑的恨。”

许瞳恍然：“难怪他对会舞蹈的人很偏执，难怪他会缝上嘴角。”

“后来杨旭跟罗伊成了租客关系，而后就是——”

“恋人？”

程野摇头：“杨旭对罗伊而言，是偷窥者。”

自然，偷窥久了，自然而然就成了“她”。

许瞳沉默，不知道在想什么，程野再给她一块苹果，她不自觉就吃了。

“好吃吗？”他问。

许瞳想点头，但看着对方警示的眼神，老实地说：“好吃。”

“我尝尝。”没等许瞳回神，男人俯身低头，直接偷吻上了她的唇。

温热略干的触感飞快扫过她润红的嘴角，程野贴着她，眼底含笑：“是很好吃。”

“啪嗒”一声，许瞳手里的苹果块掉在了地上。

晨光很好，窗外的景色也很美。微光透过窗户，静静洒在病房的每个角落。

队里的人都站在病房门外，捧着鲜花、水果、牛奶慰问三件套的男人们齐刷刷抬头看向沉默不语的队长。霍廷琛的手里还拎着一箱牛奶。

而里边，俯身亲吻的男人，静静闭眼坐着的女人，在以窗为框的背景下，美好得如同一幅画。

终卷

只有他知道

Lianai Zhengzai Zhencha Zhong

（1）

许瞳从来没有和异性这么近距离接触过，只是浅尝辄止的一吻，她却紧张得厉害，胸腔里的那一团东西从轻微到剧烈，跳动得非常不规律，耳鼓膜上全是自己心跳的怦怦声。

眼前浓密得让人嫉妒的睫毛抖了抖，程野双眸如星：“很紧张？”

许瞳瞪了他一眼，透着粉泽的双唇开合后却没说话。他双眸一暗，大手扣在她的脖子上，俯身直接含住了她的双唇。

呼吸交织间，她忍不住轻哼一声，程野的手臂收得更紧了。

而后，慢慢回到最初爱怜的轻啄。

每啄一下，程野就看着许瞳笑，最后惹得许瞳也忍不住笑了起来，眉清目秀的光晕让人挪不开眼。

他摸摸她的脑门儿：“可把我紧张坏了。”

许瞳捂着额头：“啊？”

他把她放回去，起身之后又忍不住低头在她眉心吻了吻：“我家许小妹擒拿格斗业界闻名，不先控制好你的双手双腿，还真不敢偷……”

许瞳一把捂上了他的嘴。

程野笑嘻嘻地搭上外套：“我去接开水，待会儿把药吃了。”

可一出门，他就发现门边放了一排排的水果、牛奶和鲜花，再一抬眼，走廊尽头转弯处的光头熠熠生辉。刘哥凶神恶煞地冲他摆手，做口型：“以后收拾你！”

程野拿起一篮子水果，自己都乐了起来。

“怎么了？”听见他的笑声，许瞳问。

“有人想收拾我。”

许瞳见他说了这话后却笑得很开心，探头就发现那一堆东西，意识到什么之后一下就跳下了床：“谁来过？”

“哎哎，躺回去躺回去。”

许瞳满脸通红：“刚才谁来过？”

她抬手捂脸，却被人好整以暇地拿开。程野先看她的表情，而后恶作剧般嘿嘿笑：“是你队友。”

眼前的姑娘快成了烧开的锅炉。

晚上，傅振之直接开车来接许瞳去家里吃饭。他拿出珍藏的酒，可惜许瞳喝不了。

“这小妮子身上有一股我当年的狠劲儿。”傅振之给自己倒了满杯，和程野一杯一杯地干。

白酒入喉劲道很足，许瞳有些担心，倒是云清阿姨很淡定地准备好蜂蜜水：“喝吧，也就这一次纵容你俩。来，瞳瞳，我们吃菜，还有这有一篮子山核桃，多吃点儿补脑啊。”

许瞳吃了不少，目光却时不时落在程野身上。眼见着两人喝了一瓶五粮液，她吃饭的动作不自觉慢了下来。

“程野这孩子我不知道，但你傅叔叔已经很久没喝酒了。”苟云清给他们盛了汤，回头冲许瞳笑，“看把你傅叔乐得，还当自己是二十多岁毛头小子似的硬着头皮喝，也不管自己有三高。”

许瞳咬筷子抿嘴。

傅振之满脸红光：“我是高兴啊，后继有人怎么不高兴？我看许瞳漂亮地全省夺冠，那个江源脑袋也够用，要不你干脆辛苦一把，掺和一脚帮我打造个新团队？”

他说的“你”，是指程野。

程野端起酒杯转了下：“再说。”

气氛瞬间有些闷，傅振之叹了口气，转口：“瞳瞳，你们霍队对你怎样？”

许瞳愣了愣：“挺好的。”

“霍廷琛这个年轻人确实很有能力，这点我肯定。不过他有些地方太过执着，说白了就是固执，和其他部门的关系也比较疏远……我怕你在他手下会很累。”

许瞳放下筷子。

程野收回视线，下巴朝她一努：“喏，那边有个霍队的忠实小粉丝。”

许瞳喃喃：“我……觉得他很好。”

傅振之叹了口气：“瞳瞳，霍廷琛办案子确实有一套，但身上的傲气和棱角太锋芒了，办案不是一个人的事，而是一群人的配合。”

听了这些，许瞳没有吭声。

“但我相信他早日意识到这一点后，能有所改变……不过这个男人最大的弊端不是自己，而是他的父母。”

霍叔叔和阿姨？

“霍旭文和他夫人心都不小，得罪的人太多，给霍廷琛的发展带来不少影响。”

原来这些年霍廷琛怀才不遇，最大的原因竟然是叔叔和阿姨。许瞳有些闷闷的。

“哎，说这些做什么，要我说啊金子在哪里都会发光的。”荀云清打圆场，“最后一杯了啊，喝了这一年都不许喝酒了。”

程野闻言嘿嘿一笑。

“笑什么？”许瞳问。

“恐怕不成。”一桌子人的目光都追了过去，许瞳见他在看自己，心底一跳，整个人莫名紧张起来。

“你们要多一个闺女了。”

多一个闺女？傅振之抓了抓耳朵：“你把哪家黄花姑娘给套上了？”

“啪嗒”一声，有筷子跌地的声响。许瞳低头去捡，耳朵的红晕却出卖了她。

荀云清“啊”了一声，指了指程野，又指了指许瞳。

程野点点头。

好事成双的消息让两个男人又开了一瓶，最后热热闹闹到晚上 11 点这顿饭才作罢。

许瞳要去帮忙收拾，却被荀云清拉着：“你明儿还要去输液呢，我来吧，这两人开心起来跟毛孩子似的……我看小野也差不多了，待会儿到客居室休息吧。”说完这个，荀云清顿了顿，“是给你们安排一起，还是分房？”

“我们还没……”没有长辈在身边，感情和男女上的事，她还真没和人提起过。

“那就你睡客房，小野睡沙发。”

“我还是送他回去吧。程野家离这里不远，这边没有换洗的衣服，第二天挺麻烦的。”

沙发……他那么大的个子躺起来多难受。

可是，程野早就在沙发上睡着了。睫毛在鼻梁上投下安静的影，眉心舒展，呼吸均匀又安静。许瞳看了会儿，小心翼翼地将被子搭在他的身上，继而探身关了台灯。

第二天早上 6 点，男人在规律的生物钟中醒来。主卧室和客居室里都安静一片，他进了浴室转了圈，想想还是回家洗个澡再换一身衣服，一身的酒气。

从这里开车回家 20 分钟的路程，程野刚把车停在小区车库就听见保安喊：“你的信。”

信？什么信？信箱在物业那里，程野还是第一次去那地方找东西。打开柜子看见一封白色信件躺在里边，眼皮子却忍不住跳了下。这年头谁还会用这么传统的方式来沟通？

“在这儿有两天了，只是你没回来。”

谢过物业的人，程野翻转信正反面。没有邮戳，没有邮票，甚至没有任何寄件人的信息，唯独收件人的所有信息一应俱全，如同一道警示。

他果断地撕开信封，一沓照片滑了出来。

深邃的瞳孔猛地一缩。

整整 9 张，全是许瞳。站在发布会现场的许瞳、破案中的许瞳、在超市选东西的许瞳，甚至……在医院被他拥吻的许瞳！

寒意从背后冒出，程野眼神阴沉地翻开每张照片的背面。

“她很漂亮，对吗？”

（2）

——她很漂亮，对吗？

室内开着暖气，却压不过那一股恶寒。程野直接飙车到了傅家，哐当的推门声后，有人好奇地从厨房探头。许瞳围着围裙，手里端着碗：“怎么了？”

他深吸一口气，咧嘴：“我饿。”

“饿也不至于掀我家的门。”在花园里修剪月季枝的傅振之语气不善，“过来，帮我个忙。”

见程野往花园走，许瞳回到厨房却明显有些不在状态。

“好久没见他这么风风火火过了。”苟云清边摘菜边笑，“别看他现在稳得住，当年让人头疼得厉害。”

许瞳闻言好奇：“怎么个头疼法？”

“皮得没办法，什么都想去试，骑重型机车还摔断过腿。他才从部队转到这边来的时候，接手他的就没不来告状的。”

许瞳忍不住勾起嘴角：“然后呢？”

摘菜的手顿了顿，一阵悠长的叹息声后，苟云清摇头：“那阵子程野替人出头把人给打了，也没跟我们说。没想到对方家里很有背景，直接把他从刑警队除名，调到了交界区的缉毒队。”

缉毒？难道……

“在那里磨炼了一年，那一年就回来了两次，每一次都看见了他的变化。”

过程许瞳不清楚，但结局她是知道的。案件告破，秦鹰牺牲，程野辞职。

“阿姨。”许瞳放下碗，很认真地看向苟云清，“能不能跟我说说秦鹰呢？”

苟云清摇头，刚想说什么，熟悉的声音从背后响起。

“我可以告诉你。”程野不知什么时候站在后边。

许瞳看了片刻，垂眼继续搅拌蛋液：“算了。”

程野怕她乱想，走过去俯身轻啄了下许瞳的脸：“做什么呢？记得 9 点要去输液。”

“鸡蛋饼和小米粥，再炒一个青菜。”许瞳看了眼含笑的苟云清，有些不好意思地低头，“记着呢，吃了就去。”

“跑来跑去也挺累的，”程野靠在水池边抱胳膊，“要不我们请医生回来输？”

许瞳诧异地抬头，男人的视线却有些闪烁。她想了想，很干脆地给了答复：“好。”

程野觉得自己简直败给了这双能看穿一切的眼睛。

省总院有家庭医生的合作项目，预约没多久，许瞳的输液瓶就挂上了。她搬了个榻榻米坐在窗边，晒着阳光能驱散很多输液带来的疲乏。程野送完医生回来，手里跟变戏法似的拿着几枝非洲菊。火红和橙黄交织的色泽给房间增添了不少的色彩。

“隔壁邻居买了一大捧，正巧遇上分了几枝。”

许瞳眼睛一眨都不眨。程野看着手里的花笑了下，找了个透明玻璃杯插上，而后走到她身边：“好好，我跟你说秦鹰。”

对于那个人，好几年程野都不敢去想。时间真的是最好的治愈药，他回忆起那段过去，甚至想起那段苦中作乐的日子还会笑。那时候二十出头，仗着一腔热血和本事，喜欢挑战极限，惹了不少事出来。后来被调到缉毒队，本以为会在交界区那种全是深山老林和长河的地方喂蚊子，却没想到队长是秦鹰，按照队里的话说，那是蚊子都不敢靠近的主。

他身上的锋锐棱角几乎是被秦鹰给磨没的。秦鹰欣赏他，于是换着法子训他，挖掘出他最大的潜力。他和秦鹰干架无数，却一直把秦鹰当成亦师亦友的存在。后来，实践证明，那些地狱式的训练，有朝一日会成为保命的钥匙。

“你们知道的那起案子决定收网的契机很突然，我们这边有人走漏了风声，那边的交易全部切断，大大小小的中间人开始撤离。本来是还要养一段时间再动手，那之前秦鹰的妻子查出怀孕但有小产的预兆，他刚请假回去陪老婆，知道消息后直接赶了回来。然后就是收网，目标外圈的人太多了，我们决定擒贼先擒王，费了好大的力气才确定到温作新的大概位置。这年头只要用智能设备，跟互联网沾边的动静都能在我们的掌控中。温作新知道这一点，所以他所有的交易和交流方式都是人为——字条，所以获取他具体方位确实很难。那天……”

那天……程野眯起了眼睛，逆光下只能看见他的短发，他的耳朵轮廓，却看不见他的表情。

抓阄之后秦鹰就走了，没有带任何人去，因为这一去就意味着牺牲。可是还有几个人义无反顾地跟着去，都是平时在队里被他“折磨”得大哭和抓狂过的年轻人。秦鹰出动，引发一大部分火力去追捕，而最没动静的那一处，很有可能就是被层层保护的温作新的地点。

当时他眼里充血，手指紧紧地抠进了土地里，挺身要起的瞬间被身边一人紧紧按住。

“没有你我们这趟行动就完了！你想让秦队白牺牲吗，还有追去的杨力、张旭松、邱鸿！”

他牙齿都快咬出血。随后冲进去捉温作新的时候，他遇神杀神遇佛杀佛，整个人如同沐浴在鲜血里的暴戾鬼。他怀着必死的心冲在最前边，那些打进身体的子弹像没带来任何的痛感。

支援的人到了，是以同志们牺牲的代价才换来把这些毒贩活捉。收网后，大部队清理人数时，才发现牺牲了那么多人。这个社会上，有很多无知的人选择了毒品，为逃避现实，为寻求刺激，为了它倾家荡产，伤人伤己。可是这个社会上也有很多人为了营造好的环境，在默默流血甚至牺牲。

他们傻吗？

不傻。他们也有家，也有自己的人生。可是为了这份责任，为了让大家有一个健康的生活环境，他们攻破一道又一道利益下的链条。而在金钱面前，总有人泯灭人性。哪怕牺牲再多，换不来良知，前方依旧是漫漫砥砺血路。

在说找到秦鹰之后，程野就沉默了。

许瞳心里震惊得厉害，微凉的指尖收拢，虽然包裹不住，却依旧尝试着想将他的手用力紧握。等他回过神的时候，鼻端嗅到了女人发丝间熟悉的清香，以及淡淡的药膏味道，像是带着魔力的安抚。

“没有什么是过不去的。”那天在地铁上的话，她原封不动地拿来安慰他。

程野眼眶一热，紧紧将许瞳抱在怀里。

拥抱对于两个都背负着沉重过去的人如同冬日的炭火，慢慢地，心尖都暖了起来，这种感觉真的很好，如同上瘾一般烙在了脑海里。

程野深吸一口气，声音喑哑：“我们是一类人。”

许瞳没输液的手轻抚他的脸颊轮廓，黑白分明的眼里透着细致的光：“你那句话我一直都记得，那时候就想如果有机会再见，我一定会很真诚地感谢他。”

程野按着她的手，侧头亲了下，眼里的暗瞬间消散，熟悉的笑意又回到了里面。

带着暖意和些许不羁的笑透着阳光的味道，许瞳发现原来自己喜欢程野，就是从迷恋这一抹笑开始。很生动，很有感染力。无论是邪气的笑，了然的笑，还是透着一股子坏坏的笑，都让她挪不开眼睛。原来只要他笑，她就会很开心。

“怎么感谢？”他轻声问。

许瞳仰头在他的眼睛那里亲了一下。

这是她第一次主动亲他，他顿了顿，一手拿起她的输液瓶，一手紧紧搂着她纤细的腰，侧头寻上她的唇。爱一个人会上瘾，越沉溺，越戒不掉。他想把自己的全世界都给她，可偏偏有人却盯上了她。

一吻结束，他轻抚着许瞳微凉的发，感受她温顺地靠在自己肩膀上的宁静，他眼底暗暗聚了一场暴风雨。

谁也别想伤她。

留置针有一点好处，就是不用把手背穿得千疮百孔。在许瞳输完今天的液后，程野直接帮她拔了管。差不多晚上 9 点，简单地吃了饭后到楼下小区走了一圈消食，程野把许瞳送回家里。可之后他却没有回去，黑色的牧马人停在小区楼下，一整夜他都待在车里。困的时候，他抽两根烟提神，电脑放在车前，里边是物业那边的监控画面。3203 的柜子前一直没动静，而就在两天前，一个小孩蹦蹦跳跳将那封熟悉的信塞了进去。

程野锁定这个孩子，查看一路的监控信息，查到了一辆无牌照的黑色轿车，以及下车和孩子沟通的背影。那人穿着一身黑，在低头和孩子说话后把信封递出去，那只手是戴了手套的，而后黑衣人躬身回到车里，墨镜下的脸不太好辨认。程野回忆着，但这张脸对于他确实陌生。

黑衣人进的是驾驶位，副驾驶位的黑玻璃始终没开过。程野停下画面，将截图放在分析软件里。折光反光处理之后，手停在了键盘上。副驾驶位上的男人的手上隐约可以看见一枚戒指。

熟悉的龙盘戒指，这东西化成灰程野都认得，那是温作新当年戴着的东西，也是他身份的象征，戒指背面是交易必须要用的章。

当初温作新被捕，戒指并没有在身上。后来他们也搜寻了好久，均一无所获。没想到此时此刻，在这里看见。

程野眯起眼睛，慢慢把照片放进信封里。

那副驾驶位上的人，很有可能是毒王温作新的弟弟，温作恒。

他来复仇了。

(3)

当年温作新被捕之后，大家顺着他的家庭关系才发现有温作恒这么一个人的存在。这个男人 6 岁随养父出国，之后便销声匿迹，他的户籍资料在出国那一年就停止更新了，其余的信息一片空白。只知道他 6 岁前叫“温作恒”，他去了哪个国家、在做什么、又叫什么，没有记录。

对此，程野十分顾忌。一个让警方都查不出水深的人，才是最危险的。所以，这些年他花了不少的心思去查，查到了温作恒在美国迈阿密，改名顾恒，从事金融行业，又查到温作恒去了色达和尼泊尔，将哥哥温作新的党羽，一并收纳，俨然成为一代新毒王。

程野双手按着笔记本电脑，头后仰靠在驾驶椅上，眸中神色复杂。

温作恒能把自己隐匿得很深，那么在这点小小的事情上绝对不会败露踪迹。但他却堂而皇之地亲手来送信，还露出他的戒指，这无疑是挑衅。只是，他为什么会在这个点回来？

程野想了片刻后拨通了一个人的电话，很快知道了原因——温作新被判死刑，在近期会执行注射死。

原来如此。

天还没亮，夜也很长。程野时不时抬头看向许瞳住处的窗户，与夜色融为一体的地方透着安宁的味道。他眸色很暗，指尖的烟却没断过，半截烟头杂乱地扣在车载烟灰缸里。他准备清理的时候却不小心碰到了一样东西。

磁带。许瞳小时候讲故事的那盘带子，前阵子傅叔给他，他却忘了交给许瞳。

程野调亮车里的光，反复看了一阵，最后想起什么，在后备厢里捣鼓了一会儿，终于找到了一个小小的廉价收录机。他把磁带塞进去，许瞳稚气的声音传了出来："爸爸，你又在加班呀？我给你讲个故事好不好？这样你就不会累了。从前，森林里有一只小兔子……"

车门关上，环绕音开启，整个车里全是许瞳童年的声音。带着些许奶气，甜甜的，如同粉色的棉花糖。那声音驱散了他心底的霾，连带着点上的那根烟都没抽上半口，静静地在指尖燃烧。

直到第六个故事开始，程野才将快燃尽的烟头压进几乎溢出的烟灰缸里。

原本的童声却戛然而止，程野的动作停在那儿，侧头。

"哗哗……"磁带发出像是被洗过的声响。

傅叔曾经说过，许瞳父亲在出事后，特地吩咐想要这一盘磁带。

程野双眸一凝，意识到什么之后，他立刻将声音调到最大，同时开启手机录音。

许国邦和许瞳关系那么好，在出事后他没有第一时间要求看许瞳，而是这盘磁带，这足以说明，正在播放的带子绝非只有12个童话故事那么简单！

事实证明，程野的感觉是对的。在大约5分钟的哗哗声后，里边传出“哒哒哒”和“吱呀”交错的声音，紧接着，一道略沧桑的男人声音传来：

“瞳瞳。当你听到这段话的时候，爸爸也许已经不在了。你不要哭，我知道你骨子里是个很独立、很坚强的女孩，这点最像我，你是个好女儿，可我不是个好父亲。为了工作，我经常忽略你，对你的要求也很高很严，也从没有说一句……我很爱你……我没办法再陪你在人生的路上……一直走下去，看着你长大，看着你嫁人，看着你生儿育女……如果人生能够重来的话，我一定在家里陪你的时间多一点，给你一个完整家庭……”

一声长长的叹息。

“真怀念老家的红砖房啊，那里有你最爱的太阳花，有最美的夕阳，还有那只忠心耿耿的大黄。可惜……爸爸再也看不见了……”

近乎颤抖的声音消失在“哗哗”声里，直到许瞳讲故事的声音再度播放，直到A面的故事全部讲完，直到……启明星的光芒变得暗淡，天边泛起了鱼肚白，环卫工人扫落叶的声音簌簌响起。

程野整个人仿佛入定。

当早起打拳的老人出现在视线范围内，他才吐了一口气，摸了把脸让自己清醒，然后开车离开。

许瞳起得很早，可有人却比她更早。

程野的头发还带着水珠，拎着早餐在客厅里打招呼：“早啊。”

她抓了把浓密乱翘的头发，睡眼蒙眬地站在卧室门口揉眼：“早啊。”

他给她倒了杯牛奶，路过的时候微风拂过，她鼻子敏锐地捕捉到一丝极淡的气息。牛奶的温度刚刚好，她刷了牙后捧着小口小口地抿，眼神却一直落在他的后背上，他正在给她切面包。

许瞳仰头喝完最后一口，走过去从背后环住他的腰，鼻子小小地耸动。

程野身体顿了顿，反手握住她的手：“一大早就这么热情？”

“你抽烟了。”

男人切面包的动作停了片刻，继而若无其事：“买早餐的地方有人抽烟，估计串了味儿。”他早上特意回家洗了个澡来压味道，没想到她还是闻出来了。

许瞳没追究，“哦”了一声，转身快步坐回沙发上。

程野把烤好的面包片端过来，抹上黄油后默默观察许瞳的表情。

“怎么了，看起来没什么精气神的，”他俯身摊手去试探她的额头，“脑袋还晕，还想吐？”

“我没事。”许瞳拉下他的手，“只是刚才接到队里的电话，说之前跟枪的那条线索有进展了，最近都在忙这个，而我却帮不上什么忙。”

程野听了皱眉：“谁给你打电话呢？”

“队长。”

他“啧”了声：“医嘱很清楚，近两周都需要静养，你这才一周不到。”

说的也是，这个恢复的过程马虎不得。许瞳昨晚尝试看了会儿手机新闻，结果没看几条就有天旋地转的眩晕感，伴随作呕的冲动。以她现在的身体状况，确实不能去工作，不然会给人添麻烦的。可是……

“是不是在家里待得不习惯？”他问。

许瞳眨了下眼睛：“嗯。”

“要不我带你出去走走吧。”程野转头递给她一片面包，“就在周边转转。”

最近天气好，出去走走确实是个不错的点子。

许瞳咬着面包片：“去哪儿呢？”

“黄云溪、李庄、雨棚沟都可以。”程野说了几个周边临近的山水风景地。

许瞳在听见李庄的时候，咬面包的动作停了下来。

李庄啊，就在她老家的隔壁，好像已经很久没回去了，家里那栋红砖房估计被爬山虎给爬满了吧。

“李庄吧，那里的手工糍粑很好吃。”

程野抹完第二片面包的黄油，闻言笑：“你对那里还挺了解的。”

许瞳直接坦白：“小时候经常去。”

反正也不远，简单收拾了下就开启说走就走的旅行。只是下楼的时候，许瞳路过了垃圾桶，上边专门放烟头的区域塞满了烟蒂，若有似无的气息飘来，让她脚步停了片刻，而后沉默地上了车。

李庄，距离S市大概有4小时的车程，中间还有一大段的盘山路。程野考虑到她的伤一路上开得很慢，总共花了6小时。

这个江南小镇依山傍水，如同世外的一幅水墨画。长河从城市的中间蜿蜒而过，当车开过了城中心区，紧接着就是让人眼前一亮的水墨古镇。虽然已经完全商业化，但在这个季节，非节假日，古镇里的人很少，连带着店铺都没几家开门。

许瞳心情似乎很不错，直接把程野带到一家老字号的糍粑店。店门口，一个老人正举着木头制的长槌，一下一下用力砸着一团白软的糯米。手工糍粑最有口感，许瞳买了一份，一小团的白色糍粑在黄豆粉里裹了一圈，塞入口中。

软糯醇香，还是儿时的记忆。

程野是头一次吃这个，不爱甜食的他也很给面子地吃了好几团。两人牵着手走在青石板路上，看河边的垂柳已经发出柔嫩的新芽。城市里找不到的春天痕迹，在这里已经悄然萌发。许瞳伸手摸了下绿芽包，回头就见程野正在偷拍她。

“还挺好看的。”

屏幕里是午后慵懒的光，许瞳嘴角带笑地在碰柳枝，黑发白肤，眸色清亮，除她之外整个背景都是虚的。程野直接把照片设置为背景，取代了万年的系统自带蓝。做完之后一点儿也不生疏地牵起她的手，十指紧扣地继续往前。

“要不要休息一下？”他问。

许瞳眯起眼睛：“再往前走吧。”

程野闻言回头：“前面有什么？”

“顺着河走到汇流处就是我老家。”许瞳收回手，身体一转绕到程野的面前，眼神很清澈，“也是你想我带你去的地方。”

脚步停在了那里，程野先愣了下，继而失笑：“什么时候看出来的？”

“从你最初的反常开始。”

程野摸摸后脑勺："我就猜你可能怀疑上了，只是没想到直觉这么准。"

"你想去我老家看什么？"

男人叹了口气："如果你没有受伤，可能这件事我早就告诉了你。偏偏这会儿需要静养，在这一周我肯定不会说半个字。"

许瞳别过头，程野凑过去补充："哪怕你想打我一顿，也得没事之后再说。"

听了这话，她反而安静下来。老家，静养，没事之后再说。她仿佛明白了什么，直愣愣地转头看向程野认真的眉眼，眼泪就这么滚了出来。

"是不是和我父亲有关？"

(4)

不是程野藏不住，是她太敏感了。这种与生俱来的细致观察力，有时候也是负担。从昨天程野早上进门开始，她察觉到他眉眼里的沉，推测出可能遇上了某件事。而从他提出家庭医生时，推测出可能那件事和她的安危有关。继而再从他不经意提起三个地点，其中李庄和她老家几乎无差的情况下，判断出这件事和她的过去有牵连。综合在一起，她很肯定地得出了结论。

"你先别哭。"程野没想到许瞳的反应这么大，更没想到她会这么快精准地猜出来。他叹了口气，双手握着她的肩膀，"这件事你确实有绝对的知情权，但最关键的东西等伤好了再给你。不过，这件事确实和你的父亲有关。"

程野说得不快，尽量用最恰当的措辞："你父亲的事我确实知道一些，而昨天得到了一个消息，没错的话，你父亲曾经把某种很关键的东西藏在了老家。"说这话的时候，他一直在观察她的表情。

许瞳明显愣了下，那带着泪水的双眸却变得清晰起来，人却很安静。

听完之后，她果断点头："好，去老家。"

在父亲走后，许瞳就再也没回来过了。她怕自己会睹物思人，更怕回到原点后有一种物是人非的沧桑感。

红房子是90年代初的那种红砖楼，局里的家属区。许瞳记得前边有一排梧桐树，细细的湘妃竹绕房半圈。然而再度站在这里时，房子比想象中破败了不少。不远处的局子早就搬走了，家属也跟随去了新的地址，现在居住的人，都是生面孔。梧桐树和湘妃竹已经不在，取而代之的是贯通左右的水泥路。

许瞳没说什么，但程野早就发现了那房子正中间，有个很硕大刺眼的字“拆”。

“看来我们来得很是时候。”

如果被拆，那就麻烦了。

“钥匙带了吗？”

许瞳直接开了门，飞扬的细细灰尘在开门的瞬间扑了下来，她捂着鼻子挥手，伴随着门打开，室内的一切变得清晰。

“怎么会这样？”许瞳惊呆。

里边一片狼藉，早有人捷足先登。

程野扶起倒在门口的椅子：“你上次回来是什么时候？”

“大二，回来收拾了几件衣服就走，没有多待。”

他侧头，见许瞳一直低头在捡东西，睫毛颤抖得让人心疼。

“你觉得你父亲会把东西放在哪里？”

说实话，现在看来对于找到那样东西程野自己都不抱希望。这屋里完全被人翻得底朝天，但凡能搜的都被搜尽了。

许瞳的声音有些哑，她摇头苦笑：“我不知道。”

程野按着她的肩膀没说话，直到掌心下的单薄在颤抖，直到她抬手捂脸：“我真的不知道，我现在脑袋乱得很。”

“想哭就哭吧，乖，别着急。”他叹了口气，拉过她紧紧抱着。眼泪就这么从她的指缝中流淌出来，慢慢浸湿了程野胸前的衣衫，如同岩浆般滚烫。

喉结滚动了好几下，程野低头亲吻她的额头。许瞳的哭声很小，小得让他心疼得厉害。大概持续了10秒，颤抖慢慢平复，她变得很安静。

许瞳的声音很沙哑：“你说父亲放了东西在这里？什么东西？”

程野摇头：“我不知道。”

他只是猜测，但看见眼前的一幕之后变为肯定。这里确实有一件让某些人坐立不安的东西，只不过具体是什么，许国邦为了安全没有多说，他自然也不知道。

“你是怎么知道的？”

“一盘磁带。”

程野说完之后就停了下来，两人似乎都想到了同一个点上。

许瞳一下就冲进书房里，在杂乱的一堆书籍中翻找着过去所有的带子。父亲是一个很传统的人，他生长在信息化程度很低的年代，哪怕单位后来普及了电脑，他都保留着用纸质书写材料的习惯。他没用过U盘，不怎么懂电脑，连智能手机都是许瞳手把手教他用的。以他的习惯，如果要保留一些东西很可能是纸质的，而对于他而言最大的信息化，就是磁带。

许瞳记得家里有很多磁带，整整齐齐地被收在书房里。可这会儿全部翻尽，却是一盘也没有留下来。

“他们拿走了？”发现这一点后，她的脸色越来越白，动作也变得急躁，“他们是不是已经拿走了？”

“往好的地方想一下，瞳瞳。”程野按着她的手，“你懂你父亲的习惯，那些设计陷害的人肯定也清楚。所以磁带这种东西怎么可能会放过？试试想别的？或许是你家里不会出现，也可能是你父亲肯定不会碰的东西。”

家里不会有，他不会碰的东西……书信肯定不是。还有什么呢？父亲不会碰的就是电脑一类的东西。家里确实没有电脑，许瞳小时候接触的都是学校里的微机课……但这个范围也太大了。

从进门到现在，整整三个小时，他们已经把每个房间的东西都挨着搜了一遍，毫无所获。许瞳有些疲惫地靠在墙边，程野在外边洗了手，看见对面有个老太太在门口烧木柴取暖。

他走过去说了几句，而后指向这边，老人点点头，颤颤巍巍地进屋又出来。

没过多久，程野端着一碗冒着热气的水回来，递向许瞳：“先喝点水。”

许瞳这才发现自己的嘴皮都快干裂了。她麻木地伸手，男人后缩：“烫，等等。”

程野一点点地吹着，细心地旋转碗边。夕阳将整个房间贯穿，如同燃烧的烈火，将他的头发和睫毛镀上金黄的碎光。岁月在此刻温柔下来。上帝给她关上了门，却开启了一扇窗。

许瞳把手覆在他的手上："我爱你。"

男人的动作停在了那里，隔了会儿把碗凑到她的唇边，声音低低的："真巧，我也是。"

休息之后就是继续找，程野想起一个人，但傅叔的手机一直在通话中。在反复好几次后他放下手机，等了片刻依旧没看见回拨。这种情况让他隐隐有些不好的预感。

约莫三分钟后，傅振之回了过来，开口却是："瞳瞳和你在一起吗？"

程野顿了顿，回头看向依旧在整理东西的许瞳，走到稍微远一点儿的地方："在，我们在李庄……你那里出事了？"

"出事了。"傅振之声音是罕见的沉重，"我们摸到一黑枪库房，今天凌晨发生了交火，一名警察送往医院的途中死亡。"

程野捏紧栏杆："为什么不让她知道，难道……是认识的？"

"没错，刘川，他们一个队的老同志。"

程野对刘川有印象，那个大大咧咧的光头，带着一道疤，面凶心善，大家都叫他"刘哥"。前阵子还在医院门口冲他比手势开玩笑，"以后收拾你"。

程野站在走廊上，扬起下巴闭上眼睛。

"这件事还没有完，暂时先别告诉她。刘川的追悼会明天进行，这两天你带着她在李庄多待，这起案子有点复杂……你们去李庄做什么？"

程野压低声音："在许瞳的老家，她父亲的事情有点眉目了。对了，上次你给我的那盘磁带，谁接手过？"

"磁带？"傅振之思考片刻，"那时候所有的东西都被作为证据贴了封条，我自己出面确实不太好，就托人……磁带有问题？"

"有，它是一个很关键的线索。"

傅振之很快冷静："我托的那个人叫刘赟，一个很信得过的老交道了，应该不会出什么岔子。你等下，我去问。"

差不多等了十分钟，傅振之气急败坏：“刘赟没问题，霍旭文有问题！那盘磁带霍旭文碰过，当初还想以思念老友的名义带出去，好在我中途提起后刘赟直接地拒绝了！”

“霍旭文？”程野觉得这个名字有几分熟悉。

“霍廷琛的父亲。”许瞳喊了二十多年的霍叔叔。

(5)

程野仿佛看见一道巨大的黑色漩涡悬在许瞳的背后，张牙舞爪地想要吞噬她。他深吸一口气，上去按着她的手，默默帮着把杂乱的屋子收拾整齐，而后打扫卫生。

一切做完差不多晚上9点多。家里早就停气停电，做事全靠门外那盏廊灯的微光。程野打开电表看了眼，打开手电筒扫到不远处的电线杆子，拆了主线跑去偷电。许瞳没来得及拉住他，没隔几秒整栋楼的电灭了，暖气供应的声音停了下来。

“怎么停电了？”

“对啊，刚才还好好的。”

有几个人推开房门看情况，许瞳缩在门口，望着不远处电线杆上的影子提心吊胆。大约又等了几分钟，伴随着一阵灯亮的闪烁，嗡嗡的声音顿起，许瞳屋里的灯也亮了。

程野回来时一身汗，笑着说：“好久没做这个，手生。家里是电热水器？”

许瞳摇头：“烧气的。”

电可以偷，气却没办法。程野二话不说去隔壁借了一个热水壶，烧了两壶后怂恿许瞳先去洗澡。

热水消除了身上大多的疲惫，她满足地叹了口气，白雾缭绕间墙上那只戴着大蝴蝶结的米妮正对着自己的眼。

许瞳对着它，手里的动作却慢慢停了下来。家里……什么时候有这个米妮的？想到这儿，她匆忙裹上浴巾，踮起脚去摸那个浮雕似的米妮。先摸再敲，脸颊贴上去，却听见一阵空响。

许瞳愣了下，手指都抖了。她踮起脚用力去撕，尝试了好几次，米妮终于被她撕了下来。撕下的瞬间响起一个轻微的啪嗒声，似有金属掉在了地上。细长均匀的手指试了好几次，才把那东西捡起来。她拿在面前看，浑身止不住地颤抖。

许瞳“砰”的一声推开洗手间的门。

程野正在沙发上看许瞳小时候的作文本，听见声响后利落翻身而起：“什么情——”“况”字尚未出口，紧绷的神经“啪”的一下断了。许瞳只裹着薄浴巾，均匀的长腿一览无余，白皙鼓胀的胸口竟然很有料……

她呼吸有些急促，似乎并没有意识到有什么不妥，小跑到他面前举起一个U盘，几缕湿发黏在锁骨上，水珠顺着呼吸的起伏，滑过半抹高地，没入浴巾中。

许瞳的声音带着激动的喑哑：“我找到了。”

程野这才把眼珠子强行转过去：“找到什么？”

那抹银色一晃而过。他深吸一口气，脱下外套把人裹住，而后才接过那东西：“也不怕冷。”

“快看看里边。”许瞳声音急切。

程野把笔记本电脑翻出来，单手钩起她的衣服：“先穿好……”

话音刚落，手上一轻，许瞳快速拿过衣服躲进了洗手间，一阵声响后出来，前后绝对不超过30秒。

“我看看。”笔记本电脑落在她手里，程野挨着她坐下。两人挤在小小的沙发上，在点开文件夹之后都很安静。

U盘里有一段视频，开始一直对着一扇半掩的门，似乎拍摄者没有动过。声音放出来的瞬间，许瞳的双眼睁大，脸色在屏幕光前白得像鬼一样。

——“这件事你睁一只眼闭一只眼就行。”

——“你们胆子也太大了！”

——“风险向来和收益是不对等的，有人拿命都换不来的这些钱，你却是一句话的事。”

——“老许那里怎么办？”

——“不通变数，断人财路，许国邦就是死路一条。”

短暂的沉默之后，声音再度响起。

——“脏的是我们的手，与你无关，许国邦就当我们送你的一道大礼，我知道，你等他退，等了太久。”

——“睁一只眼闭一只眼是吧？”那道声音慢慢响起，“好，我懂了。”

里边有动静的瞬间镜头晃动到了门后。透过那道缝，人脸一晃而过。沙发发出往后滑动的刺耳吱呀声，许瞳猛地站起来，手握成拳，用力到没有知觉。其实在第一次听到声音的瞬间，她就知道了那个人是谁。只是她不相信，也不愿意去相信。

那是她喊了那么多年的霍叔啊！在父亲走后，也是他帮着打理后事，更把她接到他家里住了整整一个月！她甚至一度把他当作父亲一般的存在！

想到这里，她就极度恶心。酸水从胃里不断外涌，那种认贼作父的荒谬感一旦滋生，如同滑腻的蛇缠绕在身上。她猛地冲到洗手间，胃里一阵翻腾，把下午吃的东西全都吐了出来，恶心得无以复加。

程野在外边看得难受，见她满眼通红地冲出来，有要去找人拼命的冲动。

“许瞳！”

她却像是没听见，“啪”地推开门。

程野跟着：“你想做什么？找到霍旭文？然后呢？告诉他你知道一切，等他消灭了证据再把你解决了？”

他的话如同一盆冷水，泼在了许瞳的头上。是啊，她能去做什么？她现在什么都做不了。

许瞳停在了夜色中，慢慢地蹲下，抱着胳膊抓头发，却哭不出来了。

程野意识到话说得重，可也没办法不吼。刚才她那样子完全就像是发狂的小野兽，双眼通红丧失理智，活脱脱是想去拼命的。

他走过去抱住她，说：“你认识霍旭文，恰好我认识和他对话的人。”

怀里的人终于有了反应，声音沙哑：“谁？”

“温作新。”那个人的声音，哪怕过去再多年，他也不会忘记！

“瞳瞳。”程野看着不远处的路灯，脑海里渐渐起了一个主意，“你现在有什么打算？”

许瞳有些凄凉地笑了：“我的打算就是让父亲摆脱那些莫须有的帽子，让社会知道，许国邦究竟是什么人。”

程野点头：“我明白了，既然这样，其他的人和事都交给我来处理。”

“你想怎么做？”

“离间计。”

程野需要几天时间来筹备，而刘川牺牲的消息是压不住的。就在第二天，许瞳在买菜的路上经过一家卖家电的铺子，一排电视机都在播放城郊枪战的消息，而后就是刘川追悼会的画面。

电视前围了不少人，大伙都在看。追悼会上，主持人说了很多话，每个人的眼圈都是红的。

“呀，谁的番茄？滚了一地！”

在有人喊出这句话后，不少人低下头看自己的脚边。除了西红柿，玉米和排骨也掉了。

“谁的菜？”

没有人回应。

而角落里站着一个纤细高挑的年轻女人，给人印象很深的不是她干净精致的外貌，而是她的表情。那种震惊之后的悲伤，眼睛发红，无声流泪的表情。

东西似乎是她掉的，旁边的老太太试探着晃她的手：“闺女，你的东西掉了。闺女，你的菜掉了。”

年轻女人像是如梦初醒，机械地蹲下身捡菜，连带着别人丢的烟头也捡了进去。好几个人出声提醒，她震了一下，忽然丢了东西转身就跑。

“哎，肉和菜都不要了？”

人已经跑远了。人群中有人补了句：“看她那样子，牺牲的警察会不会是她亲戚啊？”

一句话后，所有人的表情都变成理解和同情。

“多可惜的人啊，怎么好人就没有好报呢……”

许瞳的眼前全是模糊的，她跳上出租车：“去S市。”

司机愣住：“哪儿？”

“S市，殡仪馆。”

司机手一抖，苦笑：“美女，这单程就4小时，别说我回程还要空车4小时……成本太高。要不，我送你去客运站坐大巴吧。”

“包车，开到S市，多少钱？”

见她很执着，而且目标是殡仪馆，很可能是家里走了人了。出租车司机叹了口气：“我也不收你高价，往返500多公里，800块，含油费过路过桥费。”

许瞳从包里摸出1000元：“麻烦快点。”

“家里出事了？”高速行驶的车上有些枯燥，司机看着后视镜里神情悲痛的女人，忍不住想劝一下。可说了之后对方也没有回答的意思，他叹了口气，尽量加快速度。

冲到目的地只花了3个小时。人已经散得差不多，许瞳从门口直接冲到了最里边，刘哥的妻子蒋姐在那里收拾东西，队里的人一个也没离开。

两侧全是花圈。许瞳出现的时候引发了不小的震动，蒋姐抬头看了眼，神情是悲痛后的麻木。她拉着孩子的手，对许瞳说：“你是许瞳吧，我听……我男人说过你。”

小女孩很乖地喊了声：“姐姐。”

许瞳蹲下，摸着小女孩的头：“你好啊，雯雯，都这么高了。”然后转头对蒋姐说，“我能见见他吗？”

蒋姐点点头：“在后面，我带你去。”

走过白色的布帘，一眼就看见刘哥躺在一片白色的鲜花中，神情安详。似乎这一刻，是他表情最不凶的时候。

“姐姐，他们说我爸爸是被枪打死的。枪打人痛不痛啊？我怕爸爸痛。”小女孩一副心疼爸爸的样子。

蒋姐转过头，咬着手腕哭了。

许瞳蹲下抱着小女孩："我爸爸也走了。"

"你爸爸去哪儿了？"

"去了和你爸爸一样的地方。没有痛苦，没有仇恨，每天都很快乐，那个地方叫天堂。"

"我能去看他吗？"

"他会一直看着你。"

许瞳在刘哥的棺木前认真地鞠躬三次，起来后将包里的那张黑卡放在蒋姐手里。那张母亲每个月都会打两万过来，而这几年来她从未用过的卡。

"不，我不能要。你们都不容易，我只希望你们都好好的……刘哥在的话，也是这句话。"蒋姐推辞。

"嫂子，你没有工作身体又不好，雯雯读书还会花很多钱。刘哥买房办的贷款现在也……要钱，这是我的小小心意，密码在背面，你收着吧。"

蒋丽哭着抱住许瞳，仿佛隐忍很久后的爆发："怎么偏偏是他啊——"

按常理今晚要守夜，到中午队里一个人都没走。大家对许瞳的回来都没有多话，邢峰拍拍她的肩膀，眼睛有点肿："你没事吧？"

"没事。"

霍廷琛看过来，许瞳脸色一沉，直接转过身去。霍廷琛顿了顿，低头和这边的工作人员确定后续事情。

短短几个小时，丧乐队在吹拉弹唱，热闹中的伤心人却比比皆是。而在这个地方，你才会感悟到生命有多脆弱。一会儿就有新的车进来，带来新的伤心人，还有新的丧乐队。

起，跪，哭。许瞳坐得腿都快麻木了，却见江源拿着电话示意她。

"我的？"

"有人找不到你，很着急。"

许瞳才发现自己的手机竟然有那么多个未接来电和消息。程野的声音没见多生气，反而松了口气："你没事就好，之前联系不上有些急。"

许瞳说了自己所在的地方，程野顿了顿："我马上就到。"

放下手机，程野面色严肃地打开一个新的白色信封。一张张的照片露了出来。看人打糍粑的许瞳，碰杨柳的许瞳，望着红房子的许瞳。

他猛地把照片揉作一团，而后又舍不得地摊平，抽出杨柳下的那一张看了又看，而后夹在笔记本里压平。

他们到李庄的事，温作恒已经知道了。

（6）

许瞳清楚霍廷琛对那件事一无所知，却还是没办法调理好心态与他接触。

在一次两次的反常躲避后，霍廷琛察觉她的异常，眉眼沉沉地坐在灵堂边沉默不语。本来就悲痛的气氛，莫名增添了几分压抑。

霍廷琛看着许瞳守在嫂子身边，看着她帮忙带孩子，看着她和邢峰简短地交流，甚至和江源都轻言几句。她视线从未往这边看，哪怕是一眼，仿佛避他如蛇蝎。

霍廷琛下意识地皱眉，忽然起身走到许瞳面前，不由分说握住她的手腕："跟我来。"

许瞳想收手，却发现挣扎几次都无果："做什么？"

"谈谈。"

她张了张嘴，见整个房间的人都看向这里，低头："放开吧，我跟你出去。"

霍廷琛径直走向门外，听见身后跟来的脚步声，在门关上的瞬间烦躁转身："我最近冒犯过你？"

许瞳垂眼，摇头："没有。"

"你讨厌我？"

她顿了顿，花了很大的力气才开口："没有。"

霍廷琛靠着雪白的墙："瞳瞳，为什么在一个队，我反而看不透你了？你在想什么，你想要什么，我现在一点儿也不清楚。"

许瞳别过脸去。她知道，她在想什么，她想要什么，在发现那个U盘开始，心已经定了下来。可能怎么说呢？说你的父亲害了我的父亲，毁了他的家庭？她想给父亲正名，意味着会揭开霍旭文的所作所为。她也会"害"了霍廷琛的父亲，毁了他的家庭，甚至对他的事业和未来，造成影响。

想到这里，许瞳的眼眶慢慢红了。那些过去默默跟在他身后的记忆全部浮了上来，矛盾感越来越强烈。霍廷琛何尝不是这件事的受害者？

“好，你不想说，我以后都不会再问。”见许瞳倔强地别过脸，甚至都不看自己一眼，霍廷琛自嘲地笑了下，摸遍身上的包也没找到烟。

再一抬头，禁止吸烟的标志让他没来由地烦躁。

“对不起。”

霍廷琛听见许瞳声音极低的一句话，以为听错了。许瞳在道歉？她为什么道歉？

两人一前一后回到室内，队里其余的两个人都察觉出某种信息。大概……头儿和小眼睛闹掰了。为什么闹掰的源头在程野跨进来的瞬间被定论。

程野走到许瞳面前先低语了几句，而后躬身进去，对着刘哥的遗体鞠躬三次，退出来后，和许瞳动作很一致地拿出一张卡。

“谢谢你，我真不能收。许瞳之前已经帮我解了燃眉之急。”蒋姐划卡使用了大概1万块，并不知道里边真实数目究竟有多少。她一笔笔都手写下来，想等这段最困难的日子过了后把钱全部还清。

“这是我们两个人的心意，还请收着，孩子还小，以后用钱的地方很多。刘哥是个好人，他的家属理应被很好对待。”

蒋丽顿了顿：“你和她的话都很像，不过真的不能收。我不能给大家添麻烦和负担。刘川走了，我也要坚强起来，找一份工作，为了孩子。”

程野见她拒绝得很干脆，拿起边上的纸和笔：“找工作打这个电话，我朋友有一个公司，才成立没多久，正缺人。”

蒋姐认真地收起那张纸，叹了口气：“谢谢你，你们都是好人，会有好报的。”

程野陪着守了一夜灵，而室内的气氛就沉静了一夜。没有人说话，也没有人想说话。

等天刚蒙蒙亮，霍廷琛先行离开。许瞳这才拉着江源：“究竟怎么回事？”

江源有些为难：“我不在场，峰哥在，但他现在很难受，一整天没说话了。”

邢峰和刘哥搭档得最久，同伴牺牲，他的难过已经透过寡言传达出来。

“不过我听说了些。许瞳，温泉岭那个案子你还记得吧？”

“跟那起案件有关？”

“不是有关，是从他们的枪开始。霍队这段时间一直在摸这把枪的线，顺着查到了一个团伙涉枪交易。”

许瞳愣住：“我怎么不知道？”

江源叹了口气：“这件事没告诉你，是因为你一直在忙案子。霍队也不想你分心，队里除了你都安排跟进了这件事。”

江源接着说：“摸到线索后，就是刘哥跟峰哥两个人跟进了。这次事件，就是在收网的时候碰上的。”

“人抓到了吗？”许瞳问。

“那边伤了 4 个，死了 1 个，现在死都不肯交代什么。据霍队说，这些人不过是小分销点的负责人。”江源抹了把脸，沉默很久才开口，“真气啊，刘哥的牺牲竟然……没有换来什么。”

第二天，刘哥火化、下葬，天空飘起了蒙蒙细雨。

许瞳看着刘哥的黑白照片，心里还有种不真实的感觉。离开的路上一句话都没有说，直到程野把车开到一个地方停了下来。

“这是哪儿？”她问。

“那晚交火的仓库。”

外边拉着警戒线，依旧有人守在那里。两人出示证件之后进去，能看见地面尚未处理的血迹，以及被标上番号的空弹壳。空气中都是一股发霉的味道，仓库不大，四面全空，只有排气扇口“吱呀”旋转，后边还有一扇门。

程野摸了下墙面，皱眉看着指尖润了的白灰，再蹲下看墙角，不少已经翘壳。

“这里是放枪的仓库？”他喃喃着。

许瞳的视线从血迹上挪开：“怎么了？”

“很潮湿。”

今年的冬季很潮湿，要么是雪，要么是连绵细雨。而枪的储藏需要干燥的环境，湿度大的地方很容易回润，更别说弹药。

程野反手随意一敲，一大片墙灰剥落："这种湿度，不可能拿来储备武器。"

"难道这只是一个假的库房？"许瞳心底一凛，"他们用假库房吸引警方，其实真库房依旧在作业？"

"很有可能。"

许瞳不知道要怎么形容这一刻的感受，想大叫，想闹，压抑得厉害。

她肩膀沉了沉，是男人的大手拍了拍她："刘哥的血不会白流。"

程野陷入沉思。那群人用假库房来吸引警方注意，扰乱警方视线，应该不会想要弄出人命。一旦出了人命，尤其是警方的人，势必会引发追根究底。都做到这个份上了，他们不会那么傻去杀警察。而现在结果摆在面前，事实真相究竟怎样？

程野看着中间偏里边的一处，那里有一大片的血迹，颜色已经变得乌黑。上边立了一个标志"3"，是刘哥中弹倒下的地方。

"刘哥是左胸口进枪，子弹从右后背贯穿是不是？"他问。

许瞳点点头。

程野站在刘哥倒下的位置，按在自己的左胸口处。刘哥个子比他矮了五厘米，他的手顺着往下到肋骨处，而后开启顺手拿的红外线灯。光线顺着……射向了门口的地方。

许瞳想起邢峰的话。

刘哥第一个冲进去，他们还在门口，就听到不知道谁放了一枪。一片混乱的交战后，发现刘哥倒在血泊里。凶犯们都在库房里，而警方是站在门口的。

许瞳一下捂着嘴，意识到这一点后，浑身冰凉。

程野果断收起红外线灯，拉着她的手："走！"

"是不是弄错了？会不会是后背进枪再从胸前出去？"

程野没说话，而是把许瞳一把扯进了车内，才深深地出了口气："前后差别很大，不会错。"

许瞳思前想后，觉得脑袋疼得厉害。她按着胀痛的太阳穴，闭眼声音很酸："这都是为什么？那么多人，为什么偏偏是刘哥？他只是一个普通的刑警。"

程野没有开窗，深色玻璃隔绝了车外和车内的世界。他眯起眼睛摸了把方向盘：“会不会他也像你父亲一样，知道了点什么？”他顿了顿，“最后一个和他接触的是谁？”

“好像是邢峰。”刘哥被送往医院的路上还有意识，救护车是邢峰跟进的。

“我们去找他！”程野冷静地说，“让他待在家里关上所有的门窗和窗帘，不要出门，我们马上就到！”

许瞳果断地给邢峰打电话。

因为守了一夜灵，连带着之前也是超负荷运作了好几晚上，邢峰这会儿疲惫得厉害，脸色也不好：“小眼睛，怎么了？”

“你在哪儿？”

“回家了，准备换身衣服，怎么了？”

“不，你就待在那儿！门窗关好窗帘拉上！我们大概20分钟后赶到！”

跟邢峰大致说了下情况后，许瞳就盯着眼前的红绿灯出神。

“刘哥的弹道分析，你能做，我们鉴证科的人也会做。”许瞳声音喑哑地开口，“但为什么到现在，没有人提起这件事？”

“顾虑。”程野叹了口气，“如果对外称是警方自己人打死了自己人，让人怎么看怎么想？不过我现在清楚的是，所有在场人员的弹夹都上交了，不知道最后能不能分析出是谁开的枪。”

“不过无论是谁，”他眼神转冷，“他必须要为此付出最沉重的代价。”

（7）

邢峰洗了把脸，靠在盥洗池边的墙上出神。刘哥满身是血的样子这些天在脑袋里，不住地浮现、盘旋。冰冷的水顺着鬓角滚落，他抹了把脸，胡子长出来了。

邢峰看着镜子中有些颓废的自己，拍拍脸颊，刮胡刀刚碰上的瞬间，手机响起，一道血痕划过侧脸，细密的珠子顺着往下滚落。他看着电话号码松了口气，接听之后，挂掉电话，脸色变得更白了。他丢下东西拉上所有窗帘，把自己贴在客厅窗边的墙上。纵然有一百个不解，但从许瞳的口吻里能听出情况紧急程度。

冷汗一滴滴地滚落。他联想到了血泊中的刘哥，以及他望向自己的眼神，拳头猛地捏紧。

程野的车一路狂飙，但到了邢峰小区的门口却减缓速度。他像每一个居家归来的人一样，排队进入停车场，转了一圈找位置，眼神锐利地观察三个镜面传达的信息。

“下车。”确认周围无异样后，他果断解锁，和许瞳几乎同一时间跨出车外，默契地走到了电梯口。

邢峰在 14 楼，1402。

到达之后，许瞳敲响房门，听见熟悉的声音后心底悬着的石头终于落地：“是我。”

门开的瞬间就合上，他们以最快的速度进去后站在了安全区域。

邢峰问：“究竟怎么回事？”

许瞳看向程野，程野却靠在窗边轻轻撩起窗帘一角。对面而立的高体建筑玻璃反射刺眼的蓝光。这种出租率并不高的写字楼很容易作为对方作案的地点。他感受了下风向、风力，以及射程距离后，从包里摸出反射镜观察片刻，示意邢峰：“自己来看。”

大家都是搞刑侦的，邢峰自然明白发生了什么。镜子反向对面大楼，在一道紧紧拉合的窗帘缝里竟然露出一截森然的黑色枪孔。

根据粗细和长度来看……明显是狙击枪！

有人想杀他！寒意从脚心腾升，邢峰脸色很不好：“怎么会这样？”

程野松手，窗帘盖上后，那缕光从他脸上消失。

他问：“刘哥牺牲前跟你说了什么？”

邢峰摇头：“刘哥？他从头到尾都没说话。”

“没说话？”许瞳走了两步，“眼神呢？”

眼神？

程野点头：“对，眼神。有没有特地往什么方向看，他在送去医院的过程中有没有发生别的事？”

邢峰抹了把脸，垂眼，沉默了很久后再度摇头：“没有。”

程野仔细观察他的样子，微不可见地皱起了眉。

许瞳给邢峰倒了杯水，安抚：“你也别自责。”

邢峰把脸埋进双掌间：“我恨不得死的是我，真的，我恨不得死的是我，是我——”

程野拍拍他的肩膀：“你需要休息，但这里不安全，要不要跟我们换个地方？”

邢峰轻笑，很固执地摇头：“我是什么人？要对付我，来啊！我巴不得他们立刻就出现！”

许瞳叹了口气。

“让我静一静。”他说。

程野起身，目光扫过桌台上的枪，拿起来递给邢峰：“这东西可别乱丢。”

邢峰抬手接过，扫了眼别在腰间：“谢谢。”

“你确定要一个人待着？”

许瞳不放心：“这就走了，刚才明明——”

“对方知道他已经警惕，不会轻易行动。”程野不由分说把她带出去，“你也需要休息，你看看你的脸。”

玄关边是一个衣帽镜，镜子中的许瞳脸色苍白，甚至能看见太阳穴边淡色的血管。

“今天，大家都需要好好休息。”程野说。

邢峰点头，起身抄了件衣服：“我送你们。”

程野摇头：“还是别，你先待着，有什么不对劲立刻跟我们联系。”

邢峰扯了下嘴角。

“就这么走了？”程野一路拉着许瞳，等到了楼下，许瞳很不理解地停住脚步，“明显有人在针对他！”

“先上车。”程野谨慎地看了眼四周，示意许瞳，“上车再说。”

许瞳顿了顿，坐进车里看着他：“你是不是还有什么没告诉我啊？”

程野缓缓启动，车子开出小区。他这才开口：“你了解他吗？”

“谁？”

“邢峰。”

许瞳哑然：“你怎么……你怎么忽然问起这个？”

程野的沉默让她意识到不对劲，但这是她最不能理解和愿意接受的事。

“人很好，能力很强，”许瞳慢慢回忆之前的点滴，而后又说，“给过我很多帮助。”

“你太主观了。”

“我是信我的队友。”

“瞳瞳。”程野叹了口气，一个转头，将车停在了隐蔽的角落里。

“邢峰的枪里，是有弹夹的。”他拿起过那把枪。

“那又怎样？”许瞳皱眉，对程野的怀疑有点抵触，“我们都有备用弹夹的。”

“他们才经历过一次交火。”程野慢慢说出自己的想法，“而刚才我看见，他的备用弹夹里，少了一颗子弹。”

许瞳的手瞬间冰凉：“万一是……用了呢？”

“用了，为什么不上交？”

这……邢峰杀了刘哥？这个假设，她真的不愿意去面对，可偏偏程野带着她一步步去印证。

许瞳的唇动了动，继而抬手按着额头：“邢……邢峰上交的弹夹，子弹没用完。”

“既然没用完，何必换新的弹夹，既然用完了，弹夹为什么不上交？”

许瞳的眉头皱得让人心疼，程野叹了口气：“瞳瞳，那颗子弹，有问题。”

“我不相信。”许瞳哽咽，“为什么？如果这是真的，为什么刘哥那么照顾他，他们关系那么好……”

“真相如何，只有他知道了。”程野看向后视镜，目光一凝，“邢峰。”

可不是，邢峰的车子从他们身边开过。程野立刻带着许瞳下车，拦下一辆出租车后出示证件：“警察。”

出租车司机很茫然：“啊？”

“借下你的车，”他直接拉开驾驶位请司机下车，而后利落拉下打表器，“打表多少钱我三倍给你，这个证件你留着，押金。”

“啊？”出租车司机呆愣中，而车已经开远了。

邢峰做了八年刑侦工作，反追查能力很强。程野开着出租车，尽量拉开一段距离。好在这会儿车流量大，邢峰的速度并不快，他们才能保持着三四辆车的距离。

没过多久，许瞳接到霍廷琛的电话。

“你在哪儿？”霍廷琛问。

“我……在忙。”

“程野怎么回事？”

“怎么了？”

“有点意思，”电话里的霍廷琛声音疲惫，“有人报警，说一人假扮警察强抢车辆，证件都送过来了。还说车里有个女的，我想可能是你。”

“是我。”

停顿很久，霍廷琛问：“有要帮忙的地方？”

“暂时没有——算了，没有。”

霍廷琛没有挂电话，许瞳顿了顿，慢慢放下手机，关了它。

“惹麻烦了？”程野平视前方。

“还好。”许瞳沉默了很久，“他要去哪儿？”

“我不知道。”

事实证明，邢峰去了刘哥的墓前，一待就是一整天。公墓那种人烟稀少、视线范围广阔的地方，许瞳和程野自然没法跟去。所以邢峰说了什么、做了什么，他们完全不知道。不过，现在很肯定的是，邢峰的行为，真的不正常。

到了傍晚，天色变得混沌，呵气成雾的低温下，邢峰再度回到车里。程野丢了烟，关上车窗准备进一步跟，可前方的车子却一直没有发动。

“怎么回事？”许瞳眯眼看向前方，“车坏了？”

“他没有发动。”程野观察片刻，下意识地摸向上方，几秒之后才意识到这是别人的车。

该死，没有望远镜。他仔细看着车轮胎，在发现有些许的震动变形后，意识到不好：“快！”

“怎么了？”许瞳一头雾水。

程野已经推开车门，飞快地跑向邢峰的车边，许瞳忙跟上去，没过多久，她眼睁睁看着好好的一辆车，忽然就在眼前炸了。一声巨响，震得人耳朵发麻，许瞳想往前跑，却发现自己的双腿一点儿力气也没有。

“邢峰！”她又喊了声，“程野！”

程野从地上爬起来，摇摇头让自己清醒一点儿，这会儿车子已经燃起大火，四处都是炸开的焦黑。

见许瞳跑过来，他一把拉住她：“晚了。”

许瞳捂着嘴：“我去找灭火器！”

“已经晚了。”

“我打电话……”

“瞳瞳！”程野按着有些六神无主的许瞳，“他死了。”

怎么会这样……怎么会这样！

警戒线拉上，陈叔过来看见邢峰最后的样子，不忍地闭上眼：“我没想到会是这样的方式来面对他。”

警队的人都来了，程野被霍廷琛叫到一边去，两个男人的神色都很严肃。

霍廷琛说：“我接到匿名举报信，说刘哥的死跟我队邢峰有关。”

是机打的信，程野看过后还给霍廷琛。

“邢峰死前跟我说了一个字。”程野说。

霍廷琛问：“什么字？”

程野盯着他，嘴唇开合：“霍。”

对面的人愣了下，眼神变得冷厉：“霍？霍廷琛的霍？”

“是霍旭文的霍。”

“你什么意思？”霍廷琛看着程野。

“邢峰死了，刘哥的死有了人负责，幕后的人自然会松一口气。”

“我父亲和这个没有关系。”

“也是。”程野歪了下头，“可能是我听错了，可能他只想借个火。”

“程野！”霍廷琛握着他的肩膀，“这不是你能拿来谈笑的话题！”

这一声惹得许瞳站起来，只看见程野似乎说了句什么，霍廷琛就这么一拳打过去。

“怎么了？”江源又急又气地冲过去，“刘哥、峰哥才刚走，你们怎么自己人打自己人？”

程野摸着颧骨，眯起眼睛，对霍廷琛说：“我劝你仔细想想。”

许瞳从没看见这么暴怒的霍廷琛，周身都是冰冷风暴聚集。她以为他还会做什么，却没想到几秒之后，他转身离去。

晚上，回家。

许瞳整个人都很闷，她从冰箱取出冰块，压在程野颧骨上却并不客气。

“嘶……”

这一声后，她才闷闷地放轻动作。

“生气了？”他问。

许瞳摇头，而后点头：“刘哥是他杀的？”

程野翻身起来，捂着冰块叹了口气：“错不了。”

“为什么？”

“不知道。”

“然后他被灭口？”

“他应该不会这么快有危险。”程野眯起眼睛，慢慢琢磨，而后放下冰块，“可能是，他后悔了，这个后悔给对方构成了很大的威胁。”

“嗯？”

“邢峰如果真的想隐藏自己，不会堂而皇之地将关键证据留在身上——那个缺了一颗子弹的弹夹。所以他在等，等着人查到他，等着自己被绳之以法。”程野叹了口气，“我该早点想到的。当时让他走，他不走，我以为他还会有什么动作。”

结果，邢峰知道自己成了目标，选择带着罪恶向这个世界赎罪。

不知想到了什么，程野一跃而起。

“怎么？”许瞳被他的一惊一乍弄蒙了。

“邢峰的家！”

然而他们还是晚了一步。邢峰的家里被掀得乱七八糟，所有的电子产品一并被带走，只有一封信好端端地放在桌上。许瞳打开看，才发现是精心准备的“遗书”。

“这不是他的口吻。这本就不是他的东西。”

程野直接把那封信撕了：“邢峰应该留了别的信息，还有那个‘霍’，我怀疑是霍旭文在背后搞鬼。”

一提到那个名字，许瞳变得沉默。

一夜之间，“邢峰”这个名字变成全市，乃至全国的众矢之的。枪杀同事，背叛警队，违背原则，收受贿赂。网上谩骂的楼层越盖越高，江源受不了，合上电脑，脑袋抵在桌子上默默流泪。

科室还是原来的科室，过了一个年，物是人非。新年的余韵尚在街头街尾飘散，屋里的灯坏了，没人有心思去喊修。刘哥的空位，邢峰的空位，两个人插科打诨的样子似乎还在昨天。许瞳进去没多久，眼睛慢慢地模糊了。

“小眼睛，你来了啊。”

一提小眼睛这个称呼，两人都沉默了会儿，这是邢峰取的。

江源喉头哽咽：“他们俩的东西都被收走了。”

“要来新人吗？”

江源摇头：“不清楚。”

一系列的变故让他们很快成长，江源也比之前少了几分腼腆，眉眼里渐渐展露出刑警的果断。

“还有，峰哥……邢峰的案子，我们都没法参与，已经交给重案组了。”

他们有直接的关系，这是自然的。

“今天做什么呢？”

是啊，今天做什么呢？似乎……应该很忙，但更多的是迷茫。可迷茫没持续多久，重案组的人又来了。

许瞳站起来，面前的李队她有点印象，很严肃，不怎么说话。

“霍廷琛在吗？”李队问。

怎么了？江源看了眼里边的门：“霍队？他比我们来得都早。”

几个人走了进去，没过多久，霍廷琛就跟着他们一起出来。

许瞳眼尖地发现不对劲，因为霍廷琛制服上的徽章、肩章，都已经摘了。她猛地站起来：“怎么了？”

来带人的两人并没有多说一个字，而霍廷琛上车前顿了顿，回头。那一句话让许瞳这辈子都忘不了——

“当年，我也在学校楼上看着你被带走。”

那种滋味，终于体会到。

“霍队的父亲……”重案组的人最终还是透露了点信息。

许瞳意识到什么之后，直接跳上了一辆出租车。她连衣服都没换，穿着笔挺的制服推开门：“程野，你给我出来！”

不知道怎的，眼睛就红了。而室内很安静，她一扇门一扇门地撞开吼：“霍廷琛是无辜的！你做这件事为什么没跟我商量？难道我不是最该有知情权的人吗？你给我出来！出来！”

最后一扇门被打开，程野有些茫然：“你怎么——”

许瞳猛地冲过去捏紧程野的衣襟：“你为什么这么做？”

“我做什么了？”

“视频，你是不是把视频的事儿说了？”

“什么视频，霍旭文那个？”

许瞳深呼吸：“视频只有我们知道。”

大手握上她的，程野苦笑：“宝贝，还真不是我。”

不是……他？许瞳愣愣地收手。

“那这都是怎么回事啊……”

竟然还不知道。

“霍队被带走了。”许瞳深呼吸，“是关于他的父亲，我想有他把柄的只有——”

程野没说话，面对面和她站着，气氛却很尴尬。

终于，男人先败下阵来。他拉着许瞳的手往里边走：“事不过三啊，人心也不是石头长的，你这么想我怪难受。”

许瞳咬着下唇。

他问：“霍廷琛是什么时候被带走的？”

“刚才。”

“谁带走的？”

“重案组。”

程野把她拉进去，皱眉：“怎么是重案组，如果涉及的是他父亲的问题，应该是督察方面的人才对。”

许瞳的脑袋这会儿清醒很多，她飞快地思考：“刘哥知道了什么，他被灭口，邢峰杀了刘哥，也被灭口。如果邢峰最后给的‘霍’是霍旭文，那么霍旭文会不会被灭口？但他们抓霍廷琛做什么？”

程野神色渐渐严肃起来：“霍旭文所处的位置，要谋杀不是件小事。但如果对外公布霍旭文那样的人有问题，会引发什么？”

“引发社会对这支队伍的不信任。”

“霍廷琛这种得力干将被带走意味着什么？”

“意味着……”许瞳慢慢咬字，“枪支案这件事，会换一个人来接手。”

换人，对方就有充足的空间和时间，将所有的东西转移，将该清理的都清理干净。好一个一箭双雕！

许瞳叹了口气：“究竟是谁干的？”

不管是谁，他们都太被动了。

“放心，这种被动等不了多久。”程野给她倒了杯水，“最怕的不是对方做了什么，而是他不做。冬眠的动物出来觅食，才是猎人最佳的捕猎时期。”

他说这话的时候，黑曜的双眼透着熠熠的光，让身边人毫无悬念地想要去相信。

她问：“你想怎么做？”

“许瞳，现在挡在我们面前的迷雾太多，但仔细梳理，其实很简单。刘哥为什么被杀？”

她回：“因为他在追查私枪案。”

“私枪案跟谁有关？”

她回：“不清楚。”

“为什么霍旭文会指使邢峰灭口刘哥？”

她回：“他参与其中？”

程野眼神深黑：“不，他是受人指使。那么，现在问题来了，是谁能指使霍旭文？”

许瞳想起了那个视频，瞬间喉咙发紧：“温……”

没错，是温家兄弟，不，更准确地来说，是现在掌握实权的温作恒。只有他们知道这东西，但如果视频被许瞳找到，他们又是怎么知道的？

(8)

警队承受着前所未有的压力，这些压力来自舆论、社会，甚至身边的人。因为这些压力和千丝万缕的关系，导致许瞳和江源没办法再接触任何跟这起案件相关的事。这样一来，想捉住温作恒，更难。

程野倒是有了个主意。

“假如温作新暂时死不了？”

“嗯？”许瞳推开窗户，虽然春寒料峭，入室的风已经没那么冷了。她回头，微风带起柔软的发丝，“温作新不死？”

“对。”

“据我所知，他想出去的心从未消停过，扶持起自己的弟弟，恐怕和这个也脱不了关系。要是他知道，他弟弟‘并不想’让他出去呢？”

她眯起眼睛：“一山……难容二虎？”

笑容在男人嘴角勾起：“聪明。温作新虽然已经被抓了这么久，但他在圈内的影响力依旧存在。”

“我们要怎么离间？”

这得需要人帮忙。程野给傅振之打电话，对方很严肃：“你确定？”

“确定。”

“这不是件小事，我都没办法左右，得给上头打报告。”傅振之给他们打了一针强心剂，“但这是对社会的一件好事，我想应该不会有多大问题。”

“但是，傅叔——”

“我知道你在担心什么，放心，毕竟正义之人占社会的绝大多数。”

没过两天，温作新被缓期行刑的消息被放出去。对霍旭文的审讯也在继续，程野开始意识到自己的日子不太好过了。因为每天从见到许瞳，到哄她睡觉，她那双清澈的眼睛总会直愣愣地看着自己。那种满藏心事，欲言又止的样子，似乎都是为了霍廷琛。他知道，她在担心霍廷琛，担心霍旭文的事会给霍廷琛带来莫须有的麻烦，可又怕自己开口给霍廷琛惹麻烦，所以每天都心事重重，连着两天，人都瘦了点。

程野叹了口气，在等许瞳睡着后准备去“办点事”。

那边的威胁尚未解除，他这几天都是守在她身边的，眼下别人也信不过，程野想了下，索性叫来江源。他把情况跟年轻的男人说了，对江源呆愣的样子很不放心：“你可以吗？”

江源顿了顿，而后露出很坚定的眼神：“我可以。”他摸着背后的装备，“队友是拿来守护的，哪怕用我的命。”

“我不需要你的命，”程野拍拍他的肩膀，“我需要你的脑子。瞳瞳就拜托你了，我最多两小时就回来。”

“放心，”江源苦笑，“我就蹲门边，就不信了！”

程野点点头，这才离开，先去监狱确保温作新那边一切正常，而后前往霍廷琛那边。

一间不起眼的平房，环境简单中透着单调，雪白的室内亮着一盏很刺眼的灯，男人除了些许疲惫，其余的状态都很不错。

他开口：“是你。”

程野拉开椅子坐下：“没错。”

“你来做什么？”他问。

“受人之托。”

霍廷琛沉默了，隔了会儿开口：“视频里的记录是真的？”

原来他知道了。程野点头：“是。”

放在桌上的双手用力紧握，霍廷琛喉头动了一下，声音发涩：“我欠她的。”

“你不欠她任何情谊，那些纠葛都是上一辈的事，于许瞳而言，你是她的好队长、兄长，甚至是导师。”

霍廷琛抬眼看向面前的男人。他只是往那儿随意一坐，就能散发出不一样的气场。霍廷琛笑了下：“你今天出现在这里，就想跟我说这个？”

“也是，也不是。”程野扯了下领口，“许瞳总觉得欠了你什么，让我想办法让你快点出去。当然，我来这里还有别的目的。”

霍廷琛垂眼：“什么目的？”

程野探身，沉眉在他耳边说了几句。

“确定？”

“确定。”

霍廷琛神色变得凝重起来，抬手晃晃手里的铐子：“只不过我现在要做这个，有点麻烦。”

“不麻烦，明天你会有一个保外就医的机会，到时候对霍队的身手……”程野站了起来，右手在额上划出个利落的告别手势，“拭目以待。”

等人走后，霍廷琛仰头看向刺眼的白炽灯，慢慢吐了一口气，情绪复杂地闭上眼睛。他从没想过自己和许瞳之间，原来隔了那么深的一道鸿沟。深到黑暗将那里一点点吞噬，没有任何代表希望的光存在。而黑暗深渊的最深处，是他深藏在心底十几年的感情。从第一眼开始，从她梳着黑长的头发，乖巧在窗边弹钢琴的那一刻开始。那时候他也才 14 岁，每天最舒心的事，就是在傍晚推开书房的那扇窗，看着对面的漂亮女孩认认真真地对着曲谱弹奏。

哆瑞米发嗦，嗦发米瑞哆。

夕阳在她柔软的睫毛上跳舞，音乐在空气中跳舞，而她细长的手指和不自觉随着节拍点着的小下巴，在他的心间跳舞。每个人都有人生的一段黑暗期，他承认自己的黑暗就是没有童年。父母望子成龙的心意迫切，他在学习之外又有很多课程。没有朋友，没有玩伴，没有童话，没有童年。所以许瞳的琴声成了他孤独时候唯一的慰藉，甚至上了瘾。以至于在她被领到自己家之后，他内心甚至有一种难以压抑的狂喜。可是到了他家，她却不快乐。

霍廷琛仰起头，慢慢捂住了眼。

程野在开车回去的路上差点撞上一只流浪狗，猛打方向盘错开后，引发一阵心悸。他加快车速，拨通许瞳的号码。

关机。不好的念头刚起，他就听见了划破夜色的尖锐警报声。

火警的声音。没隔几分钟，江源的号码打入，距离自家还有两条街的他心越来越沉。

“野哥——”江源的声音在电话接通的瞬间喊了出来。

程野的手瞬间握紧了方向盘。

“他们带走了小眼睛！”

“吱呀”的刹车声刺耳，两道焦黑的印记留在了路面。

许瞳失踪了。

(9)

警报声划破夜空，熊熊燃烧的火焰直接蹿到了楼上。消防队的高压水枪对准每个窗户喷去，楼上的人惊魂未定地被救了下来。火场附近聚集了一些人，大半夜围观的不少。但伴随一阵尖锐的“吱呀”声，外围的几个人吓得尖叫起来。一辆黑色的车仿佛失控般从正道开上了人行道上，几乎挨着他们的衣袖急刹而停。

“有病啊！”

车刚停稳，路人还想再骂两句，但看见从驾驶位下来的男人，顿时把所有的骂咧都吞进了肚子里。

黑色大衣，气势冷厉，整张脸沉得厉害。男人面对着火海，高温翻滚的橘红色火苗映红了他半个身。

男人似乎在人群里找人，眼神精准地锁定某个方向后大步向前，一把将队伍最里头的小个子男人单手拎了起来。

“我把她交给你！”

江源早就急疯了，这会儿更是没脸再见他，眼睛发红：“小眼睛被带走了，我没跟上！怎么办，现在怎么办？”

男人把手松开：“把当时的情况说一遍。”

当时太混乱，以至于江源都难以捕捉完每一个细节：“有人锁了窗户和门，我在外边不知道里边的情况。好像有打斗，然后我就闻到了煤气的味道！我意识到不对，就爬到二楼砸窗户，等打开了之后她就推了我一把喊快跳……”江源闷头就跳了出去，跳出去的瞬间，身后成了一片火海。他被气流冲出去了一段距离，好在穿得厚，他倒地翻滚了几圈也没有受伤，而后他后脑勺就重重地挨了枪托一记。他听见许瞳在旁边挣扎打斗的声音，视线蒙眬间看见她被两个人强行压制带走，而后听见了大货车碾压路面的声音。

程野听到这里，手不自觉按着太阳穴。他不是不急，都快急疯了。

但急有什么用。

“他们带走许瞳却没有要你的命，为什么？”

火势熊熊，烧红了半边天色。程野面色冷厉地说出这句话，江源也愣了。对啊，为什么？留一个见证全过程的大活人应该不是温家兄弟的习惯，尤其还把人丢在程野面前。程野是那种蛛丝马迹都不会放过的男人，怎么可能错过他口述的信息？

程野面对烈火，只顿了几秒的时间就说：“上车。”

“去哪儿？”江源没有等到回复，却很自觉地快步跟上了越野车。

牧马人几乎与夜色融为一体，每一次转弯几近漂移。

“野哥，你知道小眼睛在哪儿？”

“一桥限高大车过不去，城市早上 7 点到晚上 10 点禁止大货车入行，它到达我们住所绝对是晚上 10 点后的事。”

江源一头雾水：“然后呢？”

这片是纯住宅区，连意识混沌的江源都能听见车声，那在安静的夜里，它就不可能会走主路，而是绕到外边。外边有两条路，一条是进城方向，那必须要经过一桥。而一桥限高……说明那辆车往临近安北区走的可能性是百分之百。

程野把笔记本电脑扔给他："注意安北方向。"

"好……好！"江源沉下来，手指不再颤抖地打开页面。到现在为止，他信程野。这个男人有一股天然的魅力，仿佛他在，什么事情都有解决的可能。

没过多久，程野的手机响了。接听之后，一开始对方没说话，只有一道清浅的呼吸声，程野握着方向盘的手臂绷紧："瞳瞳？"

"是我。"

江源猛地把头抬起来："小眼睛？"

许瞳的声音有些沙哑，却很淡定："我在双城。"

双城，安北路上的一个家具制造厂。无须导航和地图，程野立刻回复："我离你还有9公里的距离，马上就到。"

呼吸声还在，许瞳没有挂电话，但依旧没有说话。程野也没再开口，专注地看向前方，只是车速濒至仪表盘的最右侧。

"你一个人来。"良久，电话那头传来很低的一声。

程野十指张开又收拢，低低道："好。"

近乎飞一般地到了双城的门口。江源正想小跑下去，听见身边的人开口："你在车上等。"

"你一个人去？万一他们都在里边怎么办？"

说话间，程野甩上车门："那你更不能去。"

许瞳虽然没有过多的表现，但他了解她。她越表现得没事，那就越有事。

程野在跨进双城的瞬间摸出了身上的枪，偌大的厂里只有几盏昏黄的太阳能灯供亮，灯下全是飞舞的粉尘。

在上到第三层楼的时候，最里间传来熟悉的声音："程野？"

男人顿了顿，走廊灯应声而开。许瞳的声音比之前更哑了，等程野走到门口时，因为太安静，声控灯再度关上。

"带外套了吗？"依旧是很淡的问句。

程野把枪别在身后，眼底的黑渐浓："带了。"

他二话不说脱下外套，手拎着一头递过去。许瞳在黑暗里伸手，哪怕速度再快，他也看到了她的胳膊。手腕有被人用力捏过留下的指痕，往上一片光洁。

双脚没来由地发沉，脚底仿佛衍生出一道汹涌的漩涡，将他所有的理智一点点地吞噬。纵使喉咙发紧，他还得装作无事的样子，平静地在门口等待，等待里边窸窣的声响过了，等待许瞳出来。就像许瞳状若无事地跟他打电话，让他把外套递给她一样。

等人出来的瞬间，他把许瞳拦腰抱起。怀里的人很安静，甚至近乎乖顺地任由自己抱着。她的头发散乱在脸侧，雪白的脖子下是他衣服的衣领，略大的领口下能看见一撇锁骨，结实臂膀上架着的是雪白笔直的腿，里边什么都没有。

全是对他的挑衅和惩罚。这一刻，追问经过已经变得不重要，只要她好好的，那些人……程野垂眼，睫毛遮挡了眼里的戾气。

看见人抱着许瞳出来，江源激动地挥手想喊，但看见这一幕后声音全哑在了喉咙里。

“开车。”简短的一句。

江源挪到了驾驶位，透过后视镜看见身形高大的他小心地躬身，将许瞳放在了后排，自己也坐了上去。

程野开口：“舟山路13号。”

江源立刻往那里开。

车里的气氛近乎诡异的安静，甚至带着让人透不过气的压抑。江源的眼睛都红了，连再一次透过后视镜看的勇气都没有。

到了目的地，程野依旧抱着许瞳进屋。江源知道自己这会儿不要跟上去，把车停在车库里，关上车库门后并没有下车，而是拿头一遍遍地撞方向盘，眼泪都出来了。江源恨自己没用。

房间里，程野把所有的暖气都打开，回头看见她背靠沙发闭着眼睛，像是睡着了。他走过去坐在她身边，俯身用额头感受她的温度，确保没着凉之后问：“要不要去洗？”

沙发上的人这才有了些反应，雪白细致的脸偏了偏，黑发顺着滑落，只露出了半张脸。

“他们没碰我。”她说。

程野压根不在乎这些，就算许瞳被怎么了，她依旧是他最爱的姑娘。

男人的拇指轻轻拂掉她脸上的那抹灰：“洗洗吧，你看你的脸，脏得跟小花猫似的。”

许瞳的睫毛抖了抖，轻轻地“嗯”了一声。

当水声响起，程野摸出烟含在嘴里，却没有点火。他拨通江源的电话：“盯着局里的内网，不要让对方把照片放上去。”

那些照片，肯定是攻破许瞳精神状态的最好武器，他们不会放过。江源得了指令，狠狠抹了下发红的眼。有些话不用多说，直接心领神会。

“放心，只要我在，绝不可能。”他算是拼了，用这辈子都没有过的手速和头脑，在窗口上飞快写出了庞大的命令语句。

江源近乎把自己挂在了内网的防火墙上，紧盯每一个可能出现的漏洞。

时间一分一秒地过去，豆大的汗珠滚落下来，而屋子里边，水声依旧在持续。洗澡的时间太长了。

程野丢掉烟，敲了敲浴室门：“瞳瞳？”

里面没有回复。

门并没有关严，轻轻一推就开了。程野进去的时候，许瞳是真的睡着了。黑发在水中散开，随着波纹，如同一朵盛开的水墨之花。她抱着双膝蜷缩在浴缸的角落，脸歪靠在墙侧，显得格外安静。

男人在前边静静地站了好一会儿，关掉了花洒，小心翼翼地把人从水里抱出来，再细心地用浴巾包裹。在许瞳将醒未醒的当口，程野亲吻她的鬓角：“对不起。”

温作恒找到了能拿捏他的软肋。

“我是累赘吗？”双唇离开眉心的时候许瞳已经醒了。她的眼神带着让人逃不过的清透，仿佛能看进人的灵魂里。

程野靠在床头，手指在她的发丝间穿梭：“那你觉得我是麻烦吗？”

许瞳顿了顿，垂眼：“我父亲的事很复杂。”

“温作恒不是小人物。”

“站在霍旭文一边的人不少。”

因为他倒了，他们都得倒。

“温作恒的手段比他哥还阴。”程野感叹了句，躺在许瞳身边，“老实说，我们可以不长他人志气。你可以鼓励鼓励我，真的，你男人即将面临一场恶战。成，你嫁给我；败了，霍廷琛也是个不错的选择……”

许瞳的手一紧。听起来像是一句博人轻松的玩笑，可有时候真真假假，假假真真，谁能分得清楚？

许瞳睁着眼睛，能感觉自己的睫毛拂过他宽厚的掌心。她清楚，程野的不羁只是表象，他嘴上偶尔喜欢说些玩笑话，但从未拿她开过玩笑。当他状若无心地提起时，之后的事有多凶险，她已经猜到了。

“睡吧。”她翻了个身背对他，在十几分钟的沉默之后如同呓语，“我愿意。”

身后的人顿了顿，结实的长臂伸出，紧紧地搂上她的腰。

“傻姑娘……”

（10）

今天经历了太多，无论是身体还是精神上，许瞳都感觉很疲惫。之前她以为自己会睡不着，然而躺在程野的臂弯里，听着他的心跳和呼吸，慢慢地，困意再度袭来。等她的呼吸变得均匀，程野睁开双眼，在黑暗中望向天花板。

这样的事他们做了一次，食髓知味后肯定还会有第二次。这一次，仅仅是给他的警告。温作恒的手段比他哥来得阴，更上不得台面，可想而知他的性格……程野微微眯起眼睛。这种人不太会跟你正面冲突，玩阴的功夫却很强，所以这些年一直杳无音信，程野可以想象——

是否过去，温作恒才是幕后的指挥者，温作新不过是他手里的一把枪。这样，他能不费吹灰之力，达到自己想要的目的。兄弟之间的友谊原来没有想象中那么牢不可破，至少在一番“挑拨”之后，温作恒在行动。

程野顿了顿，慢慢从许瞳脑后抽出了胳膊。每个人都有属于自己的软肋，于他而言，许瞳就是。那温作恒呢？

程野没有接触过多，但没推断错的话，钱和权吗？

许瞳刚入睡，江源这边就响起了提示音。他猛地从座椅上弹起来，屏幕里面出现了各种被攻击的红色警报。

“乖乖，等的就是你上钩……”手指飞快地在键盘上敲打，保护变成反追踪。对方准备得也很充分，哪怕破解后顺着 IP 追过去，显示的地点在全球有三十多处地方。

“够狡猾。”江源喃喃一声，抓了把头发，清隽的脸上是罕见的认真。他在思考，手上的敲打一直没有中断，很快，在对方攻击的代码方式里发现了端倪。

Usher，亚瑟。

总有些黑客喜欢在代码里边展露自己的权威，这一个也不例外。江源发现 Usher 之后，很快回想前几年爆发的那场名为“赤红风暴”的网络危机，那时候他还在读大学，是他的导师抓出代码里的 Usher，从而提供信息给警方。

亚瑟被捕，随后便销声匿迹。“赤红”的出现也被写入了网络的历史里，成为专业领域望尘莫及的存在。江源飞快地堵上漏洞，打电话给千里之外的导师。

“Usher？李维光？怎么想起他来了？”

“我记得他，‘赤红’出现时他还没满 18 岁……但就是满了，这种人才绝对不会把余生浪费在监狱里。”

他们的过去会被抹杀，转而有一个新的身份，夹杂在一群普通人里，做着最机密的事情。

“李维光又出来了？这个人心眼不坏，当初做‘赤红’时才 17 岁，跟人赌气玩了把大的……不过后来貌似失踪了。”

心眼不坏？江源皱起眉头，心眼不坏会帮那群人做事？

密密麻麻的字符铺天盖地而来，江源近乎一目十行地寻找空子。他一边夹着电话跟老师沟通，忽然灵机一动。那边在攻击，他这边在防守，两人同时对弈，通过数据是能沟通上的。李维光就在屏幕的对面。江源放下电话深吸一口气，在代码的最后多了一个字母。

“Y？”

攻势瞬间停了下来。大概隔了不到3秒，两个字母出现在底端。

“HP。”

HP？ HELP。

江源瞬间激动得手都在抖。

他飞快地传过去“WW”。

where，who。

输入符号在黑白的底子上闪烁，隔了好一会儿，一段长文字出现在屏幕里边。江源猛地睁大了眼睛。

“野哥！”他抱着电脑跑进去，才发现卧室的门是半掩着的。台灯未关，昏黄的灯光下，许瞳睡得安静，光在鼻梁处留下分明的影。

他站在卧室门外看了好一会儿，脑袋里回想的全是许瞳第一天来单位的样子，清冷、秀气，大方地伸手：“你好，我叫许瞳，请多指教。”

在握住她手的那一刻，他的脸就红了。只想着这么美的一个女孩，怎么能吃下刑警队的苦差，却没想到她成了队里最耀眼的那一个，耀眼得……让他自惭形秽。

这会儿许瞳在沉睡，一截白皙的手臂露在外边，上边还带着斑驳的指痕。江源喉头起伏了下，慢慢走近卧室里，手指掀起被子的一角……

“你在做什么？”沉沉的一声从背后响起。

江源仿佛被炸了一下，忙松手转身：“我——”

“出来说。”程野敛着气息坐在客厅里，在江源出来的瞬间眯眼上下打量他。那眼神让门口的江源不寒而栗，同时在这样的眼神下，仿佛他所有的小心思都暴露无遗，让他感到很羞耻。

“我……我看见小眼睛的手在外边，怕她感冒……”

程野收回视线，有些话没有说出口。譬如方才瞥见江源看许瞳的眼神，太痴了。

"有什么事？"他问。

"哦……对！"小伙子终于想起了正事，把落在地上的笔记本电脑捡起来。

"野哥，你看！"

——让我发照片，否则，他们会杀了我。

那些照片……江源不安地望向卧室里边，生怕小眼睛醒来，发现了这件事。

(11)

江源望向程野，想从他的眼神里读出点什么。奈何眼前这个人的思绪藏得太深了，昏黄的台灯照不出他的脸，江源拿不到任何提示。屏幕里的倒计时显示只有不到 8 分钟的时间，用来做这样的决定，太难。

"要我帮忙？"两人听见一个略低的声音，转头就看见原本沉睡的人，这会儿正站在门口。

"小……小眼睛，你醒了？"江源唰地站了起来，电脑又掉在了地上。他慌忙捞起来的时候心虚地看了眼她的表情，她的视线淡淡地从满是信息的屏幕上扫过，并没有特别的反应，他松了口气。

程野微不可闻地叹了声。

果不其然，许瞳坐过来："跟我有关的？"

江源究竟阅历太浅，一紧张就结巴："啊，你怎么知道？"

许瞳垂眼，没把那句"因为你紧张得不敢看我"说出来。

"啪"的一声，黑夜里起了一团火苗，程野把玩着打火机，光影明灭间双眸很沉。他开口："瞳瞳，跟你说件事——"

"不！"江源猛地站起来，不可思议地看向程野，"你什么意思？这样让小眼睛以后怎么在单位走下去？"

许瞳瞬间就猜中了。她的脸白了几分，强自镇定后开口："他们拍了照，肯定会传出去的。现在多少人看到了？是不是……"

程野摇头："还没有。不过有一笔交易，涉及你的照片。"

许瞳再厉害，厉害到能和队里男人一较高下的程度，但很多人似乎都忘了，她终究也只是一个二十多岁的小女生。这件事对她怎么会没有影响。她很想大哭，但是哭也没有任何作用。她宁愿流血也不愿意受辱，但事情已经发生，最坏的选择摆在了面前。就像之前强装镇定一样，这会儿的她依旧很安静。

许瞳不解：“他们究竟要什么？”

没有问他们为什么会这样做，没有多余的抱怨，只是轻轻的一句“他们究竟要什么”。

程野的心猛地紧缩，那句“无论如何，你都还是你”怎么也说不出口。他站在男人的视角惯了，也习惯了许瞳跟上自己的节奏，却没多想她的内心会是怎样的煎熬。

程野哑然，最后转头看向江源：“继续堵住防火墙。”

江源愣了愣，点点头：“好。”

他要放弃 Usher。不仅是一条命，还有对方手里掌握的温作恒所有的交易信息。其实沟通的这期间 Usher 李维光已经没有继续攻击的意图，他也想活。但只要江源这儿开始堵，李维光是能发现的。李维光肯定会反抗，可想而知会用尽方法来攻破，到时候自己的技术能不能和他抗衡，老实说，江源自己也很没有底气。他捏了捏手指头，忽然明白了什么叫作左右为难。

程野眯起眼睛：“等等。”

许瞳转头，这会儿屏幕里的倒计时却戛然而止。李维光那里似乎有了变数，他发了新的消息过来。江源盯着看了几秒，忽然亢奋地跳了起来：“野哥，他传了位置！”

他给了他们方位，做了最后的争取和让步。

“半小时，你们救我，否则我也无能为力。”

江源很快把李维光发来的经纬线焦点锁定：“在江都！江都一个叫恒丰的写字楼里！”

程野拎起外套起身：“我去。”

“那我呢？”许瞳问。

“你留在这儿。”

许瞳顿了顿：“从这里到江都要 40 分钟。”

程野笑了下，放轻松地揉了把她的头发：“我开只要 20 分钟。”

“江源，你留在这里跟李维光继续保持联系，手机开着，有什么情况需要沟通我会告诉你。还有，许瞳你得给我看好了。”

许瞳一口气憋在了喉咙里。程野似笑非笑地弹了下她的额头：“乖，你安全我才能放心，这种行动我做了很多次，没问题。”

留给他们的时间并不多，许瞳看着他进屋，跟着追了过去。这间房子对于她而言是陌生的，甚至从未听程野说过。但根据他熟悉的状态来看，应该是置办已久的一处。

程野拉开卧室的衣柜，里边有一个保险箱。他并没有回避，当着许瞳的面按下密码，拉开箱门后快速挑了一样检查清理，而后套上黑色的运动外套。

面容清冷的他转头，却毫不吝啬地给许瞳一个灿烂的笑容：“要不要亲一个？”

他张开双臂，许瞳咬着下唇：“时间不多了。”

程野遗憾地收手，她却踮起脚闭眼在男人的脸颊上亲吻：“等你回来。”

他收敛起脸上的神色，很认真地看向她的眼：“嗯。”

眼睁睁看着黑色的牧马人消失在视野里。谁也不知道这是程野连续不眠后的再一次出行，江源抱着电脑站在窗台，直到看不见车尾灯才垂头。

“我发现自己什么都做不好。”他懊恼地嘟囔，“如果李维光动真格的，我恐怕支撑不了三秒。”

“但你却跟他搭上了话，让所有的事情有了转机。”许瞳转过身，眸色清透，“不要妄自菲薄，每个人都有存在的价值和意义。”

江源眼眶一热，点头：“嗯，我继续盯着。”

“如果你有空的话，麻烦把事情的经过都说一下。”趁着江源放松警惕，许瞳给自己倒了一杯水含糊开口。

江源猝不及防地“啊”了一声，这会儿没了程野，他竟然不太会拿主意：“这个……”

许瞳挑眉，动作和气场竟然跟那个男人近乎一样。他有片刻的失神，继而低头看着屏幕。

“这样的……”

安静地把前因后果说完，江源偷瞄了她一下。

许瞳坐在沙发上，细长白皙的左腿钩在右腿上，泛着珠光般的色泽。江源从来没见过许瞳穿短裤，裙子更是没看过，这会儿第一次盯她的腿，哪怕在这样的环境下，脸也不自觉地红了。许瞳却没在意，下意识咬着大拇指思考。李维光是敌是友目前分不清楚，他前后态度的转变让她有种说不出的怪异。仿佛是女人的直觉一般，总觉得他松口得太快了，而给的半小时恰恰好，让人无法完善地思考，义无反顾地奔赴那里。

好像……料想到程野必定会去一样。一想到这里，前前后后的联系在脑海里穿成了一条线。前一秒她还在问为什么的问题，这一刻有了答案。许瞳顿了顿，趁着江源不注意的时候回到那个卧室，按下了程野先前的密码，保险柜开，里边的东西不少。目光扫过那一排，她选了一样应手的，多带了两个弹匣，将匕首塞进高帮靴里，冷眼戴上了防护手套，将头发高束在脑后。保险柜里还有一把车钥匙，她一并拿上。

做完这一切不过两三分钟的时间，而许瞳已经整装待发，悄无声息地从二楼窗户翻出，落地后干脆利落地按了一下。不远处的一辆线条漂亮的跑车应声而亮。房间里的江源听到跑车引擎声察觉不对的时候，她已打盘转弯，一阵风似的冲出了小区。

“谁？”抱着电脑的家伙傻了眼。他不太确信地看了下门，而后冲进卧室，“小眼睛你刚才有没有听见……”

窗户大开，窗帘在大风下鼓成了一道风帆。哪里还有许瞳的影子？

许瞳刚才出去了？她什么时候出去的？她怎么出去的？江源瞬间抓狂，他飞回去找手机，找到手机后里面却弹出一则语音。

许瞳说：“以防有变，我在暗他在明。保守秘密不要让程野知道，我怕他分心。也不要告诉 Usher，疑人不用。”

江源愣愣地跌坐在沙发里，这会儿简直不知道该听谁的了。

这会儿，程野已经快到江都。许瞳的揣测他在接到信息的第一时间早就有所防备，但纵使是这样，他也要来一次，哪怕是刀山火海。当车子进入街道，气氛顿时就变了。

程野眼角余光看了眼不远处黑暗中的高耸建筑，按着耳麦："李维光在哪层？"

江源回道："我不知道。"

顶端隐匿在黑暗里，目测应该有 30 多楼。程野下车看了眼手表，还有 18 分钟的时间。军用靴走在地板上，起落无声。他戴上夜视镜，前方建筑的四个点上都有摄像头，再往上，最黑的顶端如同诱人的陷阱。

程野顿了顿，找到了最佳方位，单手撑在墙壁上纵身一跃，利落跃上二楼平台。电梯自然不能用，楼道或许也有耳目，他仰头望着外侧，套上防滑手套后深吸一口气。徒手攀登的大工程，先前只是 6 楼，这会儿 30 来楼，落差 160 米，而他的时间不多了。

"野哥，李维光发的地址和他的 IP 所在吻合。"

耳麦里传来江源的声音，他"嗯"了一声："许瞳呢？"

"好着呢，在卧室里没出来。"江源说这话的时候强装镇定，生怕被看出端倪。好在电话那头的人并没有多心："麻烦你了。"

简短的话音一落，江源羞愧得没办法继续说下去。他深吸一口气，犹豫了一下，最后下定决心在屏幕上输出一段符号。

——为什么，要给他做事？

白色的下划线闪烁了几秒，字符出现。他对着老方法翻译出来……

——因为我别无选择。

江源顿了顿。

——我们来救你，但你能保证我们的安全吗？如果他出现闪失，大家都活不了。

打这些字是冒着很大风险的。李维光如果是他们那边的人，那么就掌握了一切的动向。只希望不是……江源紧张得呼吸都不敢大力，在静谧黑暗的室内如同定格老照片。这一次，白色下划线闪烁了很久。他几乎隔着屏幕察觉到了那一侧的纠结。很快，那边又出现了一串字符。

江源只看一眼，发现它和上边留下的完全一样。

——因为我别无选择。

他猛地站起，沙发发出刺耳的吱呀声响。

“野哥！”程野那里的风有点大，声音也断断续续，只是时而传来他略重的呼吸声响，“李维光那里很可能是个圈套！”

这句话落下的时候，程野已经轻巧地翻身进了室内。他靠墙调整呼吸，按着耳麦：“我知道。”

“你……”江源正想说什么，却听见了这三个字，他以为自己听错了，“你知道？”

从一开始就知道。那为什么？

“确定李维光在，足够。”

对方想让他去，却暴露了一个最致命的问题。李维光是真真实实地在恒丰这栋大楼里。只要带走他，温作恒所有的资金动向他们就能一清二楚地掌握，巨细无遗。双重目的，值得他冒这个险，哪怕凶多吉少。

（12）

江源在屋里坐立难安。明知道那是个鸿门宴，程野竟然……竟然就这么去了！他在原地转了一大圈，一拍脑门儿意识到一个很严重的问题。

许瞳也去了。

江源跌坐在了沙发里，沮丧和紧张的情绪交织，让他的脑袋几乎转不下去。

“跟李维光联系一下，说我在救他的路上。如果他想出来，我保证他全身而退。如果他没正面回答你，提前告诉我一声。”

江源瞬间来了精神：“好！但……”

“怎么？”

“许瞳来了”的话到嘴边又吞了下去，江源深吸一口气：“我马上办。”

程野并没有逞能妄动，在距离楼顶还有一段距离的安全空间里，他也在等待一个契机。耳麦里是江源略紧张的呼吸声，他靠在墙边看了眼时间，还有 6 分钟。

“来得及，如果实在联系不上也没关系。”

江源没吭声。程野按着耳麦，不知怎的，这一刻怪想许瞳的。

“野哥，李维光说愿意。”约莫一秒半的时间，江源就给出很肯定的答案。

程野仰头“唔”了一声：“是时候了。”

瘦骨嶙峋的双手悬在键盘上，幽冷的光映在李维光的眼镜片上，他看了眼自己双手上的束缚，眼神冰冷。两个看守的人站在他身后，浑身肌肉，握紧手枪。

借着莹莹的一点儿屏幕光，看清楚的程野冷笑一声，直接破窗而入。

“什么人？”

程野伸手，闪电般的速度将一看守的人弄翻在地，毫不客气地一拐砸在另一人的太阳穴上，对方瞬间没了声音。子弹打在了空洞的墙壁上，飞溅起一串细碎的颗粒。程野偏了偏头，抹下脸颊上被飞溅物划出的一道浅浅伤口。

瞬间就解决了两个人。

“李维光？”程野上下打量面前的男人，从他的脸，到他的轮椅，顺着再落在他的手上，瞬间挑了下眉头，有个念头在脑海里飞快闪过。

程野开口：“我这算来得巧？”

李维光苦笑：“我以为自己死定了。”

“死不死，得自己说了算。”程野走过去，李维光腿上的布随着他的动作被揭开。

真瘸了，和当年在网站上意气风发的男人判若两人，程野扫了眼：“何必当初。”

李维光苦笑：“每个人都有最薄弱的地方，他知道我那段时间最渴望什么。”

“他把你弄瘸的？”

李维光沉默两秒：“是啊，只有这样，对他而言才最安全。”

“看来你们之间嫌隙不小啊。”程野笑了下，说得模棱两可。

李维光设置了一个数据毁坏程序，只要他一按那个毁程键，就什么都没有了：“我有温作恒所有的交易信息，你们来救我的目的就是这个吧？不过为了保险起见，我必须保证自己完全安全，才能把你们想要的拿出来。”

程野眼睛一眯："都这样了还谈条件？信不信我现在就把你丢在这儿？"

"若真要扔下我，你一开始就不会来。我若把东西提前给你们，谁知道后面会怎样？"

金丝边框的眼镜片下闪过一丝光，李维光往上推了把："抱歉，我也得给自己留条后路。"

"说得没错。"程野歪了歪头，"先带你出去，这里恐怕不是聊天的地方。"

若这是鱼饵，目前他已经"上钩"，那里却一点儿反应也没有。程野不信会有这么简单的事。只是以温作恒的性格来看，大爆破类难以收场的事应该不会轻易尝试，但比大场面更阴狠的事情他做得出来。

"时间不多，"程野握住轮椅，悉心留意周围，"走。"

可就在出门的瞬间，耳麦里传来看守温作新的徐飞的声音，他说："温作新死了。"

程野的动作一顿，轮椅上的李维光下意识地推了下镜框。

"什么时候的事？"

徐飞的声音很沉："还在等法医结果，上边已经知道最后一个接触的人是你……估计马上会来找你。"

作为一级重犯，对温作新的看管向来是层层严守。温作新死了，死的时间点很诡异。在层层防守的监狱里出了这种事，徐飞恐怕也自身难保。程野点头："好，我知道了。你到时候如实说，有什么问题我来。"

"野哥……"徐飞欲言又止，最后叹了声，"总觉得一举一动全被对方掌握的感觉，你要小心。"

他的预感也是程野的感觉。这个潜在水底的温作恒给他的感觉，和对付温作新完全不一样。

江源眼睁睁看着倒计时走完最后一秒，闭眼的瞬间感觉心跳都快停了。而紧随而至的门铃声却让他一下弹了起来，在漆黑的客厅里死死盯着大门口的方向。

他没有说话，趁着夜色摸索到门口，透过猫眼看到外边的人时明显一愣。

"哎？"

江源拉开门的瞬间舌头有些打结，怎么会是……一队警察？而且打头阵的人他有印象，当初带走霍廷琛的两人之一，一个是李队，一个是他。

制服笔挺的一行人跨入房门后快速进入每一个房间，只留下那人站在客厅里。瞬间灯火通明后，张曙光出示了各类证件后开门见山："程野呢？"

江源愣住："啊？"

程野……野哥怎么了？

"队长，没有人。"没过多久，搜寻的几人集中在客厅里。

张曙光皱了皱眉："大半夜的不在，去哪儿了？"

江源见他在看自己，摇头："我……不知道。"

张曙光本来就长得很严厉，加上年长江源近一轮，整个人沉下脸时不怒自威："作为同行，我希望你能配合，程野去哪儿了？"

江源额角起了一层细密的汗，依旧摇头："这里就我在。"

"据我所知这不是你的房产。"

"野哥……我在这边没房子，是程野把这里租给我的。"

张曙光往外走了几步，而后转身："作为同行，我也不瞒你什么，现在跟程野扯上关系的都有些麻烦。"

"他怎么了？"

张曙光反问："你最后看见他是什么时候？"

"今……今晚上还看见的。"

"哦？那凌晨2点20分，他在不在这里？"

凌晨2点20分……江源吞了口唾沫："在。"

"撒谎！"张曙光步步逼近，"作伪证的后果是什么你清楚！我们有证人证明，凌晨2点20分，程野出现在川北监狱，而后去找了霍廷琛！紧接着不到20分钟，重犯温作新非正常死亡！"

"温作新死了？"

张曙光仔细打量江源的表情，语气没有先前的步步紧逼："我知道你的名字，江源是吧？你虽然其他方面能力不行，但在技术侦查上大有作为。希望你思考清楚。程野这次被调查不是儿戏，他背后牵扯的问题也很多。现在有人实名举报，程野名下的一张卡多了近千万的资产，究竟是杀人获利还是别的，我们都会查清楚。”

江源愣愣的。

“这什么？”张曙光看向电脑，江源忙拿起来，而屏幕上已经什么都没有了。李维光对两人的对话启动了毁程，所以整个电脑上干干净净。他把电脑交了出去，作为证据被收集起来。

做完这一切后，张曙光坐在沙发上，似乎没有离开的意思。

“打个电话吧。”张曙光抬起下巴示意。

“啊？”

“给他打个电话，告诉他，我张曙光在这里。”

江源只得硬着头皮联系，而那边的程野全程听完后，只简单回了句：“知道了。”

夜色昏沉，狭窄的走廊如同妖怪的食道。程野握着轮椅的把手，放下手机后就没再说话。从头到尾，他想，这些一举一动似乎就没有离开温作恒的眼皮下。他去川北监狱是兴起，却又像是温作恒布好的局。每等自己落下一子，温作恒似乎总有办法围堵。温作恒从哪里得到消息的？而这次温作新在他接触后死亡，他卡里还多了一笔钱。对方的目的很明显，想让他身败名裂。

程野将这些，和之前潜意识里的怀疑凑在了一起，往前行走的脚步停在那里，他“哈”了一声。

李维光问号脸：“下楼不是这个方向。”

程野在黑夜里漫步，嘴角勾起：“哦，我忽然觉得，在这么高的楼层上不欣赏点夜景，岂不太可惜。”

“你什么意思？”

“唰”的一声，32楼的露台上，窗帘被大风吹得狂舞。程野一把拉开它，这个点的城市早已陷入沉睡。轮椅靠在了栏杆边，再往上一点，李维光感觉自己能被他轻易地掀翻出去。李维光握紧扶手：“你究竟想做什么？”

“应该是你想做什么。”淡淡的声音从后侧响起，程野的眼比夜还要深，

“Asher，哦，不是。”

程野的声音在顿了顿后响起：“温作恒。”

（13）

——“Asher，哦，不是。”

——“温作恒。”

时间似乎定格了几秒，而这几秒换来的，是他更加的肯定。程野右手搭在李维光的肩膀上，压低身子：“怎么，觉得太突然？”

感觉到肩上传来威胁似的按压，李维光顿了顿，继而扬了扬瘦得不成形的手腕：“我？温作恒？开什么玩笑？你是低估了他还是高估了我？要知道温作新死了，唯一的受益者就是温作恒。他会拥有数以百亿资产，我若是他的话，怎么蠢到自己自投罗网？”

程野笑了：“开没开玩笑，只有你知道。”

李维光听后挑眉，却没再说话。

程野扯了下嘴角：“我刚才忽然想了一下，如果就这么把你救出去之后，会是什么样？到时候肯定全国都知道我带出来的是李维光。李维光是谁？当年创造奇迹，备受同行崇拜，大名鼎鼎的Asher。至此之后，你可以继续正大光明地用这个身份活下去，而以你在网络上的地位和技术，等待你的不会是牢狱而是‘招安’，你的过去有人帮你抹掉，从此之后，温作恒的一切都不存在，取而代之的是全新的你。一个掌控信息，又同时兼并了你哥哥温作新所有资源的你。那时候，恐怕没有人能和你抗衡……”

程野顿了顿，继而嘴角一勾在他耳边低语：“这就是你费尽心机想做的，对不对？”

李维光没有动，可明显地呼吸变得沉了起来。

“你的推测压根不成立。”他低头挪了下眼镜，一闪而过的光挡住了视线，“如果我是温作恒，有那么多钱何必再来这一招？”

“因为你享受过追捧，就再难过现在的日子。”这一句仿佛点中了什么，程野在试探性的挑眉之后，眼底越发黑沉，转而勾笑，“拥有再多的钱也改变不了被追查的身份，而你受够了每次出门都要乔装躲闪，你想光明正大地站在这片土地上，没错吧？”

程野低下头看着他：“我也纳闷，以前在跟你哥温作新的时候，种种数据都指向一个叫温作恒的人。而每次我去查，结果却指向一团空白。现在想，也只有你有这种能力。通过互联网植入数据，通过互联网引导我的调查，甚至虚拟出了无数个‘温作恒’，混淆了我的视线。但不好意思，技术进步的不只是你。现在在信息上有所建树的年轻人越来越多，你可能也察觉了自己越来越吃力，索性在我们尚未察觉之前，先出手。当然，这些都是我刚才一路想的。其实早在一开始，我已经怀疑你。”

程野看了下时间，已经差不多了。要之前是试探的话，这会儿李维光细微的肢体动作已经印证了他的试探——李维光就是温作恒。

“一开始？”

“你的手指，戒指戴久了，是会有痕迹的，哪怕你摘了它。”

“呵呵呵呵……程野啊程野，先是我哥哥，再是我。你究竟要跟我们缠到什么时候？”轮椅上的男人慢慢摘下眼镜，手一松，镜片撞击地面发出清脆的几声。温作恒眯起眼睛，牙齿紧咬，“你究竟想怎样？”

终于……程野收敛起嘴角玩世不恭的笑。

“我想怎样？我只想替那些逝去的战友告诉你，逃脱的那一天，你想都不要想！”

温作恒忽然开始大笑：“我以为你有多高尚，原来只是因为朋友的死而恨我。程野，我一直在关注你。你厉害却没有野心，用好了的话会是一把致命武器，奈何容纳你的池子太浅，没那个能力。我本来想给你个选择，带我出去，当作什么也没发生。到时候温作新留了多少资产，我分你一半……这可是绝大部分人奋斗几辈子都换不来的钱。但我想起这几年你对我的追缠，逼得我不得不下定决心走这一步……程野，我们之间隔的是宿仇，那就在这里解决。既然我敢让你来，绝不会轻易地让你走。”

程野的右眼忽然抽了几下。

“你有准备，难道我就没有？”温作恒转过身子，摘了眼镜的他气质与之前截然不同了——从羸弱变为阴鸷，如同夜间敏锐的豹。

“你的准备？”程野笑了，“从你老哥怀疑你开始，你还信得过身边的谁？今晚是你最特别的一晚，你肯定谁都不敢带。”

温作恒眼角抽动，继而也跟着笑了：“是，我是个残废，为了博取他的信任，我给他挡子弹，我成了残废！可到最后他为了出狱想弄死我，呵呵呵呵，程野，你厉害，可我活到现在靠的可不是刀和枪。”

“你不是一直想查我的老巢在哪里？”温作恒笑了下，视线以诡异的角度从下往上看向他，同时张开双臂，“Welcome！”

这栋楼。

这栋楼？耳麦忽然传来尖锐的干扰音，程野摘掉的瞬间察觉到不好。身后传来滚滚的轰隆声，连带着地面都在轻微震动。原本四方空旷的格局瞬间变成四面的单向玻璃，而刚才他们面对的夜空出现了一道荧荧发光的屏幕。

程野浑身一凛。

“怎样？”

9宫格，傅叔夫妇、等候消息的战友们，以及……许瞳和江源所在的熟悉建筑。

“每个人都有弱点，程野，你的弱点就在这儿。”温作恒勾起嘴角，带着笑容的脸在荧幕光的照射下，白得惊悚。

四周大亮，程野一个人站在房间的正中央，笔直得如同雕塑。难怪温作恒敢只身一人在这里，狂妄自大。

“我想，如果再有在乎的人倒在你的面前，会是什么样？”温作恒笑了下，正要抬手的瞬间，程野丢掉了手里的枪。

“这就是你想要的？”

温作恒歪头看向眸色深沉的程野：“你觉得我会这样满足？让我看看……选哪一个好？”

“你！”

屏幕右上方传来一阵闷哼，程野飞快滚地捡起枪开枪之后，沉默地看着前方出现一丝痕迹的表面，才意识到自己和温作恒之间，竟然隔了一道防弹玻璃。

“哈哈哈哈！让我看看……”温作恒似乎找到了属于自己的乐趣，选择的方框在屏幕上挨着游走，每走过一个地方，程野的眼角就抽动一下，当停留到傅振之那里时，他猛地捶地：“温作恒！你敢动他们试试？”

“哦？”温作恒顿了顿，摆了摆手，银色的边框闪烁在了熟悉的建筑物上。

程野瞬间安静下来。

“那就换成她咯？”

原本漆黑的屋子忽然陷入一片死寂，而后一楼厨房传出了零星的火苗，伴随着时间的推移，火势很快蔓延了整个窗户。

许瞳和江源！

程野捏紧拳头：“温作恒！”

“着急了？”温作恒走向防弹玻璃，露出胜利者的微笑，“这就着急了？接下来还有更精彩的，你信不信？只要我按下这个键……全世界都以为这是一场漂亮的烟花秀。”

警笛声由远及近，很快到达了恒丰大楼的楼下。程野双手压在玻璃前，额头上的发被汗水浸湿，一缕垂落眉间。

“哟，比我想象中快了不少，看来这些年你们也不是一无是处。”温作恒开心地笑了，“能证明我身份的可不止你一个警察，现在大部队都知道李维光被囚禁，我需要的可不是你。再见……哦，不，永别了，程野。”

程野只觉得整个人瞬间腾空，而后重重地摔落在地。双臂自保地撑在身前，可还是摔得五脏六腑都快挪位。他低咳着想要站起，发现自己所处的空间已经倾斜，完全无法支撑他站立。

程野刚单膝跪地，紧接着左边的墙又变为与地面水平，所有的东西都往右边滚去，他也重重砸在了右侧的墙面上。透明的玻璃墙面下是城市间零星的光亮。他撑在上面，身下是几十层楼的高度。

温作恒开心的笑容越来越大，紧接着一股凛冽的风从侧边吹来，一屋子东西开始往下滚落。玻璃打开了，如同接龙一般，一扇接着一扇开启，先是离程野有 5 米远的地方，紧接着是 4 米，3 米……程野用力翻身，不住往右翻滚，身下的玻璃挨个开启，最后到了与防弹玻璃相交的夹角处停下。豆大的汗珠从额头滚落，他深吸一口气，身下的玻璃却停止了活动。

温作恒一脚踹上玻璃：“靠！”

正当他想继续调整那间房的格局时，程野已经往后退到了更安全的区域，快准狠地开枪对准了防弹玻璃最上层的轴心处。连续的高强度精准的枪击，终于露出了最里边的部分，他踩着墙面借力一跃，拉动了遥控玻璃的那一道手阀。防弹玻璃墙缓缓往上退，温作恒后退两步，程野翻身滚进直接将人压在地上，枪抵向对方的后脑勺。屏幕上的火势映在了他的眼底，如同燎原的怒意让他的动作都带着黑化的狠：“还有什么没拿出来的，嗯？”

温作恒脸颊贴地：“你的枪里，已经没有子弹了。”

程野眯眼。

“12 颗子弹，刚才已经一颗不剩。”

程野索性丢了枪，单手压着他的脖子一字一句：“没有它，我也有一百种方法弄死你。”

温作恒匍匐在地，笑了几声后气息凌厉：“可我有。”

他一个翻滚，逃离程野的压制。

程野侧头，一道灼热的劲风从脑袋边擦过，烧焦的气味从鬓发边散出。他后退几步，原本静静立在边上的轮椅猛地冲了过来。程野侧身躲过的瞬间它却转了个弯，一个推力让他跌坐在轮椅里。

边缘开启，钢制的束缚不由分说地扣在了他的双手双脚上。程野低头喘了一声，汗珠从额际顺着挺直的鼻梁，滴落在地面上。

“论头脑和武力，我确实玩不过你。”温作恒起身拍掉身上不存在的尘土，嘲讽，“但别忘了，我曾经是 Asher，李维光。”

强劲的电流从四肢传往周身，程野牙关紧咬愣是没有哼一声。他看着温作恒向自己走来，看着他举起右手，看着那把黑洞的枪口对准自己的眉心。

“去死吧！”

“砰——”

两道声音同时响起，电流让心脏麻痹，很快干扰了程野的呼吸。那瞬间他似乎产生了幻觉，不然怎么枪声响起，他还有感知？

轮椅侧倒在地上，程野发狠地动了下胳膊，无奈铐得太死，没有钥匙完全没办法挣脱。

温作恒慢慢倒下，露出了不知什么时候站在后面的颀长身影。许瞳放下枪，这会儿才意识到自己的指尖都在发抖。她快步上去把温作恒拎起来，搜出几个东西丢在地上后将他反向铐住，而后单膝跪在程野面前，抚开满是血的鬓发。

她松了口气："太好了，太好了……"

还好……只是一道擦痕，虽然看起来很可怕，却不是致命伤。许瞳把头埋进程野的脖子里，男人对着那一面开启的窗愣了好一会儿，继而声音沙哑地开口："你怎么——"而后弯起眼睛，他表情柔软得一塌糊涂，"你来了。"

许瞳闷着没说话。从温作恒的那堆东西中搜出了钥匙，开锁的时候程野垂眼，发现她的手还在颤抖。他握着她的手，慢慢摇了摇头。

许瞳冷静了下来，问："李维光叛变了？"

"他是温作恒。"

听了这句，她转头看向地上狼狈的男人，先愣了几秒，而后居高临下地走到他身前。

"我有个问题想问你。"

温作恒脸色发白，惨笑："想问你父亲的事？"

许瞳的眼睛暗了几分。

"你父亲给我跪过，你知道吗？"温作恒笑得气喘，眼神如刀，"他求我放了你，求我别对你下手。你以为你每天的太平盛世是谁换来的？是你父亲的尊严和鲜血！哈哈哈，我只给了他一个暗示，他就懂了，宁愿自己死，也不让我们控制你。许瞳，你那几个月都在我们的监视下，懂吗，若你父亲说半个'不'字，下一秒你放学的时候，面对的绝对是失控的卡车——"

"啪"的一声之后，温作恒再度倒在地上。

许瞳的手因用力到极致而发麻，胸口不断起伏："够了！"

"怎么样，许瞳，你的命是你父亲给的，你能活是因为他的死！愧疚吗？罪恶吗？让我想想，当初你还跟你父亲吵架来着？觉得他工作狂到连家都不想要了，你知道那时候你爸的感受吗？他有家不能回，因为怕麻烦找到你身上。啧——这算什么？”

“够了！够了！”许瞳猛地将温作恒拎起。

程野皱眉：“瞳瞳，别听他的。”

“还有你程野。”

程野面无表情地捡起他掉落的控制器：“你话太多。”

“咳咳，我知道自己逃不掉，但我不畅快，也不会让你们畅快下去。你是英雄，因为你生擒到了温作新。但你知道秦鹰他们其实可以不死？”

许瞳转头，发现程野的动作定在了那里。男人的声音很平静，但她却意识到了某些不好的信息。

“哦，怎么说？”

“谁搜到温作新所在方位的？如果没有我发这个信息，你们能搜到？”温作恒撑着跪在地上，两侧嘴角上勾出诡异的弧度，“我想用你们的手干掉他，从而继承大笔的资产，所以给了你们信息。其实你们当时都可以冲进去的，杀掉他，会让我很开心。可是，你们偏偏要来动已经倒向我的人……秦鹰是吧？他是我第一个杀掉的人。”

“哐当——”什么东西掉在了地上，许瞳下意识想去拦，却第一次感受到了程野的臂力。

“秦鹰是你杀的？”五指用力卡在了温作恒的脖子上，男人仰头，眼睛开始充血。

“程野！放手！”许瞳回过神去拉他，却第一次发现那双眼睛阴鸷起来，比什么都可怕。

“是……我……”

程野慢慢站了起来，他本来就高，扼住温作恒的脖子，对方的脚开始悬空。

青筋在额头裂开，温作恒不能说话，那诡异的笑还一直保持着。

“他是想刺激你杀了他！”许瞳用力握着程野的手，“你疯了！杀了他所有的线索全部散了！温作恒、温作新他们的下线去哪里找？”

程野没有动，双眼直直地看向温作恒。过去的一幕幕在脑海中飞快闪过，最后定格在了浑身是血的身影上。他的眼睛红了：“你杀了秦鹰？”

混着血的口水从嘴角滑落，温作恒的喉咙发出了缺氧的破风声。

“程野，你放手！再这样下去他死了，那些侥幸逃脱的人还会害十个秦鹰一百个秦鹰那样的人！”

——“这种战斗从来都没有停止的那一天。”

棕榈树下，激烈交火后的队友们坐在草丛中休息。

——“绝望吗？”

秦鹰问他，他仰起头。

——“进你队，我已经用疲惫和鲜血领会到这句话。”

向来不苟言笑的秦鹰笑了下，抛给他一只弹匣。

——“没有停止的那一天，那就战斗到我不能再冲锋为止。一切都会越来越好的，不是吗？”

一滴泪从眼角涌出，紧绷的手臂松了下来。程野松开手，垂眼，最后咬牙：“我是恨不得将你千刀万剐。但我保证，今后你的日子不会比这一刻好过。我们失去了多少，会让你吐出多少，到时候我会在铁牢外看着你！”

温作恒被捕，全国轰动。

当天晚上，霍廷琛提供线索，警方成功抄了位于云南某县的山坡头。当掀开一扇不起眼大门时，才发现整座山内已经被掏空了，成了一个大型制作毒品和枪支的窝点。

霍廷琛在交战过程中受了伤，好在不严重。

就在大家准备召开新闻发布会时，主角却神秘失踪了。江源急得到处跑，最后喘着气到傅振之面前：“怎么办，怎么都联系不上小眼睛和程野！霍队也来不了，好在手术成功，他的胳膊没什么大碍。”江源很着急，“马上要开始了，不会让我上去发言吧？这活我可不想做。”

“放心，这活有人抢着做。”

在傅振之的眼神下，江源立刻老实不少。

“纵使要求对外给你们打马赛克，但是不能保证有些媒体要自留影像。

出头的事情自然有人争着来，不过没关系，少露脸也是对你们的一种保护。”

果不其然，当时间一到，几个大人物已经在上边坐一排了，压根没他们的位置。江源翻了个白眼，最后还是忍不住：“傅叔，小眼睛去哪儿了……她……没受伤吧？还有程野呢？”

傅振之摆手：“那俩孩子累坏了，让他们休息下，放心，都没事。”

那就好。江源觉得自己应该高兴，可心底还是空落落的，最终叹了口气。

、

人间四月，春色正浓。

在绿草茵茵的草坪上，白色的墓碑在阳光下静谧安详。

许瞳和程野站在最前边那个墓碑旁边，照片上的男人不苟言笑，五官深邃俊朗，透着不怒自威的英伟正气。

秦鹰

1979—2010

年轻的生命，戛然而止在31岁那一年。

程野刚放上一瓶白酒在墓前，就听见有人在背后柔柔地开口：“你又来了。”

许瞳转身就看见一名长得很温婉的女人，身边跟着一个小女孩。女人穿着清爽的格子裙，未做烫染的黑发整齐地垂在肩膀上，那个女孩虽然话很少，但五官轮廓和图片上的秦鹰有九分相似。

程野顿了下，转头：“嫂子。”

女孩乖巧地喊了声：“干爹。”然后清澈的眼珠看向许瞳半晌，她低头，“你好。”

“今天的发布会不去了？”

程野笑了下，摇头：“我只想来跟他说说话。”

“正巧，我也是。”女人低头，将白色的花放在墓碑前，叹了口气，“大家都已经走出来了，我希望你也是。”

程野垂眼。

“我要再婚了。”女人抬头，却是对着墓碑说的，“那个人很好，是个大学教授。他有很多时间陪我，种花，种葡萄，对小暖也很上心，你就放心吧。”

许瞳看向那个叫小暖的小姑娘。

虽然才七岁，看起来已经很漂亮了。而她的眉眼看上去一点儿也不像七岁的孩子，似乎比同龄人心思更深，而显得成熟。她在喊了人之后就没再说话，安静地站在母亲的身边，直到最后分别才转头跑到程野面前：“干爹。”

程野蹲下，摸摸小女孩的头：“怎么了？”

“你要结婚了？”

程野看向一边站着的许瞳，眼底很黑：“是啊，她叫许瞳，我未来的妻子，你的干妈。”

许瞳跟着蹲了下来，伸手：“你好，小暖。”

秦暖看着那只白皙修长的手，长睫毛闪了很久才回应地伸手。

“我干爹胃不好，工作起来很拼，虽然很厉害，但也受过伤……你会很好地照顾他吗？”

许瞳愣了下，继而很认真地点头：“我会。”

小女孩直直地看了她一会儿，松手：“好吧。”

“真好，小暖，快叫干妈。”站在不远处的女人一直在微笑，笑容里带着清澈的泪光。

“干妈。”秦暖喊了一句就跑到她身边，脑袋埋进妈妈的怀里就没出来了。

“看见你也找到了幸福，我想，这大概是他最开心的时刻吧。”

是啊，这何尝不是一种圆满。

起风了。

许瞳勾起吹开的发丝，草地上的蒲公英被风吹散，飘向蔚蓝的空中。太阳带来的斑斓光环洒在地面，落在了摇曳嫩绿的树叶尖上。

许瞳感觉到了一只手紧紧地被握住，带着坚定的暖意从紧贴的掌心游走进心脏。程野鼓起了半生的勇气，正准备开口时，急促的电话声打破了宁静。

他心底骂了一声。

两人的工作手机同时收到一则信息。

“20分钟集合，恶性案件。”

程野“嘶”了一声，把手机丢包里，再把准备掏的戒指往里边压：“还真是全年无休啊。”

“一名男性死者在S大材料与化工学院实验楼三层被发现，无外伤，死因不详，初步排除自杀，定为一起凶杀案件。”

“现在的孩子们啊——”

两人跳上了车，对视一眼，无奈地将备用警笛按在了车顶。

案件不会完结。

故事，还在继续。

——全文完——